嵌 入 式 系 统 系 列 教 材

高级程序设计技术

■ 曾凡仔　杜四春　银红霞　徐署华　编著

人民邮电出版社

北 京

图书在版编目（ＣＩＰ）数据

高级程序设计技术 / 曾凡仔等编著. -- 北京：人
民邮电出版社，2009.11
（嵌入式系统系列教材）
ISBN 978-7-115-21456-0

Ⅰ．①高… Ⅱ．①曾… Ⅲ．①程序设计－教材 Ⅳ.
①TP311.1

中国版本图书馆CIP数据核字(2009)第164480号

内 容 提 要

本书全面系统地阐述了 C++语言的基本概念、语法和面向对象的编程方法；对 C++语言面向对象的基本特征：类和对象、继承性、派生类、多态性和虚函数等内容作了详尽的介绍；从软件开发的实际需要出发，按照面向对象的程序设计思想，详细地介绍了线性表、查找、排序等数据结构及其算法实现。本书例举了丰富的例题，每章后面备有形式多样的练习题。在内容安排上循序渐进、深入浅出，力求通俗易懂、突出重点、侧重应用。

本书不仅可作为高职高专院校和培训机构 C++语言程序设计的教材，也可作为自学 C++语言的指导用书和计算机工程技术人员的参考书。

嵌入式系统系列教材
高级程序设计技术

◆ 编　著　曾凡仔　杜四春　银红霞　徐署华
　　责任编辑　王建军
　　执行编辑　李　静

◆ 人民邮电出版社出版发行　　北京市崇文区夕照寺街 14 号
　　邮编　100061　电子函件　315@ptpress.com.cn
　　网址　http://www.ptpress.com.cn
　　北京鸿佳印刷厂印刷

◆ 开本：787×1092　1/16
　　印张：21.25
　　字数：528 千字　　　　　　　　2009 年 11 月第 1 版
　　印数：1－3 000 册　　　　　　2009 年 11 月北京第 1 次印刷

ISBN 978-7-115-21456-0

定价：42.00 元

读者服务热线：(010)67119329　印装质量热线：(010)67129223
反盗版热线：(010)67171154

前　言

C++语言是目前使用最为广泛的一种高效程序设计语言，它既可以进行过程化的程序设计，也可以用于面向对象的程序设计。C++是从 C 语言发展演变而来的，是 C 语言的超集。它实现了类的封装、数据隐藏、继承及多态，使得其代码容易维护及高度可重用。

本书作为 C++语言的入门教材，不仅详细地介绍了 C++语言本身，还深入地阐述了面向对象的程序设计方法。本书的主要特点是语言流畅，简洁易懂，例题丰富，实用性强。这使读者不仅可以学会一门程序设计语言，还能初步掌握面向对象的程序设计方法。其中，丰富的例题使初学者可以在学习的同时就开始积累初步的编程经验，以尽快达到学以致用的目的。

本书共计 8 章。

第 1 章 C++语言概述，主要介绍 C++的发展历史，面向对象的程序设计概念，C++的词法与规则，C++程序的结构与实现；数据类型，常量、变量，运算符与表达式，流控制，数据的输入/输出；C++语句，顺序、分支和循环程序设计。

第 2 章类和数据抽象，主要介绍类、对象，对象的初始化，构造函数与析构函数，堆与拷贝构造函数，静态成员和静态成员函数，友元函数和友元类，this 指针等。

第 3 章继承和派生，主要介绍基类和派生类，单继承、多继承和虚基类。

第 4 章多态性与虚函数，主要介绍模板的概念，函数模板和类模板，运算符重载，普通成员函数重载，构造函数重载，派生类指针，虚函数，纯虚函数和抽象类等。

第 5 章 C++流，主要介绍 I/O 标准流类，键盘输入、屏幕输出，磁盘文件的输入和输出，字符串流等内容。

第 6 章线性表，主要介绍线性表的逻辑结构，线性表的顺序存储及运算实现，线性表的链式存储和运算实现及顺序表和链表的比较等内容。

第 7 章查找，主要介绍查找的基本概念，静态查找表，动态查找表，哈希表查找等内容。

第 8 章排序，主要介绍排序的基本概念，插入排序，交换排序，选择排序，二路归并排序，基数排序和外排序等内容。

附录中给出了 Linux 环境下 C++编译系统提供的库函数和类库，以方便读者查阅。

本书中所有例题都在 Linux 环境下 C++编译系统中运行通过，在其他版本的编译系统中一般也都可以运行。本书为高职高专院校的 C++程序设计教材，建议教授课时为 45 课时，上机实践课时为 45 课时，课程设计课时为 16 课时。各院校可根据教学实际情况适当增删。

本书也可作为大中专院校的程序设计课程教材和各类培训机构培训教材，还可供从事计算机应用的工程技术人员参考。

本书在编写过程中，编者参阅了许多 C++的参考书和有关资料，并参阅了一些翻译的书籍，现谨向这些书的作者和译者表示衷心的感谢。

由于编者水平所限，书中难免有不妥或错误之处，欢迎广大读者指正。

编　者
2009 年 6 月于岳麓山

目　　录

第 1 章　C++语言概述

1.1　C++语言的起源与特点

C++语言是一门含 C 语言子集的高效程序设计语言。它比 C 语言更容易为人们学习和掌握，并且以其独特的语言机制在计算机科学领域得到了广泛的应用。它既可以进行过程化的程序设计，也可用于面向对象的程序设计。

1.1.1　从 C 到 C++

C++源于 C 语言，而 C 语言是在 B 语言的基础上发展起来的。1960 年，出现了一种面向问题的高级语言 ALGOL 60，它离硬件比较远，不宜用来编写系统软件。1963 年，英国剑桥大学推出了 CPL（combined programming language），后来简化为 BCPL。1970 年，美国贝尔（Bell）实验室的 K.Thompson 以 BCPL 为基础，设计了一种类似于 BCPL 的语言，取其第一字母 B，称为 B 语言。1972 年，美国贝尔实验室的 Dennis M.Ritchie 为克服 B 语言的诸多不足，在 B 语言的基础上重新设计了一种语言，取其第二字母 C，称为 C 语言。设计 C 语言的最初目的是编写操作系统。其简单、灵活的特点，很快就被用于编写各种不同类型的程序，从而成为世界上最流行的语言之一。但是，C 语言是一个面向过程的语言。随着软件开发技术的进步，程序员们最终发现，把数据和施加在数据上的操作结合起来，会使程序更易于理解，可读性更好，由此产生了面向对象的程序设计思想。

1980 年，贝尔实验室的 Bjarne Stroustrup 对 C 语言进行了扩充，推出了"带类的 C"，多次修改后起名为 C++。以后又经过不断的改进，发展成为今天的 C++。C++改进了 C 的不足之处，支持面向对象的程序设计，在改进的同时保持了 C 的简洁性和高效性。

目前，C++越来越受到重视并得到了广泛的应用，成为在商业软件开发中占统治地位的语言。

1.1.2　C++与 C 的关系

首先，C++语言是一个更好的 C 语言，C++语言根除了 C 语言中存在的问题，并保证与 C 语言相兼容。事实上，C++语言就是 C 语言的一个超集，绝大多数的 C 语言代码无须修改就可以直接在 C++程序中使用，这使得 C 程序员能够更容易地学习 C++语言。

其次，C++语言是支持面向对象的程序设计语言。为了保持与 C 的兼容，C++语言也支持面向过程的编程，因此，C++语言并不是一个纯粹的面向对象的设计语言。尽管如此，在使用 C++编程时，还是应注意采用面向对象的思维方法。C 程序员需要从全新的面向对象的角度来学习 C++语言，利用其新技术。

C++语言是在 C 语言的基础上发展起来的,但它更是一次变革。两者的本质差别在于 C++语言支持面向对象的程序设计, C 语言仅支持面向过程的程序设计。掌握好面向对象的程序设计思想是学好 C++语言的关键。

学习 C++语言必须有 C 语言基础吗? 不是的。 C++语言是一个完整的语言,读者完全可以直接学习 C++语言。当然,读者如果具有 C 语言的基础,或许会更快地成为一个好的 C++程序员。

1.1.3　C++面向对象的特性

1．C++支持数据封装

支持数据封装就是支持数据抽象。在 C++中,类是支持数据封装的工具,对象则是数据封装的实现。面向过程的程序设计方法与面向对象的程序设计方法对待数据和函数关系是不同的,在面向对象的程序设计中,将数据和对该数据进行合法操作的函数封装在一起作为一个类的定义,数据将被隐藏在封装体中,该封装体通过操作接口与外界交换信息。对象被说明为具有一个给定类的变量,类似于 C 语言中的结构,在 C 语言中可以定义结构,但这种结构包含数据,而不包含函数。 C++中的类是数据和函数的封装体。在 C++中,结构可作为一种特殊的类,它虽然可以包含函数,但是它没有私有或保护的成员。

2．C++类中包含私有、公有和保护成员

C++类中可定义 3 种不同访控制权限的成员。一种是私有(private)成员,只有在类中说明的函数才能访问该类的私有成员,在该类外的函数不可以访问私有成员;另一种是公有(public)成员,类外面也可访问公有成员,成为该类的接口;还有一种是保护(protected)成员,这种成员只有该类的派生类可以访问,其余的在这个类外不能访问。

3．C++中通过发送消息来处理对象

C++中是通过向对象发送消息来处理对象的,每个对象根据所接收到的消息的性质来决定需要采取的行动,以响应这个消息。响应这些消息是一系列的方法,方法是在类定义中使用函数来定义的,使用一种类似于函数调用的机制把消息发送到一个对象上。

4．C++中允许友元破坏封装性

类中的私有成员一般是不允许该类外的任何函数访问的,但是友元可打破这条禁令,它可以访问该类的私有成员(包含数据成员和成员函数)。友元可以是在类外定义的函数,也可以是在类外定义的整个类,前者称为友元函数,后者称为友元类。友元打破了类的封装性,它是 C++另一个面向对象的重要性。

5．C++允许函数名和运算符重载

C++支持多态性,允许一个相同的函数名或运算符代表多个不同实现的函数,这被称为函数或运算符的重载,用户可以根据需要定义函数重载或运算符重载。

6．C++支持继承性

C++中可以允许单继承和多继承。一个类可以根据需要生成派生类。派生类继承了基类的所有方法,另外派生类自身还可以定义所需要的不包含在父类中的新方法。一个子类的每个对象包含从父类那里继承来的数据成员以及自己所特有的数据成员。

7．C++支持动态联编

C++中可以定义虚函数,通过定义虚函数来支持动态联编。

以上所讲的是 C++对面向对象程序设计中的一些主要特征的支持。

1.2 C++语言的基本符号与词法

1.2.1 C++的字符集

1. C++的字符集

C++中含有以下字符。

- 数字：0，1，2，3，4，5，6，7，8，9。
- 小写字母：a，b，…，y，z。
- 大写字母：A，B，…，Y，Z。
- 运算符：+，−，*，/，%，<，<=，=，>=，>，!=，==，<<，>>，&，｜，&&，||，∧，～，()，[]，{}，−>，•，!，?，:，，，；，"，# 。
- 特殊字符：连字符或下划线。
- 不可印出字符：空白格（包括空格、换行和制表符）。

2. 词与词法规则

（1）标识符

标识符是对实体进行定义的一种定义符，由字母或下划线（或连字符）开头、后面跟字母或数字或下划线（或空串）组成的字符序列，一般有效长度是 8 个字符（ANSI C 标准规定 31 个字符），用来标识用户定义的常量名、变量名、函数名、文件名、数组名、数据类型名和程序等。

（2）关键字

关键字是具有特定含义，作为专用定义符的单词，不允许另作它用。下面列举一些常用的关键字。

auto	break	case	char	class	const	continue	default
do	default	delete	double	else	enum	explicit	extern
float	for	friend	goto	if	inline	int	long
mutable	new	operator	private	protected	public	register	return
short	signed	sizeof	static	static_cast	struct	switch	this
typedef	union	unsigned	virtual	void	while		

（3）运算符和分隔符

运算符是 C++语言实现加、减等各种运算的符号。

C++语言的分隔符主要是空格、制表和换行符。

（4）字符串

字符串是由双引号括起来的字符。如"China"、"C++ Program"等。

（5）常量

C++语言中的常量包括实型常量（浮点常量）和整型常量（十进制常量、八进制常量、十六进制常量）、浮点常量、字符常量和字符串常量。

（6）注释

注释是用来帮助阅读、理解及维护程序的。在编译时，注释部分被忽略，不产生目标代码。C++语言提供两种注释方式。一种是与 C 语言兼容的多行注释，用/*和*/分界。另一种是单行注释，以"//"开头的表明本行中"//"符号后的内容是注释。举例如下。

例 1-1：一个简单的 C++程序。

```
#include <iostream.h>
void main()
{
    cout<<"This is my first C++ program.\n";        //输出 This is my first
                                                     //C++ program.
    /*输出
    This is my first C++ program.*/
}
```

3．C++程序结构的组成

C++程序结构的基本组成包括以下几个部分。

（1）预处理命令。C++提供了 3 类预处理命令：宏定义命令、文件包含命令以及条件编译命令。

（2）输入和输出。C++程序中总是少不了输入和输出的语句，实现与程序内部的信息交流。特别是屏幕输出的功能，几乎每个程序都要用到，使用它把计算机的结果显示在屏幕上。

（3）函数。C++的程序由若干个文件组成，每个文件又由若干个函数组成，因此，可以认为 C++的程序就是函数串，即由若干个函数组成。函数与函数之间是相对的，并且是并行的，函数之间可以调用。在组成一个程序的若干个函数中，必须有一个 main()。

（4）语句。语句是组成程序的基本单元。函数由若干条语句组成。空函数是没有语句的。语句由单词组成，单词间用空格符分隔。C++程序中的语句是以分号结束的。语句除了有表达式语句和空语句外，还有复合语句、分支语句、循环语句和转向语句等若干类。

（5）变量。多数程序都需要说明和使用变量。广义讲，对象包含了变量，即将变量称为一种对象。狭义讲，将对象看作是类的实例，对象是指某个类的对象。

（6）其他。除了以上讲述的 5 个部分，还有其他组成部分。例如，符号常量和注释信息也是程序的一部分。C++中都尽量把常量定义为符号常量，在 C++的程序中出现的是符号常量，该符号常量代表某个确定的常量值。

4．书写格式

C++语言程序的书写格式自由度高、灵活性强、随意性大，如一行内可写一条语句，也可写几条语句；一个语句也可分写在多行。不过应采用适当的格式书写，便于人们阅读和理解。为了增加程序的可读性和利于理解，编写程序时按如下要点书写：

（1）一般情况下每个语句占用一行；

（2）不同结构层次的语句，从不同的起始位置开始，即在同一结构层次中的语句，缩进同样的字数；

（3）表示结构层次的大括弧，写在该结构化语句第一个字母的下方，与结构化语句对齐，并占用一行；

（4）适当加些空格和空行。

1.2.2　数据类型概述

数据类型是指定义了一组数据以及定义在这一组数据的操作，它是程序中最基本的元素。程序的基本功能是处理数据，数据以变量或常量的形式存储，每个变量或常量都有数据类型。确定了数据类型，才能确定变量的空间大小及其操作。C++的数据类型十分丰富，大体上可分为基本类型、空类型、构造类型、指针类型和类类型 5 种，如图 1-1 所示。

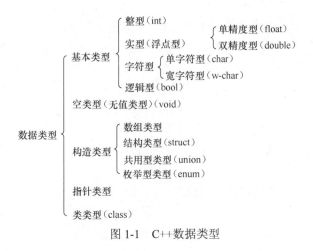

图 1-1　C++数据类型

1．基本数据类型

基本数据类型有 4 种：整型（int）、浮点型（float）、字符型（char）和逻辑型（bool）。

整型数据在计算机内部一般采用定点表示法，用于存储整型量，如 123、−7 等。存储整数的位数依机器的不同而不同。

浮点型数据和整型数据不同的地方是浮点数采用浮点表示法，也就是说，浮点数的小数点的位置不同，给出的精度也不相同。

字符型数据表示单个字符，一个字符用一个字节存储。

逻辑型，也称布尔型，表示表达式的真和假。

2．空类型（void）

空类型（void）用于显示说明一个函数不返回任何值；还可以说明指向 void 类型的指针，说明以后，这个指针就可指向各种不同类型的数据对象。

3．构造类型

构造类型又称为组合类型，它是由基本类型按照某种规则组合而成的。

数组：是由具有相同数据类型的元素组成的集合。

结构体：是由不同的数据类型构成的一种混合的数据结构，构成结构体的成员的数据类型一般不同，并且在内存中分别占据不同的存储单元。

共用体：是类似于结构体的一种构造类型，与结构体不同的是构成共同体的数据成员共用同一段内存单元。

枚举：是将变量的值一一列举出来，变量的值只限于列举出来的值的范围内。

4．指针类型

指针类型变量用于存储另一变量的地址，不能用来存放基本类型的数据。它在内存中占据一个存储单元。

5．类类型

类是体现面向对象程序设计的最基本特征，也是体现 C++与 C 最大的不同处。类是一个数据类型，它定义的是一种对象类型，由数据和方法组成，描述属于该类型的所有对象的性质。

1.2.3 常量

常量是指在程序运行过程中其值不能改变的量。它分为字面常量和符号常量（又称标识符常量）。如 7、3.14、'a' 和 "abcdefg" 等都是字面常量，即字面本身就是它的值。符号常量是一个标识符，对应着一个存储空间，该空间中保存的数据就是该符号常量的值，这个数据是在定义符号常量时赋予的，以后是不能改变的。如 C++保留字中的 true 和 false 就是系统预先定义的两个符号常量，它们的值分别为数值 0 和 1。C++支持 5 种类型的常量：浮点型、整型、字符型、布尔型和枚举型。常量在程序中一般以自身的存在形式体现其值。常量具有类型属性，类型决定了各种常量在内存中占据存储空间的大小。

1．整型常量

整型常量表示通常意义上的整数，可以用十进制、八进制或十六进制表示。

（1）十进制常量

一般占一个机器字长，是一个带正负号的常数（默认情况下为正数），如+3、−7 等。

十进制整数由正号（+）或负号（−）开始、接着为首位非 0 的若干个十进制数字组成。若前缀为正号则为正数，若前缀为负号则为负数，若无符号则认为是正数。如 38、−25、+120、74 286 等都是符合书写规定的十进制整数。

当一个十进制整数大于或等于−2 147 483 648 即−2^{31}−1，同时小于等于 2 147 483 647 即 2^{31}−1 时，则被系统看作是 int 型常量；当在 2 147 483 648~4 294 967 295 即 2^{31}~2^{32}−1 范围内时，则被看作是 unsigned int 型常量；当超过上述两个范围时，则无法用 C++整数类型表示，只有用实数（即带小数点的数）表示才能被有效地存储和处理。

（2）八进制常量

八进制整数由首位数字为 0 的、后接若干个八进制数字（借用十进制数字中的 0~7）组成。八进制整数不带符号位，隐含为正数。如 0、012、0377、04056 等都是八进制整数，对应的十进制整数依次为 0、10、255 和 2 094。

当一个八进制整数大于等于 0 同时小于或等于 017777777777 时，则称为 int 型常量；当大于或等于 020000000000 同时小于或等于 037777777777 时，则称为 unsigned int 型常量；超过上述两个范围的八进制整数则不使用，因为没有相对应的 C++整数类型。

（3）十六进制常量

以 0x 或 0X 开头，其后由若干个 0~9 的数字及 A~F（或小写 a~f）的字母组成，如 0x173、0x3af。同八进制整数一样，十六进制整数也均为正数。如 0x0、0X25、0x1ff、0x30CA 等都是十六进制整数，对应的十进制整数依次为 0、37、511 和 4 298。

当一个十六进制整数大于或等于 0 同时小于或等于 0x7FFFFFFF 时，则称为 int 型常量；当大于等于 0x80000000 同时小于或等于 0xFFFFFFFF 时，则称为 unsigned int 型常量；超过上述两个范围的十六进制整数没有相对应的 C++整数类型，所以不能使用它们。

（4）在整数末尾使用 u 和 l 字母

对于任何一种进制的整数，若后缀有字母 u（大、小写等效），则硬性规定它为一个无符号整型（unsigned int）数；若后缀有字母 l（大、小写等效），则硬性规定它为一个长整型（long int）数。在一个整数的末尾，可以同时使用 u 和 l，并且对排列无要求。如 25U、0327UL、

0x3ffbL、648LU 等都是整数，其类型依次为 unsigned int、unsigned long int、long int 和 unsigned long int。以下所列数是合法的：

```
375u           //无符号整数
12345UL        //无符号长整数
54321L         //长整数
13579ul        //无符号长整数
```

2．浮点数常量

浮点数也称为实型数，只能以十进制形式表示。共有两种表示形式：小数表示法和指数表示法。

（1）小数表示法

采用这种表示形式时，实型常量分为整数部分和小数部分。其中的一部分可在实际使用时省略，如 10.2、.2、2. 等。整数和小数部分不能同时省略。

（2）指数表示法

浮点表示的实数简称浮点数，它由一个十进制整数或定点数后接一个字母 e（大、小均可）和一个 1 至 3 位的十进制整数组成，字母 e 之前的部分称为该浮点数的尾数，之后的部分称为该浮点数的指数，该浮点数的值就是它的尾数乘以 10 的指数幂。如 3.23E5、+3.25e-8、2E4、0.376E-15、1e-6、-6.04E+12、0.43E0、96.e24 等都是符合规定的浮点数，它们对应的数值分别为 $3.23*10^5$、$3.25*10^{-8}$、2^4、$0.376*10^{-15}$、10^{-6}、$-6.04*10^{12}$、0.43、$96*10^{24}$ 等。

对于一个浮点数，若将它尾数中的小数点调整到最左边第一个非零数字的后面，则称它为规格化（或标准化）浮点数。如 21.6E8 和-0.074E5 是非规格化的，若将它们分别调整为 2.16E9 和-7.4E3 则都是规格化的浮点数。

（3）实数类型的确定

对于一个定点数或浮点数，C++自动按一个双精度数来存储，它占用 8 个字节的存储空间。若在一个定点数或浮点数之后加上字母 f（大、小写均可），则自动按一个单精度数来存储，它占用 4 个字节的存储空间。如 3.24 和 3.24f，虽然数值相同，但分别代表一个双精度数和一个单精度数。同理，-2.78E5 为一个双精度数，-2.78E5F 为一个单精度数。

3．字符常量与字符串常量

（1）字符常量

C++中的字符常量通常是用单引号括起的一个字符。在内存中，字符数据以 ASCII 码存储，如字符 'a' 的 ASCII 码为 97。字符常量包括两类：一类是可显字符，如字母、数字和一些符号 '@'、'+' 等；另一类是不可显字符常量，如 ASCII 码为 13 的字符表示回车。

（2）转义字符

转义字符是特殊的字符常量，表示时一般以转义字符 "\" 开始，后跟不同的字符表示不同的特殊字符，表 1-1 列出了常用的特殊字符。

（3）字符串常量

字符串常量是由一对双引号括起来的零个或多个字符序列。

字符串可以写在多行，不过在这种情况下必须用反斜线 "\" 表示下一行字符是这一行字符的延续。

字符串常量实际上是一个字符数组，组成数组的字符除显示给出的外，还包括字符结尾处标识字符串结束的符号 '\0'，所以字符串 "abc" 实际上包含 4 个字符：'a'、'b'、'c'

和'\0'。需要注意的是'a'和"a"的区别,'a'是一个字符常量,在内存中占一个字节的存储单元;而"a"是一个字符串常量,在内存中占两个字节,除了存储'a'以外,还要存储字符串结尾符'\0'。

表 1-1　　　　　　　　　　常用的特殊字符

名　　称	符　　号
空字符（null）	\0
换行（newline）	\n
换页（formfeed）	\f
回车（carriage return）	\r
退格（backspace）	\b
响铃（bell）	\a
水平制表（horizontal tab）	\t
垂直制表（vertical tab）	\v
反斜线（backslash）	\\
问号（question mark）	\?
单引号（single quote）	\'
双引号（double quote）	\"

4．逻辑常量

逻辑常量是逻辑类型中的值,VC++用保留字 bool 表示逻辑类型。该类型只含两个值,即整数 0 和 1,用 0 表示逻辑假,用 1 表示逻辑真。在 VC++中还定义了这两个逻辑值所对应的符号常量 false 和 true。false 的值为 0,表示逻辑假;true 的值为 1,表示逻辑真。

由于逻辑值是整数 0 和 1,所以它能够像其他整数一样出现在表达式里,参与各种整数运算。

5．枚举常量

枚举常量是枚举类型中的值,即枚举值。枚举类型是一种用户定义的类型,只有用户在程序中定义它后才能被使用。用户通常利用枚举类型定义程序中需要使用的一组相关的符号常量。枚举类型的定义格式为:

```
enum <枚举类型名> {<枚举表>};
```

它是一条枚举类型定义语句,该语句以 enum 保留字开始,接着为枚举类型名,它是用户命名的一个标识符,以后就直接使用它表示该类型。枚举类型名后为该类型的定义体,它由一对花括号和其中的枚举表所组成。枚举表为一组用逗号分开的由用户命名的符号常量,每个符号常量又称为枚举常量或枚举值。如:

```
(1) enum color{red, yellow, blue};
(2) enum day{Sun, Mon, Tues, Wed, Thur, Fri, Sat};
```

第一条语句定义了一个枚举类型 color,用来表示颜色,它包含 3 个枚举值 red、yellow 和 blue,分别代表红色、黄色和蓝色。

第二条语句定义了一个枚举类型 day,用来表示日期,它包含 7 个枚举值,分别表示星期日、星期一至星期六。

一种枚举类型被定义后,可以像整型等预定义类型一样使用在允许出现数据类型的任何地方。如可以利用它定义变量：

```
(1) enum color c1, c2,c3;
(2) enum day today, workday;
(3) c1=red;
(4) workday=Wed;
```

第一条语句开始的保留字 enum 和类型标识符 color 表示上述定义的枚举类型 color，其中 enum 可以省略不写，后面的 3 个标识符 c1、c2 和 c3 表示该类型的 3 个变量，每个变量用来表示该枚举表中列出的任一个值。

第二条语句开始的两个成分（成分之间的空格除外）表示上述定义的枚举类型 day，同样 enum 可以省略不写，后面的两个标识符 today 和 workday 表示该类型的两个变量，每个变量用来表示该枚举表中列出的 7 个值中的任一个值。

第三条语句把枚举值 red 赋给变量 c1。

第四条语句把枚举值 Wed 赋给变量 workday。

在一个枚举类型的枚举表中列出的每一个枚举常量都对应着一个整数值，该整数值可以由系统自动确认，也可以由用户指定。若用户在枚举表中一个枚举常量后加上赋值号和一个整型常量，就表示枚举常量被赋予了这个整型常量的值。如：

```
enum day{Sun=7, Mon=0, Tues, Wed, Thur, Fri, Sat};
```

用户指定了 Sun 的值为 7，Mon 的值为 0。

若用户没有给一个枚举常量赋初值，则系统给它赋予的值是它前一项枚举常量的值加 1，若它本身就是首项，则被自动赋予整数 0。如上述定义的 color 类型，red、yellow 和 blue 的值分别为 0、1 和 2；对于刚被修改定义的 day 类型，各枚举常量的值依次为 7、0、1、2、3、4、5、6。

由于各枚举常量的值是一个整数，所以可把它与一般整数一样看待，参与整数的各种运算。它本身是一个符号常量，当作为输出数据项时，输出的是它的整数值，而不是它的标识符，这一点同输出其他类型的符号常量是一致的。

6．地址常量

指针类型的值域是 $0 \sim 2^{32}-1$ 之间的所有整数，每一个整数代表内存空间中一个对应单元（若存在的话）的存储地址，每一个整数地址都不允许用户直接使用来访问内存，以防止用户对内存系统数据的有意或无意的破坏。但用户可以直接使用整数 0 为地址常量，它是 C++中唯一允许使用的地址常量，称为空地址常量。它对应的符号常量为 NULL，表示不代表任何地址，在 iostream.h 等头文件中有此常量的定义。

1.2.4　变量

变量是指程序在运行时其值可改变的量。每个变量由一个变量名唯一标识，同时，每个变量又具有一个特定的数据类型。不同类型的变量在内存中占有存储单元的个数不同。

1．变量名命名

变量名的命名要遵守以下规则。

（1）不能是 C++保留字。C++的保留字见表 1-2。

（2）第一个字符必须是字母或下划线，中间不能有空格。

（3）变量名除了使用 26 个英文大小写字母和数字外，只能使用下划线。

（4）一般不要超过 31 个字符。

（5）变量名不要与 C++中的库函数名、类名和对象名相同。

例如，下列变量名是合法的变量名：

```
a123   c3b   file_1
```

表 1-2 C++的标准保留字

asm	auto	break	case	catch	char	class	const	continue	default
delete	do	double	else	enum	extern	float	for	friend	goto
if	inline	int	long	new	operator	overload	private	protected	public
register	return	short	signed	sizeof	static	struct	switch	this	template
throw	try	typedef	union	unsigned	virtual	void	volatile	while	

2．变量定义和说明

变量定义是通过变量定义语句实现的，该语句的一般格式为：

<类型关键字> <变量名>[=<初值表达式>],…;

<类型关键字>为已存在的一种数据类型，如 short、int、long、char、bool、float、double 等都是类型关键字，分别代表系统预定义的短整型、整型、长整型、字符型、逻辑型（又称布尔型）、单精度型和双精度型。对于用户自定义的类型，可从类型关键字中省略其保留字。如假定 struct worker 是用户自定义的一种结构类型，则前面的保留字 struct 可以省略。

<变量名>是用户定义的一个标识符，用来表示一个变量。该变量可以通过后面的可选项赋予一个值，称为给变量赋初值。

<初值表达式>是一个表达式，它的值就是赋予变量的初值。

该语句格式后面使用的省略号表示在一条语句中可以定义多个变量，但各变量定义之间必须用逗号分开。

例如：

```
int a,b,c;    //定义 3 个整型变量 a,b,c
```

和

```
int a;        //定义整型变量 a
int b;        //定义整型变量 b
int c;        //定义整型变量 c
```

两者等价。

3．变量初始化

变量初始化一般采用两种方式。

第一种方式是在定义变量时可以给变量赋一个初值，例如：

```
int a=3;
float b=3.4;
const int c=5;
```

第二种方式是先定义变量，然后通过赋值语句使变量初始化，例如：

```
int a;
a=3;
```

1.2.5 运算符

在程序中，表达式是计算求值的基本单位，它是由运算符和运算数组成的式子。运算符是表示进行某种运算的符号。运算数包含常量、变量和函数等。

C++运算符又称操作符，它是对数据进行运算的符号，参与运算的数据称为操作数或运算对象，由操作数和操作符连接而成的有效式子称为表达式。

按照运算符要求操作数个数的多少，可把 C++运算符分为单目（或一元）运算符、双目（或二元）运算符和三目（或三元）运算符 3 类。单目运算符一般位于操作数的前面，如对 x 取负为-x；双目运算符一般位于两个操作数之间，如两个数 a 和 b 相加表示为 a+b；三目运算符只有一个，即为条件运算符，它含有 2 个字符，分别把 3 个操作数分开。

一个运算符可能是一个字符，也可能由 2 个或 3 个字符所组成，还有一些是 C++保留字。如赋值号（=）就是一个字符，不等于号（!=）就是 2 个字符，左移赋值号（<<=）就是 3 个字符，测类型长度运算符（sizeof）就是一个保留字。

每一种运算符都具有一定的优先级，用来决定它在表达式中的运算次序。一个表达式中通常包含有多个运算符，对它们进行运算的次序通常与每一个运算符从左到右出现的次序相一致，但若它的下一个（即右边一个）运算符的优先级较高，则下一个运算符应先被计算。如当计算表达式 a+b*(c-d)/e 时，则每个运算符的运算次序依次为：-, *, /, +。

对于同一优先级的运算符，当在同一个表达式的计算过程中相邻出现时，可能是按照从左到右的次序进行，也可能是按照从右到左的次序进行，这要看运算符的结合性。如加和减运算为同一优先级，它们的结合性是从左到右，当计算 a+b-c+d 时，先做最左边的加法，再做中间的减法，最后做右边的加法；又如各种赋值操作是属于同一优先级，但结合性是从右到左，当计算 a=b=c 时，先做右边的赋值，使 c 的值赋给 b，再做左边的赋值，使 b 的值赋给 a。

C++语言的运算符按其在表达式中与运算对象的关系（连接运算对象的个数）可分为：

- 单目运算（一元运算符，只需 1 个操作数）；
- 双目运算（二元运算符，需 2 个操作数）；
- 三目运算（三元运算符，需 3 个操作数）。

按其在表达式中所起的作用又可分为：

- 算术运算符 + - * / %
- 关系运算符 < <= >= == !=
- 逻辑运算符 ! && ||
- 位运算符 << >> ~ | ^ &
- 自增自减运算符 ++ --
- 赋值运算符 = 及其扩展（+= -= *= /= %= 等）
- 条件运算符 ? :
- 指针运算符 * 和 &
- 逗号运算符 ,
- 分量运算符 * ->
- 函数调用运算符 ( )

- 下标运算符 [ ]
- 求字节运算符 sizeof
- 强制类型转换运算符：（type）

下面将按类型分别介绍 C++的各类运算符。

1. 算术运算符

算术运算符有双目运算和单目运算两种。包括以下所列。

- ＋（加法运算符或正值运算符，如 1+2、+3）
- －（减法运算符或负值运算符，如 1−2、−3）
- *（乘法运算符，如 1*2）
- /（除法运算符，如 1/2）
- %（模运算符或称求余运算符，如 7%3=1）

补充说明：

（1）乘（*）、除（/）和取模（%）优先于加（+）、减（−）。

（2）括号用来表示一组项的计算。计算时，先计算括号内表达式的值，再将计算结果与括号外的数一起计算，例如：

```
1*(2+3)
=1*5              //先计算 2+3 的结果
=5
```

（3）取模运算符（%）只能用于计算两整数相除后得到的余数，不能对浮点数操作，例如：

```
7%4=3,  -5%3=-2
```

2. 赋值运算符

（1）赋值运算符"="的一般格式为：

```
变量=表达式;
```

表示将其右侧的表达式求出结果，赋给其左侧的变量。例如：

```
int i;
i=3*(4+5);        //i 的值变为 27
```

（2）赋值表达式本身的运算结果是右侧表达式的值，而结果类型是左侧变量的数据类型。例如：

```
int i=1.2*3;      //结果为 3,而不是 3.6
```

（3）赋值运算符的结合性是从右至左的，因此，C++程序中可以出现连续赋值的情况。例如，下面的赋值是合法的：

```
int i,j,k;
i=j=k=10;         //i,j,k 都赋值为 10
```

（4）复合运算符：

+=（加赋值），   -=（减赋值），   *=（乘赋值），
/=（除赋值），   %=（取模赋值）， <<=（左移赋值），

>>=（右移赋值），　　　&=（与赋值），　　　　　^=（异或赋值），　|=（或赋值）

它们的含义如下：

a+=b　　　　等价于　　a=a+b

a−=b　　　　等价于　　a=a−b

a*=b　　　　等价于　　a=a*b

a/=b　　　　等价于　　a=a/b

a%=b　　　　等价于　　a=a%b

a<<=b　　　等价于　　a=a<<b

a>>=b　　　等价于　　a=a>>b

a&=b　　　　等价于　　a=a&b

a^=b　　　　等价于　　a=a^b

a|=b　　　　等价于　　a=a|b

例如：

```
int a=12;
a+=a;
```

表示：

```
a=(a+a)=(12+12)=24;
```

又例如：

```
int a=12;
a+=a-=a*=a;
```

表示：

```
a=a-a    //a=144-144=0
a=a*a    //a=12*12=144
a=a+a    //a=0+0=0
```

3．关系运算符

（1）关系运算符用于两个值进行比较，运算结果为 true（真）或 false（假），分别用值非 0（true）或 0（false）表示。C++中的关系运算符如下：

<（小于），　　　<=（小于或等于），　　　　>（大于），　　　　>=（大于或等于），

==（等于），　　　!=（不等于），

（2）关系运算符都是双目运算符，其结合性是从左到右，<、<=、>、>=运算符的优先级相同，＝＝和!=运算符的优先级相同，前者运算的优先级高于后者。

（3）关系运算符的优先级低于算术运算符。

例如：

a+b>c　　　　等价于　　　　(a+b)>c

a!=b>c　　　　等价于　　　　a!=(b>c)

4．逻辑运算符

C++中的逻辑运算符为&&（逻辑与）、||（逻辑或）、!（逻辑非）。逻辑表达式的结果为真则为1，结果为假则为0。

逻辑非（!）是单目运算符，逻辑与（&&）和逻辑或（||）是双目运算符。

逻辑非的优先级最高，逻辑与次之，逻辑或最低。

逻辑运算真值表见表1-3。

表1-3 逻辑运算真值（真为非0，假为0）

a	b	a&&b	a||b	!a	!b
0	0	0	0	1	1
0	非0	0	1	1	0
非0	0	0	1	0	1
非0	非0	1	1	0	0

5. 自增、自减运算符

（1）自增（++）、自减（--）运算符为变量的增1和减1提供了紧凑格式。

（2）自增、自减运算符都是单目运算符，其作用是使变量的值增1或减1。

（3）自增、自减运算符有4种应用格式：

int a=3;b=a++;　　等价于 b=a;a=a+1;

int a=3;b=a--;　　等价于 b=a;a=a-1;

（运算符后置用法，代表先使用变量，然后对变量增值）

int a=3;b=++a;　　等价于 a=a+1;b=a;

int a=3;b=--a;　　等价于 a=a-1;b=a;

（运算符前置用法，代表先对变量增值，再使用变量）

（4）C++编译器在处理时尽可能多地自左向右将运算符结合在一起。

例如：a+++b 表示为(a++)+b 而不是 a+(++b)。

（5）在调用函数时，实参的求值顺序一般为自右向左，而不是PASCAL语言那样自左向右。例如：

```
int a=1;
printf("%d,%d,%d",a++,a++,a++);
```

输出的结果为3、2、1而不是1、2、3。

6. 条件运算符

（1）条件运算符"?:"是C++中唯一的三目运算符，其形式为：

表达式1？表达式2：表达式3

它的运算方式为：先计算表达式1的值，如果其值为非0（真），则表达式2的值就是整个表达式的最终结果；否则表达式3的值就是整个表达式的值。常见的一个例子为：

```
max=((a>b)?a:b)
```

上例定义了一个求两个数a和b中最大值，其中决定哪一个是最大值用了条件运算符。

（2）条件运算符的结合性是自右向左。例如有以下条件表达式：

```
a>b?a:c>d?c:d
```

相当于：

```
a>b?a:(c>d?c:d)
```

（3）条件运算符的优先级别高于赋值运算符，低于关系运算符和算术运算符。例如有：

```
a>b?a-b:b-a
```

相当于：

```
a>b?(a-b):(b-a)
```

7．位运算符

（1）位（bit）是计算机中表示信息的最小单位，一般用 0 和 1 表示。一个字符在计算机中用 8 个位表示，8 个位组成一个字节。C++语言需要将人们通常所习惯的十进制数表示为二进制、八进制或十六进制数来对位的操作。C++中所有的位运算符如下：

　～（按位求反），　　　　　<<（左移），　　　　　>>（右移），
　&（按位与），　　　　　　^（按位异或），　　　　|（按位或）。

（2）位运算符是对其操作数按二进制形式逐位进行运算，参加位运算的操作数必须为整数。

按位操作符要求操作数必须是整型、字符型和逻辑型数据。一个数按位左移（<<）多少位通常将使结果比操作数扩大了 2 的多少次幂；按位右移（>>）多少位通常将使结果比操作数缩小了 2 的多少次幂；按位取反（～）使结果为操作数的按位反，即 0 变 1 和 1 变 0；按位与（&）使结果为两个操作数的对应二进制位的与，1 和 1 的与得 1，否则为 0；按位或（|）使结果为两个操作数的对应二进制位的或，0 和 0 的或得 0，否则为 1；按位异或（^）使结果为两个操作数的对应二进制位的异或，0 和 1 及 1 和 0 的异或得 1，否则为 0。每一种按位操作的结果都是一个值，但不是左值。

假定若整数变量 x=24，y=36，它们对应的二进制表示为 00011000 和 00100100，因高位三个字节的值均为 0，所以省略不写，则：

```
(1)  x<<2=96           //x 的值不变,表达式值为对 x 值左移 2 位而得到的值 96
(2)  y>>3=4            // y 的值不变,表达式值为 4,约为 y 的 1/8
(3)  ~x=-25           //x 不变,表达式的值为-25
(4)  x&y=0             //x 和 y 不变,表达式的值为 0
(5)  x|y=60            // x 和 y 不变,表达式的值为 60
(6)  x|44=60          //表达式的值为 60
(7)  x^44=52
(8)  x|x<<2=120        //x 的值不变,表达式的值等于 120
```

8．sizeof 运算符（求字节运算符）

（1）sizeof 运算符是单目运算符，用于计算运算对象在内存中所占字节的多少，它有两种形式：

```
sizeof (类型标识符);
sizeof 表达式;
```

（2）sizeof 可以接受的类型标识符有很多，如 sizeof(int)表示求整型数据在内存中所占字节数。

例如 int a，则 sizeof(a)表示求变量 a 在内存中所占字节数。

例如 int a[10]，则 sizeof(a)表示求数组 a 在内存中所占字节数。

9．逗号运算符

（1）逗号运算符用于将多个表达式连在一起，并将各表达式从左到右的顺序依次求值，但只将其最右端的表达式的结果作为整个逗号表达式的结果。

（2）逗号表达式的一般格式为：

> 表达式 1,表达式 2,……,表达式 n

例如：

```
int a=3,b=4,c=5;
a+b,b+c,c+a;
```

则先求解 a+b，再求解 b+c，最后求解 c+a，整个表达式的结果为 c+a 的结果。

10．运算符优先级

（1）运算符优先级决定了在表达式中各个运算符执行的先后顺序。高优先级运算符先于低优先级运算符进行运算。如根据先乘除后加减的原则，表达式"a+b*c"会先计算 b*c，得到的结果再和 a 相加。在优先级相同的情形下，则按从左到右的顺序进行运算。

（2）当表达式中出现了括号时，会改变优先级。先计算括号中的子表达式值，再计算整个表达式的值。

表 1-4 列出了 C++的所有运算符集，依优先级从高到低排列。

表 1-4　　　　　　　　　　　　　　　运算符优先级和结合性

运 算 符	含 义	目 数	优 先 级	结 合 性
（ ） [ ] -> .	圆括号 下标 取所指结构体分量 取结构成员		1 （最高）	→
！ ～ ++ —— —	逻辑非 按位求反 自增 1 自减 1 取负	单目	2	←
& * （类型） sizeof	取地址 取内容 强制类型转换 长度计算			
* / %	乘 除 整数取模	双目	3	→
+ —	加 减	双目	4	→
<< >>	左移 右移	双目	5	→
< <= > >=	小于 小于或等于 大于 大于或等于	双目	6	→
== !=	恒等 不等于	双目	7	→

运　算　符	含　　义	目　　数	优　先　级	结　合　性
&	按位与	双目	8	→
^	按位异或	双目	9	→
|	按位或	双目	10	→
&&	逻辑与	双目	11	→
||	逻辑或	双目	12	→
?　:	条件	三目	13	←
== *= /= %= += −= >>= <<= &= ^ |=	赋值 运算并赋值 运算并赋值 运算并赋值 运算并赋值 运算并赋值 运算并赋值 运算并赋值 运算并赋值 运算并赋值 运算并赋值	双目	14	←
,	逗号（顺序求值）		15（最低）	→

（3）运算符的结合方式有两种：左结合和右结合。左结合表示运算符优先与其左边的标识符结合进行运算，如加法；右结合表示运算符优先与其右边的标识符结合，如单目运算符+、−。

（4）同一优先级的优先级别相同，运算次序由结合方向决定。如 1*2/3，*和/的优先级别相同，其结合方向自左向右，则等价于(1*2)/3。

（5）不同的运算符要求有不同的运算对象个数，单目运算符只需一个运算对象，如 i++、−a、sizeof(b)等。

1.2.6　表达式

表达式是用于计算的式子，它由运算符、运算数和括号组成。最简单的表达式只有一个常量或变量，当表达式中有两个或多个运算符时，表达式称为复杂表达式，其中运算符执行的先后顺序由它们的优先级和结合性决定。执行表达式所规定的运算，所得到的结果值便是表达式的值。

C++中由于运算符很丰富，因此表达式的种类也很多。常用的表达式有 6 种。

1．算术表达式

由算术运算符和位操作运算符组成的表达式。其表达式的值是一个数值，表达式的类型由运算符和运算数确定。

例如，a+3*(b/2)就是一个算术表达式。

2．逻辑表达式

由逻辑运算符组成的表达式。其表达式的值的类型为逻辑型，一般地，真用 1 表示，假用 0 表示。

例如，!a&&b||c 就是一个逻辑表达式。

3．关系表达式

由关系运算符组成的表达式。其表达式的值的类型为逻辑型，一般地，真用 1 表示，假用 0 表示。

例如，a>b!=c 就是一个关系表达式。

4．赋值表达式

由赋值运算符组成的表达式。

例如，已知 a=b 就是一个赋值表达式。

5．条件表达式

由三目运算符组成的表达式。条件表达式的值取决于?前面的表达式。该表达式的值为非 0 时，整个表达式的值为：前面表达式的值，否则为：后面表达式的值。条件表达式的类型是：前和：后两个表达式中类型高的一个表达式的类型。

例如，a>b?a:b 就是一个条件表达式。

6．逗号表达式

用逗号将若干个表达式连起来组成的表达式。该表达式的值是组成逗号表达式的若干个表达式中最后一个表达式的值，类型也是最后一个表达式的类型。逗号表达式计算值的顺序是从左至右逐个表达式分别计算。

例如，a+3，b+4，c+5 就是一个逗号表达式。

1.2.7　数据类型转换

C++中数据类型转换有两类，即隐式类型转换和显式类型转换。

1．隐式类型转换

隐式类型转换是由编译器自动完成的类型转换。当编译器遇到不同类型的数据参与同一运算时，会自动将它们转换为相同类型后再进行运算，赋值时会把所赋值的类型转换为与被赋值变量类型一样。隐式类型转换按从低到高的顺序进行，如图 1-2 所示。

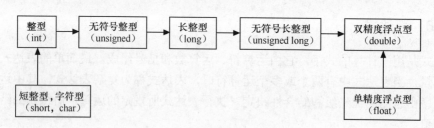

图 1-2　数据类型转换的顺序

2．显式类型转换

显式类型转换是由程序员显式指出的类型转换，转换形式有两种：

类型名（表达式）

（类型名）表达式

这里的"类型名"是任何合法的 C++数据类型，例如 float、int 等。通过类型的显式转换可以将"表达式"转换成适当的类型。

例如：

```
double f=3.6;
int n=(int)f;
```

这样 n 为 3。

使用显式类型转换的好处是编译器不必自动进行两次转换，而是由程序员负责类型转换的正确性。

1.3 C++语言程序的结构

高级语言源程序的基本组成单位是语句。在 C++程序中，语句是最小的可执行单元，一条语句由一个分号结束。一条语句可以很简单，也可以很复杂。最简单的语句是在表达式后面缀一个分号（即表达式语句），此外还有由若干条简单语句组合起来的复合语句。组成 C++程序的语句按其功能可以划分为两类：一类是用于描述计算机执行的操作运算（如赋值语句），称为操作运算语句；另一类是控制上述操作运算的执行顺序（如循环控制语句），称为流程控制语句。任何程序设计语言都具备流程控制的功能。基本的控制结构有 3 种：顺序结构、选择结构和循环结构。C++语言也不例外，提供了这 3 种基本的流程控制语句，即顺序控制语句、选择控制语句、循环控制语句；除此之外，还提供了比其他高级语言更丰富的流程控制语句。本章主要介绍 C++语言中常用的各种操作运算语句及其对数据的处理，以及各种流程控制语句的结构及其在程序设计中的功能。

1.3.1 顺序结构

顾名思义，所谓顺序结构，就是指按照语句在程序中的先后次序一条一条地顺次执行。顺序控制语句是一类简单的语句，上述的操作运算语句即是顺序控制语句，包括表达式语句、输入/输出等。

1. 表达式语句

任何一个表达式后面加上一个分号就构成了表达式语句（没有分号的不是语句）。表达式是指用运算符连接各个运算对象，符合语法规则的式子。在 C++程序中，几乎所有的操作运算都通过表达式来实现，而表达式语句也就成了 C++程序中最简单也是最基本的一类语句。例如，以下都是表达式语句：

```
a=3+5;
a>b?a:b;
a=1,b=2,c=3;
printf("hello\n");
```

常见的表达式语句有：空语句、赋值语句、函数调用语句等几种。

（1）空语句

空语句是指只有一个分号而没有表达式的语句。语法格式为：

```
;
```

空语句不做任何操作运算，只是作为一种形式上的语句填充在控制结构中。这些填充处需要一条语句，但又不做任何操作。

空语句是最简单的表达式语句。

（2）赋值语句

赋值语句是由赋值表达式加一个语句结束标志（分号";"）构成的语句。语法格式为：

变量 赋值运算符 表达式；

例如：

```
a=1;
b+=2;
c=sin(d);
```

赋值语句是 C++程序中最基本、使用频率最高的语句之一。它的执行过程为：先计算表达式的值，再将该值转换成与左部变量类型一致的值，并将该值赋给左部的变量。

也可以多重赋值，将一个表达式的值同时赋给多个变量。如：

变量 1=变量 2= … =变量 *n*=表达式；

等价于：

变量 1=表达式；变量 2=表达式；…；变量 *n*=表达式；

（3）函数调用语句

函数调用语句是由函数调用表达式加一个语句结束标志（分号";"）构成的语句。

例如：

```
scanf("%d",&e);
max(a,b);
```

2．输入/输出（I/O）

C++程序没有输入/输出语句，它的输入/输出功能由函数（scanf、printf）或流控制来实现。输入/输出流（I/O 流）是输入或输出的一系列字节。C++定义了运算符"<<"和">>"的 iostream 类。在这里只介绍如何利用 C++的标准输入/输出流实现数据的输入/输出功能。

（1）输入

当程序需要执行键盘输入时，可以使用抽取操作符">>"从输入流 cin 中抽取键盘输入的字符和数字，并把它赋给指定的变量。例如：

```
#include<iostream.h>
void main()
{
    int a;
    cin>>a;
}
```

应说明的是：这里的抽取操作符">>"与位移运算符">>"是同样的符号，但这种符号在不同的地方其含义是不一样的。

（2）输出

当程序需要在屏幕上显示输出时，可以使用插入操作符"<<"向输出流 cout 中插入字符和数字，并把它在屏幕上显示输出。例如：

```
#include<iostream.h>
void main()
{
```

```
cout<<"Hello.\n";
}
```

与输入一样，这里的插入操作符"<<"与位移运算符"<<"是同样的符号，但这种符号在不同的地方其含义是不一样的。

在 C++程序中，cin 与 cout 允许将任何基本数据类型的名字或值传给流，而且书写格式较灵活，可以在同一行中串联书写，也可以分写在几行，提高可读性。例如：

```
cout<<"hello";
cout<<3;
cout<<endl;
```

等价于：

```
cout<<"hello"<<3<<endl;
```

也等价于：

```
cout<<"hello"              //注意：行末无分号
    <<3                    //行末无分号
    <<endl;
```

又例如：

```
int a; double b;
cin>>a>>b;                 //cin 可分辨不同的抽取变量类型
```

（3）常用的控制符

用控制符（manipulators）可以对 I/O 流的格式进行控制。C++在头文件 iomanip.h 中定义了控制符对象，可以直接将这些控制符嵌入到 I/O 语句中进行格式控制。在使用这些控制符时，要在程序的开头包含头文件 iomanip.h。表 1-5 列出了常用的 I/O 流控制符。

表 1-5　　　　　　　　　　　　常用的 I/O 流控制符

控　制　符	含　　义
dec	数值数据采用十进制表示
hex	数值数据采用十六进制表示
oct	数值数据采用八进制表示
setw(n)	设置域宽为 n 个字符
setprecision(n)	设置浮点数的小数位数（包括小数点）
setioflags(ios::uppercase)	十六进制数大写输出
setioflags(ios::lowercase)	十六进制数小写输出
setiosflags(ios::left)	左对齐
setiosflags(ios::right)	右对齐
setiosflags(ios::showpos)	设置正、负符号的显示
setfill(c)	设置填充字符为 c
endl	插入换行符，并刷新流

下面简单介绍这些控制符的使用。

① 控制不同进制的输出（十进制、八进制、十六进制）

默认情况下，程序以十进制（dec）的形式输出。当根据不同的情况需要以八进制或十六进制的形式输出时，只需在输出流中用控制符 oct（八进制）、hex（十六进制）进行过滤，即可按相应的进制来显示数据。这 3 个控制符在头文件 iostream.h 中定义，在使用这些控制符时，要在程序的开头包含头文件 iostream.h。

例 1-2：给出以下程序的运行结果。

```
#include<iostream.h>
void main()
{
    int a=1001;
    cout<<"默认下: "<<a<<endl;
    cout<<"十进制: "<<dec<<a<<endl;
    cout<<"八进制: "<<oct<<a<<endl;
    cout<<"十六进制: "<<hex<<a<<endl;
}
```

此程序的运行结果为：

```
默认下: 1001
十进制: 1001
八进制: 1751
十六进制: 3e9
```

注意：一旦使用了进制控制符，该控制符的作用域就会一直延续到程序结束，或者遇到另一个进制控制符。

控制符 setiosflags（ios::uppercase）可以控制十六进制数以大写形式输出。此控制符包含在头文件 iomanip.h 中。

例 1-3：将上例进行改写，增加一个头文件，使其对十六进制数进行大写控制。程序如下：

```
#include<iostream.h>
#include<iomanip.h>
void main()
{
    int a=1001;
    cout<<"默认下: "<<a<<endl;
    cout<<"十进制: "<<dec<<a<<endl;
    cout<<"八进制: "<<oct<<a<<endl;
    cout<<"十六进制: "<<hex<<setiosflags(ios::uppercase)<<a<<endl;
}
```

此程序的运行结果为：

```
默认下: 1001
十进制: 1001
八进制: 1751
十六进制: 3E9
```

② 控制输出宽度

使用控制符 setw(*n*)，可以指定每个数据输出时占用的宽度，即这个数据占用的最小字符长度。当用 setw(*n*)设置的宽度小于输出数据的实际宽度时，该设置无效，而是按照数据的实际宽度输出；当设置的宽度大于或等于输出数据的实际宽度时，则在数据字符前显示空白（即用空格填充），按设置的 n 位宽度输出。

例1-4： 给出以下程序的运行结果。

```
#include<iostream.h>
#include<iomanip.h>
void main()
{
    int a=1234567890;
    double b=123.45;
    cout<<setw(10)<<a<<endl;
    cout<<setw(10)<<b<<endl;
    cout<<setw(8)<<b<<endl;
    cout<<setw(6)<<b<<endl;
    cout<<setw(4)<<b<<endl;
}
```

此程序的运行结果为：

```
1234567890
    123.45
  123.45
123.45
123.45
```

从运行结果可以看出：小数点也算一位宽度；当用 setw 设置的宽度小于实际宽度时，设置无效。

setw(n)的默认值为宽度 0，即 setw(0)，意思是按输出数据的实际宽度输出。

注意： setw(n)控制符只影响紧跟着它的数据。如果要对多个数据设置输出宽度，则必须对每个数据都要使用 setw(n)控制符。

③ 控制输出精度

使用 setprecision(n)控制符可以控制输出流显示数值的精度，即控制显示浮点数的数字个数。C++默认的输出流数值的有效位是 6。例如：

```
#include<iostream.h>
#include<iomanip.h>
void main()
{
    double a=1.234567;
    cout<<a<<endl;
}
```

本来希望显示的数字是 1.234 567，但是显示的却是 1.234 57，即默认显示了 6 位有效位。

如果希望显示的数字是 1.23，即保留两位小数，此时可用 setprecision(n)控制符加以控制，如下例：

```
double a=1.234567;
cout<<setprecision(3)<<a<<endl;
```

此时表示显示 3 位有效位。当小数位数截短显示时，进行四舍五入处理。

请注意：一旦使用了 setprecision 控制符，则该控制符的作用域会一直持续到程序结束，或者遇到了另外一个 setprecision 控制符。

④ 控制左右对齐

默认情况下，C++程序的 I/O 流以左对齐方式显示输出的内容。使用控制符 setiosflags(ios::left) 和 setiosflags(ios::right)，可以控制输出内容的左、右对齐方式。setiosflags(ios::left)和 setiosflags(ios::right)控制符在头文件 iomanip.h 中定义。

⑤ 控制正、负符号的显示

默认情况下，C++程序的 I/O 流只在负数之前显示值的负号。在不同情况下，有时需要在正数之前显示数的正号，此时可以用控制符 setiosflags(ios::showpos)，根据输出数值的正负，在数值前分别加上+、−号。setiosflags(ios::showpos)控制符在头文件 iomanip.h 中定义。

例 1-5：给出以下程序的运行结果。

```
#include<iostream.h>
#include<iomanip.h>
void main()
{
    cout<<10<<" "<<-20<<endl;
    cout<<setiosflags(ios::showpos)<<30<<" "<<-40<<endl;
}
```

此程序的运行结果为：

```
10  -20
+30  -40
```

⑥ 控制空位填充

当待输出数据的实际长度小于 setw(n)确定的输出宽度时，默认情况下，在数据前用空格填充，保证输出的位数为 *n*。C++程序允许使用控制符 setfill(c)来确定一个填充空位的非空格的别字符 c。setfill(c)控制符在头文件 iomanip.h 中定义。

例 1-6：给出以下程序的运行结果。

```
#include<iostream.h>
#include<iomanip.h>
void main()
{
    cout<<setfill('*')<<setw(4)<<12<<endl;
}
```

此程序的运行结果为：

```
**12
```

3. 复合语句

C++语言允许把一组语句用一对花括号括起来，构成一个复合语句。例如：

```
{
    int a;
```

```
        a=1+2;
    }
```

注意：一个复合语句的右花括号"}"之后不能再写分号。

复合语句是若干条语句的一个集合，它在语法上是一个整体，相当于一个语句。复合语句与简单语句一样使用。在能使用简单语句的地方，都能够使用复合语句。在一个复合语句中可以包含另外一个或多个复合语句，而且也可以定义变量，也具有顺序、选择、循环结构，因此又将复合语句称为分程序。在分程序中定义的变量只在此分程序中有效。

1.3.2 选择结构

上一节介绍了顺序、选择、循环是结构化程序的 3 种基本结构。实际上，因为顺序结构是自然形成的，语句默认都是顺序执行，并不需要在程序中加以专门的控制，所以在这里着重讨论语句的选择和循环功能。如果遇到选择或循环语句，顺序执行的规则就将随之改变。

选择语句又称为分支语句，它通过对给定的条件进行判断，从而决定执行两个或多个分支中的哪一支。因此，在编写选择语句之前，应该首先明确判断条件是什么，并确定当判断结果为"真"或"假"时应分别执行什么样的操作（算法）。C++程序中提供的选择语句有两种：if…else 语句和 switch 语句。

1. if…else 语句

（1）if 语句

if 语句的语法格式为：

```
    if （条件表达式）
        语句;
```

或：

```
    if （条件表达式）
    {
        语句序列;
    }
```

它的意义为：如果条件表达式进行一次测试，且测试为真，则执行后面的语句。C++中的 if 语句与其他计算机语言的 if 语句区别不大。

当语句序列只包含一条语句时，包围该语句序列的花括号可以省略。

例 1-7：判断用户的输入，如果输入的数值大于 0，则在屏幕上显示"正数"。

```
    #include<iostream.h>
    void main()
    {
        int a;
        cin>>a;
        if(a>0)
        cout<<"正数"<<endl;
    }
```

（2）空语句

编译器必须在 if 条件表达式的后面找到一个作为语句结束符的分号";"，以标志 if 语句的结束。这样，如果是下面的代码：

```
if（条件表达式）;      //空语句做 if 中的语句
语句;
```

则不管条件表达式为真为假，总是接着执行分号后的语句。即相当于 if 语句不做任何事。

（3）if…else 语句

if…else 语句的语法格式为：

```
if（条件表达式）
{
    语句序列 1;
}
else
{
语句序列 2;
}
```

else 后的代码规则和 if 后面的代码规则一样。

它的意义为：如果"条件表达式"的判断结果为真，则执行语句序列 1；如果"条件表达式"的判断结果为假，则执行语句序列 2。

If…else 构造了一种两路分支结构。这是一种最基本的选择结构，前面所讲的 if 语句和空语句都是它的派生结构。If…else 语句的执行过程是：先对条件表达式进行判断，如果判断结果为真（True，条件成立，值不为 0），就执行 if 分支结构（语句序列 1）；否则（判断结果为假，False，条件不成立，值为 0），就执行 else 分支结构（语句序列 2）。判断的条件表达式可以是关系表达式、逻辑表达式或算术表达式，但不要用赋值表达式，因为判断主要是以其值是否为 0 作为依据。

例 1-8：判断用户的输入，如果输入的数值大于 0，则在屏幕上显示"正数"；否则在屏幕上显示"不是正数"。

```
#include<iostream.h>
void main()
{
    int a;
    cin>>a;
    if(a>0)
      cout<<"正数"<<endl;
    else
      cout<<"不是正数"<<endl;
}
```

当语句序列 1、语句序列 2 中又包含 if…else 语句时，就形成了 if…else 语句的嵌套结构。当多个 if…else 语句嵌套时，else 与哪个 if 配对呢？为了防止出现二义性，C++语言规定，由后向前使每一个 else 都与其前面的最靠近它的 if 配对。如果一个 else 的上面又有一个未经配对的 else，则先处理上面的（内层的）else 的配对。这样反复配对，直到全部 else 配完为止。按照这一规则，就可以清楚地分析程序的逻辑关系。

例如：判断用户的输入，根据输入数值是大于 0、等于 0、小于 0，分别在屏幕上显示"正数"、"零"、"负数"。

```
#include<iostream.h>
void main()
{
    int a;
    cin>>a;
    if(a>0)
        cout<<"正数"<<endl;
    else
        if(a<0)
            cout<<负数"<<endl;
        else
            cout<<"零"<<endl;
}
```

上例相当于这样的语法结构：

```
if （条件表达式 1）<语句序列 1>；
else if （条件表达式 2）<语句序列 2>；
…
else if （条件表达式 n）<语句序列 n>；
else <语句序列 n+1>；
```

该语句的功能如下：先计算（条件表达式 1）给出的表达式值。如果该值为非 0（真），则执行<语句序列 1>，执行完毕后转到该条件语句后面继续执行其后的语句；如果该值为 0（假），则继续计算（条件表达式 2）给出的表达式值。如果该值为非 0（真），则执行<语句序列 2>，执行完毕后转到该条件语句后面继续执行其后的语句；如果该值为 0（假），则继续计算（条件表达式 3）给出的表达式值，依次类推。如果所有条件中给出的表达式值都为 0，则执行 else 后面的<语句序列 *n*+1>。如果没有 else，则什么也不做，转到该条件语句后面的语句继续执行。

又例如：判断 a、b、c 3 个数中的最大值。

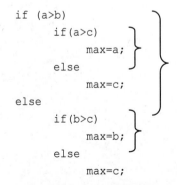

```
if (a>b)
    if(a>c)
        max=a;
    else
        max=c;
else
    if(b>c)
        max=b;
    else
        max=c;
```

由上例可以看出，正确的缩进格式可以帮助读者理解程序。但是，格式的缩进只是一种书写方式，并不代表其事实上的逻辑关系，相反，错误的缩进格式还会造成理解上的错误。因此，在容易误解的地方可以按照语法关系加上花括号来标识逻辑关系的正确性。如上例可以改写为：

```
if (a>b)
{
    if(a>c)
        max=a;
    else
        max=c;
}
else
{
    if(b>c)
        max=b;
    else
        max=c;
}
```

2. switch 语句

switch 语句是多分支的选择语句。在解决现实问题时常常需要用到多分支的选择结构，例如，学生成绩分类（90 分以上为优，80～89 分为良，70～79 分为中等）。if 语句是二分支选择语句，嵌套的 if 语句可以处理多分支选择。但是，用 switch 语句更加直观。

switch 语句的语法格式为：

```
switch（整数表达式）
{
    case 常量表达式 1: <语句序列 1>;
    case 常量表达式 2: <语句序列 2>;
    …
    case 常量表达式 n: <语句序列 n>;
    default: <语句序列 n+1>;
}
```

switch 语句的执行顺序是：首先对"整数表达式"进行计算，得到一个整型常量结果，然后从上到下寻找与此结果相匹配的常量表达式所在的 case 语句，以此作为入口，开始顺序执行入口处后面的各语句，直到遇到 break 语句，才结束 switch 语句，转而执行 switch 结构后的其他语句。如果没有找到与此结果相匹配的常量表达式，则从 default: 处开始执行语句序列 $n+1$。

例如，根据考试成绩的等级输出百分制分数段：

```
char grade;
//…
switch (grade)
{
    case'A': cout << "85～100\n";break;
    case'B': cout << "70～84\n";break;
    case'C': cout << "60～69\n";break;
    case'D': cout << "<60\n";break;
    default: cout << "error\n";break;
}
```

若 grade 的值为 'A'，则程序的输出结果为：

```
85~100
```

有以下几点说明。

（1）default 语句是可缺省的。当 default 不出现时，若表达式的值与所有常量表达式的值都不匹配，则退出 switch 语句。

（2）switch 后面括号中的表达式只能是整型、字符型或枚举型表达式。case 后面的常量表达式的类型必须与其匹配，可以是一个整数或字符，也可以是不含变量与函数的常数表达式。例如：

```
switch(c)
{
    …
    case 1+2:…;
    …
}
```

可以通过编译。但是不能写为：

```
int a=1,b=2;
…
switch(c)
{
    …
    case a+b:…;
    …
}
```

（3）在各个分支中的 break 语句起着退出 switch 语句的作用。因此，在每个 case 分支后都应该加上一个 break 语句，否则会继续执行下一个 case 分支直到遇到一个 break 语句，或直到整个 switch 语句结束。

例如：若上例中没 break 语句，

```
switch (grade)
{
    case'A': cout << "85~100\n"
    case'B': cout << "70~84\n";
    case'C': cout << "60~69\n";
    case'D': cout << "<60\n";
    default: cout << "error\n";
}
```

则若 grade 的值为 'A'，程序会连续输出如下形式：

```
85~100
70~84
60~69
<60
error
```

从程序中看，default 语句中的 break 语句是不必要的，因为没有这一句，执行完语句序列 $n+1$ 后也会退出 switch 语句。通常只是为了保持形式上的一致，在习惯上保留它。

（4）case 语句起标号的作用。标号不能重名，所以每一个 case 常量表达式的值必须互不相同，否则就会出现编译错误。例如，下面的代码中 case 出现相同常量值：

```
case'A':cout<<"this is A \n";
case 65:cout<<"this is 65 \n";   //error:'A'等值于 65
```

或者：

```
case 1+2: …;
…
case 7-4: …;
```

（5）当多个分支需要执行同一操作时，可以使多个 case 语句共用一组语句序列。例如：

```
//…
case 'A':
case 'B':
case 'C':cout <<">60\n";
```

即：当 grade 的值为'A'，'B'和'C'时，都输出">60"。但是不能将值用逗号隔开，试图在一个 case 中实现。如，下面的写法是错误的：

```
case 'A', 'B', 'C': cout <<">60\n";
```

（6）各个 case（包括 default）语句的出现次序可以任意。在每个 case 分支都带有 break 语句的情况下，case 语句的次序不影响执行结果。

（7）每个 case 语句中可以有多条语句组成相应的语句序列，但不必用{ }。然而整体的 switch 结构是由若干 case 语句与一个可缺省的 default 语句构成的整体，一定要写一对花括号{ }。

（8）switch 结构也可以嵌套。case 与 default 标号是与包含它的最小的 switch 相联系的。

例 1-9：读入一行字母，求其中元音字母出现的次数。

```
#include <iostream.h>
#include <conio.h>
void main( )
{
  char c;
  int count=0;
  while ((c=getche())!='\n')
  {
switch (c) {
      case 'a':
          case 'A':
          case 'e':
      case 'E':
          case 'i':
          case 'I':
      case 'o':
```

```
                    case 'O':
                    case 'u':
                    case 'U': count++;break;
        }
      }
      cout<<count<<endl;
    }
```

1.3.3　循环结构

人们解决问题的一个常用方法是把一个复杂的问题转化为一些较为简单的问题，通过重复地求解简单的问题，最终得到复杂问题的解。这种思路在程序设计思想中就表现为循环。循环控制语句提供重复处理的功能，几乎所有的高级语言都具有这种控制语句。C++也不例外。

C++提供了 3 种循环控制语句：while 语句，do…while 语句，for 语句。3 种语句都由相似的 3 部分组成：进入循环的条件，循环体，退出循环的条件；完成的功能也类似。所不同的是三者进入与退出循环的方式不同。

while 语句：当条件满足时进入，重复执行循环体，直到条件不满足时退出。

do…while 语句：无条件进入，执行一次循环体后判断是否满足条件，当条件满足时重复执行循环体，直到条件不满足时退出。

for 语句：当循环变量在指定范围内变化时，重复执行循环体，直到循环变量超出了指定的范围时退出。

下面分别介绍这三种循环控制语句。

1．while 语句

while 语句的语法格式为：

```
    while（条件表达式）
        循环体；
```

它的含义为：首先对条件表达式进行判断，若判断结果为假（false，0），则跳过循环体，执行 while 结构后面的语句。若判断结果为真（true，非 0），则进入循环体，执行其中的语句序列。执行完一次循环体语句后，修改循环变量，再对条件表达式进行判断，若判断结果为真，则再执行一次循环体语句……。依此类推，直到判断结果为假时，退出 while 循环语句，转而执行后面的语句。即"先判断后执行"。

while 循环由 4 个部分组成：循环变量初始化，判断条件，循环体，改变循环变量的值。

例如，计算 sum=1+2+3+…+10 的 while 循环结构如下：

```
    sum=0;
    i=1;                    //循环变量初始化
    while (i<=10)           //判断条件
    {                       //循环体
        sum=sum+i;
        i++;               //改变循环变量的值
    }
```

例 1-10：输入一行字符，求其中字母、数字和其他符号的个数。

解：

```
#include <iostream.h>
#include <conio.h>
void main( )
{
 char c;
 int letters=0,digit=0,others=0;
 cout<<"Please input a line charaters\n";
 while ((c=getche( ))!='\n')
 {
  if (c>='a' && c<='z' || c>='A' && c<='Z' )
   letters++;
  else
   if (c>='0' && c<='9')
digit++;
 else
   others++;
 }
    }
```

注意：

（1）如果循环体包含一个以上的语句，则应该用花括号括起来，以块语句形式出现。如果不加花括号，则 while 的范围只到 while 后面的第一条语句。

（2）对于循环变量的初始值和判断条件的边界值要仔细定义，因为这将影响到循环次数是否会增加一次或减少一次。

（3）在 while 结构中，对条件表达式的计算总是比循环体的执行多一次。这是因为最后一次判断条件为假时不执行循环体。

（4）当循环体不实现任何功能时，要使用空语句作为循环体，表示为：

```
while （条件表达式）;
```

（5）循环体中，改变循环变量的值很重要。如果循环变量的值恒定不变，则继续条件也永不改变，导致无限循环（也即死循环）。或者当条件表达式为一常数时，比如：while(8)，也会导致无限循环。若要退出一个无限循环，必须在循环体内用 break 等语句退出。

2．do…while 语句

do…while 语句的语法格式为：

```
do
    循环体;
while （条件表达式）;
```

它的含义为：当流程到达 do 后，立即执行循环体语句，然后再对条件表达式进行判断。若条件表达式的值为真（非 0），则重复执行循环体语句，否则退出。即"先执行后判断"方式。

do…while 语句与 while 语句功能相似。将上例用 while 语句编写的程序重新用 do…while 语句编写。

例如：计算 sum=1+2+3+…+10 的 do…while 循环结构如下：

```
sum=0;
i=1;                        //循环变量初始化
do
{                           //循环体
    sum=sum+i;
    i++;                    //改变循环变量的值
} while (i<=10)             //判断条件
```

例 1-11：求满足下式的最小 *n* 值，limit 由键盘输入。

$$1+1/2+1/3+\cdots+1/n>\text{limit}$$

程序如下：

```
#include <iostream.h>
void main()
{
        int i=0,sum=0;
float limit;
cout <<"Please input limit:\n";
cin>>limit;
        do {
            i++;
            sum+=i;
    } while sum<limit;
cout<<i;
    }
```

与 while 语句不同的是：while 语句有可能一次都不执行循环体，而 do…while 循环至少执行一次，因为直到程序到达循环体的尾部遇到 while 时，才知道继续条件是什么。

do…while 结构与 while 结构都具有一个 while 语句，很容易混淆。为明显区分它们，do…while 循环体即使是一个单语句，习惯上也使用花括号包围起来，并且 while（表达式）直接写在花括号"}"的后面。这样的书写格式可以与 while 结构清楚地区分开来。例如：

```
do
{
    sum+=i++;
} while (i<=100);
```

3．for 语句

for 语句的语法格式为：

```
for (表达式 1;表达式 2;表达式 3)
    循环体;
```

其中，表达式 1 可以称为初始化表达式，一般用于对循环变量进行初始化或赋初值；表达式 2 可以称为条件表达式，当它的判断条件为真时，就执行循环体语句，否则终止循环，退出 for 结构；表达式 3 可以称为修正表达式，一般用于在每次循环体执行之后，对循环变量进行修改操作；循环体是当表达式 2 为真时执行的一组语句序列。具体来说，for 语句的执行过程如下：

（1）先求解表达式 1；

（2）求解表达式 2，若为 0（假），则结束循环，转到（5）；

（3）若表达式 2 为非 0（真），则执行循环体，然后求解表达式 3；

（4）转回（2）；

（5）执行 for 语句下面的一个语句。

如果将 for 语句的一般形式用 while 来表达，则为如下：

```
表达式 1;
while (表达式 2)
{
    循环体;
      表达式 3;
}
```

可见，用 for 语句来表达循环要求，在格式上更加紧凑。它可以利用表达式 3 自动改变循环变量的值，节省 while 循环体中的一次"修正操作"。同时，它在设计上也更加灵活。它不仅可以用于循环次数已经确定的情况，还可以用于循环次数不确定而只给出循环结束条件的情况。

例如，计算 sum=1+2+3+…+10，对于 for 循环来说，方式更简单、可读：

```
sum=0;
for (i=1;i<=10;i++)        //初始化,判断条件,修改方式,步长都在顶部描述
{
    sum+=i;                //循环体相对简洁
}
```

由上例可见，for 语句将循环体所用的控制都放在循环顶部统一表示，显得更直观。除此之外，for 语句还充分表现了其灵活性。比如，表达式 3 并不仅限于修正循环变量的值，还可以是任何操作。例如，可将上例改写为：

```
for (sum=0,i=1;i<=10; sum+=i ,i++);
```

此时，表达式 1 是一个逗号表达式，它包含两个简单表达式，同时将 sum 和 i 变量进行初始化。表达式 3 也是一个逗号表达式，也包含两个简单表达式，它把本应由循环体完成的求和功能与循环变量的修改放在一起。注意，此时 for 语句没有循环体，也即循环体是一个空语句。

有时，表达式 2 被省略。即不判断循环条件，循环无终止地进行下去。也就是认为表达式 2 始终为真。这是经常用到的利用 for 语句表示无限循环的方式（常见的还有将表达式 2 设为一常数的方式表示无限循环）。这时，需要在循环体中有跳出循环的控制语句。

例如，求和运算：

```
for (i=1; ; i++)    //分号不能省略
{
    sum+=i;
    if (i>10)
        break;
```

```
        }
```
等价于：

```
    for (i=1; 5 ; i++)
    {
        sum+=i;
        if (i>10)
            break;
    }
```

最简单的表示无限循环的方式如下：

```
    for( ; ; )          //分号不能省略
```

三个表达式都可省略。即不设初值，不判断条件（认为表达式 2 为真），循环变量不变化，无终止执行循环体的语句。

例 1-12：输出菲波那切数列的前 20 项。即前两项为 1，以后每一项为前两项之和。

```
    #include <iostream.h>
    void main()
    {
      int i1=1,i2=1,i3,i;
      cout<<i1<<' '<<i2<<' ';
      for (i=3;i<=20;i++)
      {
       i3=i1+i2;
       cout<<i3<<' ';
       i1=i2;
       i2=i3;
      }
    }
```

1.3.4　转移语句

在 C++中，除了提供顺序执行、选择控制和循环控制语句外，还提供了一类跳转语句。这类语句的总体功能是中断当前某段程序的执行，并跳转到程序的其他位置继续执行。常见的跳转语句有 3 种：break 语句、continue 语句与 goto 语句。其中，前两种语句不允许用户自己指定跳转到哪里，而是必须按照相应的原则跳转，后一种语句可以由用户事先指定欲跳转到的位置，按照用户的需要进行跳转。

1．break 语句

break 语句的作用是：结束当前正在执行的循环（for、while、do…while）或多路分支（switch）程序结构，转而执行这些结构后面的语句。

在 switch 语句中，break 用来使流程跳出 switch 语句，继续执行 switch 后的语句。

在循环语句中，break 用来从最近的封闭循环体内跳出。

例如，下面的代码在执行了 break 之后，继续执行"a+=1;"处的语句，而不是跳出所有的循环：

```
    for ( ; ; )
```

```
    {
        …
        for ( ; ; )
        {
            …
            if (i==1)
                    break;
            …
        }
        a+=1;                        //break 跳至此处
                                     //…
    }
```

例 1-13：编程求 50～100 内的素数。

```
#include <iostream.h>
#include <math.h>
#define  MIN 51
#define  MAX 100
void  main ( )
{
  int  i,j,k;
  for  (i=MIN;i<=MAX;i+=2)     //素数必是奇数
  {
   k=int (sqrt(double(i)));
   for  (j=2;j<=k;j++)
    if (i%j==0)
     break;
    if (j>=k+1)
     cout<<' '<<i;
  }
  cout<<endl;
}
```

输出结果为：

```
53   59   61   67   71   73   79   83   89   97
```

2．continue 语句

continue 语句的作用是：结束当前正在执行的这一次循环（for、while、do…while），接着执行下一次循环。即跳过循环体中尚未执行的语句，接着进行下一次是否执行循环的判定。

在 for 循环中，continue 用来转去执行表达式 2。

在 while 循环和 do…while 循环中，continue 用来转去执行对条件表达式的判断。

例如：输出 1~100 之间的不能被 7 整除的数。

```
for (int i=1; i<=100; i++)
{
        if (i%7==0)
```

```
        continue;
      cout << i << endl;
  }
```

当 i 被 7 整除时，执行 continue 语句，结束本次循环，即跳过 cout 语句，转去判断 i<=100 是否成立。只有 i 不能被 7 整除时，才执行 cout 函数，输出 i。

例 1-14：编程从键盘上输入的 10 个数中所有正数之和。

```
#include <iostream.h>
void main( )
{
  int num; sum=0;
  cout<<"please input number:";
  for (int i=1;i<=10;i++)
  {
   cin>>num;
   if (num<0)
continue;
   sum+=num;
  }
  cout <<"sum="<<sum<<endl;
}
```

continue 语句和 break 语句的区别是：continue 语句只结束本次循环，而不是终止整个循环的执行。break 语句则是结束本次循环，不再进行条件判断。

3. goto 语句

goto 语句的语法格式为：

```
goto  标号;
```

其中，标号是一个用户自定义的标识符，它的命名规则与变量名的命名规则相同。定义标号时，由一个标识符后面跟一个冒号组成。标号的位置自由，可位于 goto 语句的前面，也可位于 goto 语句的后面，但必须与 goto 语句共处于同一函数中。

goto 语句的作用是：结束当前正在执行的循环（for、while、do…while）或多路分支（switch）程序结构，转而执行标号所标识的语句。

例如：求 1 加到 10 的总和。

```
        i=1; sum=0;
  loop:
        sum+=i++;
        if (i<=10)
              goto loop;
        cout <<"the sum is"<< sum << endl;
```

滥用 goto 语句将使程序流程无规则、可读性差，现代程序设计方法主张限制使用 goto 语句。使用 goto 语句实现的循环完全可以用 while 或 for 循环来表示。一般地，goto 语句只在一个地方有使用价值：当要从多重循环深处直接跳转到循环之外时，如果用 break 语句，将要用多次，而且可读性并不好，这时 goto 可以发挥作用。

1.4 C++语言程序的编辑及运行

1.4.1 Linux 程序设计基础知识

对一个 Linux 开发人员来说，在使用一种编程语言编写程序以前，对操作系统中程序的保存位置有一个透彻的了解是很重要的。比如，应知道软件工具和开发资源保存在什么位置是很重要的。下面首先简单介绍 Linux 的几个重要的子目录和文件。

这部分内容虽然是针对 Linux 的，但同样也适用于其他类 UNIX 系统。

1. 程序安装目录

Linux 下的程序通常都保存在专门的目录里。系统软件可以在/usr/bin 子目录里找到。系统管理员为某个特定的主机系统或本地网络添加的程序可以在/usr/local/bin 子目录里找到。

系统管理员一般都喜欢使用/usr/local 子目录，因为它可以把供应商提供的文件和后来添加的程序以及系统本身提供的程序隔离开来。/usr 子目录的这种布局方法在需要对操作系统进行升级的时候非常有用，因为只有/usr/local 子目录里的东西需要保留。我们建议读者编译自己的程序时，按照/usr/local 子目录的树状结构来安装和访问相应的文件。

某些随后安装的软件都有它们自己的子目录结构，其执行程序也保存在特定的子目录里，最明显的例子就是 X 窗口系统，它通常安装在一个名为/usr/X11R6 的子目录里，XFree 论坛组织发行的用于英特尔处理器芯片的各种 XFree 86 窗口系统变体也安装在这里。

GNU 的 C 语言编译器 g++（后面的程序设计示例中使用的就是它）通常安装在/usr/bin 或者/usr/local/bin 子目录里，但通过它运行的各种编译器支持程序一般都保存在另一个位置。这个位置是在用户使用自己的编译器时指定的，随主机类型的不同而不同。对 Linux 系统来说，这个位置通常是/usr/lib/gcc-lib/目录下以其版本号确定的某个下级子目录。GN 的 C/C++ 编译器的各种编译程序以及 GNU 专用的头文件都保存在这里。

2. 头文件

在使用 C++语言和其他语言进行程序设计时，我们需要头文件来提供对常数的定义和对系统及库函数调用的声明。对 C++语言来说，这些头文件几乎永远保存在/usr/include 及其下级子目录里。那些赖于所运行的 UNIX 或 Linux 操作系统特定版本的头文件一般可以在/usr/include/sys 或/usr/include/linux 子目录里找到。其他的程序设计软件也可以有一些预先定义好的声明文件，它们的保存位置可以被相应的编译器自动查找到。比如，X 窗口系统的/usr/include/X1R6 子目录和 GNU C++编译器的/usr/include/g++ -2 子目录等。

在调用 C++语言编译器的时候，可以通过给出"-I"编译命令标志来引用保存在下级子目录或者非标准位置的头文件，类似命令如下：

```
[david@localhost linux]$ g++ -I /usr/openwin/include hello.c
```

该命令会使编译器在/usr/openwin/include 子目录和标准安装目录两个位置查找 fred.c 程序里包含的头文件。

用 grep 命令来查找含有某些特定定义与函数声明的头文件是很方便的。假设想知道用来返回程序退出状态的文件的名字，可以使用如下方法：

先进入/usr/include 子目录，然后在 grep 命令里给出该名字的几个字母，如下所示：

```
[david@localhost linux]$ grep KEYSPAN *.h
pci_ids.h:#define PCI_SUBVENDOR_ID_KEYSPAN      0x11a9
pci_ids.h:#define PCI_SUBDEVICE_ID_KEYSPAN_SX2  0x5334
```

grep 命令会在该子目录里所有名字以.h 结尾的文件里查找字符串 "KEYSPAN"。在上面的例子里，（从其他文件中间）可以查找到文件 pci_ids.h。

3．库文件

库文件是一些预先编译好的函数的集合，那些函数都是按照可再使用的原则编写的。它们通常由一组互相关联的用来完成某项常见工作的函数构成。比如用来处理屏幕显示情况的函数（curses 库）等。我们将在后续章节讲述这些函数库文件。

标准的系统库文件一般保存在/lib 或者/usr/lib 子目录里。编译时要告诉 C 语言编译器（更确切地说是链接程序）应去查找哪些库文件。默认情况下，它只会查找 C 语言的标准库文件。这是从计算机速度还很慢、CPU 价格还很昂贵的年代遗留下来的问题。在当时，把一个库文件放到标准化子目录里然后寄希望于编译器自己找到它是不实际的。库文件必须遵守一定的命名规则，还必须在命令行上明确地给出来。

库文件的名字永远以 lib 这几个字母打头，随后是说明函数库情况的部分（比如用 c 表示这是一个 C 语言库；用 m 表示这是一个数学运算库等）。文件名的最后部分以一个句点(.)开始，然后给出这个库文件的类型，如下所示：

.a 传统的静态型函数库
.so 和 .sa 共享型函数库(见下面的解释)

函数库一般分为静态和共享两种格式，用 ls /usr/lib 命令查一下就能看到。在通知编译器查找某个库文件的时候，既可以给出其完整的路径名，也可以使用 -l 标志。详细内容可以参考第 3 章。

（1）静态库

函数库最简单的形式就是一组处于可以"拿来就用"状态下的二进制目标代码文件。当有程序需要用到函数库中的某个函数时，就会通过 include 语句引用对此函数做出声明的头文件。编译器和链接程序负责把程序代码和库函数结合在一起成为一个独立的可执行程序。如果使用的不是标准的 C 语言运行库而是某个扩展库，就必须用 -l 选项指定它。

静态库也叫做档案（archive），它们的文件名按惯例都以.a 结尾。比如 C 语言标准库为/usr/lib/libc.a、X11 库为/usr/X11R6/lib/libX11.a 等。

自己建立和维护静态库的工作并不困难，用 ar（"建立档案"的意思）程序就可以做到，另外要注意的是，应该用 gcc -c 命令对函数分别进行编译。应该尽量把函数分别保存到不同的源代码文件里。如果函数需要存取普通数据，可以把它们放到同一个源代码文件里并使用在其中声明为 static 类型的变量。

（2）共享库

静态库的缺点是，如果我们在同一时间运行多个程序而它们又都使用着来自同一个函数库里的函数时，内存里就会有许多份同一函数的备份，在程序文件本身也有许多份同样的备份。这会消耗大量宝贵的内存和硬盘空间。

许多 UNIX 系统支持共享库，它同时克服了在这两方面的无谓消耗。对共享库和它们在不同系统上实现方法的详细讨论超出了本书的范围，所以我们把注意力集中在眼前 Linux 环境下的实现方法上。

共享库的存放位置和静态库是一样的，但有着不同的文件后缀。在一个典型的 Linux 系统上，C 语言标准库的共享版本是 /usr/lib/libc.so N，其中的 N 是主版本号。

1.4.2　Linux 下 C++语言编程环境概述

Linux 下 C++语言编程常用的编辑器是 vim 或 emacs，编译器一般用 g++，编译链接程序用 make，跟踪调试一般使用 gdb，项目管理用 makefile。下面先通过一个小程序来熟悉这些工具的基本应用。各个工具的详细使用方法将在后面的各个章节逐步讲解。

（1）要编辑 C++源程序，应首先打开 vim 或 emacs 编辑器，然后录入以下多段源代码。使用 main 函数调用 mytool1_print、mytool2_print 这两个函数。

```
#include "mytool1.h"
#include "mytool2.h"

int main(int argc,char **argv)
{
mytool1_print("hello");
mytool2_print("hello");
}
```

（2）在 mytool1.h 中定义 mytool1.cpp 的头文件。

```
/* mytool1.h */
#ifndef_MYTOOL_1_H
#define_MYTOOL_1_H

void mytool1_print(char *print_str);

#endif
```

（3）用 mytool1.cpp 实现一个简单的打印显示功能。

```
/* mytool1.c */
#include "mytool1.h"
void mytool1_print(char *print_str)
{
cout<<"This is mytool1 print "<<print_str<<endl;
}
```

（4）在 mytool2.h 中定义 mytool2.cpp 头文件。

```
/* mytool2.h */
#ifndef _MYTOOL_2_H
#define _MYTOOL_2_H

void mytool2_print(char *print_str);

#endif
```

（5）mytool2.cpp 实现的功能与 mytool1.c 相似。

```
/* mytool2.cpp */
#include "mytool2.h"
void mytool2_print(char *print_str)
{
cout<<"This is mytool2 print "<<print_str<<endl;
}
```

（6）使用 makefile 文件进行项目管理。makefile 文件内容如下。

```
main:main.o mytool1.o mytool2.o
g++ -o main main.o mytool1.o mytool2.o
main.o:main.c mytool1.h mytool2.h
g++ -c main.c
mytool1.o:mytool1.c mytool1.h
g++ -c mytool1.c
mytool2.o:mytool2.c mytool2.h
g++ -c mytool2.c
```

（7）将源程序文件和 makefile 文件保存在 Linux 下的同一个文件夹下，然后运行 make 编译链接程序如下：

```
[david@localhost 1c]$ make
[david@localhost 1c]$ ./main
This is mytool1 print hello
This is mytool2 print hello
```

至此，这个小程序算是完成了。

1.4.3 Linux 下 C++语言编码的风格

Linux 作为 GN 家族的一员，其源代码数以万计，在阅读这些源代码时我们会发现，不同的源代码的美观程度和编程风格都不尽相同，例如下面的 glibc 代码：

```
static voidrelease_libc_mem (void)
{
/*Only call the free function if we still are running in mtrace mode. */
if (mallstream != NULL)
__libc_freeres ();
}
```

或者 Linux 的核心代码：

```
static int do_linuxrc(void * shell)
{
static char *argv[] = { "linuxrc",NULL,};
close(0);close(1);close(2);
setsid();
(void) open("/dev/console",O_RDWR,0);
(void) dup(0);
(void) dup(0);
return execve(shell,argv,envp_init);
```

```
    }
```

比较一下，上面的这些代码是否看起来让人赏心悦目？而有些程序员编写的程序由于没有很好的缩进及顺序，让人看起来直皱眉头。编写干净、美观的代码，不仅使代码更容易阅读，还能使代码成为一件艺术品。与微软的匈牙利命名法一样，Linux 上的编程主要有两种编程风格：GNU 风格和 Linux 核心风格，下面将分别介绍。

1．GNU 编程风格

下面是基于 GNU 的编程风格，编写代码时应遵循这些基本要求。

（1）函数开头的左花括号放到最左边，避免把任何其他的左花括号、左括号或者左方括号放到最左边。

● 尽力避免让两个不同优先级的操作符出现在相同的对齐方式中。

● 每个程序都应该有一段简短地说明其功能的注释开头。例如：fmt - filter for simplefilling of text。

（2）请为每个函数书写注释，以说明函数做了些什么，需要哪些种类的参数，参数可能值的含义以及用途。

● 不要在声明多个变量时跨行。在每一行中都以一个新的声明开头。

● 当在一个 if 语句中嵌套了另一个 if-else 语句时，应用花括号把 if-else 括起来。

（3）要在同一个声明中同时说明结构标识和变量，或者结构标识和类型定义（typedef）。

● 尽力避免在 if 的条件中进行赋值。

● 请在名字中使用下划线以分隔单词，尽量使用小写；把大写字母留给宏和枚举常量，以及根据统一的惯例使用前缀。

● 命令一个命令行选项时，给出的变量应该在选项含义的说明之后，而不是选项字符之后。

2．Linux 内核编程风格

下面是 Linux 内核所要求的编程风格。

● 注意缩进格式。

● 将开始的大括号放在一行的最后，而将结束大括号放在一行的第一位。

● 命名系统。变量命名尽量使用简短的名字。

● 函数最好要短小精悍，一个函数最好只做一件事情。

● 注释。注释说明代码的功能，而不是说明其实现原理。

看了上面两种风格的介绍，读者是不是觉得有些太多了，难以记住？不要紧，Linux 有很多工具来帮助我们。除了 vim 和 emacs 以外，还有一个非常有意思的小工具 indent 可以帮我们美化 C/C++ 源代码。

下面用这条命令将 Linux 内核编程风格的程序 quan.cpp 转变为 GNU 编程风格，代码如下：

```
[david@localhost ~]$ indent -gnu quan.c
```

利用 indent 这个工具，大家就可以方便地写出漂亮的代码来。

习   题

1．编写一个程序，从键盘上输入用户购买的商品单价和数量，计算出所需金额，并根据用户所交纳的金额计算找出零数。

2．编写一个程序，求一元二次方程 $ax^2+bx+c=0$ 的解。讨论下述情况：

（1）$b^2-4ac=0$，有两个相等的实根；

（2）$b^2-4ac>0$，有两个不相等的实根；

（3）$b^2-4ac<0$，无实根；

（4）$a=0$，不是二次方程。

3．编写一个程序，输入年、月，打印出该年份该月的天数。

4．编写一个程序，求下列分数序列的前 15 项之和。

$$\frac{1}{2},\ \frac{3}{2},\ \frac{5}{3},\ \frac{8}{5},\ \frac{13}{8},\ \frac{21}{13},\ \cdots$$

5．编写一个程序，求 $1!+2!+3!+\cdots+10!$ 之和。

6．编写一个程序，从键盘输入一个偶数，输出该偶数写出的两个素数之和。

7．设计一个 C++程序，从键盘输入 n 值，然后求 $S=1+(1+2)+(1+2+3)+\cdots+(1+2+3+\cdots+n)$ 的值。

8．设每只公鸡值 5 元，每只母鸡值 3 元，3 只小鸡值 1 元。用 100 元买 100 只鸡，问公鸡、母鸡、小鸡各买多少只。

9．编写一个程序，求出所有的"水仙花数"。"水仙花数"是指一个 3 位数，其各位数字的立方和恰好等于该数本身。例如 153=1*1*1+5*5*5+3*3*3，所以 153 是"水仙花数"。

10．编写一个程序，打印出一个杨辉三角形。

第 2 章 类和数据抽象

类是一种复杂的数据类型，它是将不同类型的数据和与这些数据相关的操作封装在一起的集合体。类构成了实现 C++面向对象程序设计的基础，在 C++语言面向对象程序设计中占据着核心地位。它把数据和作用在这些数据上的操作组合在一起，是封装的基本单元。对象是类的实例，类定义了属于该类的所有对象的共同特性。

2.1 类的定义

从一般意义上讲，对象（object）是现实世界中的客观事物。类是把具有相同属性的事物划分为一类，从而得出的抽象概念。类是一组性质相同的对象的程序描述，它由概括了一组对象共同性质的数据和函数组成。

面向对象的程序设计中最基本的概念是对象，一般意义上的对象指的是一个实体的实例，在这个实体中包括了特定的数据和对这些数据进行操作的函数。对象的核心概念就是通常所说的"封装性"（encapsulation）、"继承性"（inheritance）和"多态性"（polymorphism）。

2.1.1 类的定义

1. 类的定义格式

类是一种用户自定义的数据类型，它的一般定义格式如下：

```
class  <类名>
{
private:
      <私有数据成员和成员函数>;
protected:
      <保护数据成员和成员函数>;
public:
      <公有数据成员和成员函数>;
}
<各个成员函数的实现>;
```

其中，class 是定义类的关键字。<类名>是一个标识符，用于唯一标识一个类。一对大括号内是类的说明部分，说明该类的所有成员。类的成员包括数据成员和成员函数两部分。类的成员从访问权限来分有以下 3 类：公有（public）、私有（private）和保护（protected）成员，其中默认为 private 权限。说明为公有的成员可以被程序中的任何代码访问；说明为私有的成员只能被类本身的成员函数及友元类的成员函数访问，其他类的成员函数，包括其派生类的成员函数都不能访问它们；说明为保护的成员与私有成员类似，只是除了类本身的成员函数和说明为友元类的成员函数可以访问保护成员外，该类的派生类成员也可以访问。公有的常常是一些成员函数，它是提供给用户的接口。私有部分通常是一些数据成员，用来描述对象的属性，用户一般不能直接访问，只有成员函数或特殊说明的函数才能引用它们，这些数据称为隐藏的部分。如果未指明成员访问的权限，则认为是私有成员。

例 2-1：分析下列程序的执行结果。

```
#include <iostream.h>
class Sample
{
        int x,y;
public:
        Sample() {x=y=0;}
        Sample(int a,int b) {x=a;y=b;}
        Void disp()
        {
                cout<<"x="<<x<<",y="<<y<<endl;
        }
};
void main()
{
        Sample s1,s2(1,2);
        s1.disp();
        s2.disp();
}
```

此程序的运行结果为：

```
x=0,y=0
x=1,y=2
```

例 2-2：下面是一个关于日期的类的说明部分。

```
class Tdate
{
    public:
      void SetDate(int y,int m,int d);
      int IsLeapYear( );
      void print( );
    private:
      int year,month,day;
}
```

这个类中定义了 3 个成员函数：SetDate 用来设置日期，IsLeapYear 函数用来判断闰年，返回 1 表示是闰年，print 函数用来输出显示。

日期类的实现部分：

```
void Tdate::SetDate(int y,int m,int d)
{
        yeear=y;
        month=m;
        day=d;
```

```
}
int Tdate::IsLeapYeear( )
{
        return (year%4==0 && year%100!=0)||(year%400==0);
}
void Tdate::print( )
{
        cout<<year<<"."<<month<<"."<<day<<endl;
}
```

日期类的实现部分中，对类内说明的 3 个成员函数进行了定义，即具体给出了函数功能的实现。在类外对类成员函数的定义必须使用运算符"::"，称为作用域运算符（也称作用域分辨符）。它是用来表示某个成员函数属于那个类的，如果未给出类名，该函数则是一个普通函数。

利用全局作用域分辨符也可在类外对特定数据成员进行初始化。

上面的定义部分也可以放在类内，结果如下：

例 2-3： 上面的类定义也可以采用下面的形式。

```
class Tdate
{
        public:
            void SetDate(int y,int m,int d) { yeear=y;
month=m;day=d;}
int IsLeapYear( ){
return (year%4==0 && year%100!==0)||(year%400==0);}
            void print( ){ cout<<year<<"."<<month<<"."<<day<<endl;}
        private:
            int year,month,day;
}
```

2. 定义类时应注意的事项

（1）在类内不允许对所定义的数据成员进行初始化。因为类是一个数据类型，其定义后并没有存储空间，因此，数据成员就不能进行初始化。（但静态数据成员可以在类外进行初始化。）

例如，前面讲过的 Tdate 类中，下面的定义是错误的。

```
Class Tdate
{
    public:
        ⋮
private:
 int year=1998,month=4,day=9;
    //这里,不允许对数据成员进行初始化
};
```

（2）类中的数据成员的类型可以是任意的，包括整型、浮点型、字符型、数组、指针和引用等。也可以是对象。即另一个类的对象，可以作为该类的成员，但自身类的对象是不可以的。

（3）一般地，在类内先说明公有成员，它们是用户关心的，后面说明私有成员。

（4）一般将类定义的说明部分或者整个定义部分（包含实现部分）放在一个文件头文件中。例如可把 Tdate 类的定义放在头文件 tdate.h 中，后面引用起来比较方便。

（5）在类的说明部分之后必须加分号";"。

例 2-4：下面是一个"点"类的定义

```
class TPoint
{
    Public:
     Void SetPoint(int x,int y);
     int  Xcoord( ) { return X;}
     int  Ycoord( ) { return Y;}
     void Move(int xOffset,int yOffset);
    private:
     int X,Y;
};
void TPoint::SetPoint( int x,int y)
{
    X=x;
    Y=y;
}
void TPoint::Move(int xOffset,int yOffset)
{
    X+=yOffset;
    Y+=yOffset;
}
```

说明："点"类名为 TPoint，该类中有 4 个公有成员，它们都是成员函数，其中，SetPoint()成员函数用来给对象的数据成员赋值。Xcoord( )成员函数用来返回点的 x 坐标，Ycoord( ) 成员函数用来返回点的 y 坐标。

2.1.2 类的成员函数

定义类的函数成员的格式如下：

```
返回类型 类名::成员函数名（参数说明）
{
    函数体
}
```

类的成员函数对类的数据成员进行操作，成员函数的定义体可以在类的定义体中，如例 2-5 所示。

例 2-5：类中的成员函数在类定义中直接描述示例。

```
class Location {
public:
    void init(int x,int y)
    {
        X=x;
```

```
            Y=y;
        }
    private:
        int X,Y;
    public:
        int GetX()
        {   return X; }
        int GetY()
        {   return X; }
    }
```

类的成员函数也可以另外定义，而在类定义时给出函数头。

例 2-5 的成员函数可说明如下：

```
void Location::init(int x,int y)
{
    X=x;
    Y=y;                              //将 x,y 的值分别赋给 X,Y
}
int Location::GetX()
{
    return X;
}
int Location::GetY()
{
    return Y;
}
```

一个类的说明可分为定义性说明和引用性说明两种，引用性说明仅说明类名。例如：

```
class Location;
```

引用性说明不能用于说明类的变量，但可说明指针：

```
class myClass{
    private:
        int i;
        myclass member;        //错
        myclass *pointer;      //对
    }
```

定义类时应注意的事项：

（1）在类体中不允许对所定义的数据成员进行初始化。

（2）类中的数据成员的类型可以是任意的，包含整型、浮点型、字符型、数组、指针和引用等。也可以是对象。另一个类的对象，可以作该类的成员，但是自身类的对象是不可以的，而自身类的指针或引用又是可以的。当一个类的对象为这个类的成员时，如果另一个类的定义在后，需要提前说明。

（3）一般地，在类体内先说明公有成员，它们是用户所关心的，后说明私有成员，它们是用户不感兴趣的。在说明数据成员时，一般按数据成员的类型大小，由小至大说明，这样可提高时空利用率。

（4）经常习惯地将类定义的说明部分或者整个定义部分（包含实现部分）放到一个头文件中。

（5）在类定义体外定义成员函数时，需要在函数名前加上类域标记，因为类的成员变量和成员函数属于所在的类域，在域内使用时，可以直接使用成员名字，而在域外使用时，需要在成员名外加上类对象的名称。

2.1.3　类和结构

结构是类的一种特例，在结构中也可以定义成员函数。定义结构时只要把关键字 class 改为 struct 即可。

```
class Location {
private:
    int X,Y;
public:
    void init(int x,int y)
    {
        X=x;
        Y=y;
    }
    int GetX()
    {
        return X;
    }
    int GetY()
    {
        return Y;
    }
}
```

结构和类的唯一区别是：在未指定访问权限时，结构中的成员被默认为公有的，而类中的成员被默认为私有的。在所有其他方面，类和结构等价。例如：

```
struct S
{
    int X;        //公有的
    ...
}
class C
{
    int X;        //私有的
    ...
}
```

尽管类和结构是等价的，但一般在描述数据时使用结构，在描述数据及对数据的操作时用类。

由于类和结构是等价的，对类的五种操作对结构也同样适用。

（1）对象之间可以相互赋值。

```
Location locationA,locationB;
locationA.init(5,6);
locationB=locationA;
```

locationB 的数据成员和 locationA 的数据成员有相同的值。

（2）对象可以作为数组的元素。

```
Location arrayloc[100];
```

arrayloc 是以结构 Location 为元素的数组。

（3）可以说明指向对象的指针，但不能取私有数据成员的指针或成员函数的地址。

```
Location location;
Location *pointLoc=&location;
```

当 pointLoc 被加 1 后，它将指向下一个 Location 对象。

（4）对象可以作为函数的参数，既可作值参（不影响实参），也可以作引用参数。例如：

```
void display(Location &location)
{ ... };
```

location 就是引用参数。

（5）一个对象可以是另一个对象的成员。

例如：可以定义一个 Rectangle 类，含有一个 Location 结构类型的成员。

```
class Rectangle {
      Location Loc;
      int H,W;
public:
      void init(int x,int y,int h,int w)
      {
            Loc.init(x,y);
            H=h;
            W=w;
      }
      Location *GetLoc() { return &Loc; }
      int GetH() { return H; }
      int GetW() { return W; }
}
```

2.2　对象的创建与成员引用

对象是类的实例或实体。表面上看对象是某个"类"类型的变量，但对象又不是普通的变量，对象是一个数据和操作的封装体。封装的目的就是阻止非法的访问，因此对象实现了信息的隐藏，外部只能通过操作接口访问对象数据。对象是属于某个已知的类的，因此必须先定义类，然后才能定义对象。在定义类时，系统并不给类分配存储空间，只有定义类对象时才会给对象分配相应的内存空间。

2.2.1 对象的说明

1. 对象的定义格式

定义类对象的格式如下：

> <类名><对象名表>;

其中，<类名>是待定的对象所属的类的名字，即所定义的对象是该类的对象。<对象名表>中可以有一个或多个对象名，多个对象名用逗号分隔。在<对象名表>中，可以是一般的对象名，还可以是指向对象的指针名或引用名，也可以是对象数组名。

2. 对象成员的表示方法

一个对象的成员就是该对象的类所定义的成员。对象成员有数据成员和成员函数。

（1）访问对象成员

> <对象名>.<成员名>　　　　　　　　//用来访问数据成员

或者

> <对象名>.<成员名>（<参数表>）　　//用来访问成员函数

（2）用指针访问对象成员

> <对象指针名>-><成员名>　　　　　　//用来访问数据成员
> <对象指针名>-><成员名>（<参数表>）　//用来访问成员函数

或者

> (*<对象指针名>).<成员名>　　　　　　//用来访问数据成员
> (*<对象指针名>).<成员名>（<参数表>）//用来访问成员函数

（3）用引用传递访问对象成员

> <引用名>.<成员名>　　　　　　　　//用来访问数据成员

或者

> <引用名>.<成员名>（<参数表>）　　//用来访问成员函数

注意：上面只是访问对象成员的语法形式，对象中的保护（protected）成员和私有（private）成员不允许被非成员函数直接访问，这称为类的封装性。

注意"."和"::"的不同，"."用于对象与成员之间，"::"用于类与其成员之间。

例 2-6：写出下面程序的输出结果。

```
#include <iostream.h>
#include "tdate.h"
void main( )
{
    Tdate  date1,date2;
    Date1.SetDate(1996,8,5);
    Date2.SetDate(1998,1,20);
    int  leap=date1.IsLeapYear( );
```

```
cout<<leap<<endl;
date1.Print( );
date2.Print( );
}
```

程序输出结果：

```
1
1996.8.5
1998.1.20
```

其中，1 表示 1996 年是闰年。

例 2-7： 分析以下程序的执行结果。

```cpp
#include <iostream.h>
class Sample
{
    int x;
    int y;
public:
    Sample(int a,int b)
    {
        x=a;y=b;
    }
    int getx()
    {   return x;}
    int gety()
    {   return x+y;}
};
void main()
{
    int (Sample::*fp)();
    fp=Sample::getx;
    Sample s(2,5);
    int v=(s.*fp)();
    fp=Sample::gety;
    int t=(s.*fp)();
    cout<<"v="<<v<<",t="<<t<<endl;
}
```

本题说明了类成员函数指针的使用方法。在 main()中定义的 fp 是一个指向 Sample 类成员函数的指针。执行 fp=Sample::getx 之后，fp 指向成员函数 getx()，int v=(s.*fp)()语句等价于 int v=s.getx()，v=x=2；执行 fp=Sample::gety 之后，fp 指向成员函数 gety()，int t=(s.*fp)()语句等价于 int t=s.gety()，t=x=7。所以执行结果为：

```
v=2,t=7
```

例 2-8： 分析以下程序的执行结果。

```cpp
#include <iostream.h>
```

```
class Sample
{
      int x;
      int y;
public:
      Sample(int a,int b)
      {
          x=a;y=b;
      }
      int getx()
      {    return x;}
      int gety()
      {    return x+y;}
};
void main()
{
      int (Sample::*fp)();
      fp=Sample::getx;
      Sample s(2,5),*p=&s;
      int v=(p->*fp)();
      fp=Sample::gety;
      int t=(p->*fp)();
      cout<<"v="<<v<<",t="<<t<<endl;
}
```

本题说明类成员函数指针的使用方法，通过指向对象的指针来调用指向类成员函数的指针。执行结果为：

```
v=2,t=7
```

由同一个类所创建的对象的数据结构是相同的，类中的成员函数是共享的。两个不同的对象的名字是不同的，它们的数据结构的内容（即数据成员的值）是不同的。因此，系统对已定义的对象仅给它们分配数据成员变量，而一般数据成员又都为私有成员，不同对象的数据成员的值可以是不相同的。

2.2.2　对象的生存期

类的对象在声明时被创建，创建后的某一时刻对象会被终止。对象的生存期是指对象从被创建开始到被释放为止的时间。

按生存期的不同，对象可分为如下 3 种。

（1）局部对象：当对象被定义时调用构造函数，该对象被创建，当程序退出定义该对象所在的函数体或程序块时，调用析构函数，释放该对象。

（2）静态对象：当程序第一次执行所定义的静态对象时，该对象被创建，当程序结束时，该对象被释放。

（3）全局对象：当程序开始时，调用构造函数创建该对象，当程序结束时调用析构函数释放该对象。

局部对象是被定义在一个函数体或程序块内的，它的作用域小，生存期也短。

静态对象是被定义在一个文件中，它的作用域从定义时起到文件结束时止。它的作用域比较大，它的生存期也比较大。

全局对象是被定义在某个文件中，而它的作用域却在包含该文件的整个程序中，它的作用域是最大的，它的生存期也是长的。

例 2-9：写出下面程序的执行结果。

```cpp
#include <iostream.h>
#include <string.h>
class A
{
        public:
         A(int sma)
         {
            cout<<"A"<<"  "<<sma<<endl;
         }
      };
void fn(int n)
{
        static A  sm(n);
        cout<<"fn"<<"  "<<n<<endl;
}
void  main( )
{
        fn(10);
        fn(20);
}
```

输出结果为：

```
A  10    //对象 sm 在构造时,由构造函数输出
fn  10
fn  20   //对象 sm 是静态对象,因此再次调用 fn 时 sm 已存在,不再初始化。
```

如果在上面程序中将 fn 函数中的 static 声明去掉，输出结果如何？
输出结果如下：

```
A  10    //对象 sm 在构造时,由构造函数输出
fn  10
A  20    //新的 sm 对象被构造,由构造函数输出
fn  20
```

2.2.3 类作用域

类作用域是指在类的声明中用一对花括号括起来的部分。一般来说，类中包含的成员都具有类作用域。在类作用域中声明的标识符在该类中具有可见性，其作用域与该标识符声明的次序无关。类作用域还包括类中成员函数的作用域。所以当成员函数的函数体中使用一个标识符时，编译程序首先在成员函数内寻找其声明，如果没找到则在该成员函数所在的类中寻找，如果仍然没找到，则在包含类作用域更大的作用域中做最后寻找。例如：

```
class X{
public:
        int  x;
        float y;
};
int i=x;                    //错误,x在此不可见
int x;                      //正确,这里说明的变量 x 与类 X 中的成员 x 属于不同的作用域
```

类的成员函数无论是内联的还是在类外单独定义的,其函数名都具有类作用域。与块作用域一样,类作用域中的标识符将屏蔽包含该类作用域中的同名标识符。例如:

```
class X{
        int x;
public:
        int fun();
};
int x;
int fun();                  //全局函数 fun()的说明
int X::fun()
{
        ::x++;              //全局变量 x
        retun x;           //类成员 x
}
```

类说明也分为引用性说明和定义性说明。在说明一个类时没有明确给出该类的组织形式,而仅仅给出了类名就属于引用性说明。例如,函数说明中的类类型参数和函数值就是对类的引用性说明。引用性说明的类不能用来建立对象,它只能用来说明函数的形参、指针和引用。例如:

```
class  X;
class Y{
        X  *px;
        //….
};
class X {
        Y  y;
        //…
};
```

这里,类 X 中包含有类 Y 对象的成员,所以类 Y 必须在说明类 X 之前就有定义;但类 Y 中又包含有一个指向类 X 的指针成员,因此必须对类 X 进行引用性说明。

在类的定义中可知,类域中可以定义变量,也可以定义函数。从这一点上看类域与文件域很相似。但是,类域又不同于文件域,在类域中定义的变量不能使用 auto、register 和 extern 等修饰符,只能用 static 修饰符,而定义的函数也不能用 extern 修饰符。另外,在类域中的静态成员和成员函数还具有外部的连接属性。

文件域中可以包含类域,显然,类域小于文件域。一般地,类域中可包含成员函数的作用域。

由于类中成员的特殊访问规则,使得类中成员的作用域变得比较复杂。具体地讲,某个

类 A 中某个成员 M 在下列情况下具有类 A 的作用域。

（1）该成员 M 出现在该类的某个成员函数中，并且该成员函数没有定义同名标识符。

（2）该类 A 的某个对象的该成员 M 的表达式中。例如，a 是 A 的对象，即在表达式 a.M 中。

（3）在该类 A 的某个指向对象指针的该成员 M 的表达式中。例如，Pa 是一个指向 A 类对象的指针，即在表达式 Pa->M 中。

（4）在使用作用域运算符所限定的该成员中。例如，在表达式 A::M 中。

2.2.4 引用

1. 引用的概念

引用就是为某个变量或隐含的临时变量起个别名，对别名的操作等同于对目标变量的操作。C++中用&可派生出一个引用类型，即产生同一变量的另一个名字。引用在 C++中非常普遍，主要用途是为用户定义类型指定操作，还可用于函数参数的传递，对引用型参数的操作，就是对实际参数的操作。

（1）别名的定义方法

```
<类型>& <变量>=<目标对象>;
```

其中的变量就是目标对象的引用。引用的类型为"<类型>&"

例如：

```
int sum,*p;
int & rsum=sum;
int & rcount=0;
int *& rp=p;
```

这里，rsum 是变量 sum 的引用，类型为 int&；rount 是一个内部临时变量的引用，类型为 int&；该临时变量并不显式地表示出来。rp 是*p 的引用，类型为 int*&。

（2）引用定义的合法性

说明：引用本身不是变量，它是某个对象的别名，其本身不占存储空间。

定义引用时必须指出目标对象（必须进行初始化），目标对象必须是单个对象且已定义或已声明（或系统隐含声明）。不存在的对象不能为其声明引用。

例如：假定有变量定义

```
int a;
```

下列引用的声明都是非法的。

```
int & rt=abc;      //错误,abc 未定义或未声明
void &p=3;         //错误,并不存在 void 类型的变量
int & *p=&a;       //错误,不存在 int &*类型
int & c[10]=0;     //错误,数组不是单个对象,不能定义数组引用
```

引用具有如下两个特点：

（1）引用声明后，对引用的操作等同于对目标对象的操作；

（2）引用一旦初始化，它就维系在一个固定的目标上，再也不分开。

请看下面的例子：

例 **2-10**：分析下列程序并给出运行结果。

```
main()
{
    int num=50;
    int& ref=num;
    ref+=10;
    printf("num=%d",num);
}
```

此程序的运行结果为：

```
num=60
```

注意：若引用的是 const 变量，则编译器产生一个同值的临时变量，引用的是该临时变量。

例 **2-11**：分析以下程序，并给出执行结果。

```
#include <iostream.h>
void main( )
{
    int intone;
    int &rint=intone;
    intone=5;
    cout<<"intone:"<<intone<<endl;
    cout<<"rint:"<<rint<<endl;
    cout<<"&intone:"<<&intone<<endl;
    cout<<"&rint:"<<&rint<<endl;
    int inttwo=8;
    rint=inttwo;
    cout<<"intone:"<<intone<<endl;
    cout<<"inttwo:"<<inttwo<<endl;
    cout<<"rint:"<<rint<<endl;
    cout<<"&intone:"<<&intone<<endl;
    cout<<"&inttwo:"<<&inttwo<<endl;
    cout<<"&rint:"<&rint<<endl;
}
```

输出结果为：

```
intone:5
rint:5
&intone:0x0063FDF4
&rint: 0x0063FDF4
intone:8
inttwo:8
rint:8
&intone:0x0063FDF4
&inttwo:0x0063FDF8
```

```
&rint: 0x0063FDF4
```

2. 引用作为函数参数

以指针作为函数参数，形参改变，对应的实参随之改变，但如果在函数中反复利用指针进行间接访问，容易产生错误且难于理解。如果以引用作为参数，既可以实现指针作为函数参数类似的功能，可读性又好且语法简单。

例 2-12：用引用传递函数实现两个数的交换。

```cpp
#include <iostream.h>
void swap(int &x,int &y);
void main()
{
  int x=5, y=6;
  cout <<"before swap, x:" <<x <<" ,y:" <<y <<endl;
  swap(x,y);
  cout <<"after swap, x:" <<x <<" ,y:" <<y <<endl;
}
void swap(int &rx,int &ry)
{
  int temp=rx;  rx=ry;  ry=temp;
}
```

运行结果为：

```
before swap, x:5 ,y:6
after swap, x:6 ,y:5
```

例 2-13：分析以下程序并给出执行结果。

```cpp
#include <iostream.h>
void swap(int& x, int& y);
void main( )
{
        int x=5;
        int y=6;
        cout<<x<<' '<<y<<endl;
    swap(x,y);
        cout<<x<<' '<<y<<endl;
}
void swap(int & rx,int & ry)
{
        int temp;
        temp=rx;
        rx=ry;
        ry=temp;
}
```

输出结果为：

```
5   6
6   5
```

　　说明：从这里可以看出，引用具有传地址的作用，这一点非常类似于指针类型。正是由于引用作为参数的特点，往往用它来代替指针类型的参数。

　　3．对象引用作函数参数

　　在实际中，使用对象引用作函数参数要比使用对象指针作函数更普遍，这是因为使用对象引用作函数参数具有用对象指针作函数参数的优点，而用对象引用作函数参数将更简单、更直接。所以，在 C++编程中，人们喜欢用对象引用作函数参数。现举一例子说明对象引用作函数参数的格式。

　　例 2-14：对象引用作函数参数示例。

```cpp
#include <iostream.h>
class M
{
public:
    M() { x=y=0; }
    M(int i, int j) { x=i; y=j; }
    void copy(M &m);
    void setxy(int i, int j) { x=i; y=j; }
    void print() {cout<<x<<","<<y<<endl; }
private:
    int x, y;
};
void M::copy(M &m)
{
    x=m.x;
    x=m.y;
}
void fun(M m1, M &m2);
void main()
{
    M p(5, 7), q;
    q.copy(p);
    fun(p, q);
    p.print();
    q.print();
}
void fun(M m1, M &m2)
{
    m1.setxy(12, 15);
    m2.setxy(22, 25);
}
```

　　该例子与上面的例子输出相同的结果，只是调用时的参数不一样。

　　4．引用返回值

　　函数返回值时，要生成一个值的副本，而用引用返回值时，不生成值的副本。所以，绝对不能返回不在作用域内的对象的引用。

　　例 2-15：返回引用的函数。

```
#include <iostream.h>
int &fun(int &i);
void main()
{
    int a;
    cout<<fun(a)<<endl;
}
int &fun(int &i)
{
    i=7;
    return i;
}
```

程序运行结果为：

```
7
```

从上面的例子可以看出，引用能够改变实际参数的值。因此，可以利用这一点实现返回多个值。

例2-16：参数引用示例。

```
#include <iostream.h>
int factor(int,int&,int&);
void main( )
{
        int number,squared,cubed,error;
        cout<<"Enter a number(0~20):";
        cin>>number;
        error=factor(number,squared,cubed);
        if  (error)
            cout<<"Error encountexd!\n";
        else
        {
            cout<<"number:"<<number<<endl;
            cout<<"Squared:"<<squared<<endl;
            cout<<"Cubed:"<<cubed<<endl;
        }
    }
int  factor(int n,int& rsquared, int& rcubed)
{
        if  (n>20 && n<0)
            return 1;
        rsquared=n*n;
rcubed=n*n*n;
return 0;
}
```

运行结果为：

```
Enter a number(0~20):3
```

```
number:3
Squared:9
Cubed:27
```

例 2-17: 函数名引用示例。

```
#include <iostream.h>
float temp;
float& fn2(float r)
{
    temp=r*r*3.14;
    return temp;
}
void main( )
{
    float a=fn2(5.0);
    float& b=fn2(5.0);
    cout<<a<<endl;
    cout<<b<<endl;
}
```

运行结果为:

```
78.5
78.5
```

说明:上面的 a 是一个整型变量,它得到函数的返回值;b 是一个引用,它是函数返回的变量 temp 的引用。如果上面的 fn2 函数改为下面的形式,程序将会出错。

(1) 返回了一个局部变量

```
    float& fn2(float r)
{
    return r*r*3.14;
}
```

(2) 返回了一个局部变量

```
float& fn2(float r)
{
        int temp;
        temp= r*r*3.14;
    return temp;
}
```

2.2.5 常类型

常类型是指使用类型修饰符 const 说明的类型,常类型的变量或对象的值是不能更新的,所以能够达到既保证数据共享又防止改变数据的目的。本节介绍常引用、常对象和常对象成员。

1. const 和 volatile

const 和 volatile 是类型修饰符。在变量说明语句中,const 用于冻结一个变量,使其在程序中不能被修改。在用 const 说明变量时, 必须对该变量进行初始化。用 volatile 修饰的变量，虽然在一段程序中没有明显被改动，单这个变量的值也会因为程序外部的原因（如中断等）而改变。

请看下面的例子：

```
float const f=6.0;      //必须初始化
f=8.5;                  //错,f 不能修改
//const 也可用于指针变量
int var;
int * const p=&var;
//p 不可修改,但*p 可修改
...
const int var;
int * const p=&var;     //2 错
//var 不可修改,而*p 可修改,矛盾!
const int *p;
//p 可修改,但*p 不可修改
p=&var;                 //var 也可不是 const 变量
```

2．常引用

如果在说明引用时用 const 修饰，则被说明的引用为常引用。常引用所引用的对象不能被更新。如果用常引用做形参，便不会意外地发生对实参的更改。常引用的说明形式如下：

```
const <类型说明符> & <引用名>;
```

在实际应用中，常指针和常引用往往用来作函数的形参，这样的参数称为常参数。使用常参数则表明该函数不会更新某个参数所指向或所引用的对象，这样，在参数传递过程中就不需要执行拷贝初始化构造函数，这将会改善程序的运行效率。

例如：

```
const int &n;
```

其中，n 是一个常引用，它所引用的对象不会被更新。如果出现：

```
n=123;
```

则是非法的。

例 2-18：分析以下程序的执行结果。

```
#include <iostream.h>
void main()
{
  int a;
  int &b=a;     //变量引用
  b=10;
  cout<<"a="<<a<<endl;
  cout<<"b="<<b<<endl;
}
```

此程序的运行结果为：

```
a=10
```

b=10

例 2-19：分析以下程序的执行结果。

```
#include<iostream.h>
void display(const double &r);
int main()
{
    double d(9.5);
    display(d);
    return 0;
}
void display(const double &r)  //常引用,所引用的对象不能被更新
{    //double a=10;
    //r=a;
    cout<<r<<endl;
}
```

此程序的运行结果为：

```
9.5
```

常引用作形参，在函数中不能更新它所引用的对象，因此对应的实参不会被破坏。

例 2-20：常指针作函数参数示例。

```
#include <iostream.h>
const int N = 6;
void print(const int *p, int n);
void main()
{
  int array[N];
  for (int i=0; i<N; i++)
  cin>>array[i];
  print(array, N);
}
void print(const int *p, int n)
{
  cout<<"{"<<*p;
  for (int i=1; i<n; i++)
  cout<<","<<*(p+i);
  cout<<"}"<<endl;
}
```

3．常对象

常对象是指对象常量，定义格式如下：

```
<类名> const <对象名>;
```

或者：

```
const <类名> <对象名>;
```

在定义常对象时必须进行初始化，而且不能被更新。只有常成员函数才能操作常对象，没有使用 const 关键词说明的成员函数不能用来操作常对象。

例 2-21：给出以下程序的执行结果。

```cpp
#include <iostream.h>
class Sample
{
  int n;
public:
  Sample(int i)
  {
    n=i;
  }
  int getn() const
  {
    return n;
  }
};
int add(const Sample &s1,const Sample &s2)
{
  int sum=s1.getn()+s2.getn();
  return sum;
}
void main()
{
  Sample s1(100),s2(100);
  Cout<<"sum="<<add(s1,s2)<<endl;
}
```

此程序的运行结果为：

```
sum=300
```

4．常对象成员

常对象成员包括常成员函数和常数据成员。

（1）常成员函数

使用 const 关键词说明的函数为常成员函数，常成员函数说明格式如下：

```
<类型> <函数名>（<参数表>） const;
```

对于常对象成员需要注意以下几点。

① const 是函数类型的一个组成部分，因此在实现部分也要带 const 关键词。

② 常成员函数不更新对象的数据成员，也不能调用该类中没有用 const 修饰的成员函数。

③ 如果将一个对象说明为常对象，则通过该常对象只能调用它的常成员函数，而不能调用其他成员函数。

④ const 关键词可以参与区分重载函数。例如，如果在类中有说明：

```cpp
void print();
void print() const;
```

则这是对 print 的有效重载。

例 2-22：常成员函数使用示例。

```cpp
#include <iostream.h>
class R
{
public:
    R(int r1, int r2) { R1=r1; R2=r2; }
    void print();
    void print() const;
private:
    int R1, R2;
};
void R::print()
{
    cout<<R1<<","<<R2<<endl;
}
void R::print() const
{
    cout<<R1<<";"<<R2<<endl;
}
void main()
{
    R a(5, 4);
    a.print();
    const R b(20, 52);
    b.print();
}
```

该例子的输出结果为：

```
5,4
20;52
```

该程序的类声明了两个成员函数，其类型是不同的（其实就是重载成员函数）。有带 const 修饰符的成员函数处理 const 常量，这也体现出函数重载的特点。

例 2-23：分析以下程序的执行结果。

```cpp
#include <iostream.h>
class Sample
{
    int n;
public:
    Sample(int i)
    {n=i;}
    void print()
    {cout<<"n="<<n<<endl;}
    void print() const {{cout<<"n="<<n<<endl;}
};
```

```
void main()
{
  Sample a(10);            //定义普通对象a
  const Sample b(20);      //定义常对象b
  a.print();               //调用void print()
  b.print();               //调用void print() const
}
```

此程序的运行结果为：

```
n=10
n=20
```

例 2-24：分析以下程序的执行结果。

```
#include<iostream.h>
class r
{private:
    int R1,R2;
public:
    r(int r1,int r2)
    {R1=r1;R2=r2;}
    void print();
    void print() const;
};
void r::print()
{
    cout<<R1<<":"<<R2<<endl;
}
void r::print() const
{
    cout<<R1<<","<<R2<<endl;
}
void main()
{
    r a(5,4);
    a.print();
    const r b(20,52);   //b=a; const 对象不能被更新
    b.print();
}
```

此程序的运行结果为：

```
5:4
20,52
```

（2）常数据成员

就像一般数据一样，类的成员数据也可以是常量和常引用，使用 const 说明的数据成员为常数据成员。如果在一个类中说明了常数据成员，那么构造函数就只能通过初始化列表对该数据成员进行初始化。

例2-25：分析以下程序的执行结果。

```
#include <iostream.h>
class Sample
{
    const int n;
public:
    Sample(int i):n(i) { }
    void print()
    {cout<<"n="<<n<<endl;}
};
void main()
{
    Sample a(10);
    print();
}
```

此程序的运行结果为：

```
n=10
```

例2-26：分析以下程序的执行结果。

```
#include<iostream.h>
class A
{private:
    const int a;
    static const int b;    //静态常数据成员定义
public:
    A(int i);
    void print();
    //const int r;
};
const int A::b=10;          //静态常数据成员初始化,在类的外部
A::A(int i):a(i)            //构造函数对该常数据成员进行初始化,就只能通过初始化列表
{
}
void A::print()
{
    cout<<a<<":"<<b<<":"<<endl;
}
void main()
{
    A a1(100),a2(0);
    a1.print();
    a2.print();
}
```

此程序的运行结果为：

```
100:10:
```

```
0:10:
```

例 2-27：使用成员初始化列表来生成构造函数示例。

```cpp
#include <iostream.h>
class A
{
public:
    A(int i);
    void print();
    const int &r;
private:
    const int a;
    static const int b;
};
const int A::b=10;
A::A(int i):a(i), r(a)
{
}
void A::print()
{
    cout<<a<<":"<<b<<":"<<r<<endl;
}
void main()
{
    A a1(100), a2(0);
    a1.print();
    a2.print();
}
```

该程序的运行结果为：

```
100:10:100
0:10:0
```

在该程序中，说明了如下 3 个常类型数据成员：

```cpp
const int & r;
const int a;
static const int b;
```

其中，r 是常 int 型引用，a 是常 int 型变量，b 是静态常 int 型变量。

程序中对静态数据成员 b 进行初始化。

值得注意的是构造函数的格式如下所示：

```cpp
A(int i):a(i),r(a)
{
}
```

其中，冒号后边是一个数据成员初始化列表，它包含两个初始化项，用逗号进行了分隔，因为数据成员 a 和 r 都是常类型的，需要采用初始化格式。

2.3 构造函数与析构函数

构造函数和析构函数都是类的成员函数，但它们是特殊的成员函数，无须调用便自动执行，而且这些函数的名字与类的名字有关。构造函数的功能是在创建对象时，使用给定的值来将对象初始化。析构函数的功能是用来释放一个对象的，在对象删除前，用它来做一些清理工作，它与构造函数的功能正好相反。

2.3.1 构造函数

构造函数是一种用于创建对象的特殊成员函数，当创建对象时，系统自动调用构造函数，不能在程序中直接调用。构造函数名与类名相同，一个类可以拥有多个构造函数（重载），构造函数可以有任意类型的参数，但不能具有返回类型。

构造函数的作用是：为对象分配空间；对数据成员赋初值；请求其他资源。

如果一个类没有定义构造函数，编译器会自动生成一个不带参数的默认构造函数，其格式如下：

```
<类名>::<默认构造函数名>( )
{
}
```

在程序中定义一个对象而没有指明初始化时，编译器便按默认构造函数来初始化该对象。例如：

```
class TDate
{
public:
      TDate(int y, int m, int d);
      ~TDate();
      int IsLeapYear();
      void Print();
private:
      int year, month, day;
};
//类的实现部分
TDate::TDate(int y, int m, int d)
{
      year = y;
      month = m;
      day = d;
      cout<<"构造函数已被调用。\n";
}
TDate::~TDate()
{
      cout<<"析构函数被调用。\n";
}
int TDate::IsLeapYear()
```

```
    {
        return(year%4==0 && year%100!=0) || (year%400==0);
    }
    void TDate::Print()
    {
        cout<<year<<"."<<month<<"."<<day<<endl;
    }
```

类体内说明的函数 TDate()是构造函数，而～Tdate()是析构函数。

例 2-28：写出下面程序的运行结果。

```
    #include <iostream.h>
    class Student
    {
        public:
          Student( )
          {
            cout<<"constructing student.\n";
            semesHours=100;
            gpa=3.5;
          }
        protected:
          int semesHours;
          float gpa;
    };
    class Teacher
    {
        public:
          Teacher( )
          {
            cout<<"constructing teacher.\n";
          }
    };
    class TutorPair
    {
        public:
          TutorPair( )
          {
            cout<<"constructing  tutorpair.\n";
          }
        protected:
          Student  student;
          Teacher  teacher;
          int noMeeting;
    };
    void main( )
    {
        TutorPair tp;
```

```
        cout<<"back in main.\n";
    }
```

输出结果:

```
constructing student
constructing teacher
constructing tutorpair
back in main
```

说明: 主程序运行开始,遇到创建 TutorPair 类的对象,于是调用其构造函数 TutorPair( ),该构造函数启动时,首先分配对象空间(包括一个 student 对象、一个 Teacher 对象和一个 int 型数据),于是,student 对象的构造函数先执行,然后是 teacher 对象的构造函数执行,最后返回到 TutorPair 的构造函数继续执行。当执行完 ToturPair()构造函数后,返回到主程序中。

构造函数的特点如下。

(1)构造函数是成员函数,函数体可写在类体内,也可定在类体外。

(2)构造函数是一个特殊的函数,该函数的名字与类名相同,该函数不指定类型说明,它有隐含的返回值,该值由系统内部使用。该函数可以一个参数,也可以有多个参数。

(3)构造函数可以重载,即可以定义多个参数个数不同的函数。

(4)程序中不能直接调用构造函数,在创建对象时系统自动调用构造函数。

2.3.2　析构函数

与构造函数对应的是析构函数。当一个对象消失,或用 new 创建的对象用 delete 删除时,由系统自动调用类的析构函数。析构函数名字为符号"~"加类名,析构函数没有参数和返回值。一个类中只可能定义一个析构函数,所以析构函数不能重载。

析构函数是用于取消对象成员函数,当一个对象作用域结束时,系统自动调用析构函数。

析构函数的作用是进行清除对象,释放内存等。当对象超出其定义范围时(即释放该对象时),编译器自动调用析构函数。在以下情况下,析构函数也会被自动调用。

(1)如果一个对象被定义在一个函数体内,则当这个函数结束时,该对象的析构函数被自动调用。

(2)若一个对象是使用 new 运算符动态创建的,在使用 delete 运算符释放它时,delete 将会自动调用析构函数。

如同默认构造函数一样,如果一个类没有定义析构函数,编译器会自动生成一个默认析构函数,其格式如下:

```
<类名>::~<默认析构函数名>( )
{
}
```

默认析构函数是一个空函数。

析构函数的特点如下。

(1)析构函数是成员函数,函数体可写在类体内,也可定在类体外。

(2)析构函数也是一个特殊的函数,它的名字同类名,并在前面加"~"字符,用来与构造函数加以区别。析构函数不指定数据类型,并且也没有参数。

（3）一个类中只可能定义一个析构函数。

（4）析构函数可以被调用，也可以自动调用。在下面两种情况下，析构函数会被自动调用。

● 如果一个对象被定义在一个函数体内，则当这个函数结束时，该对象的析构函数被自动调用。

● 当一个对象是使用 new 运算符被动态创建的，在使用 delete 运算符释放它时，delete 将会自动调用析构函数。

例 2-29：一个简单字符串。

```
#include<iostream.h>
#include<stdio.h>
class string
{private: int  length;  char *contents ;
 public:
    string () ;              // 构造函数
    ~string () ;             // 析构函数
    int get_length() { return length ; }
    char * get_contents (){ return contents ; }
    int set_contents ( int in_length, char * in_contents ) ;
    int set_contents ( char * in_contents ) ;
} ;
string :: string ()
{   length = 0 ; * contents = NULL;
    printf ( "String odject initiallized\n" ) ; }
string :: ~string ()
{   cout << "String object destroyed\n" ; }
int  string :: set_contents (int in_length , char *in_contents )
{   length = in_length ;  contents=in_contents ;  return 1 ; }
int  string :: set_contents ( char *in_contents )  // 重载成员函数
{   contents = in_contents ;
    int  i = 0 ;
    while (* in_contents ++ !='\0' ) i ++ ; length=i ;  return 1;
}
main ( )
{   string x , y ;           // 两次调用构造函数
    x . set_contents ( "Hello world\n" ) ;
    y . set_contents ( "How are you!\n" ) ;
    int i=x . get_length () ;
    char *p=x . get_contents () ;
    cout << "x_length=" << i << " x_contents=" << p ;
    i=y . get_length () ;
    p=y . get_contents () ;
    cout << "y_length=" << i << " y_contents=" << p ;
    return 0 ;              // 两次调用析构函数
}
```

例 2-30：写出下面程序的运行结果。

```
#include <iostream.h>
class Student
{
        public:
          Student( )
          {
             cout<<"constructing student.\n";
             semesHours=100;
             gpa=3.5;
          }
          ~Student( )
          {
             cout<<"destructing student.\n";
          }
        protected:
          int semesHours;
          float gpa;
};
class Teacher
{
        public:
          Teacher( )
          {
             cout<<"constructing teacher.\n";
          }
          ~Teacher( )
          {
             cout<<"destructing teacher.\n";
          }
        };
class TutorPair
{
        public:
          TutorPair( )
          {
             cout<<"constructing  tutorpair.\n";
             noMeeting=0;
          }
          ~TutorPair( )
          {
             cout<<"desstructing  tutorpair.\n";
          }
        protected:
          Student  student;
          Teacher  teacher;
          int noMeeting;
        };
void main( )
```

```
        {
                TutorPair tp;
                cout<<"back in main.\n";
        }
```

程序运行结果为：

```
constructing student
constructing teacher
constructing tutorpair
back in main
destructing tutorpair
destructing teacher
destructing student
```

当主函数运行到结束的花括号处时，析构函数依次被调用。其顺序正好与构造函数相反。

2.3.3 缺省构造函数和缺省析构函数

如果在设计类时没有定义构造函数，C++编译程序会自动为该类建立一个缺省的构造函数。这个缺省构造函数没有任何形式参数，并且函数体为空。其格式如下：

```
<类名>::<缺省构造函数名>()
{
}
```

按构造函数规定，缺省构造函数名同类名。缺省构造函数的格式也可以由程序员定义在类体中。

程序中定义一个对象而没有指明初始化时，则编译器便按缺省构造函数来初始化该对象。例如，在点类 TPoint 的程序中，有如下说明语句：

```
TPoint p1,p2;
```

这时，编译系统使用缺省构造函数对 p1 和 p2 进行初始化。

用缺省构造函数对对象进行初始化时，则将对象的所有数据成员都初始化为零或空。

同理，如果一个类中没有定义析构函数时，编译系统也生成一个称为缺省的析构函数，其格式如下：

```
<类名>::<缺省析构函数名>
{
}
```

<缺省析构函数名>即为该类的类名。缺省析构函数是一个空函数。

2.3.4 带参数的构造函数

带参数的构造函数可以在创建对象时，用具体数值初始化数据成员和各种数据元素。

例 2-31：带参数的构造函数。

```
#include<iostream.h>
class Location
```

```
{ public:
      Location(int xx, int yy);              // 带参数的构造函数
      ~Location();                           // 析构函数
      int GetX();
      int GetY();
  private:
      int X, Y;
};
Location::Location(int xx, int yy)           // 初始化数据成员
{     X=xx; Y=yy; cout<<"Constructor called."<<endl; }
Location::~Location()
{     cout<<"Destructor called."<<endl; }
int Location::GetX()
{     return X; }
int Location::GetY()
{     return Y; }
void main()
{     Location A(10,20);                     // 构造函数被调用
      cout<<A.GetX()<<","<<A.GetY()<<endl;  // 析构函数被调用
}
```

注意：构造函数的参数个数和类型规定了声明一个对象时，为对这个对象进行初始化所需要的初始值的个数和类型。

例如：

```
Location  A (100,200) ;    // OK
Location  B (10) ;         // error
Location  A ;              // error
```

若有多个重载构造函数，系统自动寻找匹配。

例2-32：构造函数示例程序。

```
#include<iostream.h>
#include<string.h>
class student
{ public:
    student( char *pname, int xhours, float xgpa )
    {     cout<<"constructing student "<< pname << endl;
      strncpy(name,pname,sizeof(name));
      name[sizeof(name)-1] = '\0';
      semeshours = xhours;
      gpa=xgpa;
    }
      ~student()  {cout<<"destructing "<<name<<endl;}
protected:
      char name[20]; int semeshours; float gpa;
};
void main()
{     student ss( "Jenny", 22, 2.3 );}      // 参数个数类型匹配
```

2.3.5　内联函数和外联函数

类的成员函数可以分为内联函数和外联函数。内联函数是指那些定义在类体内的成员函数，即该函数的函数体放在类体内。说明在类体内，定义在类体外的成员函数叫外联函数。外联函数的函数体在类的实现部分。

内联函数在调用时不像一般函数那样要转去执行被调用函数的函数体，执行完成后再转回调用函数中，执行其后语句，而是在调用函数处用内联函数体的代码来替换，这样将会节省调用开销，提高运行速度。

内联函数与带参数的宏定义进行如下比较：它们的代码效率是一样，但是内联函数要优于宏定义；由于内联函数遵循的类型和作用域规则，它与一般函数更相近，在一些编译器中，一旦关上内联扩展，将与一般函数一样进行调用，比较方便。

外联函数等同于一般的函数调用。外联函数也可以通过在函数头前面加上关键字 inline 变成内联函数。

例 2-33：写出下面程序的运行结果。

```
#include <iostream.h>
class A
{
        publio
        A(int x,int y)  { X=x; Y=y; }
          int a( ) { return X; }
          int b( ) { return Y; }
          int c( );
          int d( );
        private:
          int X,Y;
};
inline int A::c( )
{
        return a( )+b( );
}
inline int A::d( )
{
        return c( );
}
main ( )
{
        A  m(3,5);
        int  i=m.d ( );
        cout<<i<<endl;
}
```

输出结果为：

```
8
```

2.3.6　堆对象与拷贝构造函数

1. C++程序的内存布局

C++程序的内存格局通常分为 4 个区。

（1）全局数据区（data area）

存放全局变量、静态数据、常量。

（2）代码区（code area）

存放类成员函数、其他函数代码。

（3）栈区（stack area）

存放局部变量、函数参数、返回数据、返回地址。

（4）堆区（heap area）

自由存储区。

2．堆对象

堆对象是在程序运行时根据需要随时可以被创建或删除的对象。当创建堆对象时，堆中的一个存储单元从未分配状态变为已分配状态；当删除堆对象时，存储单元从分配状态又变为未分配状态，可供其他动态数据使用。

3．拷贝构造函数

拷贝构造函数是一种特殊的成员函数，它的功能是用一个已知的对象来初始化一个被创建的同类对象。拷贝构造函数的参数传递方式必须按引用调用。拷贝构造函数主要在如下 3 种情况中起初始化作用。

（1）声明语句中用一个对象初始化另一个对象；例如 TPoint P2(P1)表示由对象 P1 初始化 P2 时，需要调用拷贝构造函数。

（2）将一个对象作为参数按值调用方式传递给另一个对象时生成对象副本。当对象作为函数实参传递给函数形参时，如 p=f(N)，在调用 f()函数时，对象 N 是实参，要用它来初始化被调用函数的形参，这时需要调用拷贝初始化构造函数。

（3）生成一个临时的对象作为函数的返回结果。但对象作为函数返回值时，如 return R;时，系统将用对象 R 来初始化一个匿名对象，这时需要调用拷贝初始化构造函数。

拷贝初始化构造函数实际上也是构造函数，它是在初始化时被调用来将一个已知对象的数据成员的值拷贝给正在创建的另一个同类的对象。

拷贝构造函数的特点如下。

（1）该函数名同类名，因为它也是一种构造函数，并且该函数也不被指定返回类型。

（2）该函数只有一个参数，并且是对某个对象的引用。

（3）每个类都必须有一个拷贝初始化构造函数，其格式如下所示：

<类名>::<拷贝初始化构造函数名>（const<类名>&<引用名>）

其中，<拷贝初始化构造函数名>是与该类名相同的。const 是一个类型修饰符，被它修饰的对象是一个不能被更新的常量。

如果类中没有说明拷贝初始化构造函数，则编译系统自动生成一个具有上述形式的缺省拷贝初始化构造函数，作为该类的公有成员。

（1）拷贝构造函数的表示

当构造函数的参数为自身类的引用时，这个构造函数称为拷贝构造函数。拷贝构造函数的功能是用一个已有对象初始化一个正在建立的同类对象。

例如：

```
class  A {
```

```
         public :
            A( int ) ;
            A ( const A & , int = 1 ) ;            // 拷贝构造函数
               …
            } ;
               …
   A  a (1) ;            // 创建对象 a,调用 A(int)
   A  b (a , 0) ;        // 创建对象 b,调用 A(const A &,int=1)
   A  c=b ;             // 创建对象 c,调用 A(const A &,int=1)
```

（2）拷贝构造函数的执行

① 用已有对象初始化创建对象。

例 2-34： 分析以下程序的执行结果。

```
#include <iostream.h>
class  Location {
  public :
      Location ( int  xx = 0 ,  int  yy = 0 ) { X = xx ;  Y = yy ; }
      Location ( Location  &  p ) ;
      int  GetX ( ) { return  X ; }
      int  GetY ( ) { return  Y ; }
  private :  int  X ,  Y ;
} ;
Location :: Location ( Location  &  p)
{    X=p.X;   Y=p.Y;
     cout << "Copy_constructor called." << endl ; }
void main ( ) {
     Location  A ( 1 , 2 ) ;
     Location  B ( A ) ;           //拷贝构造函数被调用
     cout << "B:" << B.GetX ( ) << "," << B.GetY ( ) << endl ;
}
```

此程序的运行结果为：

```
Copy_constructor called.
B:1,2
```

例 2-35： 使用默认的拷贝构造函数。

```
#include <iostream.h>
class  Location {
public :
     Location ( int  xx = 0 ,  int  yy = 0 )
     {    X = xx ;  Y = yy ; }
     int  GetX ( )
     {    return  X ; }
     int  GetY ( )
     {    return  Y ; }
private : int  X ,  Y ;
} ;
```

```
void main ( ) {
    Location A ( 1 , 2 ) ;
    Location B ( A ) ;    //调用默认构造函数
    cout << "B:" << B.GetX ( ) << "," << B.GetY ( ) << endl ;
}
```

例 2-36：拷贝函数中修改数据成员。

```
#include <iostream.h>
class Location {
public :
    Location ( int xx = 0 , int yy = 0 ) { X = xx ; Y = yy ; }
    Location ( Location & p ) ;
    ~Location ( )
    { cout << X << "," << Y << " Object destroyed." << endl ; }
    int GetX ( ) { return X ; }
    int GetY ( ) { return Y ; }
private : int X , Y ;
} ;
Location :: Location ( Location & p)
{    X = p . X + 2 ;   Y = p . Y + 2 ;
    cout << "Copy_constructor called." << endl ;  }
void main ( ) {
    Location A ( 1 , 2 ) ;
    Location B ( A ) ;   // 等价于 B ( 3, 4 )
    cout << "B:" << B . GetX ( ) << "," << B . GetY ( ) << endl ;
}
```

② 当对象作函数参数时，因为要用实参初始化形参，也要调用拷贝构造函数。

例 2-37：分析以下程序的执行结果。

```
#include <iostream.h>
class Location {
public :
    Location ( int xx = 0 , int yy = 0 )
    {    X = xx ; Y = yy ; }
    Location ( Location & p ) ;
    ~Location ( ) { cout<<X<<","<<Y<<" Object destroyed."<<endl; }
    int GetX ( ) { return X ; }
    int GetY ( ) { return Y ; }
private :   int X , Y ;
} ;
Location :: Location ( Location & p)        // 拷贝构造函数
{    X = p.X ;  Y = p.Y ;
    cout << "Copy_constructor called." << endl ;  }
void f ( Location p )
{    cout << "Funtion:" << p.GetX() <<"," << p.GetY() << endl ; }
void main ( )
{    Location A ( 1 , 2 ) ;
```

```
        f ( A ) ; }
```

此程序的运行结果为：

```
Copy_constructor called.
Funtion:1,2
1,2 Object destroyed.
1,2 Object destroyed.
```

③ 函数返回值为类类型时，情况也类似。

例 2-38：分析以下程序的执行结果。

```
#include <iostream.h>
class  Location {
public :
    Location ( int  xx=0,  int  yy=0 )
    {    X=xx ;  Y=yy;
       cout << "Object constructed." << endl ; }
    Location ( Location & p ) ;
    ~Location ( )
    {    cout << X << "," << Y << " Object destroyed." << endl ; }
    int  GetX ( ) { return  X ; }
    int  GetY ( ) { return  Y ; }
private :  int  X , Y ;
} ;
Location :: Location ( Location & p )
{    X= p.X ;  Y=p.Y ;  cout << "Copy_constructor called." << endl ; }
Location  g ( )
{    Location  A ( 1 , 2 ) ;  return  A ; }
void main ( )
{    Location  B ;
    B = g ( ) ; }  //给对象 B 赋值
```

此程序的执行结果为：

```
Object constructed.              //创建对象 B
Object constructed.              //创建局部对象 A
Copy_constructor call.           //拷贝初始化返回值的匿名对象
1 , 2 Object destroyed.          //删除匿名对象
1 , 2 Object destroyed.          //删除局部对象 A
1 , 2 Object destroyed.          //删除对象 B
```

（3）默认拷贝构造函数

类定义中，如果未提供自己的拷贝构造函数，则 C++提供一个默认拷贝构造函数，就像没有提供构造函数时，C++提供默认构造函数一样。

C++提供的默认拷贝构造函数工作的方式是，完成一个成员、一个成员的拷贝。如果成员是类对象，则调用其拷贝构造函数或者默认拷贝构造函数。

例 2-39：下面的程序中 Tutor 类使用了默认拷贝构造函数。

```
#include <iostream.h>
```

```
#include <string.h>
class Student{
public:
    Student(char* pName="no name")
    {
        cout <<"Constructing new student " <<pName <<endl;
        strncpy(name,pName,sizeof(name));
        name[sizeof(name)-1]='\0';
    }
    Student(Student& s)
    {
        cout <<"Constructing copy of " <<s.name <<endl;
        strcpy(name,"copy of ");
        strcat(name,s.name);
    }
    ~Student()
    {
        cout <<"Destructing " <<name <<endl;
    }
protected:
    char name[40];
};
class Tutor{
public:
    Tutor(Student& s):student(s)
    {
        cout <<"Constructing tutor\n";
    }
protected:
    Student student;
};
void fn(Tutor tutor)
{
    cout <<"In function fn()\n";
}
void main()
{
    Student randy("Randy");
    Tutor tutor(randy);
    cout <<"Calling fn()\n";
    fn(tutor);
    cout <<"Returned from fn()\n";
}
```

运行结果为:

```
Constructing new student Randy
Constructing copy of Randy
Constructing tutor
```

```
Calling fn()
Constructing copy of copy of Randy
In function fn()
Destructing copy of copy of Randy
Returned from fn()
Destructing copy of Randy
Destructing Randy
```

程序一开始运行，进入主函数，首先构造对象 randy，调用 Student 构造函数，产生第一行信息；对象 tutor 是通过调用构造函数 Tutor(Student&)来创建的，该构造函数通过调用 Student 的拷贝构造函数来初始化数据成员 Tutor::Student，产生第二行信息；在执行 Tutor 构造函数时，产生第三行信息；接着输出第四行；然后调用 fn()，需要创建 tutor 的一个拷贝，因为 Tutor 类没有定义拷贝构造函数，所以就调用 C++默认的拷贝构造函数，在拷贝成员 student 对象时，调用 Student 拷贝构造函数，结果在名字 copy of Randy 之前又接上了一个 copy of，得到第五行输出；进入 fn()函数体中，得到第六行信息；从 fn()返回时，形参 tutor 析构，调用的是默认析构函数，当析构到成员 student 时，调用 Student 析构函数，产生第七行输出；接着在主函数，输出第八行信息；退出主函数时，先析构 tutor 对象，析构中调用 Student 析构函数，产生第九行信息；最后析构 Randy 对象，得到最后一行输出。

2.3.7　局部类和嵌套类

1. 局部类

在一个函数体内定义的类称为局部类。局部类中只能使用它的外围作用域中的对象和函数进行联系，因为外围作用域中的变量与该局部类的对象无关。在定义局部类时需要注意：局部类中不能说明静态成员函数，并且所有成员函数都必须定义在类体内。在实践中，局部类是很少使用的。下面是一个局部类的例子。

```
int a;
void fun()
{
    static int s;
    class A
    {
    public:
        void init(int i) { s = i; }
    };
    A m;
}
```

2. 嵌套类

在一个类中定义的类称为嵌套类，定义嵌套类的类称为外围类。

定义嵌套类的目的在于隐藏类名，减少全局的标识符，从而限制用户能否使用该类建立对象。这样可以提高类的抽象能力，并且强调了两个类（外围类和嵌套类）之间的主从关系。下面是一个嵌套类的例子：

```
class A
{
```

```
public:
    class B
    {
    public:
        …
    private:
        …
    };
    void f();
private:
    int a;
}
```

其中，类 B 是一个嵌套类，类 A 是外围类，类 B 定义在类 A 的类体内。

对嵌套类的若干说明。

（1）从作用域的角度看，嵌套类被隐藏在外围类中，该类名只能在外围类中使用。如果在外围类的作用域内使用该类名时，需要加名字限定。

（2）从访问权限的角度看，嵌套类名与它的外围类的对象成员名具有相同的访问权限规则。不能访问嵌套类的对象中的私有成员函数，也不能对外围类的私有部分中的嵌套类建立对象。

（3）嵌套类中的成员函数可以在它的类体外定义。

（4）嵌套类中说明的成员不是外围类中对象的成员，反之亦然。嵌套类的成员函数对外围类的成员没有访问权，反之亦然。因此，在分析嵌套类与外围类的成员访问关系时，往往把嵌套类看作非嵌套类来处理。这样，上述的嵌套类可写成如下格式：

```
class A
{ public:
    void f();
private:
    int a;
};
class B
{
public:
    …
private:
    …
};
```

由此可见，嵌套类仅仅是语法上的嵌入。

（5）在嵌套类中说明的友元对外围类的成员没有访问权。

（6）如果嵌套类比较复杂，可以只在外围类中对嵌套类进行说明，关于嵌套的详细内容可在外围类体外的文件域中进行定义。

2.4 友元函数与友元类

友元是一种定义在类外部的普通函数，但它需要在类的内部进行说明，为了与该类的成员函数加以区别，在说明时前面加上关键字 friend。友元不是成员函数，但它可以访问类中的私有成员。其作用是提高程序的运行效率。C++语言中的友元函数为在类外访问类中的私有成员和保护成员提供了方便，但破坏了类的封装性和隐蔽性。友元可以是一个函数，称为友元函数，也可以是一个类，称为友元类。友元函数和友元类统称为友元。

类具有封装和信息隐藏的特性，只有类的成员函数才能访问类的私有成员，程序中的其他函数是无法访问私有成员的。非成员函数可以访问类中的公有成员，但是如果将数据成员都定义为公有的，这又破坏了隐藏的特性。另外，应该看到在某些情况下，特别是在对某些成员函数进行多次调用时，由于参数传递，类型检查和安全性检查等都需要时间开销，而影响程序的运行效率。

为了解决上述问题，提出一种使用友元的方案。友元是一种定义在类外部的普通函数，但它需要在类体内进行说明，为了与该类的成员函数加以区别，在说明时前面加以关键字 friend。友元不是成员函数，但是它可以访问类中的私有成员。友元的作用在于提高程序的运行效率，但是，它破坏了类的封装性和隐蔽性，使得非成员函数可以访问类的私有成员。

友元可以是一个函数，该函数被称为友元函数；友元也可以是一个类，该类被称为友元类。友元提供了在不同类的成员函数之间、类的成员函数与一般函数之间进行数据共享的机制。通过友元，一个普通函数或另一个类中的成员函数可以访问类中的私有成员和保护成员。友元的正确使用能提高程序的运行效率，但破坏了类的封装性和数据的隐蔽性。

2.4.1 友元函数的说明

定义友元函数的方式是在类定义中用关键词 friend 说明该函数，其格式如下：

```
friend <类型> <友元函数名>(<参数表>);
```

友元函数说明的位置可在类的任何部位，既可在 public 区，也可在 protected 区，意义完全一样。友元函数定义则在类的外部，一般与类的成员函数定义放在一起。

类的友元函数可以直接访问该类的所有成员，但它不是成员函数，可以像普通函数一样在任何地方调用。友元函数的定义方法是在类的任何地方像定义其他函数一样定义该函数，并在其前面加上关键字 friend 即可。友元函数虽然在类内定义，但它不是这个类的成员函数，它可以是一个普通函数，也可以是其他类的成员函数，在其函数体中通过对象名访问这个类的私有或保护成员。

例 2-40：友元函数示例程序。

```
#include <iostream.h>
class person
{
    friend void display(person*);        //声明友元函数
    char *name;
    int age;
public:
    person(char *str,int i)
    {
        name=str;
        age=I;
    }
```

```
};
void display(person* a)                //定义友员函数
{
        cout<<a->name<<a->age<<endl;
}
void main()
{
        person demo("Frank",30);
        display(&demo);                //调用友员函数,不要指明对象名
}
```

例 2-41：将其他类的成员函数定义为类的友元。

```
#include <iostream.h>
class A;
class B
{
public:
        int& geti();
        B();
        B(B&);
        ~B();
        B& operator=(B&);
private:
        A *pA;
        friend class A;
};
class A
{
public:
        void addout(B& b)
        {
                cout<<"The address of A in B is "<<b.pA<<endl;
        }
private:
        int i;
        friend int& B::geti();
};
void main()
{
        B b;
        A a;
        b.geti()=1;
        a.addout(b);
        cout<<"b.pA->i="<<b.geti()<<endl;
}
B::B()
{
        pA=new A;
```

```
}
B::B(B& b)
{
      pA=new A(*(b.pA));
}
B::~B()
{
      delete pA;
}
B& B::operator=(B& b)
{
      pA=new A(*(b.pA));
      return *this;
}
int& B::geti()
{
      return pA->i;
}
```

2.4.2　友元函数的使用

友元函数与其他普通函数的不同之处在于：友元必须在某个类中说明，它拥有访问说明它的类中所有成员的特权；而其他普通函数只能访问类中的公有成员。

虽然友元是在类中说明的，但它的作用域却在类外。友元作用域起始于其说明处，结束点与类名相同。

友元说明可以出现在类的私有部分、保护部分和公有部分，但这没有任何区别。在某类中说明友元只是说明该类允许这个函数随意访问它的所有成员，该函数并不是它的成员函数，说明对该函数的访问权限是没有意义的。

应说明的是：使用友元虽然可以提高程序的运行效率，但却破坏了类的封装性。因此，在实际中应慎重使用友元。

例 2-42：矩阵运算。

```
class matrix
{
public:
      matrix(int rsize,int csize,float init=0);
      matrix(matrix& A);
      ~matrix();
      friend matrix operator+(matrix& A,matrix& B);
      friend matrix operator-(matrix& A,matrix& B);
      friend matrix operator*(matrix& A,matrix& B);
      friend ostream& operator<<(ostream& out,matrix& A);
      matrix& operator=(matrix& A);
      float& operator()(int midx,int nidx);
      matrix transpose();
protected:
      float *elem;
```

```
        int m;
        int n;
};
ostream& operator<<(ostream& out,matrix& A)
{
        int width=out.width();
        for(int i=1;i<=A.m;i++)
        {
                for(int j=1;j<=A.n;j++)
                        out<<setw(width)<<A(i,j);
                out<<endl;
        }
        return out;
}
matrix::matrix(int row,int col,float init)
{
        m=row;
        n=col;
        elem=new float[row*col];
        for(int i=0;i<row*col;i++)
                *(elem+i)=init;
}
matrix::~matrix()
{
        delete []elem;
}
matrix operator+(matrix& A,matrix& B)
{
        matrix result(A.m,A.n);
        for(int i=1;i<=result.m;i++)
                for(int j=1;j<=result.n;j++)
                        result(i,j)=A(i,j)+B(i,j);
        return result;
}
matrix operator-(matrix& A,matrix& B)
{
        matrix result(A.m,A.n);
        for(int i=1;i<=result.m;i++)
                for(int j=1;j<=result.n;j++)
                        result(i,j)=A(i,j)-B(i,j);
        return result;
}
matrix operator*(matrix& A,matrix& B)
{
        matrix result(A.m,B.n,0);
        for(int i=1;i<=result.m;i++)
                for(int j=1;j<=result.n;j++)
                        for(int k=1;k<=A.n;k++)
```

```
                                result(i,j)+=A(i,k)*B(k,j);
        return result;
}
matrix& matrix::operator=(matrix& A)
{       m=A.m;
        n=A.n;
        elem=new float[m*n];
        for(int i=1;i<=m;i++)
                for(int j=1;j<=n;j++)
                        operator ()(i,j)=A(i,j);
        return *this;
}
matrix::matrix(matrix& A)
{
        m=A.m;
        n=A.n;
        elem=new float[m*n];
        for(int i=1;i<=m;i++)
                for(int j=1;j<=n;j++)
                        operator ()(i,j)=A(i,j);
}
matrix matrix::transpose()
{
        matrix result(n,m);
        for(int i=1;i<=n;i++)
                for(int j=1;j<=m;j++)
                        result(i,j)=operator()(j,i);
        return result;
}
float& matrix::operator()(int row,int col)
{
        static float err=.0;
        if (row>0 && col>0 && row<=m && col<=n)
                return *(elem+(row-1)*n+col-1);
        else
                return err;
}
```

例 2-43：分析下面程序的运行结果。

```
#include <iostream.h>
#include <math.h>
class Point
{
        public:
          Point(double xx,double yy) { x=xx;y=yy;}
          void Getxy( );
          friend double Distance(Point &a,Point & b);
        private:
```

```
        double x,y;
};
void Point::Getxy( )
{
        cout<<"("<<x<<","<<y<<")"<<endl;
}
double Distance(Point &a,Point &b)
{
        double dx=a.x-b.x;
//对象的私有成员一般只有成员函数才能访问,这里友元函数中允许访问对象的
//私有成员
        double dy=a.y-b.y;
        return sqrt(dx*dx+dy*dy);
}
void main( )
{
        Point p1(3.0,4.0),p2(6.0,8.0);
        p1.Getxy( );
        p2.Getxy( );
        double d=Distance(p1,p2);
cout<<"Distance is"<<d<<endl;
}
```

输出结果:

```
(3,4)
(6,8)
Distance is 5
```

　　说明：该程序中的 Point 类中说明了一个友元函数 Distance( )，它在说明时前面加上了 friend 关键字，标示它不是成员函数，而是友元函数。但是，它可以引用类中的私有成员，函数体中 a.x、b.x、a.y、b.y 都是类的私有成员，它们是通过对象引用。在调用友元函数时，与普通函数的调用一样，不需要像成员函数那样调用。本例中，p1.Getxy()和 p2.Getxy( )是成员函数的调用，因此要用对象来表示。Distance(p1, p2)是友元函数的调用，它可直接调用，不需要用对象表示。如果在友元函数中处理数据成员，必须使用对象参数。

　　例 2-44：分析下面程序的输出结果。

```
#include <iostream.h>
class Time
{
        public:
          Time(int new_hours,int new_minutes)
          {
                hours=new_hours;
                minutes=new_minutes;
          }
          friend void Time12(Time time);
          friend void Time24(Time time);
```

```
    private:
      int hours,minutes;
};
void Time12(Time time )
{
    if (time.hours>12)
    {
        time.hours-=12;
        cout<<time.hours<<":"<<time.minutes<<"PM"<<endl;
    }
    else
    cout<<time.hours<<":"<<time.minutes<<"AM"<<endl;
}
void Time24(Time time )
{
    cout<<time.hours<<":"<<time.minutes<<endl;
}
void main( )
{
  Time time1(20,30),time2(10,45);
  Time12(time1);
  Time24(time1);
  Time12(time2);
  Time24(time2);
}
```

输出结果为：

```
8:30PM
20:30
10:45AM
10:45
```

2.4.3　友元类

C++允许说明一个类为另一个类的友元类（friend class）。

如果 A 是 B 的友员类，则 A 中的所有成员函数可以像友员函数一样访问 B 类中的所有成员。定义格式如下：

```
class B
{       friend class A;     //A 的所有成员函数均为 B 的友员函数
                            //…
      }
```

友元关系不可以被继承。假设类 A 是类 B 的友元，而类 C 从类 B 派生，如果没有在类 C 中显式地使用下面的语句：

```
friend class A;
```

那么，尽管类 A 是类 B 的友元，但这种关系不会被继承到类 C，也就是说，类 C 和类 A

没有友元关系，类 A 的成员函数不可以直接访问类 C 的受保护成员和私有成员。

不存在"友元的友元"这种关系。假设类 A 是类 B 的友元，而类 B 是类 C 的友元，即说类 B 的成员函数可以访问类 C 的受保护成员和私有成员，类 A 的成员函数可以访问类 B 的受保护成员和私有成员；但是，类 A 的成员函数不可以直接访问类 C 的受保护成员和私有成员，即是说友元关系不存在传递性。

例 2-45：分析以下程序的执行结果。

```
#include <iostream.h>
class B;
class A
{
      int i;
public:
      int set(B&);
      int get() {return i;}
      A(int x) {i=x;}
};
class B
{
      int i;
public:
      B(int x) {i=x;}
      Friend A;
};
int A::set(B &b)
{
      return i=b.i;
}
void main()
{
      A a(1);
      B b(2);
      cout<<a.get()<<",";
      a.set(b);
      cout<<a.get()<<endl;
}
```

此程序的运行结果为：

```
1,2
```

2.5 静态成员

类相当于一个数据类型，当说明一个某类的对象时，系统就为该对象分配一块内存单元来存放类中的所有成员。在某些应用中，需要程序中属于某个类的所有对象共享某个数据。为此，一个解决的办法就是将所要共享的数据说明为全局变量，但这将破坏数据的封装性；较好的解决办法是将所要共享的数据说明为类的静态成员。静态成员是指声明为 static 的类成员在类的范围内所有对象共享某个数据。

2.5.1 静态数据成员

C++中，同一个类定义多个对象时，每个对象拥有各自的数据成员（不包括静态数据成员），而所有对象共享一份成员函数和一份静态数据成员。静态数据成员是类的所有对象中共享的成员，而不是某个对象的成员，因此可以实现多个对象间的数据共享。静态数据成员不属于任何对象，它不因对象的建立而产生，也不因对象的析构而删除，它是类定义的一部分，所以使用静态数据成员不会破坏类的隐蔽性。

使用静态数据成员可以节省内存，因为它是所有对象所公有的，因此，对多个对象来说，静态数据成员只存储一处，供所有对象共用。静态数据成员的值对每个对象都是一样，但它的值是可以更新的。只要对静态数据成员的值更新一次，保证所有对象存取更新后的相同值，这样可以提高时间效率。

对静态数据成员的操作和一般数据成员一样，定义为私有的静态数据成员不能由外界访问。静态数据成员可由任意访问权限许可的函数访问。可以在类的成员函数中改变静态数据成员。

静态数据成员不从属于任何一个具体对象，所以必须对它初始化，而且对它的初始化不能在构造函数中进行。

类中用关键字 static 修饰的数据成员叫做静态数据成员。说明一个静态数据成员的方法与说明一个一般静态变量一样，只不过前者是在一个类中说明。

静态数据成员的使用方法如下。

（1）静态数据成员的定义与一般数据成员相似，但前面要加上 static 关键词。

（2）静态数据成员的初始化与一般数据成员不同，静态数据成员初始化的格式如下：

<类型> <类名>::<静态数据成员>=<值>;

① 初始化在类体外进行，前面不加 static，以免与一般静态变量或对象相混淆。

② 初始化时不加该成员的访问权限控制符 private、public 等。

③ 初始化时使用作用域运算符来标明它所属类，因此，静态数据成员是类的成员，而不是对象的成员。

（3）在引用静态数据成员时采用的格式如下。

```
<类名>::<静态数据成员>
class  Class1
{    int a;
     static int b;
     //…
}c1,c2;
int Class1::b;
```

类 Class1 中包含两个数据成员 a 和 b，其中 a 为一般数据成员，在对象 c1 和 c2 中都存在有各自的该数据成员的副本；b 是静态数据成员，所有类 Class1 的对象中的该成员实际上是同一个变量。C++编译器将静态数据成员存放在静态存储区，该存储区中的所有数据为类的所有对象所共享。

（4）静态数据成员是静态存储的，它是静态生存期，必须对它进行初始化。

（5）引用静态数据成员时，采用如下格式：

　　　<类名>::<静态成员名>

如果静态数据成员的访问权限允许的话（即 public 的成员），可在程序中按上述格式来引用静态数据成员。

例2-46：用静态数据成员实现班会费管理程序。

```
#include<iostream.h>
class person
{      char*  name;
       int    age;
       static int count;      //定义静态成员,存放班会费
public:
       void setData(char* s,int n){name=s;age=n;};
       void getData(int n){count=count+n;};
       void spend(int n){count=count-n;};
       void display(){cout<<count<<endl;};
};
int person::count=0;      //为静态数据成员分配空间和初始化
void main()
{      person demo1,demo2;
       demo1.setData("Robert",21);
       demo2.setData("Mary",18);
       demo1.getData(1000);
       demo2.display();      //输出 1000
       demo2.spend(300);
       demo1.display();      // 输出 700
   }
```

例2-47：分析下列程序的执行结果。

```
#include <iostream.h>
class Myclass
{
public:
       Myclass(int a, int b, int c);
       void GetNumber();
       void GetSum();
private:
       int A, B, C;
       static int Sum;
};
int Myclass::Sum = 0;
Myclass::Myclass(int a, int b, int c)
{
       A = a;
       B = b;
       C = c;
```

```
        Sum += A+B+C;
    }
    void Myclass::GetNumber()
    {
        cout<<"Number="<<A<<","<<B<<","<<C<<endl;
    }
    void Myclass::GetSum()
    {
        cout<<"Sum="<<Sum<<endl;
    }
    void main()
    {
        Myclass M(3, 7, 10),N(14, 9, 11);
        M.GetNumber();
        N.GetNumber();
        M.GetSum();
        N.GetSum();
    }
```

此程序的运行结果为：

```
Number=3,7,10
Number=14,9,11
Sum=54
Sum=54
```

从输出结果可以看到 Sum 的值对 M 对象和对 N 对象都是相等的。这是因为在初始化 M 对象时，将 M 对象的 3 个 int 型数据成员的值求和后赋给 Sum，于是 Sum 保存了该值。在初始化 N 对象时，将 N 对象的 3 个 int 型数据成员的值求和后又加到 Sum 已有的值上，于是 Sum 将保存新的值。所以，不论是通过对象 M 还是通过对象 N 来引用的值都是一样的，即为 54。

例 2-48：写出下面程序的执行结果。

```
#include <iostream.h>
class Myclass
{
    public:
        Myclass();
        void GetSum(int a);
        int Sum;
    private:
        int A;
};
Myclass::Myclass()
{
    Sum=10;
}
void Myclass::GetSum(int a)
```

```
{
    A=a;
    Sum+=A;
}
void PrintSum(Myclass& A)
{
    cout<<"Sum="<<A.Sum<<endl;
    //由于 Sum 是一个公共数据成员，因此可以在非成员函数中访问
}
void main( )
{
    Myclass M,N;
    M.GetSum(3);
    N.GetSum(7);
    PrintSum(M);
}
```

输出结果：

```
sum=13
```

说明：M 和 N 是两个 Myclass 对象，各自都有独立的数据成员 Sum，程序中只输出了 M 对象的数据成员 Sum 的值。

例 2-49：写出下面程序的运行结果。

```
#include <iostream.h>
class Myclass
{
    public:
        void GetSum(int a);
        static int Sum;
    private:
        int A;
};
int Myclass::Sum=10;   //必须在类外部对静态数据成员初始化
void Myclass::GetSum(int a)
{
    A=a;
    Sum+=A;
}
void PrintSum(Myclass& A)
{
    cout<<"Sum="<<A.Sum<<endl;
}
void main( )
{
    Myclass M,N;
    M.GetSum(3);
    N.GetSum(7);
```

```
        PrintSum(M);
    }
```

输出结果为：

```
    sum=20
```

说明：Sum 是静态数据成员，因此每个 Myclass 类的对象都共享这个数据成员。Sum 初始化为 10，然后加上 3 和 7，结果即为 20。

2.5.2 静态成员函数

静态成员函数的定义和其他成员函数一样。在说明时需注意静态成员函数不得说明为虚函数。静态成员函数与静态数据成员类似，也是从属于类，静态成员函数的定义是在一般函数定义前加上 static 关键字。调用静态成员函数的格式如下：

<类名>::<静态成员函数名>(<参数表>)；

静态成员函数与静态数据成员一样，与类相联系，不与对象相联系，只要类存在，静态成员函数就可以使用，所以访问静态成员函数时不需要对象。如果用对象去调用静态成员函数，只是用其类型。静态成员函数和静态数据成员一样，它们都属于类的静态成员，它们都不是对象成员。因此，对静态成员的引用不需要用对象名。

在静态成员函数的实现中不能直接引用类中说明的非静态成员，可以引用类中说明的静态成员。如果静态成员函数中要引用非静态成员时，可通过对象来引用。

静态成员函数只能访问静态数据成员、静态成员函数和类以外的函数和数据，不能访问类中的非静态数据成员（因为非静态数据成员只有对象存在时才有意义）。但静态数据成员和静态成员函数可由任意访问权限许可的函数访问。和一般成员函数类似，静态成员函数也有访问限制，私有静态成员函数不能由外界访问。

静态成员函数没有 this 指针，因此，静态成员函数只能直接访问类中的静态成员，若要访问类中的非静态成员时，必须借助对象名或指向对象的指针。

例 2-50：静态成员函数使用示例。

```cpp
#include <iostream.h>
class M
{
public:
    M(int a)  { A=a;  B+=a;}
    static void f1(M m);
private:
    int A;
    static int B;
};
void M::f1(M m)
{
    cout<<"A="<<m.A<<endl;
    cout<<"B="<<B<<endl;
}
int M::B=0;
```

```
void main()
{
    M P(5),Q(10);
    M::f1(P);                    //调用时不用对象名
    M::f1(Q);
}
```

例2-51：用静态成员函数实现班会费管理程序。

```
#include<iostream.h>
class  person
{     char*  name;
      int     age;
      static int count;          //定义静态成员,存放班会费
public:
      void setData(char* s,int n){name=s;age=n;};
      void getData(int n){count=count+n;};
      void spend(int n){count=count-n;};
      static void display(){cout<<count<<endl;};//定义静态成员函数
};
int person::count=0;             //为静态数据成员分配空间和初始化
void main()
{     person demo1,demo2;
      demo1.setData("Robert",21);
      demo2.setData("Mary",18);
      demo1.getData(1000);
      person::display();         //用类名去调用静态成员函数
      demo2.spend(300);
      demo1.display();           //用对象的类型去调用静态成员函数
}
```

例2-52：写出下面程序的执行结果。

```
#include <iostream.h>
class M
{
    public:
      M(int a){ A=a;B+=a;}
      static void f1(M m);
    private:
      int A;
      static int B;
};
void M::f1(M m)
{
    cout<<"A="<<m.A<<endl;
                               //在静态成员函数中,只能通过对象访问类的非静态成员

    cout<<"B="<<B<<endl;
                               //B是静态成员,可以在静态成员函数中访问
}
```

```
       int M::B=0;
       void main( )
       {
            M  P(5), Q(10);
            M::f1(P);   //访问静态成员函数,前面必须是类名,下同
            M::f1(Q);
       }
```

输出结果为:

```
    A=5
    B=15
    A=10
    B=15
```

说明:这里定义了两个对象 P 和 Q, P 初始化后,P 的数据成员 A=5,静态数据成员 B=5,Q 初始化后,Q 的数据成员 A=10,静态数据成员 B=15。执行语句 M::f1(P)时,先输出 P 的数据成员 A,结果为 5,再输出静态数据成员 B 的值,结果为 15。执行语句 M::f1(Q)时,先输出 Q 的数据成员 A,结果为 5,再输出静态数据成员 B 的值,结果为 15。

例 2-53:写出下面程序的执行结果。

```
       #include <iostream.h>
       class Student
       {
            public:
             static int number( )
             {
                  return noOfStudents;
             }
            protected:
             char name[40];
             static int noOfStudents;
       };
       int Student::noOfStudents=1;
       void main( )
       {
            Student s;
            cout<<s.number( )<<endl;          //用对象引用静态成员函数
            cout<<Student::number( )<<endl;   //用类名引用静态成员函数
       }
```

运行结果为:

```
    1
    1
```

2.6 this 指针

this 指针是一个隐含于每一个成员函数中的特殊指针。它是一个指向正在被该成员函数

操作的对象，也就是要操作该成员函数的对象。

当对一个对象调用成员函数时，编译程序先将对象的地址赋给 this 指针，然后调用成员函数，每次成员函数存取数据成员时，由隐含作用 this 指针。通常不去显式地使用 this 指针来引用数据成员。同样也可以使用*this 来标识调用该成员函数的对象。

当一个成员函数被调用时，自动向它传递一个隐含的参数，该参数是一个指向这个函数成员所在的对象的指针。成员函数中可以用 this 关键字来引用该指针。this 指针的类型就是成员函数所属的类的类型。当调用成员函数时，它被初始化为被调用函数所在的类实例的地址。下面举一例子说明 this 指针的应用。

例如：

```
class Location {
    int X,Y;//默认为私有的
    public:
    void init(int x,int y);
    void assign(Location& pointer);
    int GetX();
    int GetY();
}
void Location::assign(Location& pointer)
{
    if(pointer!=this)
    {
        X=pointer.X;
        Y=pointer.Y;
    }
}    //同一对象之间的赋值没有意义,所以要保证 pointer 不同于 this
```

例 2-54：分析以下程序的执行结果。

```
#include <iostream.h>
class Sample
{
    int n;
public:
    Sample() {}
    Sample(int m) {n=m;}
    Sample add(Sample s1,Sample s2)
    {
        this->n=s1.n+s2.n;
        return(*this);
    }
    void disp()
    {
        cout<<"n="<<n<<endl;
    }
};
void main()
```

```
    {
        Sample s1(10),s2(5),s3;
        cout<<"s1:";
        s1.disp();
        cout<<"s2:"
        s2.disp();
        s3.add(s1,s2);
        cout<<"s3:"
        s3.disp();
    }
```

此程序的运行结果为：

```
    s1:n=10
    s2:n=5
    s3:n=15
```

例 2-55：分析以下程序的执行结果。

```
    #include <iostream.h>
    class A
    {
    public:
        A() { a=b=0; }
        A(int i, int j) { a=i; b=j; }
        void copy(A &aa);            //对象引用作函数参数
        void print() {cout<<a<<","<<b<<endl; }
    private:
        int a, b;
    };
    void A::copy(A &aa)
    {
        if (this == &aa) return;     //这个 this 是操作该成员函数的对象的地址,在这里是对象
                                       a1 的地址
        *this = aa;                   //*this 是操作该成员函数的对象,在这里是对象 a1
                                      //此语句是对象 aa 赋给 a1,也就是 aa 具有的数据成员的值赋
                                       给 a1 的数据成员

    }
    void main()
    {
        A a1, a2(3, 4);
        a1.copy(a2);
        a1.print();
    }
```

运行结果为：

```
    3, 4
```

注意：this 指针只能在类的成员函数中使用，它指向该成员函数被调用的对象。this 指针一般用于返回当前对象自身。this 指针大量用于运算符重载成员函数设计中。静态成员函数没有 this 指针。因为类只有一个静态成员函数实例，所以使用 this 指针没有什么意义。在静

态成员函数中使用 this 指针会引起编译错误。

习　题　一

1. 分析下面的程序运行结果。

（1）

```
#include<iostream.h>
class example
{
        int i;
public:
        example(int n)
        {
            i=n;
        cout<<"Constructing\n";
        }
        ~example()
            {cout<<"Destructing\n";}
        int get_i()
            {return i;}
};
int sqr_it(example o)
{
        return o.get_i() *o.get_i();
}
main()
{
        example x(10);
        cout<<x.get_i()<<endl;
        cout<<sqr_it(x)<<endl;
        return 0;
}
```

（2）

```
#include<iostream.h>
class exam
{
public:
        exam();
        exam(const exam& o);
        exam fun();
};
//普通的构造函数
exam::exam()
{
        cout<<"Constructing normally\n";
```

```
    }
    //拷贝构造函数
    exam::exam(const exam& o)
    {
      cout<<"Constructing copy\n";
    }
    //返回对象的函数
    exam exam::fun()
    {
        exam temp;
        return temp;
    }
    main()
    {
        exam obj;
        obj=obj.fun();
        return 0;
    }
```

（3）

```
    #include<iostream.h>
    class test
    {
        int i;
    public:
        test();
        ~test(){};
    };
    test::test()
    {
        i=25;
        cout<<"Here's the program output. \n";
        cout<<"Let's generate some stuff...\n";
        for(int ctr=0; ctr<10;ctr++)
        {
            cout<<"Counting at"<<ctr<<"\n";
        }
    }
    test anObject;
    main()
    {
        return 0;
    }
```

2. 建立一个 phone 类，含有人名与电话号码两个数据成员。用 new 自动为 phone 类的对象分配内存，并将名字与电话号码放入内存的相应域中。

3. 编写一个程序，建立一个动态对象数组，用 new 为其分配空间和赋值，并显示出来。

4. 构建一个类，含有 3 个数据成员，分别表示盒子的 3 条边长；含有一个成员函数，用来计算盒子的体积。

5．使用 C++的类编写一个简单的售书程序。类内必须具有书本单价、购书数量及售书总金额等数据，并为该建立一些必要的函数。

6．用类 Vector 表示一组向量，类 Vector 内包含了整型数据成员 n 及指针*array，n 表示向量的成分个数，而 array 则是指向该向量的内容（为一动态数组），要求这种类型的向量建立加法、内积及标度（scale）函数，利用这种方式我们可以处理维数不固定的向量运算。

7．下面是一个声明了部分成员的类。

```
class strclass
{
    char *p;
    int length;
public:
    char *getstring(){trturn p;}
    int getlength(){return length;}
};
```

要求编写两个构造函数。第一个构造函数没有参数，用 new 动态分配 128 字节的内存，并用空字符串对该段内存进行初始化，在 length 中放入值 128。第二个构造函数有两个参数，第一个参数是字符串，用于初始化，另一个参数是字节数，据此大小分配内存空间，并将字符串拷贝到该内存。要求进行必要的界限检查，并在主程序演示构造函数的工作情况。

8．构造一个类 countstr，要求用构造函数设置计数器 count 的初始值为 0。成员函数 countchar()不返回任何值，它要求用户输入一段文字，按 Enter 键后结束计算，用 count 记录输入的字符数。成员函数 getchar()返回 count 的整数值。

9．编写一个程序，输入 N 个学生数据，包括学号、姓名、成绩，要求输出这些学生数据并计算平均分。

10．编写一个程序，求教室的面积与边长和。要求：

（1）定义一个对象 room1，在构造函数中直接指定其边长分别为 3.4 m 和 5.6 m；

（2）定义对象 room2，通过成员函数由键盘输入教室的边长；

（3）定义成员函数 addsquare()，它以 room1 和 room2 的对象为参数。调用该成员函数的对象为 room3，调用该函数时能返回两个教室（参数）的总面积；

（4）定义成员函数 addedge()，它以 room1 和 room2 的对象为参数。调用该成员函数的对象为 room3，调用该函数时能返回两教室的边长和。

习　题　二

1．分析以下程序的运行结果。

（1）

```
#include<iostream.h>
class Sample
{
    int n;
public:
```

```
            Sample(){}
            Sample(int m){n=m;}
            friend void square(Sample &s)
            {
                    s.n=s.n*s.n;
            }
            void disp()
            {
                    cout<<"n="<<n<<endl;
            }
    };
    void main()
    {
            Sample a(10);
            square(a);
            a.disp();
    }
```

(2)

```
    #include<iostream.h>
    class B;
    class A
    {
            int i;
            friend B;
            void disp(){cout<<i<<endl;}
    };
    class B
    {
    public:
            void set(int n)
            {
                    A a;
                    a.i=n;          //i是对象a的私有数据成员,在友元类可以使用
                    a.disp();       //disp()是对象a的私有成员函数,在友元类可以使用
            }
    };
    void main()
    {
            B b;
            b.set(2);
    }
```

(3)

```
    #include<iostream.h>
    class teacher;
    class student
    {
```

```
              char *name;
       public:
              student(char *s){name=s;}
              friend void print(student &,teacher &);
       };
       class teacher
       {
              char *name;
       public:
              teacher(char *s){name=s;}
              friend void print(student &,teacher &);
       };
       void print(student &a,teacher &b)
       {
              cout<<"the student is"<<a.name<<endl;
              cout<<"the teacher is"<<b.name<<endl;
       }
       void main()
       {
              student s("Li Hu");
              teacher t("Wan Ping");
              print(s,t);
       }
```

2. 有一个学生类 student，包括学生学号、姓名、三门功课的成绩。设计一个友元函数，输出按平均成绩对应的等级：大于等于 90：优；80～89：良；70～79：中；60～69：及格；小于 60：不及格。

3. 有一个向量类 Vector，包括一个点的坐标位置 x 和 y，设计两个友元函数，实现两个向量的加法和减法运算。

4. 设计一个日期类 Date，包括日期的年份、月份和日号，编写一个友元函数，求这两个日期之间相差的天数。

5. 编写一个程序判断两个线段相交的情况。

设线段 AB 的端点为 A(x1,y1) 和 B(x2,y2)，线段 CD 的端点为 C(x3,y3) 和 D(x4,y4)，则有：

```
r1=y3(x4-x3) -y1(x4-x3)+(x1-x3)(y4-y3)
r2=(y2-y1)(x4-x3) - (x2-x1)(y4-y3)
r=r1/r2
t=(x1-x3+r(x2-x1))/(x4-x3)
```

根据 r 和 t 的值，有以下情况：

（1）0<r<1，0<t<1，则线段 AB 与线段 CD 相交。

（2）0<r<1，t≥1，则线段 AB 与线段 CD 不相交，且线段 CD 在线段 AB 的一侧。

（3）r≥1 或 r≤0，0<t<1，则线段 AB 与线段 CD 不相交，且线段 AB 在线段 CD 的一侧。

（4）r≥1 或 r≤0，t≥1 或 t≤0，则线段 AB 与线段 CD 不相交。

6. 编写一个程序输入 n 个学生的学号、姓名、英语、数学和计算机成绩，然后按总分从高到低进行排序。（要求定义一个 student 类，用友元实现排序。）

7. 设计一个直线类 Line（设直线方程为 ax+by+c=0），其中，包含 3 个数据成员 a、b、c，一个显示数据成员的 disp 函数和一个求两直线交点的友元函数 setpoint，并在 main() 中给出对象或数据进行测试。

8. 编写一个程序，设计一个类 score 用于统计一个班的学生成绩，其中使用一个静态数据成员 sumfs 存储总分和一个静态成员函数 rsumfs() 返回该总分。

9. 设计一个点类，其中包含一对坐标点数据成员、一个求两个点之间距离的友元函数 dist 和显示坐标点的 disp 成员函数，并用数据进行测试。

10. 设计一个直线类 Line，其中包含 3 个数据成员 a、b、c，一个求两直线交点的友元函数 setpoint() 和显示坐标点的 disp() 成员函数，并用数据进行测试。

第3章 继承和派生

继承是面向对象的程序设计的基本特征之一，是在已有类的基础上建立新类。继承性是面向对象的程序设计支持代码重用的重要机制。面向对象的程序设计的继承机制提供了无限重复利用程序资源的一种途径。通过 C++语言中的继承机制，一个新类既可以共享另一个类的操作和数据，也可以在新类中定义已有类中没有的成员，这样能大大地节省程序开发的时间和资源。

3.1 基类和派生类

继承是类之间定义的一种重要关系。定义类 B 时，自动得到类 A 的操作和数据属性，使得程序员只需定义类 A 中所没有的新成分就可完成类 B 的定义，这样称类 B 继承了类 A，类 A 派生了类 B，A 是基类（父类），B 是派生类（子类），这种机制称为继承。

称已存在的用来派生新类的类为基类，又称为父类。由已存在的类派生出的新类称为派生类，又称为子类。派生类可以具有基类的特性，共享基类的成员函数，使用基类的数据成员，还可以定义自己的新特性，定义自己的数据成员和成员函数。

在 C++语言中，一个派生类可以从一个基类派生，也可以从多个基类派生。从一个基类派生的继承称为单继承；从多个基类派生的继承称为多继承。图 3-1 反映了类之间的继承与派生关系。

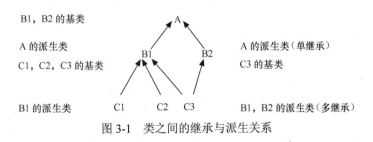

图 3-1 类之间的继承与派生关系

3.1.1 派生类的定义格式

单继承的定义格式如下：

```
class<派生类名> : <继承方式><基类名>
{
public:      //派生类新定义成员
    members;
<private: >
    members;
```

```
<protected: >
      members;
};
```

其中，<派生类名>是新定义的一个类的名字，它是从<基类名>中派生的，并且按指定的 <继承方式>派生的。<继承方式>常用如下 3 种关键字给予表示：

● public：表示公有继承。特点是：基类的公有成员和保护成员在派生类中保持原有状态，而基类的私有成员仍然是私有的。派生类的成员函数可访问基类中的公有成员和保护成员；派生类的对象仅可以访问基类的公有成员。

● private：表示私有继承。特点是：基类的公有成员和保护成员都作为派生类的私有成员，并且不能被这个派生类的子类访问。

● protected：表示保护继承。特点是：基类的公有成员和保护成员都作为派生类的保护成员，而基类的私有成员仍然是私有的。

多继承的定义格式如下：

```
class<派生类名> : <继承方式 1><基类名 1>,<继承方式 2><基类名 2>,…
{
public:          //派生类新定义成员
      members;
<private: >
      members;
<protected: >
      members;
};
```

例 3-1：写出下列程序的执行结果。

```cpp
#include <iostream.h>
class demo
{protected:
      int j;
 public:
      demo(){j=0};
      void add(int i){j+=i;}
      void display()
      {   cout<<"Current value of j is"<<j<<endl;}
};
class child:public demo          //类 child 继承了 demo 类
{      char  ch;
 public:
      void sub(int i){j-=i;}
};
void main(void)
{      child object,obj;          // 两个对象的 j 均为 0
      object.display();
      object.add(10);
      object.display();
      object.sub(5);
```

```
        object.display();                    //object 的 j=5
        obj.display();                       //obj 的 j=0
    }
```

此程序的运行结果为：

```
current value of j is 0
current value of j is 10
current value of j is 5
current value of j is 0
```

3.1.2 派生类的 3 种继承方式

在介绍公有继承（public）、私有继承（private）和保护继承（protected）的继承方式前，先看一个例子。

例 3-2：汽车类 vehicle 和其派生类小车类 car 的定义。

```
class  vehicle
{      int  wheels ;                               // 车轮数
       float  weight ;                             // 汽车重量
public :
       void  initialize (int  in_wheels , float  in_weight ) ;// 初始化数据成员
       int  get_wheels ( ) ;                        // 获取车轮数
       float  get_weight ( ) ;                      // 获取车重
       float  get_loading ( ) ;                     // 车轮承重
 };
class  car : vehicle                               //默认声明,私有继承
{      int  passenger_load :                        // 载客量
public :
       void initialize (int in_wheels,float in_weight,int people=4);
       int  passengers ( ) ;                        // 返回载客数
 };
```

参考上述实例，说明公有继承（public）、私有继承（private）和保护继承（protected）是常用的 3 种继承方式。

1．公有继承（public）

公有继承的特点是基类的公有成员和保护成员作为派生类的成员时，它们都保持原有的状态，而基类的私有成员仍然是私有的。

2．私有继承（private）

私有继承的特点是基类的公有成员和保护成员作为派生类的私有成员，并且不能被这个派生类的子类访问。

3．保护继承（protected）

保护继承的特点是基类的所有公有成员和保护成员都作为派生类的保护成员，并且只能被它的派生类成员函数或友元访问，基类的私有成员仍然是私有的。

上述 3 种不同的继承方式的基类特性与派生类特性见表 3-1。

表 3-1 　　　　　　　　　　　　不同继承方式的基类和派生类特性

继 承 方 式	基 类 特 性	派生类特性
公有继承	public	public
	protected	protected
	private	不可访问
私有继承	public	private
	protected	private
	private	不可访问
保护继承	public	protected
	protected	protected
	private	不可访问

（1）在公有继承时，派生类的对象可以访问基类中的公有成员；派生类的成员函数可以访问基类中的公有成员和保护成员。这里，一定要区分清楚派生类的对象和派生类中的成员函数对基类的访问是不同的。

例 3-3：调用基类的公有成员示例程序。

```
#include<iostream.h>
#include<math.h>
class point
{
public:
     void initp(float xx=0,float yy=0){x=xx;y=yy;}
     void move(float xoff,float yoff){x+=xoff;y+=yoff;}
     float getx(){return x;}
     float gety(){return y;}
private:
     float x,y;
};
class rectangle:private point
{
public:
     void initr(float x,float y,float w,float h)
     {    initp(x,y);          //调用基类的公有成员
          W=w;H=h;}
          float getH(){return H;}
          float getW(){return W;}
private:
     float W,H;
};
void main()
{
     rectangle rect; rect.initr(2,3,20,10);
     rect.move(3,2);
     cout<<"the data of rect(x,y,w,h):"<<endl;
     cout<<rect.getx()<<","<<rect.gety()<<","<<rect.getW()<<","<<
rect.getH()<<endl;
```

```
}
```

（2）在私有继承时，基类的成员只能由直接派生类访问，而无法再往下继承。

例 3-4：私有继承示例程序。

```cpp
#include<iostream.h>
#include<math.h>
class point
{ public:
        void initp(float xx=0,float yy=0){x=xx;y=yy;}
        void move(float xoff,float yoff){x+=xoff;y+=yoff;}
        float getx(){return x;}
        float gety(){return y;}
private:
        float x,y;
};
class rectangle:private point
{
public:
        void initr(float x,float y,float w,float h){initp(x,y);W=w;H=h;}
        void move(float xoff,float yoff){point::move(xoff,yoff);}
        float getx(){return point::getx();}
        float gety(){return point::gety();}
        float getH(){return H;}
        float getW(){return W;}
private:
        float W,H;
};
void main()
{
        rectangle rect;
        rect.initr(2,3,20,10);
        rect.move(3,2);
        cout<<"the data of rect(x,y,w,h):"<<endl;
        cout<<rect.getx()<<","<<rect.gety()<<","<<rect.getW()<<","<<
rect.getH()<<endl;
}
```

（3）对于保护继承方式，这种继承方式与私有继承方式的情况相同。两者的区别仅在于对派生类的成员而言，对基类成员有不同的可访问性。

例 3-5：保护继承示例程序。

```cpp
//example 1
#include<iostream.h>
class A
{
protected:
        int x;
public:
```

```
            disp()
            {      x=5;
                   cout<<x<<endl;}
};
class B:public A
{
public:
      void function();
};
void B::function()
{      x=5;
       cout<<x<<endl;}
void main()
{
      A a;
      a.disp();
      B b;
      b.function();
      //  a.x=5;
      //  cout<<a.x<<endl;
}

      //example 2
/*class A
{
protected:
      int x;
};
class B:public A
{
public:
      void function();
};
void B::function()
{      x=5;
}*/
```

（4）对于基类中的私有成员，只能被基类中的成员函数和友元函数所访问，不能被其他的函数访问。

3.1.3 访问控制

类通过派生定义形成类的等级，派生类中用"类名 :: 成员"访问基类成员。在建立一个类等级后，通常创建某个派生类的对象来使用这个类等级，包括隐含使用基类的数据和函数。

例 3-6： 给出以下程序的运行结果。

```
#include < iostream.h >
class  Base
```

```
    { public : Base ( ) { cout << "\nBase created.\n" ; }
    } ;
    class D_class : public Base
    { public : D_class ( ) { cout << "D_class created.\n" ; }
    } ;
    main ( )
    { D_class d1 ; }
```

此程序的运行结果为：

```
    Base created.
    D_class created.
```

派生类对基类成员可以有不同的访问方式：

● 派生类可以覆盖基类成员；

● 派生类不能访问基类私有成员；

● 基类的公有段和保护段成员访问权对派生类保持不变（公有继承）；

● 基类的公有段和保护段成员成为派生类的私有成员（私有继承）。

具体说明如下。

1. 定义与派生类同名的成员

如果派生类定义了与基类同名的成员，称派生类的成员覆盖了基类的同名成员，若要在派生类中使用基类同名成员，可以显式地使用类名限定符。

```
    类名 :: 成员
```

例如：

```
    class base
    { public : int a , b ; };
    class derived : public base { public : int b , c ; } ;
    void f ( )
    { derived d ;
      d . a = 1 ;
      d . base :: b = 2 ;      // base :: b 使用的是 base 类的数据成员 b
      d . b = 3 ;              //这里使用的是 derived 类的数据成员 b
      d . c = 4 ;
    };
```

2. 派生类不能访问基类私有成员

例如：

```
    class X
    {public : void get_ij ( ) ;      void put_ij ( ) ;
     private : int i , j ;
    };
    class Y : public X
    {public : int get_k ( ) ;      void make_k ( ) ;
     private : int k ;
    };
```

```
void  Y :: make_k ( ) ;
{ k = i * j ; // 非法
} ;
```

再看一个重定义的例子：

```
class  X
{public : void  get_ij ( ) ;          void  put_ij ( ) ;
};
class  Y : public  X
{public : int  get_k ( ) ;          void  make_k ( ) ;
 private : int  k ;
};
void  Y :: make_k ( ) ;
{
} ;
```

在类 X 和类 Y 外部，仍然不能访问 i 和 j。除了基类和它的派生类外，保护段和私有段成员一样被隐藏。

例如：

```
main ( )
{  X  obj ;
   ......
   int  t = obj . i + obj . j ;      // error
};
```

3. 公有继承

派生类对基类的公有继承使用关键字 public 描述。

例 3-7：派生类对基类的公有继承示例。

```
class  X
{ protected : int  i , j ;
 public :
     void get_ij( ) { cout<<"Enter two numbers:"; cin>>i>>j;};
     void put_ij( ) { cout<<i<<"  "<<j<<'\n';};
};
class  Y : public X
{     int  k ;
 public :
     int get_k( ) { return k ; };
     void make_k( ) { k = i * j ; };          // 使用基类成员i,j
};
class  Z : public Y
{ public : void  f( ) { i = 2 ; j = 3; };      // 使用基类成员i,j
};
main ( )
{     Y var1;    Z var2 ;
     var1.get_ij( ) ;    var1.put_ij( ) ;        var1.make_k( ) ;
```

```
      var2.f ( ) ;          var2.put_ij ( ) ;
   }
```

类 Y 由基类 X 公有派生出来，则 X 公有段和保护段的成员在 Y 中也是公有段和保护段成员。Y 又派生出类 Z，Y 的公有段和保护段成员（包括从 X 继承过来的成员）在 Z 中也是公有段和保护段成员。

4．私有继承和保护继承

私有继承：派生类对基类的公有继承使用关键字 private 描述（可缺省），基类的所有公有段和保护段成员都成为派生类的私有成员。

保护继承：派生类对基类的公有继承使用关键字 protected 描述，基类的所有公有段和保护段成员都成为派生类的保护成员，保护继承在程序中很少应用。

例 3-8：派生类对基类的私有继承示例。

```
class X
{protected : int i , j ;
 public :
      void get_ij ( ) {cout<<"Enter two numbers:"; cin>>i>>j;};
      void put_ij ( ) {cout<<i<<" "<<j<<'\n';};
};
class Y : private X
{    int k ;
 public :
      int get_k ( ) { return k ; };
      void make_k ( ) { k = i * j ; } ;
} ;
class Z : public Y
{ public :
      void f( )
      { i = 2 ; j = 3 ;          // error
      };
};
main ( )
{    Y var1;   Z var2 ;
      var1 . get_ij ( ) ;        // error
      var1 . put_ij ( ) ;        // error
      var1 . make_k ( ) ;
      cout << var1 . get_k ( ) << '\n' ;
      var2 . put_ij ( ) ;        // error
   }
```

Y 是类 X 的私有派生类，i、j 是类 Y 的私有成员，在 Y 的派生类 Z 中不可见 Y 的私有成员（从 X 私有继承），在类 Y 之外不可见。

程序中类的层次关系如图 3-2 所示。

5．派生类中的静态成员

不管公有派生类还是私有派生类，都不影响派生类对基类的静态成员的访问，派生类对基类静态成员必须显式使用以下形式：

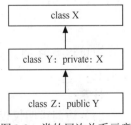

图 3-2　类的层次关系示意

```
     类名 :: 成员
例如:
     class B
     { public :
         static void f ( ) ;
         void g ( ) ;
     } ;
     class D : private B { } ;
     class DD : public D { void h ( ) ; } ;
     void DD :: h ( )
     {    B :: f ( ) ;    // ok
          f ( ) ;         // error
          g ( ) ;         // error
     } ;
```

由于类 D 私有地继承了类 B，函数 g ()已成为 D 的私有成员，类 DD 不能访问基类 D 的私有段成员 g ()；f ()是静态成员函数，它不受访问描述符的影响，但访问时必须使用类名::成员。

6. 访问声明

C++提供一种调节机制，称为访问声明，使得 X 的某些成员能被类 Z 所访问。

例如:

```
     class B
     {    int a ;
     public :
         int d , c ;
         int bf ( ) ;
     } ;
     class D : private B
     {    int d ;
     public :
         B :: c ;
         // 调整对 B :: c 的控制访问
         int e ;
         int df ( ) ;
     } ;
```

类 D 从基类 B 私有派生，类 B 的所有公有段和保护段的成员都为类 D 的私有段成员。使用访问声明:

```
     B :: c
```

可以将类 B 的公有段成员 c 在私有派生类 D 中显式声明为公有的，使得 D 派生类可以访问它。

注意:

（1）访问声明仅仅调整名字的访问权限，不可说明为任何类型。

例如:

```
class  B { /* ...... */  } ;
class  D : private  B
{     int  d ;
public :
     int  B :: c ;     // error
     ...
} ;
```

（2）访问声明不允许在派生类中降低或提升基类成员的可访问性。

例如：

```
class  B
{public :   int  a ;
 private :  int  b ;
 protect :  int  c ;
} ;
class  D : private  B
{public :
     B :: a ;     // ok
     B :: b ;     // error,私有成员不能用于访问声明
 protected :
     B :: c ;     // ok
     B :: a ;     // error,不能降低基类成员的可访问性
} ;
```

（3）对重载函数名的访问声明将调整基类所有同名函数的访问域。

例如：调整同名的重载函数。

```
class  X
{ public :
     f ( ) ;
     f ( int ) ;
} ;
class  Y : private  X
{ public :
     X :: f ; // 使 X :: f ( ) 和 X f ( int ) 在 Y 中都为公有的
};
```

例如：不同访问域的重载函数名不能用于访问声明。

```
class  X
{private : f ( int ) ;
 public :  f ( ) ;
} ;
class  Y : private  X
{public :
     X :: f ; // error,访问声明具有二义性,不能调整其访问
};
```

例如：若派生类与基类名字相同的成员不可调整访问。

```
class X
{ public :   f ( ) ;
} ;
class Y : private X
{ public :  void  f ( int ) ;
      X :: f ; // error,f  的二次说明,不能调整其访问
};
```

基类的访问描述符提供了派生类对其基类的访问控制：私有派生还是公有派生；作为私有派生的一种补充，访问声明提供了调节名字访问的手段；一个派生类的友员只能访问基类的公有段成员。

3.1.4　基类和派生类的关系

任何一个类都可以派生出一个新类，派生类也可以再派生出新类，因此，基类和派生类是相对而言的。一个基类可以是另一个基类的派生类，这样便形成了复杂的继承结构，出现了类的层次。一个基类派生出一个派生类，它又做另一个派生类的基类，则原来的基类为该派生类的间接基类。

1．派生类是基类的具体化

类的层次通常反映了客观世界中某种真实的模型。基类是对若干个派生类的抽象，派生类是基类的具体化。基类抽取了它的派生类的公共特征，派生类通过增加行为将抽象类变为某种有用的类型。

2．派生类是基类定义的延续

先定义一个抽象基类，该基类中有些操作并未实现。然后定义非抽象的派生类，实现抽象基类中定义的操作。这时，派生类是抽象的基类型的实现，即可看成是基类定义的延续。这也是派生类的一种常用方法。

3．派生类是基类的组合

在多继承时，一个派生类有多于一个的基类，这时派生类将是所有基类行为的组合。

派生类将其本身与基类区别开来的方法是添加数据成员和成员函数。因此，继承的机制将使得在创建新类时，只需说明新类与已有类的区别，从而大量原有的程序代码都可以复用。

3.2　继承方式

3.2.1　单继承

单继承是指派生类有且只有一个基类的情况，在单继承中，每个类可以有多个派生类，但是每个派生类只能有一个基类，从而形成树形结构。

1．成员访问权控制

例3-9：继承性的 public 继承方式的访问权限的例子。

```
#include <iostream.h>
//定义基类A
class A
{
```

```
public:
    A() { cout<<"类 A 的构造函数！"<<endl; }
    A(int a) { Aa = a, aa = a, aaa = a; }
    void Aprint() { cout<<"类 A 打印自己的 private 成员 aa:"<<aa<<endl; }
    int Aa;
private:
    int aa;
protected:
    int aaa;
};
                        //定义由基类 A 派生的类 B
class B : public A
{
public:
    B() { cout<<"类 B 的构造函数！"<<endl; }
    B(int i, int j, int k);
    void Bprint() { cout<<"类 B 打印自己的 private 成员 bb 和 protected 成员 bbb:"
                        <<bb<<","<<bbb<<endl; }
    voidB_Aprint(){cout<<"类 B 的 public 函数访问类 A 的 public 数据成员 Aa:"<<Aa<<endl;
    cout<<"类 B 的 public 函数访问类 A 的 protected 数据成员 aaa:"<<aaa<<endl;
    GetAaaa();
    GetAaaa1();}
private:
    int bb;
    void GetAaaa() { cout<<"类 B 的 private 函数访问类 A 的 public 数据成员 Aa:"<<Aa<<
endl;
    cout<<"类 B 的 private 函数访问类 A 的 protected 数据成员 aaa:"<<aaa<<endl;}
protected:
    int bbb;
    voidGetAaaa1(){cout<<"类 B 的 protected 函数访问类 A 的 public 数据成员 Aa:"<<Aa<<endl;
    cout<<"类 B 的 protected 函数访问类 A 的 protected 数据成员 aaa:"<<aaa<<endl;}
};
                        //基类 B 的构造函数,需负责对基类 A 的构造函数的初始化
B::B(int i, int j, int k):A(i), bb(j), bbb(k) {}
                        //程序主函数
void main()
{
    B b1(100, 200, 300);    //定义类 B 的一个对象 b1,并初始化构造函数和基类构造函数
    b1.B_Aprint();          //类 B 调用自己的成员函数 B_Aprint 函数
    b1.Bprint();            //类 B 对象 b1 访问自己的 private 和 protected 成员
    b1.Aprint();            //通过类 B 的对象 b1 调用类 A 的 public 成员函数
}
```

该程序的输出结果为：

```
类 B 的 public 函数访问类 A 的 public 数据成员 Aa:100
类 B 的 public 函数访问类 A 的 protected 数据成员 aaa:100
类 B 的 private 函数访问类 A 的 public 数据成员 Aa:100
类 B 的 private 函数访问类 A 的 protected 数据成员 aaa:100
```

类 B 的 protected 函数访问类 A 的 public 数据成员 Aa:100
类 B 的 protected 函数访问类 A 的 protected 数据成员 aaa:100
类 B 打印自己的 private 成员 bb 和 protected 成员 bbb:200,300
类 A 打印自己的 private 成员 aa:100

上述是属 public 继承方式，我们可以得出以下结论：

在公有继承（public）时，派生类的 public、private、protected 型的成员函数可以访问基类中的公有成员和保护成员；派生类的对象仅可访问基类中的公有成员。

当把继承方式 public 改为 private，编译结果出现一处如下错误：

```
'Aprint' : cannot access public member declared in class 'A'
```

出错语句在于：b1.Aprint();，因此，可以得出以下结论：

在公有继承（private）时，派生类的 public、private、protected 型的成员函数可以访问基类中的公有成员和保护成员；但派生类的对象不可访问基类中的任何成员。另外，使用 class 关键字定义类时，缺省的继承方式是 private，也就是说，当继承方式为私有继承时，可以省略 private。

当把继承方式 public 改为 protected，可以看出，结果和 private 继承方式一样。

2．派生与构造函数、析构函数

（1）构造函数

派生类的对象的数据结构是由基类中说明的数据成员和派生类中说明的数据成员共同构成。将派生类的对象中由基类中说明的数据成员和操作所构成的封装体称为基类子对象，它由基类中的构造函数进行初始化。

构造函数不能够被继承。C++提供一种机制，使得在创建派生类对象时，能够调用基类的构造函数来初始化基类数据，也就是说，派生类的构造函数必须通过调用基类的构造函数来初始化基类子对象。所以，在定义派生类的构造函数时除了对自己的数据成员进行初始化外，还必须负责调用基类构造函数使基类的数据成员得以初始化。

派生类构造函数的一般格式如下：

```
<派生类名>(<派生类构造函数总参数表>): <基类构造函数>(<参数表 1>),
<子对象名>(<参数表 2>)
{
    <派生类中数据成员初始化>
};
```

派生类构造函数的调用顺序如下：

① 调用基类的构造函数，调用顺序按照它们继承时说明的顺序。

② 调用子对象类的构造函数，调用顺序按照它们在类中说明的顺序。

③ 派生类构造函数体中的内容。

下面举一个构造派生类构造函数的例子。

例 3-10：构造派生类构造函数的例子。

```cpp
#include <iostream.h>
class A
{
public:
    A() { a=0; cout<<"类 A 的缺省构造函数.\n"; }
```

```cpp
        A(int i) { a=i; cout<<"类 A 的构造函数.\n"; }
        ~A() { cout<<"类 A 的析构函数.\n"; }
        void Print() const { cout<<a<<","; }
        int Geta() { reutrn a; }
private:
        int a;
}
class B : public A
{
public:
        B() { b=0; cout<<"类 B 的缺省构造函数.\n"; }
        B(int i, int j, int k);
        ~B() { cout<<"类 B 的析构函数.\n"; }
        void Print();
private:
        int b;
        A aa;
}
B::B(int i, int j, int k):A(i), aa(j)
{
        b=k;
        cout<<"类 B 的构造函数.\n";
}
void B::Print()
{
        A::Print();
        cout<<b<<","<<aa.Geta()<<endl;
}
void main()
{
        B bb[2];
        bb[0] = B(1, 2, 5);
        bb[1] = B(3, 4, 7);
        for(int i=0; i<2; i++)
            bb[i].Print();
}
```

例 3-11：继承和派生示例。

```cpp
#include <iostream.h>
#include <string.h>
class person{//基类
        char* name;
        int number;
public:
        person(char *n,int nu)
        {       name=new char[strlen(n)+1];
                strcpy(name,n);
                number=nu;
        }
```

```
                void disp()
                {    cout<<name<<number;
                     cout<<endl;}
        };
        class Employee:public person{                //派生类
                char *department;
                float salary;
        public:
                Employee(char *n1,int num,char *dep,float sa);//派生类构造函数声明
                void print();
        };
        Employee::Employee(char *n1,int num,char *dep,float sa):person(n1,num)
        {    department=new char[strlen(dep)+1];
             strcpy(department,dep);
             salary=sa;
        }
                                                     //派生类构造函数定义
        void Employee::print()                       //派生类方法函数定义
        {
                                                     //cout<<"name:"<<name<<endl;
不可访问基类的私有成员
                                                     //cout<<"age:"<<age<<endl;
                                                     //cout<<"sex:"<<sex<<endl;
                                                     cout<<"department:"
<<department<<endl;
                                                     cout<<"salary:"<<salary<<endl;
        }
        class manager:public Employee{
                char *group;
        public:
                manager(char *n1,int num,char *dep,float sa,char *gr):Employee(n1,num,dep,sa)
                {    group=new char[strlen(gr)+1];
                     strcpy(group,gr);}
                void p()
                {    disp();
                     print();
                     cout<<group<<endl;}
        };
        void main()
        {
                Employee zh("Zhang",50,"SHXIEMU",180);    //生成派生类对象
                zh.person::disp();                        //访问基类中的公开成员
                zh.print();                               //访问派生类中的公开成员
                manager li("sd",55,"ld",890,"jsdf");
                li.p();}
```

例3-12: 请写出下面程序的执行结果。

```
#include <iostream.h>
class Time
```

```
    {
        public:
     Time(int new_hours,int new_minutes)
                {
                    hours=new_hours;
                    minutes=new_minutes;
            }
            int get_hours();
        int get_minutes();
    protected:
            int hours,minutes;
    };
    int Time::get_hours()
    {
    return hours;
    }
    int Time::get_minutes()
    {
       return minutes;
    }
    class Timex:public Time
    {
                public:
            Timex(int new_hours,int new_minutes,int new_seconds);
                int get_seconds();
            protected:
                int seconds;
    };
    Timex::Timex(int new_hours,int new_minutes,int new_seconds)
                :Time(new_hours,new_minutes)
    //派生类构造函数后必须包括向基类传递参数的调用
    {
    seconds=new_seconds;
    }
    int Timex::get_seconds()
    {
    return seconds;
    }
    void main( )
    {
            Time time1(20,30);
            Timex time2(10,45,34);
            cout<<time1.get_hours()<<":"<<time1.get_minutes()<<endl;
        cout<<time2.get_hours()<<":"<<time2.get_minutes()<<":"<<time2.get_seconds()
<<endl;
    }
```

输出结果为:

```
20: 30
10: 45: 34
```

说明：当基类定义有构造函数时，派生类必须定义构造函数，以提供将参数传递给基类构造函数的途径。因此，在有些情况下，派生类的构造函数的函数体可能为空，仅起到参数传递的作用。

（2）析构函数

当对象被删除时，派生类的析构函数被执行。

由于析构函数也不能被继承，因此在执行派生类的析构函数时，基类的析构函数也将被调用。执行顺序是先执行派生类的析构函数，再执行基类的析构函数，其顺序与执行构造函数时的顺序正好相反。

下面通过一个简单例子进一步说明析构函数的执行顺序。

例 3-13：析构函数执行顺序示例程序。

```cpp
#include<iostream.h>
class B1
{
public:
        B1(int i){cout<<"constructing B1"<<i<<endl;}
        ~B1(){cout<<"destructing B1"<<endl;};
};
class B2
{
public:
        B2(int j){cout<<"constructing B2"<<j<<endl;}
        ~B2(){cout<<"destructing B2"<<endl;}
};
class B3
{
public:
        B3(){cout<<"constructing B3"<<endl;}
        ~B3(){cout<<"destructing B3"<<endl;}
};
class C:public B2,public B1,public B3
{
public:
        C(int a,int b,int c,int d):B1(a),memberB2(d),memberB1(c),B2(b){}
private:
        B1 memberB1;
        B2 memberB2;
        B3 memberB3;
};
void main()
{
        C obj(1,2,3,4);
}
```

（3）派生类构造函数在使用中应注意的问题

在实际应用中，使用派生类构造函数时应注意如下几个问题。

① 派生类构造函数的定义中可以省略对基类构造函数的调用，其条件是在基类中必须有默认的构造函数或者根本没有定义构造函数。当然，基类中没有定义构造函数，派生类根本不必负责调用基类构造函数。

例 3-14：请写出下列程序的运行结果。

```cpp
#include<iostream.h>
class Vehicle              //汽车类
{protected:
   int numWheels;          //车轮数
   int range;              //汽车活动范围
public:
   Vehicle(int w,int r):numWheels(w),range(r){}
   void ShowV()
   {  cout<<"Wheels:"<<numWheels<<endl;
      cout<<"Range:"<<range<<endl;
   }
};
class Car : public Vehicle//小轿车
{  int passengers;         //乘客数
public:
   Car(int w,int r, int p):Vehicle(w,r),passengers(p){}
   void Show()
   {  cout<<"\nCar:\n";
      ShowV();
      cout<<"Passengers:"<<passengers<<endl;
   }
}
void main()
{  Car  c(4,500,5);
   c.Show();
}
```

② 当基类的构造函数使用一个或多个参数时，则派生类必须定义构造函数，提供将参数传递给基类构造函数的途径。在有的情况下，派生类构造函数体可能为空，仅起到参数传递作用。

例如：

```cpp
class B
{
public:
    B (int i, int j)   {b1=i; b2=j;}
    …
private:
    int b1,b2;
};
class D:public B
```

```
{
public:
    D (int i, int k, int l, int m);
private:
    int d1;
    B bb;
};
D::D(int i, int j, int k, int l, int m): bb(k,l)
{
    d1=m;
}
```

派生类 D 的构造函数有 5 个参数，其中，前两个参数传递给基类 B 的构造函数，接着两个参数传递给子对象 bb 的类 B 的构造函数，最后一个参数是传递给派生类 D 的数据成员 d1。

例 3-15：给出以下程序的运行结果。

```
#include <iostream.h>
class  parent_class
{    int  private1 , private2 ;
public :
    parent_class ( int  p1 , int  p2 )
    {   private1 = p1; private2 = p2; }//基类有一个参数化的构造函数
    int  inc1 ( ) { return + + private1; }
    int  inc2 ( ) { return + + private2 ; }
    void display ( )
    {cout << "private1=" << private1 << " , private2=" << private2 << endl ; }
};
class  derived_class : private  parent_class
{    int  private3 ;
    parent_class private4 ;
public:
    derived_class ( int  p1 , int  p2 , int  p3 , int  p4 , int  p5 )
                            // 派生类的构造函数有 5 个参数
    : parent_class ( p1 , p2 ) , private4 ( p3 , p4 )
                            //参数 p1 , p2 用于调用构造函数  parent_class
                                ( p1 , p2 )
                            //初始化基类的私有数据 private1 和 private2
                            //参数 p3 , p4 用于调用构造函数 private4 的
                                parent_class ( p1 , p2 )
                            //初始化对象成员私有数据 private4 . private1 和
                                privat4 . private2
                            //参数  p5 初始化派生类私有数据 private3
    { private3 = p5 ; }
    int  inc1 ( ) { return  parent_class :: inc1 ( ) ; }
    int  inc3 ( ) { return + + private3 ; }
    void display ( )
    { parent_class :: display ( ) ;
     private4 . parent_class :: display ( ) ;
     cout << "private3=" << private3 << endl ;
    }
```

```
};
main ( )
{       derived_class  d1 ( 17 , 18 , 1 , 2 , -5 ) ;
        d1 . inc1 ( ) ;  // 基类私有数据 private1 加 1
        d1 . display ( ) ;
}
```

此程序的运行结果为：

```
private1 = 18 ,  private2 = 18
private1 = 1 ,  private2 = 2
private3 = -5
```

3．继承中构造函数的调用顺序

如果派生类和基类都有构造函数，在定义一派生类时，系统首先调用基类的构造函数，然后再调用派生类的构造函数。在继承关系下有多个基类时，基类构造函数的调用顺序取决于定义派生类时基类的定义顺序。

例 3-16：给出以下程序的运行结果。

```cpp
#include<iostream.h>
class base1
{protected:
     char c;
 public:
     base1(char ch);
     ~base1();
};
base1::base1(char ch)
{
     c=ch;
     cout<<"c="<<c<<endl;
     cout<<"base1 构造函数被调用!"<<endl;
}
base1::~base1()
{
     cout<<"base1 析构函数被调用! "<<endl;
}
class base2
{protected:
     int i;
 public:
     base2(int j);
     ~base2();
};
base2::base2(int j)
{
     i=j;
     cout<<"i="<<i<<endl;
     cout<<"base2 构造函数被调用!"<<endl;
}
base2::~base2()
```

```
    {
        cout<<"base2 析构函数被调用!"<<endl;
    }
    class derive:public base1,public base2
    {   int k;
    public:
        derive(char ch,int i,int kk); //:base1(ch),base2(i)
        ~derive();
    };
    derive::derive(char ch,int ii,int kk):base1(ch),base2(ii),k(kk)
    {                                    //k=kk;
        cout<<"k="<<k<<endl;
        cout<<"derive 构造函数被调用!"<<endl<<endl;
    }
    derive::~derive()
    {
        cout<<"derive 析构函数被调用!"<<endl;
    }
    void main()
    {
        derive A('B',10,15);
    }
```

此程序的运行结果为：

```
C=B
base1 构造函数被调用!
i=10
base2 构造函数被调用!
k=15
derive 构造函数被调用!
derive 析构函数被调用!
base2 析构函数被调用!
base1 析构函数被调用!
```

4. 组合

若类以另一个类的对象作为数据成员，称为组合。

例 3-17：组合示例程序。

```
#class Vehicle
{
  //…
}
class Motor
{
 //…
}
class Car:public Vehicle
{
  public:
```

```
        Motor  motor;  //包含一个公共对象数据成员
};
void vehicleFn(Vehicle& v);
void metorFn(Motor& m);

    void main( )
    {
        car c;
        vechileFn(c);
motorFn(c);                  //错误
        motorFn(c.motor);
    }
```

在设计较复杂的程序中，这种现象比较常见。

5．子类型和类型适应

（1）子类型化

子类型的概念涉及行为共享，它与继承有着密切关系。

有一个特定的类型 S，当且仅当它至少提供了类型 T 的行为，由此称类型 S 是类型 T 的子类型。子类型是类型之间的一般和特殊的关系。

在继承中，公有继承可以实现子类型。例如：

```
class A
{
public:
    void Print() const { cout<<"A::print() called.\n"; }
};
class B : public A
{
public:
    void f() {}
};
```

类 B 继承了类 A，并且是公有继承方式。因此，可以说类 B 是类 A 的一个子类型。类 A 还可以有其他的子类型。类 B 是类 A 的子类型，类 B 具备类 A 中的操作，或者说类 A 中的操作可被用于操作类 B 的对象。

子类型关系是不可逆的。这就是说，已知 B 是 A 的子类型，认为 A 也是 B 的子类型是错误的，或者说，子类型关系是不对称的。

因此，可以说公有继承可以实现子类型化。

（2）类型适应

类型适应是指两种类型之间的关系。例如，B 类型适应 A 类型是指 B 类型的对象能够用于 A 类型的对象所能使用的场合。

前面讲过的派生类的对象可以用于基类对象所能使用的场合，我们说派生类适应于基类。

同样道理，派生类对象的指针和引用也适应于基类对象的指针和引用。

子类型与类型适应是一致的。A 类型是 B 类型的子类型，那么 A 类型必将适应于 B 类型。

子类型的重要性就在于减轻程序人员编写程序代码的负担。因为一个函数可以用于某类型的对象，则它也可以用于该类型的各个子类型的对象，这样就不必为处理这些子类型的对象去重载该函数。

3.2.2 多继承

1. 多继承的概念

可以为一个派生类指定多个基类，这样的继承结构称为多继承。多继承可以看作是单继承的扩展。所谓多继承是指派生类具有多个基类，派生类与每个基类之间的关系仍可看作是一个继承。

多继承下派生类的定义格式如下：

```
class<派生类名>: <继承方式1><基类名1>,<继承方式2><基类名2>,…
{
<派生类类体>
};
```

其中，<继承方式 1>、<继承方式 2>、…是三种继承方式：public、private 和 protected 之一。

例如：

```
class A
{
    …
};
class B
{
    …
};
class C:public A, public B
{
    …
};
```

其中，派生类 C 具有两基类（类 A 和类 B），因此，类 C 是多继承的。按照继承的规定，派生类 C 的成员包含了基类 A 中成员和基类 B 中成员以及该类本身的成员。

例 3-18：多继承示例程序。

```
class A
{ public :
    void setA ( int x ) { a = x ; } ;
    void showA( ) { cout << a << endl ; } ;
  private : int a ;
} ;
class B
{ public :
    void setB ( int x ) { b = x ; } ;
    void showB ( ) { cout << b << endl ; } ;
```

```
    private : int  b ;
} ;
class  C : public  A , private  B    // C 公有继承 A,私有继承 B
{ public :
    void  setC ( int  x , int  y , int  z ) {setA(x); setB(y); c=z;};
    void  showC ( ) { showA ( ) ;   showB ( ) ;   cout << c << endl ; } ;
  private : int  c ;
} ;
main ( )
{   C  obj ;
    obj . setA ( 5 ) ;
    obj . showA ( ) ;
    obj . setC ( 6 , 7 , 9 ) ;
    obj . showC ( ) ;
    obj . setB ( 6 ) ;                 // error
    obj . showB ( ) ;                 // error
}
```

2．多继承的构造函数

在多继承的情况下，多个基类构造函数的调用次序是按基类在被继承时所声明的次序从左到右依次调用，与它们在派生类的构造函数实现中的初始化列表出现的次序无关。

派生类的构造函数格式如下：

<派生类名>(<总参数表>): <基类名 1>(<参数表 1>) , <基类名 2>(<参数表 2>) , …<子对象名>(<参数表 n+1>) , …

    {
        <派生类构造函数体>
    }

其中，<总参数表>中各个参数包含了其后的各个分参数表。

派生类构造函数的执行顺序是先执行所有基类的构造函数，再执行派生类本身的构造函数。处于同一层次的各基类构造函数的执行顺序取决于定义派生类时所指定的各基类顺序，与派生类构造函数中所定义的成员初始化列表的各项顺序无关。

多继承下派生类的构造函数与单继承下派生类构造函数相似，它必须同时负责该派生类所有基类构造函数的调用。同时，派生类的参数个数必须包含完成所有基类初始化所需的参数个数。

下面通过两个例子来说明派生类构造函数的构成及其执行顺序。

例 3-19：派生类构造函数执行顺序示例。

```
#include <iostream.h>
class B1
{
public:
  B1(int i)
  {
    b1 = i;
    cout<<"构造函数 B1."<<i<<endl;
  }
```

```cpp
    void print() { cout<<b1<<endl; }
private:
    int b1;
};
class B2
{
public:
    B2(int i)
    {
      b2 = i;
      cout<<"构造函数 B2."<<i<<endl;
    }
    void print() { cout<<b2<<endl; }
private:
    int b2;
};
class B3
{
public:
    B3(int i)
    {
      b3 = i;
      cout<<"构造函数 B3."<<i<<endl;
    }
    int getb3() { return b3; }
private:
    int b3;
};
class A : public B2, public B1
{
public:
    A(int i, int j, int k, int l):B1(i), B2(j), bb(k)
    {
      a = l;
      cout<<"构造函数 A."<<l<<endl;
    }
    void print()
    {
      B1::print();
      B2::print();
      cout<<a<<","<<bb.getb3()<<endl;
    }
private:
    int a;
    B3 bb;
};
void main()
{
```

```
        A aa(1, 2, 3, 4);
        aa.print();
    }
```

该程序的输出结果为：

```
构造函数 B2.2
构造函数 B1.1
构造函数 B3.3
构造函数 A.4
1
2
4, 3
```

在该程序中，作用域运算符::用于解决作用域冲突的问题。在派生类 A 中的 print()函数的定义中，使用了 B1::print;和 B2::print();语句分别指明调用哪一个类中的 print()函数。

例 3-20：一个多重继承的示例。

类 Software 由两个类 OperatingSystem 和 Application 派生，而类 Computer 又由类 Software 和另一个类 Hardware 派生，如图 3-3 所示。

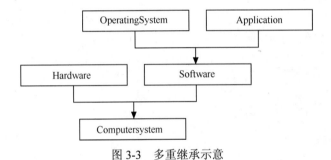

图 3-3　多重继承示意

源程序如下：

```cpp
#include <string.h>
#include <iostream.h>
#include <iomanip.h>
class OperatingSystem
{
  private:
    char OsName[80];
  public:
    const char *GetOsName() const
    {
      return OsName;
    }
    OperatingSystem()
    {
    }
    OperatingSystem(char *OsName)
```

```
            {
              strcpy(OperatingSystem::OsName,OsName);
            }
    };
    class Application
    {
       private:
          char *(AppName[80]);
          char n;
       public:
          const char *GetAppName(int i) const
          {
             return AppName[i];
          }
          int AddAppName(char *AppName)
          {
             char *NewAppName=new char[80];
             strcpy(NewAppName,AppName);
             Application::AppName[++n]=NewAppName;
             return n;
          }
          int GetAppCount()
          {
             return n;
          }
          Application()
          {
             n=0;
          }
          ~Application()
          {
             for (int i=1;i<=n;i++)
                delete AppName[i];
          }
    };
    class Software : public OperatingSystem, public Application
    {
       public:
          Software(char *OsName)
          : OperatingSystem(OsName),Application()
          {
          }
    };
    class Hardware
    {
       private:
          char CpuType[80];
       public:
```

```
        void SetCpuType(char* CpuType)
        {
            strcpy(Hardware::CpuType,CpuType);
        }
        char *GetCpuType()
        {
            return CpuType;
        }
        Hardware()
        {
        }
};
class ComputerSystem : public Hardware, public Software
{
    public:
        ComputerSystem(char *CpuType,char *OsName)
        : Hardware(),Software(OsName)
        {
            SetCpuType(CpuType);
        }
};
void main()
{
    ComputerSystem MyComputer("AMD K6-200","Windows NT 4.0");
    cout<<"My computer's CPU: "<<MyComputer.GetCpuType()<<endl;
    cout<<"Operating System: "<<MyComputer.GetOsName()<<endl;
    MyComputer.AddAppName("Microsoft Visual C++");
    MyComputer.AddAppName("Microsoft Word 97");
    cout<<MyComputer.GetAppCount()<<" applications:"<<endl;
    for (int i=1;i<=MyComputer.GetAppCount();i++)
    cout<<"\t"<<MyComputer.GetAppName(i)<<endl;
}
```

3. 二义性和支配原则

一般说来，在派生类中对基类成员的访问应该是唯一的。但是，在多继承情况下，可能造成对基类中某个成员的访问出现不唯一的情况，则称为对基类成员访问的二义性问题。

（1）同名成员的二义性

在多重继承中，如果不同基类中有同名的函数，则在派生类中就有同名的成员，这种成员会造成二义性。

例如：

```
class A {
  public:
    void f();
};
class B {
  public:
```

```
        void f();
        void g();
    };
    class C: public A,public B
    {
      public:
        void g();
        void h();
    };
    C obj;
```

则对函数 f()的访问是二义的：

```
    obj.f();              //无法确定访问 A 中或是 B 中的 f()
```

使用基类名可避免这种二义：

```
    obj.A::f();          //A 中的 f();
    obj.B::f();          //B 中的 f();
```

C 类的成员访问 f()时也必须避免这种二义。

以上这种用基类名来控制成员访问的规则称为支配原则。

例如：

```
    obj.g();             //隐含用 C 的 g()
    obj.B::g();          //用 B 的 g()
```

以上两个语句是无二义的。

成员的访问权限不能区分有二义性的同名成员：

```
    class A {
        public:
            void fun();
    };
    class B {
        protected;
            void fun();
    };
    class C : public A, public B { };
```

虽然类 C 中的两个 fun()函数，一个公有，一个私有，但：

```
    C obj;
    obj.fun();           //错误,仍是二义的
```

可以作如下的修改：

```
    class A {
        public:
            void fun();
    };
    class B {
```

```
private:
    void fun();
};
class C : public A, public B { };
```

并不因为在类 C 中无法访问类 B 中的成员函数 fun（因为该成员函数的访问权限被限定为 private）而使得编译器调用从类 A 继承的成员函数 fun，编译器在编译上面的代码时仍将给出二义性的错误。

例 3-21：给出以下程序的运行结果。

```
class A
{
  public:
      int a()
      {
          return 1;
      }
};
class B : virtual public A
{
   public:
     float a()
     {
         return float(1.2345);
     }
};
class C : virtual public A
{
};
class D : public B, public C
{
};
void main()
{
    D d;
    cout<<d.a()<<endl;
}
```

如果同一个成员名在两个具有继承关系的类中进行了定义，那么，在派生类中所定义的成员名具有支配地位。在出现二义性时，如果存在具有支配地位的成员名，那么编译器将使用这一成员，而不是给出错误信息。以上面的代码为例，在类 A 和类 B 中都定义了具有相同参数的成员函数 a，这样，尽管类 D 中可以两种方式来解释成员函数名 a——即来自类 B 的成员函数 a 和来自类 C 的成员函数 a，但是，按照刚才所说的规则，类 B 的成员名 a 相比类 A 的成员名 a （即是类 C 中的成员名 a）处于支配地位，这样，编译器将调用类 B 的成员函数 a，而不产生二义性的错误。

（2）同一基类被多次继承产生的二义性

下面是一个多重继承的例子。

```
class base{
    public:
        int b;
}
class base1:public base { };
class base2:public base { };
class derived:public base1,public base2
{
    public:
        int b;
};
```

类 derived 中一共继承了两个名为 b 的数据成员，对这两个同名成员的访问，根据支配原则，应由类名 base 来控制，但是：

```
derived b;
b.base::b;          //显然是二义的
```

所以应该用以下语句：

```
d.base1::b;
d.base2::b;
```

由于二义的原因，一个类不能从同一类直接继承二次或更多次。如：

```
class derived:public base,public base {…}
```

是错的。

如果必须这样，可以像前一个例子中使用 base1 和 base2 那样使用中间类。

然而，尽管可以使用作用域限定符来解决二义性的问题，但是仍然不建议这样做，在使用多重继承机制时，最好还是保证所有的成员都不存在二义性问题。

下面再举一个简单的例子，对二义性问题进行深入讨论。例如：

```
class A
{
  public:
    void f( );
};
class B
{
  public:
    void f( );
    void g( );
};
class C:public A, public B
{
  public:
    void g( );
    void h( );
};
```

如果定义一个类 C 的对象 c1：

```
C c1;
```

则对函数 f() 的访问：

```
c1.f( );
```

便具有二义性：是访问类 A 中的 f()，还是访问类 B 中的 f() 呢？

解决的方法可用前面已用过的成员名限定法来消除二义性，例如，

```
c1.A::f( );
```

或者

```
c1.B::f( );
```

但是，最好的解决办法是在类 C 中定义一个同名成员 f()，类 C 中的 f() 再根据需要来决定调用 A::f()，还是 B::f()，还是两者皆有，这样，c1.f() 将调用 C::f()。

同样地，类 C 中成员函数调用 f() 也会出现二义性问题。例如：

```
void C::h( )
{
  f( );
}
```

这里有二义性问题，该函数应修改为：

```
void C::h( )
{
  A::f( );
}
```

或者

```
void C::h( )
{
  B::f( );
}
```

或者

```
void C::h( )
{
  A::f( );
  B::f( );
}
```

另外，在前例中，类 B 中有一个成员函数 g()，类 C 中也有两个成员函数 g()。这时，"c1.g()" 不存在二义性，它是指 "C::g()"，而不是指 "B::g()"。因为这两个 g() 函数，一个出现在基类 B，一个出现在派生类 C，规定派生类的成员将支配基类中的同名成员。因此，上例中类 C 中的 g() 支配类 B 中的 g()，不存在二义性，可选择支配者的那个名字。

4．赋值兼容原则

赋值兼容规则是指：在公有派生的情况下，一个派生类的对象可用于基类对象适用的地方。赋值兼容规则有 3 种情况（假定类 derived 由类 base 派生）。

（1）派生类的对象可以赋值给基类的对象

```
derived d;
base b;
b=d;
```

（2）派生类的对象可以初始化基类的引用

```
derived d;
base& br=b;
```

（3）派生类的对象的地址可以赋给指向基类的指针

```
derived d;
base *pb=&d;
```

分析下面的程序段。

```
derived d;
derived *dptr=&d;
base *b;
b=dptr;              //错
b=(base *)dptr;      //错
```

当一个指向 derived 类的指针被强制转换为指向 base 类的指针时，编译器不能知道它是从 base1 还是从 base2 的路径继承的，产生了二义，所以应该用以下全路径语句：

```
b=(base *)(base1 *)dptr;
```

或省略的但能唯一确定路径的语句：

```
b=(base1 *)dptr;
```

3.2.3 虚基类

当某类的部分或全部直接基类是从另一个共同基类派生而来时，这些直接基类中从上一级基类继承来的成员就拥有相同的名称，也就是说，这些同名成员在内存中存在多个副本。多数情况下，由于它们的上一级基类是完全一样的，在编程时，只需使用多个副本的任一个。

C++语言允许程序中只建立公共基类的一个副本，将直接基类的共同基类设置为虚基类，这时从不同路径继承过来的该类成员在内存中只拥有一个副本，这样有关公共基类成员访问的二义性问题就不存在了。

1．虚基类的引入

如果一个派生类从多个基类派生，这些基类又有一个共同的基类，则在对该基类中声明的名字进行访问时，可能产生二义性。

例如：

```
class B { public : int b ;} ;
class B1 : public B { private : int b1 ; } ;
class B2 : public B { private : int b2 ; } ;
```

```
class  C : public  B1 , public  B2
{ public : int  f ( ) ;  private : int  d ; } ;
```

有：

```
C  c ;
c . b              // error
c . B :: b          // error,从哪里继承的?
c . B1 :: b         // ok,从 B1 继承的
c . B2 :: b         // ok ,从 B2 继承的
```

引进虚基类的真正目的是为了解决二义性问题。当基类被继承时，在基类的访问控制保留字的前面加上保留字 virtual 来定义。

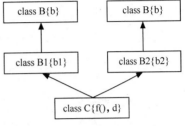

此例中类的层次关系如图 3-4 所示。

图 3-4 类的层次关系示意

例 3-22：给出以下程序的运行结果。

```
class  B  { public : int  b ;} ;
class  B1 : public  B { private : int  b1 ; } ;
class  B2 : public  B { private : int  b2 ; } ;
class  C : public  B1 , public  B2
    { public : int  f ( ) ;  private : int  d ; } ;
main ( )
{ C  c ;
  c . B1 :: b = 5 ;      c . B2 :: b = 10 ;
  cout << "path B1==>" <<c . B1 :: b << endl ;
  cout << "path B1==>" << c . B1 :: b << endl ;
}
```

此程序的运行结果为：

```
path B1==> 5
path B1==> 10
```

此程序中，多重派生类 C 的对象的存储结构如图 3-5 所示。

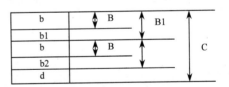

建立 C 类的对象时，B 的构造函数将被调用两次：一次由 B1 调用，另一次由 B2 调用，以初始化 C 类的对象中所包含的两个 B 类的子对象。

图 3-5 多重派生类 C 的对象的存储结构示意

如果基类被声明为虚基类，则重复继承的基类在派生类对象实例中只要存储一个副本，否则，将出现多个基类成员的副本。

虚基类说明格式如下：

```
virtual<继承方式><基类名>
```

其中，**virtual** 是虚基类的关键字。虚基类的说明是用在定义派生类时，写在派生类名的后面。例如：

```
class A
{
```

```
public:
    void f( );
protected:
    int a;
};
class B : virtual public A
{
protected:
    int b;
};
class C : virtual public A
{
protected:
    int c;
};
class D : public B , public C
{
public:
    int g( );
private:
    int d;
};
```

由于使用了虚基类，使类 A、类 B、类 C 和类 D 之间的关系如图 3-6 所示。

从该图中可看出不同继承路径的虚基类子对象被合并成为一个子对象。这便是虚基类的作用，这样消除了合并之前可能出现的二义性。这时，在类 D 的对象中只存在一个类 A 的子对象。因此，下面的引用都是正确的：

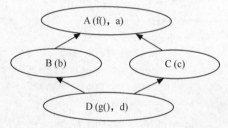

图 3-6　类 A、类 B、类 C、类 D 关系示意

```
D n;
n.f( );             //对 f()引用是正确的
void D::g( )
{
    f( );           //对 f()引用是正确的
}
```

下面程序段是正确的：

```
D n;
A *pa;
pa=&n;
```

其中，pa 是指向类 A 对象的指针，n 是类 D 的一个对象，&n 是 n 对象的地址。pa=&n; 是让 pa 指针指向类 D 的对象，这是正确的，并且无二义性。

引进虚基类后，派生类（即子类）的对象中只存在一个虚基类的子对象。当一个类有虚基类时，编译系统将为该类的对象定义一个指针成员，让它指向虚基类的子对象。该指针被称为虚基类指针。在前面列举的关系中，各类的存储结构如图 3-7 所示。

注意：如果一个派生类从多个基类派生，这些基类又有一个共同的基类，则在对该基类中声明的名字进行访问时，可能产生二义性。如果在多条继承路径上有一个公共的基类，那么在继承路径的某处汇合点，这个公共基类就会在派生类的对象中产生多个基类子对象。

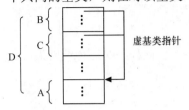

图 3-7　各类存储结构示意

要使这个公共基类在派生类中只产生一个子对象，必须将这个基类声明为虚基类。虚基类声明使用关键字 virtual。

例：

```
class  B { public : int  b ;} ;
class  B1 : virtual  public  B { private : int  b1 ; } ;
class  B2 : virtual  public  B { private : int  b2 ; } ;
class  C : public  B1 , public  B2
    { private : float  d ; } ;
```

有：

```
C  cc ;
cc . b        // ok
```

此程序中各类之间的层次如图 3-8 所示。

由于类 C 的对象中只有一个 B 类子对象，名字 b 被约束到该子对象上，所以，当以不同路径使用名字 b 访问 B 类的子对象时，所访问的都是那个唯一的基类子对象。即

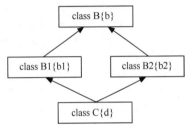

图 3-8　各类之间的层次示意

```
cc . B1 :: b
```

和

```
cc . B2 :: b
```

引用是同一个基类 B 的子对象。

带有虚基类的派生类 C 的对象的存储结构如图 3-9 所示。

类之间的继承关系可以用一个有向无环图（DAG）表示，称为类格。一个类在类格中，既可以被用作虚基类，也可以被用作非虚基类。

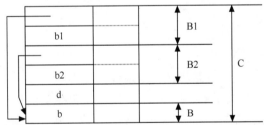

图3-9　带有虚基类的派生类 C 的对象的存储结构示意

在派生类的对象中，同名的虚基类只产生一个虚基类子对象，每个非虚基类产生各自的子对象。虚基类的构造函数按被继承的顺序构造，建立虚基类的子对象时，虚基类构造函数仅被调用一次。

例 3-23：给出以下程序的运行结果。

```
#include < iostream.h >
class  A
{ public : A ( ) { cout << "class A" << endl ; } } ;
class  B : virtual  public  A
{ public : B ( ) {cout << "class B" << endl ; } } ;
class  C : virtual  public  A
{ public : C ( ) {cout << "class C" << endl ; } } ;
class  D : public  B , public  C
```

```
{ public : D ( ) {cout << "class D" << endl ; } } ;
main ( )
{ D dd ; }
```

此程序的运行结果为：

```
class  A
class  B
class  C
class  D
```

例 3-24：给出以下程序的运行结果。

```
#include < iostream.h >
class A
{ public : A ( ) { cout << "class A" << endl ; } } ;
class B : public A
{ public : B ( ) {cout << "class B" << endl ; } } ;
class C : public A
{ public : C ( ) {cout << "class C" << endl ; } } ;
class D : public B , public C
{ public : D ( ) {cout << "class D" << endl ; } } ;
main ( )
{ D dd ; }
```

此程序的运行结果为：

```
class  A
class  B
class  A
class  C
class  D
```

2．虚基类的构造函数

为了初始化基类的子对象，派生类的构造函数要调用基类的构造函数。对于虚基类来讲，由于派生类的对象中只有一个虚基类子对象。为保证虚基类子对象只被初始化一次，这个虚基类构造函数必须只被调用一次。由于继承结构的层次可能很深，规定将在建立对象时所指定的类称为最直接的派生类。虚基类子对象是由最直接派生类的构造函数通过调用虚基类的构造函数进行初始化的。如果一个派生类有一个直接或间接的虚基类，那么派生类的构造函数的成员初始列表中必须列出对虚基类构造函数的调用，如果未被列出，则表示使用该虚基类的默认构造函数来初始化派生类对象中的虚基类子对象。

C++规定，在一个成员初始化列表中出现对虚基类和非虚基类构造函数的调用，则虚基类的构造函数先于非虚基类的构造函数执行。

从虚基类直接或间接继承的派生类中的构造函数的成员初始化列表中都要列出这个虚基类构造函数的调用。但是，只有用于建立对象的那个派生类的构造函数调用虚基类的构造函数，而该派生类的基类中所列出的对这个虚基类的构造函数调用在执行中被忽略，这样便保证了对虚基类的子对象只初始化一次。

下面举两个例子说明具有虚基类的派生类的构造函数的用法。

例3-25：具有虚基类的派生类的构造函数用法示例程序之一。

```cpp
#include<iostream.h>
const float pi=3.14193;
class figure{
    public:virtual float area()=0;};
class circle:public figure{
    private:
            float r;
    public:
            circle(float ra)
            {  r=ra;}
            float area()
            {  return pi*r*r;}
};
class triangle:public figure{
    protected:
            float high,wide;
    public:
            triangle(float h,float w)
            {  high=h;
               wide=w;}
            float area()
            {  return high*wide*0.5;}
};
class rectangle:public triangle{
    public:rectangle(float h,float w):triangle(h,w){}
            float area()
            {  return high*wide;}
            };
            void main()
            {  figure *pf;
               circle s1(4);
               pf=&s1;
               cout<<"the circle's area is :"<<pf->area()<<endl;
               triangle s2(4,5);
               pf=&s2;
               cout<<"the triangle's area is:"<<pf->area()<<endl;
               rectangle s3(7,8);
               pf=&s3;
               cout<<"the rectangle's area is:"<<pf->area()<<endl; }
```

例3-26：具有虚基类的派生类的构造函数用法示例程序之二。

```cpp
#include <iostream.h>
class A
{
public:
    A(const char *s) { cout<<s<<endl; }
```

```
        ~A() {}
    };
    class B : virtual public A
    {
    public:
        B(const char *s1, const char *s2):A(s1)
        {
            cout<<s2<<endl;
        }
    };
    class C : virtual public A
    {
    public:
        C(const char *s1, const char *s2):A(s1)
        {
            cout<<s2<<endl;
        }
    };
    class D : public B, public C
    {
    public:
        D(const char *s1, const char *s2, const char *s3, const char *s4)
        :B(s1, s2), C(s1, s3), A(s1)
        {
            cout<<s4<<endl;
        }
    };
    void main()
    {
        D *ptr = new D("class A", "class B", "class C", "class D");
        delete ptr;
    }
```

该程序的输出结果为：

```
class A
class B
class C
class D
```

在派生类 B 和 C 中使用了虚基类，使得建立的 D 类对象只有一个虚基类子对象。

在派生类 B、C、D 的构造函数的成员初始化列表中都包含了对虚基类 A 的构造函数。

在建立类 D 对象时，只有类 D 的构造函数的成员初始化列表中列出的虚基类构造函数被调用，并且仅调用一次，而类 D 基类的构造函数的成员初始化列表中列出的虚基类构造函数不被执行。这一点从该程序的输出结果可以看出。

3.3 派生与继承应用实例

3.3.1 问题描述

设计一个院校管理程序。学生包括姓名、性别、身份证号码、生日、地址、年龄、学号、宿舍号、专业、年级等的输入/输出；教师包括姓名、性别、身份证号码、生日、地址、年龄、公寓、每天工作时间、每月薪水、授课专业、所从事的科研名称、所带研究生的数目等的输入/输出；工人包括姓名、性别、身份证号码、生日、地址、年龄、公寓、每天工作时间、每月薪水、工作类别等的输入/输出。

3.3.2 算法分析

设计一个 RECORD 类，它包括姓名、性别、身份证号码、生日、地址、年龄的输入/输出，然后从 RECORD 类派生一个 STUDENT 类，实现学生数据学号、宿舍号、专业、年级的输入/输出，从 RECORD 类派生一个 STAFF 的中间类，实现公寓、每天工作时间、每月薪水的输入/输出，再从 STAFF 类派生出 PORFESSOR 类和 WORKER 类，分别实现教师授课专业、所从事的科研名称、所带研究生的数目和工作类别的输入输出。图 3-10 就反映了这些类之间的关系。

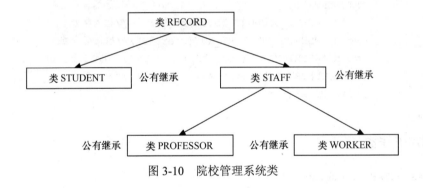

图 3-10 院校管理系统类

3.3.3 数据说明

1. RECORD 类

```
class RECORD
{
    private :              //私有部分
        char *NAME;        //姓名
        char *SEX;         //性别
        char *IDENTIFIER;  //身份证号码
        char *BIRTHDAY;    //生日
        char *ADDRESS;     //地址
        int  AGE;                          //年龄

    public :                               //公有部分
```

```
                RECORD();                           //构造函数
                  void INSERT_NAME(char *S);        //插入姓名
      void INSERT_SEX(char *S);                     //插入性别
                void INSERT_IDENTIFIER(char *S);    //插入身份证号码
                void INSERT_BIRTHDAY(char *S);      //插入生日
                void INSERT_ADDRESS(char *S);       //插入地址
                void INSERT_AGE(int A);             //插入年龄
                void PRINT();                       //输出信息
      };
```

2. STUDENT 子类

```
      class STUDENT : public RECORD
      {
              private :                             //私有部分
                char *STUDENT_ID;                   //学号
                char *DORMITORY_NUM;                //宿舍号
                char *MAJOR;                        //专业
                int LEVEL;                          //年级

              public :                              //公有部分
                STUDENT();                          //子类构造函数
                void INSERT_STUDENT_ID(char *S);    //插入学号
                void INSERT_DORMITORY_NUM(char *S); //插入宿舍号
                void INSERT_MAJOR(char *S);         //插入专业
                void INSERT_LEVEL(int A);           //插入年级
                void PRINT() ;                      //输出
      };
```

3. STAFF 子类

```
      class STAFF : public RECORD
      {
              private :                             //私有部分
                char *DEPARTMENT;                   //公寓
                int  WORKTIME;                      //每天的工作时间
                float SALARY;表                     //薪水（每月）

              public :                              //公有部分
                STAFF();
                void INSERT_DEPARTMENT(char *S);    //插入公寓号
                void INSERT_SALARY(float A);        //插入薪水
                void INSERT_WORKTIME(int A);        //插入工作时间
                void PRINT();                       //输出
      };
```

4. ROFESSOR 子类

```
      class PROFESSOR : public STAFF
      {
```

```
        private:                                //私有部分
            char *TEACH_MAJOR;                  //教授授课专业
            char *SEARCH_NAME;                  //教授所从事的科研名称
            int  GRADUATE_STUDENT_NUM;          //教授所带研究生的数目

        public :                                //公有部分
            PROFESSOR();                        //二级继承类 PROFESSOR 的构造函数
              void INSERT_TEACH_MAJOR(char *S);//插入授课专业
              void INSERT_SEARCH_NAME(char *S);//插入科研名称
              void INSERT_GRA_NUM(int A);       //插入所带研究生数目
              void PRINT();                     //输出
    };
```

5. WORKER 子类

```
class WORKER:public STAFF
{
        private:                                //私有部分
            char *WORK_TYPE;                    //工作类别

        public: ·                               //公有部分
            WORKER();                           //二级继承类 WORKER 的构造函数
            void INSERT_WORK_TYPE(char *S);
            void PRINT() ;                      //输出
    };
```

3.3.4 功能说明：定义父类和相关的子类

1. 调用系统库函数

```
#include   <iostream.h>
#include   <string.h>
#include   <conio.h>
```

2. 定义字符串尾常量

```
const char EMPTY='\0';
```

3. 定义父类 RECORD

```
class RECORD
{
        private :                               //私有部分
            char *NAME;                         //姓名
            char *SEX;                          //性别
            char *IDENTIFIER;                   //身份证号码
            char *BIRTHDAY;                     //生日
            char *ADDRESS;                      //地址
            int   AGE;                          //年龄

        public :                                //公有部分
            RECORD()                            //构造函数
```

```
{
    NAME=EMPTY;                          //初始化各个私有数据成员
    SEX="MALE";
    IDENTIFIER=EMPTY;
    BIRTHDAY=EMPTY;
    ADDRESS=EMPTY;
    AGE=0;
}

void INSERT_NAME(char *S)               //插入姓名
{
    char *BUFFER;
    BUFFER=new char[strlen(S)+1];
    strcpy(BUFFER,S);
    NAME=BUFFER;
}
void INSERT_SEX(char *S)                //插入性别
{
    char *BUFFER;
    BUFFER=new char[strlen(S)+1];
    strcpy(BUFFER,S);
    SEX=BUFFER;
}

void INSERT_IDENTIFIER(char *S)         //插入身份证号码
{
    char *BUFFER;
    BUFFER=new char[strlen(S)+1];
    strcpy(BUFFER,S);
    IDENTIFIER=BUFFER;
}

void INSERT_BIRTHDAY(char *S)           //插入生日
{

    char *BUFFER;
    BUFFER=new char[strlen(S)+1];
    strcpy(BUFFER,S);
    BIRTHDAY=BUFFER;
}

void INSERT_ADDRESS(char *S)            //插入地址
{
    char *BUFFER;
    BUFFER=new char[strlen(S)+1];
    strcpy(BUFFER,S);
    ADDRESS=BUFFER;
}
```

```
        void INSERT_AGE(int A)                //插入年龄
        {
            AGE=A;
        }

        void PRINT()                          //输出信息
        {
            cout<<"\n"<<NAME<<"\n"<<SEX<<" "<<IDENTIFIER
<<" "<<BIRTHDAY<<"   "<<AGE<<"\n"<<ADDRESS;
        }
};
```

4. 继承自父类 "RECORD" 的 "STUDENT" 子类

```
class STUDENT : public RECORD
//This class is derived from RECORD and inherits all
// the public members of the parent class
{
        private :                         //私有部分
            char *STUDENT_ID;             //学号
            char *DORMITORY_NUM;          //宿舍号
            char *MAJOR;                  //专业
            int LEVEL;                    //年级

        public :                          //公有部分
            STUDENT()                     //子类构造函数
            {
                RECORD:RECORD();          //Use the same constructor as
                                          //the parent class.

                DORMITORY_NUM=EMPTY;
                MAJOR=EMPTY;
                LEVEL=0;
            }

            void INSERT_STUDENT_ID(char *S)    //插入学号
            {
                char *BUFFER;
                BUFFER=new char[strlen(S)+1];
                strcpy(BUFFER,S);
                STUDENT_ID=BUFFER;
            }

            void INSERT_DORMITORY_NUM(char *S)//插入宿舍号
            {
                char *BUFFER;
                BUFFER=new char[strlen(S)+1];
                strcpy(BUFFER,S);
                DORMITORY_NUM=BUFFER;
```

```
        }

        void INSERT_MAJOR(char *S)          //插入专业
        {
            char *BUFFER;
            BUFFER=new char[strlen(S)+1];
            strcpy(BUFFER,S);
            MAJOR=BUFFER;
        }

        void INSERT_LEVEL(int A)            //插入年级
        {
            LEVEL=A;
        }

        void PRINT()                        //输出
        {
            RECORD::PRINT();                //继承父类 RECORD 的 PRINT() 函数
            cout<<"\nSTUDENT_ID - - >"<<STUDENT_ID;
            cout<<"\nDORMITORY_NUM"<<DORMITORY_NUM;
            cout<<"\nMAJOR - - >"<<MAJOR;
            cout<<"\nLEVEL - - >"<<LEVEL;
        }
};
```

5. 继承自 "RECORD" 的子类 "STAFF"

```
class STAFF : public RECORD
//This class is derived from RECORD and inherits all
//the public members of the parent class.
{
    private :                               //私有部分
        char *DEPARTMENT;                   //公寓
        int  WORKTIME;                      //每天的工作时间
        float SALARY;表                     //薪水（每月）

    public :                                //公有部分

        STAFF()
        {
            RECORD:RECORD();                //继承自父类 RECORD 的构造函数
            DEPARTMENT=EMPTY;
            WORKTIME=0;
            SALARY=300;
        }

        void INSERT_DEPARTMENT(char *S)     //插入公寓号
        {
            char *BUFFER;
```

```
        BUFFER=new char[strlen(S)+1];
        strcpy(BUFFER,S);
        DEPARTMENT=BUFFER;
    }

    void INSERT_SALARY(float A)              //插入薪水
    {
        SALARY=A;
    }
    void INSERT_WORKTIME(int A)              //插入工作时间
    {
        WORKTIME=A;
    }

    void PRINT()                             //输出
    {
        RECORD::PRINT();                     //继承父类 RECORD 的 PRINT()函数
        cout<<"\nDEPARTMENT - - >"<<DEPARTMENT
        <<"\nWORK TIME (PER DAY) - - >"<<WORKTIME
        <<"\nSALARY - - > $"<<SALARY;
    }
};
```

6. 从继承类 "STAFF" 导出的子类 "PROFESSOR"

```
class PROFESSOR : public STAFF
//This class is derived from the derived class STAFF.
{
        private:                             //私有部分
            char *TEACH_MAJOR;               //教授授课专业
            char *SEARCH_NAME;               //教授所从事的科研名称
            int  GRADUATE_STUDENT_NUM;       //教授所带研究生的数目

        public :                             //公有部分
            PROFESSOR()                      //二级继承类 PROFESSOR 的构造函数
            {
                STAFF:STAFF();               //继承父类 STAFF 的构造函数
                TEACH_MAJOR=EMPTY;
                SEARCH_NAME=EMPTY;
                GRADUATE_STUDENT_NUM=0;
            }

            void INSERT_TEACH_MAJOR(char *S)//插入授课专业
            {
                char *BUFFER;
                BUFFER=new char[strlen(S)+1];
                strcpy(BUFFER,S);
                TEACH_MAJOR=BUFFER;
            }
```

```
void INSERT_SEARCH_NAME(char *S)        //插入科研名称
{
    char *BUFFER;
    BUFFER=new char[strlen(S)+1];
    strcpy(BUFFER,S);
    SEARCH_NAME=BUFFER;
}


void INSERT_GRA_NUM(int A)              //插入所带研究生数目
{
    GRADUATE_STUDENT_NUM=A;
}


void PRINT()                           //输出
{
STAFF::PRINT();                        //调用父类 STAFF 的 PRINT()函数
cout<<"\nTEACH MAJOR -->"<<TEACH_MAJOR;
  cout<<"\nTHE PROFESSOR'S SEARCH'S NAME -->"
<<SEARCH_NAME;
    cout<<"\nTHE NUMBER OF PROFESSOR'S GRADUATE STUDENT"
<<GRADUATE_STUDENT_NUM;
    }
};
```

7. 从继承类"STAFF"导出的子类"WORKER"

```
class WORKER:public STAFF
//This class is derived from the derived class STAFF.
{
    private:                           //私有部分
        char *WORK_TYPE;               //工作类别
    public:                            //公有部分
        WORKER()                       //二级继承类 WORKER 的构造函数
        {
            STAFF:STAFF();
            WORK_TYPE="WORKER";
        }
        void INSERT_WORK_TYPE(char *S)
        {
            char *BUFFER;
            BUFFER=new char[strlen(S)+1];
            strcpy(BUFFER,S);
            WORK_TYPE=BUFFER;
        }
        void PRINT()                   //输出
        {
            STAFF::PRINT();            //继承父类 STAFF 的 PRINT()函数
```

```
                cout<<"\nTHE WORKER IS A - - >"<<WORK_TYPE;
            }
    };
```

3.3.5 参考程序:"院校管理系统"程序实例

1. 调用包含类及其子类的头文件

```
#include "College.h"
```

2. 主程序

```
int main(void)
{
        STUDENT STU;                          //定义学生类的实例
        PROFESSOR PRO;                        //定义教授类的实例
        WORKER WOR;                           //定义工人类的实例

        /*STUDENT RECORD*/
        STU.INSERT_NAME("ZHANG SAN");
        STU.INSERT_SEX("FEMALE");
        STU.INSERT_IDENTIFIER("123456789");
        STU.INSERT_BIRTHDAY("1979/1/1");
        STU.INSERT_AGE(20);
        STU.INSERT_ADDRESS("BGD 100 BEIJING");
        STU.INSERT_STUDENT_ID("12345");
        STU.INSERT_DORMITORY_NUM("8-3-225");
        STU.INSERT_MAJOR("COMPUTER SCIENCE");
        STU.INSERT_LEVEL(5);

        /*PROFESSOR RECORD*/
        PRO.INSERT_NAME("LI SI");
        PRO.INSERT_SEX("MALE");
        PRO.INSERT_IDENTIFIER("11223344");
        PRO.INSERT_BIRTHDAY("1940/1/1");
        PRO.INSERT_AGE(60);
        PRO.INSERT_ADDRESS("111222333 ABCDE CHAOYANG");
        PRO.INSERT_DEPARTMENT("3-3-3");
        PRO.INSERT_WORKTIME(6);
        PRO.INSERT_SALARY(10000);
        PRO.INSERT_TEACH_MAJOR("MATH");
        PRO.INSERT_SEARCH_NAME("THE METHOD FOR CALCULATING");
        PRO.INSERT_GRA_NUM(30);

        /*WORDER RECORD*/
        WOR.INSERT_NAME("WANG WU");
        WOR.INSERT_SEX("MALE");
        WOR.INSERT_IDENTIFIER("44556677");
        WOR.INSERT_BIRTHDAY("1970/1/1");
```

```
        WOR.INSERT_AGE(30);
        WOR.INSERT_ADDRESS("234156 EFGHI HAIDIAN");
        WOR.INSERT_DEPARTMENT("10-3-6");
        WOR.INSERT_WORKTIME(10);
        WOR.INSERT_SALARY(1000);
        WOR.INSERT_WORK_TYPE("CLEANER");

        clrscr();
        STU.PRINT();
        cout<<"\n";
        PRO.PRINT();
        cout<<"\n";
        WOR.PRINT();
        getch();
        return 0;
    }
```

习　　题

1. 分析下面程序的运行结果。

```
#include<iostream.h>
class A
{
public:
A()
        {cout<<"Constructing A\n";}
~A()
{cout<<"Constructing A\n";}
};
class B
{
public:
    B()
        {cout<<"Constructing B\n";}
    ~B()
        {cout<<"Destructing B\n";}
};
class C:public A,public B
{
public:
    C()
        {cout<<"Constructing C\n";}
    ~C()
        {cout<<"Destructing C\n";}
};
main()
```

```
{
    C ob;
    return 0;
}
```

2．建立一个基类 building，含有保护成员 floors、rooms 和 square，分别用来表示一座楼的层数、房间数以及它的总面积数。建立类 building 的派生类 house，含有私有成员 bedrooms 和 balcony，分别用来表示卧室与阳台的数量。另外，建立类 building 的派生类 office，含有私有成员 phones 和 meeting_rooms，分别用来表示电话与会议室的数目。这两个派生类都含有构造函数和 show()函数，用于对数据成员进行初始化和显示出这些数据。

3．已知有一个类 figure：

```
class figure
{
public:
    double height;
    double width;
};
```

（1）要求再建立两个继承 figure 的派生类 square 与 isosceles_triangle，让每一个派生类都包含一个函数 area()，分别用来显示矩形与等腰三角形的面积。

（2）再建立一个派生类 cylinder，用来计算圆柱体的表面积。提示：圆柱体的表面积是 $2\pi R^2+\pi D$*height。

4．编写一个用于记录及管理学生成绩的类 Score，其含有 3 个私有数据成员 Chi、Eng 和 Mat，分别表示中文、英语和数学的成绩，定义两个重载构造函数对各科成绩进行初始化。类 Score 中还含有三个成员函数 InputScore()、ComputerAvr()和 PrintScore()，分别用于输入新的成绩、计算平均成绩及打印出各科成绩。

要求再建立一个类 Student，作为类 Score 的派生类，其中含有 4 个成员函数 Name、Major、Number 和 AvrScore，分别表示学生的姓名、专业、学号和平均成绩；另外含有 3 个成员函数 DefineData()、PrintData()和 MakeAvr()，分别用于输入各数据成员的值、打印各数据成员的值和计算平均成绩。

5．编写程序，声明一个 Shape 基类，再派生出 Rectangle 和 Circle 类，二者都有 GetArea()函数计算对象的面积。使用 Rectangle 类创建一个派生类 Square。

6．创建一个能输入、输出学生和教师数据的程序，学生数据有编号、姓名、班号和成绩；教师数据有编号、姓名、职称和部门。要求声明一个 person 类，并作为学生数据操作类 student 和教师数据操作类 teacher 的基类。

7．设计一个大学的类系统，包括 Student（学生）、Professor（教师）、Staff（职员）。另有一类既作为学生又兼做助教的可作为派生类 Studentstaff，它是由 Student 类和 Staff 类派生而来，另外定义一个父类 DataRec 作为上述类的基类。

8．编写一个程序，输入若干个学生姓名、英语、计算机和中文成绩，并求出平均成绩。（提示：设计一个英语成绩管理类 English，一个计算机成绩管理类 Computer 和一个中文成绩管理类 Chinese，另设计一个学生类，由前三个类派生出来。）

9．编写一个求出租车收费的程序，输入起始站、终止站和路程，计费方式是起价 8 元，其中含 3 公里费用，以后每半公里收费 0.7 元。

10．编写一个程序，实现小型公司的工资管理。该公司主要有 4 类人员：经理、兼职技术人员、销售员和销售经理。要求存储这些人员的编号、姓名和月工资，计算月工资并显示全部信息。月工资的计算方法是：经理固定月薪 10 000 元；兼职技术人员按每小时 75 元领取月薪；销售人员按该月销售额的 5%提成；销售经理既拿固定月工资也领取销售提成，固定月工资为 2 000 元，销售提成为所管辖部门当月销售总额的 5‰。

第4章 多态性与虚函数

多态性是面向对象程序设计的重要特征之一。它与前面讲过的封装性和继承性构成了面向对象程序设计的三大特性。这三大特性是相互关联的。封装性是基础,继承性是关键,多态性是补充,而多态性又必须存在于继承的环境中。

所谓多态性是指当不同的对象收到相同的消息时,产生不同的动作。C++的多态性具体体现在运行和编译两个方面,在程序运行时的多态性通过继承和虚函数来体现,在程序编译时多态性体现在函数和运算符的重载上。

4.1 重载

4.1.1 运算符重载

运算符重载就是赋予已有的运算符多重含义。C++中通过重新定义运算符,使它能够用于特定类的对象执行特定的功能。例如,通过对+、−、*、/ 运算符的重新定义,使它们可以完成复数、分数等不同类的对象的加减乘除运算操作。运算符重载与函数重载相似,其目的是设置某一运算符,让它具有另一种功能,尽管此运算符在原先 C++语言中代表另一种含义,但他们彼此并不冲突。C++会根据运算符的位置辨别应使用哪一种功能进行运算。

1. 运算符重载概述

运算符重载是对已有的运算符赋予多重含义,同一个运算符作用于不同类型的数据导致不同类型的行为。C++中预定义的运算符的操作对象只能是基本数据类型,实际上,对于很多用户自定义类型,也需要有类似的运算操作,这就要求对运算符进行重新定义,赋予已有符号以新功能的要求。

运算符重载的实质就是函数重载。在实现过程中,首先把指定的运算表达式转化为对运算符函数的调用,运算对象转化为运算符函数的实参,然后根据实参的类型来确定需要调用的函数,这个过程是在编译过程完成的。

C++可以重载的运算符见表 4-1。

表 4-1   **C++可以重载的运算符**

+	−	*	/	%	^	&	|
~	!	=	<	>	+=	−=	*=
/=	%=	^=	&=	|=	<<	>>	>>=
<<=	==	!=	<=	>=	&&	||	++
—	->*	,	->	[]	()	new	delete

C++不能被重载的运算符见表 4-2。

表 4-2 C++不能被重载的运算符

.	.*	::	?:	sizeof

运算符重载的规则如下。

（1）C++中的运算符除了少数几个，全部可以重载，而且只能重载已有的这些运算符。

（2）重载之后运算符的优先级和结合性都不会改变。

（3）运算符重载是针对新类型数据的实际需要，对原有运算符进行适当的改造。一般来讲，重载的功能应当与原有功能相类似，不能改变原运算符的操作对象个数，同时至少要有一个操作对象是自定义类型。

2．运算符重载的实现

运算符的重载形式有两种：重载为类的成员函数和重载为类的友元函数。运算符重载为类的成员函数的语法形式如下：

```
<函数类型> operator <运算符>（<形参表>）
{
    <函数体>；
}
```

运算符重载为类的友元函数的语法形式如下：

```
friend <函数类型> operator <运算符>（<形参表>）
{
    <函数体>；
}
```

其中，<函数类型>指定了重载运算符的返回值类型，operator 是定义运算符重载函数的关键词，<运算符>给定了要重载的运算符名称，是 C++中可重载的运算符，形参表中给出重载运算符所需要的参数和类型。对于运算符重载为友元函数的情况，还要在函数类型说明之前使用 friend 关键词来说明。

例 4-1：以成员函数重载运算符重载两字符串加法。

```
#include <iostream.h>
#include <string.h>
class String
{   char name[256];
public:
    String(char* str)
    {   strcpy(name,str);}
    String(){}
    ~String(){}
    String operator+(const String&);
    void display()
    {   cout<<"The string is:"<<name<<endl;}
};
static char* str;
String String::operator+(const String& a)
{   strcpy(str,name);
```

```
        strcat(str,a.name);
        return String(str);
    }
void main()
{    str=new char[256];
    String demo1("Visual c++");
    String demo2("6.0");
    demo1.display();
    demo2.display();
    String demo3=demo1+demo2;
    demo3.display();
    String demo4=demo3+"Programming.";
    demo4.display();
    delete str;
}
```

此程序的运行结果为：

```
The string is : Visual C++
The string is : 6.0
The string is : Visual C++ 6.0
The string is : Visual C++ Programming.
```

例 4-2：下列程序定义一个 Time 类用来保存时间（时、分、秒），通过重载操作符"+"实现两个时间的相加。

```
#include <iostream.h>
class  Time
{
    public:
      Time(){ hours=0;minutes=0;seconds=0;}//无参构造函数
      Time(int h, int m,int s)               //重载构造函数
      {
        hours=h; minutes=m; seconds=s;
      }
      Time operator +(Time&);                //操作符重载为成员函数,返回结果为 Time 类
      void gettime();
    private:
      int hours,minutes,seconds;
};
Time Time::operator +(Time& time)
{
    int h,m,s;
    s=time.seconds+seconds;
    m=time.minutes+minutes+s/60;
    h=time.hours+hours+m/60;
    Time result(h,m%60,s%60);
    return result;
}
```

```
void Time::gettime()
{
        cout<<hours<<":"<<minutes<<":"<<seconds<<endl;
}
void main( )
{
        Time t1(8,51,40),t2(4,15,30),t3;
    t3=t1+t2;
    t3.gettime();
}
```

输出结果为：

    13: 7: 10

当运算符重载为类的成员函数时，函数的参数个数比原来的运算数个数要少一个（后缀
++、--除外）；当重载为类的友元函数时，参数个数与原运算数的个数相同。原因是重载为
类的成员函数时，如果某个对象使用了重载的成员函数，自身的数据可以直接访问，不需要
再放在参数表中进行传递，少了的运算数就是该对象本身。重载为友元函数时，友元函数对
某个对象的数据进行操作，必须通过该对象的名称来实现，因此使用到的参数都要进行传递，
运算数的个数就不会有变化。

例 4-3： 以非成员函数重载运算符重载两字符串加法。

```
#include <iostream.h>
#include <string.h>
class String
{    char name[256];
public:
        String(char* str)
        {    strcpy(name,str);}
        String(){}
        ~String(){}
        friend String operator+(const String&, const String&);
        void display()
        {    cout<<"The string is:"<<name<<endl;}
};
static char* str;
String operator+(const String& a, const String& b)
{    strcpy(str,a.name);
        strcat(str,b.name);
        return String(str);
}
void main()
{    str=new char[256];
        String demo1("Visual c++");
        String demo2("6.0");
        demo1.display();
        demo2.display();
```

```
        String demo3=demo1+demo2;
        demo3.display();
        String demo4=demo3+"Programming.";
        demo4.display();
        String demo5="Programming."+demo4;
        demo5.display();
        delete str;
    }
```

（1）考虑上述表达式：demo3+"Programming."

① 如果将此运算符重载为成员函数，则上述表达式被解释为：

```
demo.operator+('ab')
```

然后编译程序将调用 String 类的构造函数将‘ab’转换为 Stirng 类的对象，最后被解释为：

```
demo.operator+(String("Programming."))
```

匹配成员函数：

```
String operator+(const String&);
```

② 如果将此运算符重载为非成员函数，则上述表达式被解释为：

```
operator+(demo3, "Programming.")
```

然后编译程序将调用 String 类的构造函数将"Programming."转换为 Stirng 类的对象，最后被解释为：

```
operator+(demo3,String("Programming."))
```

匹配成员函数：

```
friend String operator+(const String&, const String&);
```

（2）再考虑上述表达式："Programming."+demo4

① 如果将此运算符重载为成员函数，则此表达式被解释为：

```
"Programming.".operator+(demo4)
```

但"Programming."不是一个对象，不能调用成员函数，所以编译程序将报告错误。

② 如果将此运算符重载为非成员函数，则上述表达式被解释为：

```
operator+( "Programming." , demo4)
```

然后编译程序将调用 String 类的构造函数将"Programming."转换为 Stirng 类的对象，最后被解释为：

```
operator+( String("Programming."),demo4)
```

还是匹配成员函数：

```
friend String operator+(const String&, const String&);
```

例 4-4：下面程序修改了例 4-2，将操作符重载为友元函数实现。

```
#include <iostream.h>
class  Time
{
        public:
          Time(){ hours=0;minutes=0;seconds=0;}          //无参构造函数
          Time(int h, int m,int s)                       //重载构造函数
          {
             hours=h; minutes=m; seconds=s;
          }
          friend Time operator +(Time&,Time&);           //重载运算符为友元函数形式
          void gettime( );
        private:
          int hours,minutes,seconds;
};
Time operator +(Time& time1,Time& time2)
{
     int h,m,s;
        s=time1.seconds+time2.seconds;                    //计算秒数
     m=time1.minutes+time2.minutes+s/60;                  //计算分数
     h=time1.hours+time2.hours+m/60;                      //计算小时数
     Time result(h,m%60,s%60);
        return result;
}
void Time::gettime( )
{
     cout<<hours<<":"<<minutes<<":"<<seconds<<endl;
}
void main( )
{
        Time t1(8,51,40),t2(4,15,30),t3;
     t3=t1+t2;
        t3.gettime( );
}
```

输出结果为：

```
13: 7: 10
```

一般来讲，单目运算符最好重载为成员函数，双目运算符最好重载为友元函数。运算符重载的主要优点是允许改变使用于系统内部的运算符的操作方式，以适应用户新定义类型的类似运算。

3．一元运算符重载

类的单目运算符可重载为一个没有参数的非静态成员函数或者带有一个参数的非成员函数，参数必须是用户自定义类型的对象或者是对该对象的引用。

在 C++中，单目运算符有++和--，它们是变量自动增 1 和自动减 1 的运算符。在类中可以对这两个单目运算符进行重载。

如同"++"运算符有前缀和后缀两种使用形式一样，"++"和"--"重载运算符也有前

缀和后缀两种运算符重载形式，以"++"重载运算符为例，其语法格式如下：

```
<函数类型> operator ++ ( );        //前缀运算
<函数类型> operator ++ ( int );    //后缀运算
```

使用前缀运算符的语法格式如下：

```
++<对象>;
```

使用后缀运算符的语法格式如下：

```
<对象>++;
```

使用运算符前缀时，对对象（操作数）进行增量修改，然后再返回该对象。前缀运算符操作时，参数与返回的是同一个对象。这与基本数据类型的运算符前缀类似，返回的也是左值。

使用运算符后缀时，必须在增量之前返回原有的对象值。为此，需要创建一个临时对象，存放原有的对象，以便对操作数（对象）进行增量修改时，保存最初的值。运算符后缀操作时返回的是原有对象值，不是原有对象，原有对象已经被增量修改，所以，返回的应该是存放原有对象值的临时对象。

例 4-5：成员函数重载示例。

```
#include <iostream.h>
class Increase{
public:
    Increase(int x):value(x){}
    Increase & operator++();        //前增量
    Increase operator++(int);       //后增量
    void display(){ cout <<"the value is " <<value <<endl; }
private:
    int value;
};
Increase & Increase::operator++()
{
    value++;                        //先增量
    return *this;                   //再返回原对象
}
Increase Increase::operator++(int)
{
    Increase temp(*this);           //临时对象存放原有对象值
    value++;                        //原有对象增量修改
    return temp;                    //返回原有对象值
}
void main()
{
    Increase n(20);
    n.display();
    (n++).display();                //显示临时对象值
    n.display();                    //显示原有对象
    ++n;
```

```
        n.display();
        ++(++n);
        n.display();
        (n++)++;                    //第二次增量操作对临时对象进行
        n.display();
    }
```

此程序的运行结果为：

```
the value is 20
the value is 20
the value is 21
the value is 22
the value is 24
the value is 25
```

例4-6：友元函数重载。

```cpp
#include <iostream.h>
class Increase{
public:
    Increase(int x):value(x){}
    friend Increase & operator++(Increase & ); //前增量
    friend Increase operator++(Increase &,int);//后增量
    void display(){ cout <<"the value is " <<value <<endl; }
private:
    int value;
};
Increase & operator++(Increase & a)
{
    a.value++;                          //前增量
    return a;                           //再返回原对象
}
Increase operator++(Increase& a, int)
{
    Increase temp(a);                   //通过拷贝构造函数保存原有对象值
    a.value++;                          //原有对象增量修改
    return temp;                        //返回原有对象值
}
void main()
{
    Increase n(20);
    n.display();
    (n++).display();                    //显示临时对象值
    n.display();                        //显示原有对象
    ++n;
    n.display();
    ++(++n);
    n.display();
    (n++)++;                            //第二次增量操作对临时对象进行
```

```
        n.display();
        cin.get();
    }
```

此程序的运行结果为：

```
    the value is 20
    the value is 20
    the value is 21
    the value is 22
    the value is 24
    the value is 25
```

4. 二元运算符重载

对于双目运算符，一个运算数是对象本身的数据，由 this 指针给出，另一个运算数则需要通过运算符重载函数的参数表来传递。下面分别介绍这两种情况。

对于双目运算符 B，如果要重载 B 为类的成员函数，使之能够实现表达式 "oprd1 B oprd2"，其中 oprd1 为 A 类的对象，则应当把 B 重载为 A 类的成员函数，该函数只有一个形参，形参的类型是 oprd2 所属的类型。经过重载后，表达式 oprd1 B oprd2 就相当于函数调用 "oprd1.operator B(oprd2)"。

例 4-7：设计一个点类 Point，实现点对象之间的各种运算。

```
#include <iostream.h>
class Point
{
    int x,y;
public:
    Point() {x=y=0;
    Point(int i,int j) {x=i;y=j;}
    Point(Point &);
    ~Point() {}
    void offset(int,int);              //提供对点的偏移
    void offset(Point);                //重载,偏移量用 Point 类对象表示
    bool operator= =(Point);           //运算符重载,判断两个对象是否相同
    bool operator! =(Point);           //运算符重载,判断两个对象是否不相同
    void operator+ =(Point);           //运算符重载,将两个点对象相加
    void operator- =(Point);           //运算符重载,将两个点对象相减
    Point operator+(Point);            //运算符重载,相加并将结果放在左操作数中
    Point operator- (Point);           //运算符重载,相减并将结果放在左操作数中
    int getx() {return x;}
    int gety() {return y;}
    void disp()
    {
        cout<<"("<<x<<","<<y<<")"<<endl;
    }
};
Point::Point(Point &p)
{
```

```cpp
        x=p.x;y=p.y;
    }
    void Point::offset(int i,int j)
    {
        x+=I;y+=j;
    }
    void Point::offset(Point p)
    {
        x+=p.getx();y+=p.gety();
    }
    bool Point::operator= =(Point p)
    {
        if(x= =p.getx() &&y= =p.gety())
            return 1;
        else
          return 0;
    }
    bool Point::operator!=(Point p)
    {
        if(x!=p.getx() ||y!=p.gety()
          return 1;
        else
          return 0;
    }
    void Point::operator+=(Point p)
    {
        x+=p.getx();y+=p.gety();
    }
    void Point::operator-=(Point p)
    {
        x-=p.getx();y-=p.gety();
    }
    Point Point::operator+(Point p)
    {
        this->x+=p.x; this->y+=p.y;
        return *this;
    }
    Point Point::operator- (Point p)
    {
        this->x-=p.x; this->y-=p.y;
        return *this;
    }
    void main()
    {
        Point p1(2,3),p2(3,4),p3(p2);
        cout<<"1:";
        p3.disp();
        p3.offset(10,10);
```

```
        cout<<"2:";
        p3.disp();
        cout<<"3:"<<(p2= =p3)<<endl;
        cout<<"4:"<<(p2!=p3)<<endl;
        p3+=p1;
        cout<<"5:";
        p3.disp();
        p3-=p2;
        cout<<"6:";
        p3.disp();
        p3=p1+p3;           //先将 p1+p3 的结果放在 p1 中,然后赋给 p3
        cout<<"7:";
        p3.disp();
        p3=p1-p2;
        cout<<"8:";
        p3.disp();
    }
```

运算符也可以重载为类的友元函数,这样它就可以自由地访问该类的任何数据成员。这时,运算符所需的运算数都需要通过函数的形参表来传递,在参数表中形参从左到右的顺序就是运算符运算的顺序。

例 4-8:利用运算符重载实现复数类的加法与减法。

```
#include <iostream.h>
class Complex{
public:
        Complex(double r=0, double v=0):real(r),virt(v){}
        friend Complex operator+(Complex a, Complex b);
        friend ostream& operator<<(ostream& out, Complex& a);
private:
        double real;
        double virt;
};
ostream& operator<<(ostream& out, Complex& a)
{
        return out <<a.real <<"+" <<a.virt <<"i\n";
}
Complex operator+(Complex a, Complex b)
{
        return Complex(a.real+b.real, a.virt+b.virt);
}
void main()
{
        Complex a(1,2), b(3,4), c(0,0);
        c = a + b;
        cout <<c;
        c = 1.2 + a;
        cout <<c;
```

```
    c = b +3.4;
    cout <<c;
}
```

5. 特殊运算符重载

（1）赋值运算符重载

在C++中有两种类型的赋值运算符：一类是"+="和"-="等先计算后赋值的运算符，另一类是"="即直接赋值的运算符。下面分别进行讨论。

① 运算符"+="和"-="的重载。

对于标准数据类型，"+="和"-="的作用是将一个数据与另一个数据进行加法或减法运算后再将结果回送给赋值号左边的变量中。对它们重载后，使其实现其他相关的功能。

例4-9："+="和"-="运算符重载。

```cpp
#include <iostream.h>
class Vector
{
    int x,y;
public:
    Vector() { };
    Vector(int x1,int y1) {x=x1;y=y1;}
    friend Vector operator +=(Vector v1,Vector v2)
    {
        v1.x+=v2.x;
        v1.y+=v2.y;
        return v1;
    }
    Vector operator-=(Vector v)
    {
        Vector tmp;
        tmp.x=x-v.x;
        tmp.y=y-v.y;
        return tmp;
    }
    void display()
    {
        cout<<"("<<x<<","<<y<<")"<<endl;
    }
};
void main()
{
    Vector v1(6,8),v2(3,6),v3,v4;
    cout<<"v1=";
    v1.display();
    cout<<"v2=";
    v2.display();
    v3=v1+=v2;
    cout<<"v3=";
```

```
        v3.display();
        v4=v1-=v2;
        cout<<"v4=";
        v4.display();
    }
```

此程序的运行结果为：

```
    v1=(6,8)
    v2=(3,6)
    v3=(9,14)
    v4=(3,2)
```

程序中重载运算符"+="和"-="与标准数据类型的"+="和"-="不完全相同。调用重载的运算符时，例如 v1+=v2，并不改变 v1 的值，后者会改变运算符左边变量的值。

② 运算符"="的重载。

赋值运算符"="的原有含义是将赋值号右边表达式的结果拷贝给赋值号左边的变量，通过运算符"="的重载将赋值号右边对象的私有数据依次拷贝到赋值号左边对象的私有数据中。在正常情况下，系统会为每一个类自动生成一个默认的完成上述功能的赋值运算符。当然，这种赋值只限于由一个类类型说明的对象之间赋值。

如果一个类包含指针成员，采用这种默认的按成员赋值，那么当这些成员撤销后，内存的使用将变得不可靠。假如有一个类 Sample，其中有一个指向某个动态分配内存的指针成员 p，定义该类的两个实例 inst1 和 inst2，在执行赋值语句 inst2=inst1（使用默认的赋值运算符）之前，这两个对象的内存分配如图 4-1（a）所示，其中 inst1 的成员 p 指向一个内存区。在执行赋值语句 inst2=inst1 后，这两个对象的内存分配如图 4-1（b）所示，这时只复制了指针而没有复制指针所指向的内存，现在它们都指向同一内存区。当不需要 inst1 和 inst2 对象，调用析构函数（两次）来撤销同一内存，会产生运行错误。

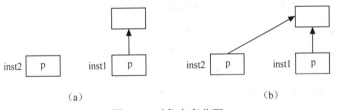

（a）   （b）

图 4-1　对象内存分配

可以重载运算符"="来解决这个问题。重载该运算符的成员函数如下：

```
    Sample &operator = (Sample &s)
    {
        delete p;
        p=new char[strlen(s.p)+1];
        strcpy(p,s.p);
        return *this;
    }
```

把 s.p 的内存复制到 this.p 的内存中，而不是仅仅进行指针复制

这样，在执行 inst2=inst1 后，内存分配结果如图 4-2 所示。

例 4-10：重载运算符"="。

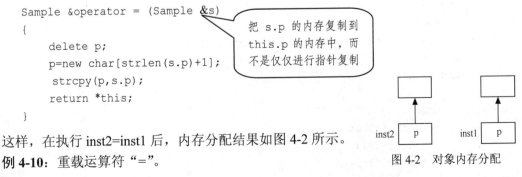

图 4-2　对象内存分配

```
#include <iostream.h>
class Sample
{
    int n;
public:
    Sample() { }
    Sample(int i) {n=i;}
    Sample & operator=(Sample);
    Void disp() {cout<<"n="<<n<<endl;}
};
Sample &Sample::operator=(Sample s)
{
    Sample::n=s.n;
    return *this;
}
void main()
{
    Sample s1(10),s2;
    s2=s1;
     s2.disp();
}
```

此程序的运行结果为：

```
n=10
```

（2）下标运算符重载

下标运算符"[ ]"通常用于在数组中标识数组元素的位置，下标运算符重载可以实现数组数据的赋值和取值。下标运算符重载函数只能作为类的成员函数，不能作为类的友元函数。

下标运算符"[ ]"函数重载的一般形式为：

```
type class_name::operator[ ](arg_);
```

其中 arg 为该重载函数的参数。重载了的下标运算符只能且必须带一个参数，该参数给出下标的值。重载函数 operator[ ]的返回值类型 type 是引用类型。

例 4-11：下标运算符的重载。

```
#include <iostream.h>
class Demo  {
    int Vector[5];
public:
    Demo() {};
    int &operator[ ](int i)  (return Vector[i]; )
};
void main()
{
    Demo v;
    for(int i=0;i<5;i++)
        v[i]=i+1;
    for(i=0;i<5;i++)
```

```
            cout<<v[I]<<" ";
        cout<<endl;
    }
```

此程序的运行结果为：

```
    1 2 3 4 5
```

（3）比较运算符重载

比较运算符（>、<、==等）重载必须返回真（非 0）或假（0）。

例 4-12：编写一个程序测试输入的长度能否构成一个三角形。

```
    #include <iostream.h>
    class Line
    {
        int len;
    public:
        Line(int n) {len=n;}
        Line operator+(Line l)
        {
            int x=len+l.len;
            return Line(x);
        }
        bool operator>(Line l)
        {
            return (len>l.len)?1:0;
        }
    };
    void main()
    {
        Line a(3),b(4),c(5);
        if(a+b>c && a+c>b && b+c>a)
            cout<<"能够构成三角形! "<<endl;
        else
            cout<<"不能构成三角形! "<<endl;
    }
```

本程序中设计了一个 Line 类，其中实现运算符"+"和">"重载，在 main()函数中定义了对象 a、b 和 c，当判断 a+b>c 的结果时，其中的"+"运算符使用重载功能产生一个新的对象，然后该对象与 c 之间调用">"运算符重载成员函数产生一个逻辑值，对于 a+c>b 和 b+c>a，采用相同的求值方法，最后得到 if 语句的逻辑表达式结果。本题中 if 语句的逻辑表达式结果为真，所以显示"能够构成三角形"。

（4）new 与 delete 运算符重载

C++提供了 new 与 delete 两个运算符用于内存管理，但有些情况下用户需要自己管理内存，为自己所定义的类体系建立一种新的动态内存管理算法，以克服 new 与 delete 的不足。这就要重载运算符 new 与 delete，使其按照要求完成对内存的管理。

new 和 delete 只能被重载为类的成员函数，不能重载为友元。而且，无论是否使用关键字 static 进行修饰，重载了的 new 和 delete 均为类的静态成员函数。

运算符 new 重载的一般形式为：

```
void *class_name::operator new(size_t,<arg_list>);
```

new 重载应返回一个无值型的指针，且至少有一个类型为 size_t 的参数。若该重载带有多于一个的参数，则其第一个参数的类型必须为 size_t。

运算符 delete 重载的一般形式为：

```
void *class_name::operator delete(void *,<size_t>);
```

delete 重载应返回一个无值型的指针，且至少有一个类型为无值型指针的参数。该重载最多可以带有两个参数，若有第二个参数，则其第二个参数的类型必须为 size_t。

例 4-13：重载 new 和 delete 运算符。

```
#include <iostream.h>
#include <stddef.h>
class memmanager{
public:
    void *operator new(size_t size);
                            //分配一块大小为 size 的内存
    void *operator new(size_t size,char tag);
                            //分配一块大小为 size 的内存,并且用字符 tag 赋值
    void operator delete(void *p);
                            //释放指针 p 所指向的一块内存空间
};
void *memmanager::operator new(size_t size)
{
    cout<<"new1 operator"<<endl;
    char *s=new char[size];     //分配大小为 size 的内存空间
    *s='a';                     //用字符'a'赋值
    return s;                   //返回指针
}
void *memmanager::operator new(size_t size,char tag)
{
    cout<<"new2 operator"<<endl;
    char *s=new char[size];
    *s=tag;                     //用字符 tag 赋值
    return s;                   //返回指针
}
void memmanager::operator delete(void *p)
{
    cout<<"delete operator"<<endl;
    char *s=(char *)p;          //强制类型转换
    delete[] s;                 //释放内存空间
}
void main()
{
    memmanager *m=new memmanager();
    delete m;
```

```
        memmanager *m=new('B') memmanager();
        delete m;
    }
```

（5）逗号运算符重载

逗号运算符是双目运算符，和其他运算符一样，也可以通过重载逗号运算符来完成期望完成的工作。逗号运算符构成的表达式为"左运算数，右运算数"，该表达式返回右运算数的值。如果用类的成员函数来重载逗号运算符，则只带一个右运算数，而左运算数由指针 this 提供。

例 4-14：给出以下程序的执行结果。

```cpp
#include <iostream.h>
#include<malloc.h>
class Point
{
    int x,y;
public:
    Point() {};
    Point(int l,int w)
    {
        x=l;y=w;
    }
    void disp()
    {
        cout<<"面积: "<<x*y<<endl;
    }
    Point operator,(Point r)
    {
        Point temp;
        temp.x=r.x;
        temp.y=r.y;
        return temp;
    }
    Point operator+(Point r)
    {
        Point temp;
        temp.x=r.x+x;
        temp.y=r.y+y;
        return temp;
    }
};
void main()
{
    Point r1(1,2),r2(3,4),r3(5,6);
    r1.disp();
    r2.disp();
    r3.disp();
    r1=(r1,r2+r3,r3);
```

```
        r1.disp();
    }
```

此程序的运行结果为：

```
    面积: 2
    面积: 12
    面积: 30
    面积: 30
```

程序中类 Point 的 Point operator,（Point r）重载逗号运算符成员函数返回参数 r 对象的复制对象，而 r 对象就是逗号表达式的右操作数，这样也就返回了右操作数，从而使重载后的逗号运算功能与其原有功能接近。在计算 r1=(r1, r2+r3, r3);时，先计算(r1, r2+r3)，返回 r2+r3 的结果，将其与 r3 进行逗号运算，返回 r3 的结果。

（6）类型转换运算符重载

类型转换运算符重载函数的格式如下：

```
operator <类型名>( )
{
        <函数体>;
}
```

与以前的重载运算符函数不同的是，类型转换运算符重载函数没有返回类型，因为<类型名>就代表了它的返回类型，而且没有任何参数。在调用过程中要带一个对象实参。

实际上，类型转换运算符将对象转换成类型名规定的类型。转换时的形式就像强制转换一样。如果没有转换运算符定义，直接用强制转换是不行的，因为强制转换只能对标准数据类型进行操作，对类型的操作是没有意义的。

另外，转换运算符重载的缺点是无法定义其类对象运算符操作的真正含义，因为只能进行相应对象成员数据和一般数据变量的转换操作。

例 4-15：使用转换函数。

```
//zhuanhuan.h
class Complex {
public:
        operator double()  {return Real;}
};
//zhuanhuan.cpp
#include <iostream.h>
#include "zhuanhuan.h"
void main()
{
        Complex c(7,8);
        Cout<<c<<endl;
}
```

此程序的运行结果为：

```
    7
```

本例中将类 Complex 的对象用作插入运算符的右操作数，编译器将表达式 cout<<c 解

释为：

```
cout<<c.operator double()
```

根据该转换函数的定义，该表达式输出了对象 c 的实部。

由于定义了转换函数，使得下面的表达式成为合法的：

```
d=c;
d=double(c);
d=(double)c;
```

系统在执行这些表达式时，都将调用转换函数：

```
Complex::operator double();
```

（7）–>运算符重载

"–>"运算符是成员访问运算符，这种一元的运算符只能被重载为成员函数，所以也决定了它不能定义任何参数。一般成员访问运算符的典型用法是：

```
对象–>成员
```

成员访问运算符"–>"函数重载的一般形式为：

```
type class_name::operator->();
```

例 4-16：重载–>运算符。

```
#include <iostream.h>
class pp
{
public:
    int n;
    float m;
    pp *operator->()
    {
        return this;
    }
};
void main()
{
    pp t1;
    t1->m=10;
    cout<<"t1.k is:"<<t1.m<<endl;
    cout<<"t1->k is"<<t1->m<<endl;
}
```

此程序的运行结果为：

```
t1.k is 10
t1->k is 10
```

在上面的代码中，重载了"–>"运算符，在重载函数中：

```
pp *operator->()
```

```
{
    return this;
}
```

对 "->" 的重载使 operator->（）返回一个 this 指针，这样，t1->k 实际上就是 this->k；而 t1.k 和 t1->k 就是实质相同，形式不同的表达。

（8）函数调用运算符重载

函数调用运算符 "（）" 只能说明成类的非静态成员函数，该函数具有以下的一般形式：

```
type class_name::operator()(<arg_list>);
```

与普通函数一样，重载了的函数调用运算符可以事先带有零个或多个参数，但不得带有缺省的参数。

例 4-17：函数调用运算符重载示例。

```
#include <iostream.h>
class F
{
public:
    double operator ()(double x, double y) const;
};
double F::operator ()(double x, double y) const
{
    return (x+5)*y;
}
void main()
{
    F f;
    cout<<f(1.5, 2.2)<<endl;
}
```

（9）I/O 运算符重载

C++的 I/O 流库的一个重要特性就是能够支持新的数据类型的输出和输入。用户可以通过对插入符（<<）和提取符（>>）进行重载来支持新的数据类型。

下面通过一个例子讲述重载插入符和提取符的方法。

例 4-18：分析下列程序，并给出执行结果。

```
#include <iostream.h>
class Date
{
public:
    Date(int y,int m,int d) {Year=y;Month=m;Day=d;}
    friend ostream& operator<<(ostream &stream,Date &date);
    friend istream& operator>>(istream &stream,Date &date);
private:
    int Year,Month,Day;
};
ostream& operator<<(ostream &stream,Date &date)
{
```

```
        stream<<date.Year<<"/"<<date.Month<<"/"<<date.Day<<endl;
        return stream;
    }
    istream& operator>>(istream &stream,Date &date)
    {
        stream>>date.Year>>date.Month>>date.Day;
        return stream;
    }
    void main()
    {
        Date Cdate(2004,1,1);
        cout<<"Current date:"<<Cdate<<endl;
        cout<<"Enter new date:";
        cin>>Cdate;
        cout<<"New date:"<<Cdate<<endl;
    }
```

输出结果为：

```
Current date:2004/1/1


Enter new date:2004 1 15
New date:2004/1/15
```

4.1.2　普通成员函数重载

在 C++语言中，只有在声明函数原型时形式参数的个数或者对应位置的类型不同，两个或更多的函数才可以共用一个名字。这种在同一作用域中允许多个函数使用同一函数名的措施被称为重载（overloading）。函数重载是 C++程序获得多态性的途径之一。

1. 函数重载的方法

函数重载要求编译器能够唯一地确定调用一个函数时应执行哪个函数代码，即采用哪个函数实现。确定函数实现时，要求从函数参数的个数和类型来区分。这就是说，进行函数重载时，要求同名函数的参数个数不同，或者参数类型不同。否则，将无法实现函数重载。

例 4-19：给出以下程序的运行结果。

```
#include <iostream.h>
int square(int x)
{
    return x*x;
}
double square(double y)
{
    return y*y;
}
main()
{
    cout<<"The square of integer 7 is"<<square(7)<<endl;
    cout<<" The square of double 7.5 is"<<square(7.5)<<endl;
```

```
        return 0;
    }
```

此程序的运行结果为：

```
The square of integer 7 is 49
The square of integer 7.5 is 56.25
```

例 4-20：用重载函数实现求圆和矩形的周长。

```
#include <iostream.h>
const double PI=3.1415;
double length(float r)
{
        return 2*PI*r;
}
double length(float x,float y)
{
        return 2*(x+y);
}
void main()
{
        float a,b,r;
        cout<<"输入圆半径：";
        cin>>r;
        cout<<"圆周长："<<length(r)<<endl;
        cout<<"输入矩形长和宽：";
        cin>>a>>b;
        cout<<"矩形周长："<<length(r)<<endl;
}
```

2．函数重载的表示形式

普通成员函数重载可表达为两种形式。

（1）在一个类说明中重载

例如：

```
Show ( int , char ) ;
Show ( char * , float ) ;
```

例 4-21：分析以下程序的执行结果。

```
#include <iostream.h>
class  Sample
{
        int i;
        double d;
public:
        void setdata(int n)
        {    i=n; }
        void setdata(double x)
        {    d=x; }
```

```
        void disp()
        {
                cout<<"i="<<i<<",d="<<d<<endl;
        }
};
void main()
{
        Sample s;
        s.setdata(7);
        s.setdata(7.5);
        s.disp();
}
```

此程序的运行结果为：

```
i=7,d=7.5
```

（2）基类的成员函数在派生类中重载

有 3 种编译区分方法。

① 根据参数的特征加以区分。

例如：

```
Show ( int , char )
```

与

```
Show ( char * , float )
```

不是同一函数，编译能够区分。

② 使用 " :: " 加以区分。

例如：

```
A :: Show ( )
```

有别于

```
B :: Show ( )
```

③ 根据类对象加以区分。

例如：

```
Aobj.Show ( ) 调用 A :: Show ( )
Bobj.Show ( ) 调用 B :: Show ( )
```

3．函数重载的注意事项

在 C++语言中，编译程序选择相应的重载函数版本时函数返回值类型是不起作用的。不能仅靠函数的返回值来区别重载函数，必须用形式参数来区别。例如：

```
void print(int a);
void print(int a,int b);
int print(float a[]);
```

这 3 个函数是重载函数，因为 C++编译程序可以用形式参数将它们区别开来。但：

```
int f(int a);
double f(int a);
```

这两个函数就不是重载函数，编译程序认为这是对一个函数的重复说明，因为两个函数的形式参数个数与相应位置的类型完全相同。

由 typedef 定义的类型别名并没有真正创建一个新的类型，所以以下的程序段：

```
typedef double money;
double calculate(double income);
money calculate(money income);
```

也是错误的函数重载。同样道理，不同参数传递方式也无法区别重载函数，如：

```
void func(int value);
void func(int &value);
```

也不能作为重载函数。

在程序中不可滥用函数重载，不适当的重载会降低程序的可读性。C++语言并没有提供任何约束限制，重载函数之间必须有关联，程序员可能用相同的名字定义两个互不相关的函数。实际上，函数重载暗示了一种关联，不应该重载那些本质上有区别的函数，只有当函数实现的语义非常相近时才应使用函数重载。

4．函数重载的二义性

函数重载的二义性（ambiguity）是指 C++语言的编译程序无法在多个重载函数中选择正确的函数进行调用。这些二义性的错误是致命的，因而编译程序将无法生成目标代码。函数重载的二义性主要源于 C++语言的隐式类型转换与默认参数。

在函数调用时，编译程序将按以下规则选择重载函数：如果函数调用的实际参数类型与一个重载函数形式参数类型完全匹配，则选择调用该重载函数；如果找不到与实际参数类型完全匹配的函数原型，但将一个类型转换为更高级类型后能找到完全匹配的函数原型，编译程序将选择调用该重载函数。所谓更高级类型是指能处理的值域较大，如 int 转换为 unsigned int，unsigned int 转换为 long，long 转换为 unsigned float 等。这些自动转换与第 1 章介绍的隐式类型转换使用的规则相同。例如：

```
int func(double d);
…
count<<func('A');
```

虽然没有声明函数原型 int func(char)，但函数调用 func('A')并不会产生任何问题，因为编译程序自动将字符'A'转换为 double 类型，然后调用函数 int func(double)。

隐式类型转换是由 C++编译程序自动完成的，但这种类型转换为程序员带来很大方便的同时，又是引起函数重载二义性的主要原因。

例 4-22：隐式类型转换造成函数重载二义性示例。

```
#include <iostream.h>
float abs(float x)
{
    return (x>0?x:-x);
}
```

```
double abs(double x)
{
    return (x>0?x: -x);
}
int main()
{
    cout<<abs(1.78)<<endl;     //调用 abs(double)
    //cout<<abs(-7)<<endl;      //错误,编译程序无法确定调用哪一个 abs()函数
}
```

在重载函数中使用默认参数也可能造成二义性。

例 4-23:默认参数造成函数重载二义性示例。

```
#include <iostream.h>
int func(int i)
{
    return i;
}
int func(int i,int j=7)
{
    return i*j;
}
int main()
{
    cout<<func(3,4)<<endl;           //调用 func(int,int)
    //cout<<func(-7)<<endl;           //错误,编译程序无法确定调用哪一个 func()函数
    return 0;
}
```

C++还提供了一种更为灵活的多态性机制:虚函数。虚函数允许函数调用与函数体的联系在运行时才进行。当一般的类型对应于不同的类型变种时,这个能力显得尤其重要。

4.1.3 构造函数重载

构造函数可以像普通函数一样被重载,而且也可能是C++语言应用函数重载最多的地方,因为设计一个类时总是希望创建对象的同时能以多种方式初始化对象的内部状态,而构造函数只能有一个名字,即该类的名字。当建设一个可复用类库时,重载构造函数可以更好地提高类界面的完整性。

C++根据说明中的参数个数和类型选择合适的构造函数。若类 X 具有一个或多个构造函数,创建类 X 的对象时,C++会根据参数选择调用其中一个。

例:

```
class  X
{ public:
    X ( ) ;
    X( int ) ;
    X ( int,  char ) ;
    X ( float,  char ) ;
```

```
        ...
    } ;
    void f ( )
    {   X  a ;                 // 调用构造函数 X()
        X  b ( 1 ) ;          // 调用构造函数 X(int)
        X  c ( 1, 'c' ) ;     // 调用构造函数 X(int, char)
        X  d ( 2.3 , 'd' ) ;  // 调用构造函数 X(float, char)
        ...
    }
```

构造函数可以使用默认参数，但谨防二义性。

例：

```
    class  X
    { public:
        X ( ) ;
        X( int  i = 0 ) ;
        ...
    } ;
    main ( )
    {   X  one(10) ;  // 正确
        X  two ;       // 存在二义性。调用 X::X(),还是调用 X::X(int = 0) ?
        ...
    }
```

例 4-24：不同构造函数的匹配。

```
    class Tdate
    { public:
        Tdate();Tdate(int d);Tdate(int m, int d);Tdate(int m, int d, int y);
        protected:  int month;  int day;  int year;
    };
    Tdate :: Tdate()
    {   month = 10 ;  day = 1;  year = 2000 ;
        cout <<month << "/" << day << "/" << year << endl ; }
    Tdate :: Tdate ( int  d )
    {   month = 10 ;  day = d ;  year = 2000 ;
        cout << month << "/" << day << "/" << year << endl ; }
    Tdate :: Tdate ( int  m,  int  d )
    {   month = m ;  day = d;  year = 2000 ;
        cout << month << "/" << day << "/" << year << endl ; }
    Tdate :: Tdate ( int  m,  int  d,  int  y )
    {   month=m; day=d; year=y;  cout<<month<<"/"<<day<<"/"<<year<<endl;}
    void main ( )
    {   Tdate aday ;      Tdate bday ( 5 ) ;
        Tdate cday ( 2, 12 ) ;  Tdate dday ( 1, 2, 1998 ) ;
    }
```

例 4-25：使用默认参数的构造函数示例。

```
# include <iostream.h>
class  Tdate
{   public:      Tdate ( int m=10,  int d=1,  int y=2000 ) ;
    protected:    int month;  int day;  int year;
};
Tdate :: Tdate ( int m, int d, int y )
{   month = m;   day = d;   year = y ;
    cout << month << "/" << day << "/" << year << endl ;
}
void main()
{   Tdate    aday ;
    Tdate    bday ( 5 ) ;
    Tdate    cday ( 2 , 12 ) ;
    Tdate    dday ( 1 , 2 , 1998 ) ;
}
```

无论何时，创建对象时都要调用构造函数（包括默认构造函数）。

构造函数的工作是建立对象的基本结构，进行数据初始化。即：初始化虚函数表；建立基类对象；建立非静态数据成员对象；安置虚基类对象信息；执行构造函数体中的代码。

使用构造函数的限制：不能被继承，不能说明为虚函数，不能显式调用，不能取构造函数的地址。

当一个对象退出其作用域时，都要调用析构函数。析构函数的工作是：执行析构函数中的代码，将对象占据的存储空间归还系统，做公共及用户要求的善后工作。

例 4-26：分析下面程序的执行结果。

```
#include <iostream.h>
class TDate
{
        public:
          TDate( );
          TDate(int d);
          TDate(int m,int d);
          TDate(int y,int m,int d);
        protected:
          int year;
          int month;
          int day;
};
TDate::TDate( )
{
        year=1999;  month=11;  day=24;
        cout<<year<<"/"<<month<<"/"<<day<<endl;
}
TDate::TDate(int d)
{
        year=1999;  month=11;  day=d;
        cout<<year<<"/"<<month<<"/"<<day<<endl;
```

```
        }
        TDate::TDate(int m,int d)
        {
                year=1999;  month=m;  day=d;
                cout<<year<<"/"<<month<<"/"<<day<<endl;
        }
        TDate::TDate(int y, int m, int d)
        {
                year=y;  month=m;  day=d;
                cout<<year<<"/"<<month<<"/"<<day<<endl;
        }
        void main( )
        {
                TDate  aday;
                TDate  bdate(10);
                TDate  cdate(8,8);
                TDate  ddate(1998,1,1);
        }
```

输出结果为：

```
1999/11/24
1999/11/10
1999/8/8
1999/1/1
```

例 4-27 程序定义了一个复数类 COMPLEX，该类提供了两个构造函数：一个是通过两参数分别初始化复数的实部和虚部——COMPLEX(double，double)；另一个是直接通过另一个复数作初始化——COMPLEX(const COMPLEX&)。由于重载构造函数，设计的类界面更加完善，可有效地帮助程序员处理创建对象时的复杂性，使程序员以最自然的方式初始化新创建的对象。

例 4-27：定义一个具有重载构造函数的复数类并演示其用法。

```
#include <iostream.h>
class COMPLEX{                                     //定义复数类 COMPLEX 的类界面
public:
    COMPLEX(double r=0,doub i=0);                  //构造函数 1
    COMPLEX(const COMPLEX& other);                 //构造函数 2
    void print();                                  //打印复数
    COMPLEX add(const COMPLEX& other);             //与另一个复数相加
    COMPLEX subtract(const COMPLEX& other);        //减去另一个复数
Protected:
    Double real,image;                             //复数的实部与虚部
};
COMPLEX::COMPLEX(double COMPELX& other)
{
    real=other.real;
    image=other.image;
    return;
```

```
}
void COMPLEX::pring()
{
    cout<<real;
    if(image>0)cout<<"+"<<image<<"i";
    else if(image<0) cout<<image<<"i";
    cout<<endl;
    return;
}
COMPLEX COMPLEX::add(const COMPLEX& other)
{
    real=real+other.real;
    image=image+other.image;
    return *this;
}
COMPLEX COMPLEX::subtract(const COMPLEX& other)
{
    real=real-other.real;
    image=image-other.image;
    return *this;
}
int main()
{
    COMPLEX  c1(1,2)
    COMPLEX  c2(2)
    COMPLEX  c3(c1);
    c3.print();
    c2.add(c1);
    c3.subtract(c2);
    c3.print();
    return 0;
}
```

第一个构造函数使用了缺省参数，如果创建对象在相应位置没有实际参数，则使用缺省参数。例如 main()中声明的复数对象 c1(1，2)分别将 real 初始化为 1、image 初始化为 2，而对象 c2(2)则将 real 初始化为 2、image 使用缺省参数初始化为 0。

第二个构造函数直接使用对象作为函数参数，对象作为参数传递一般使用按引用调用参数方式。为了表明尽管使用的是按引用调用参数传递方式，实际上函数体中并没有修改参数的值，在形式参数前加上 const 修饰符。

4.1.4　派生类指针

指向基类和派生类的指针是相关的。
例如：

```
A   * p ;                // 指向类型 A 的对象的指针
A   A_obj ;              // 类型 A 的对象
B   B_obj ;              // 类型 B 的对象
```

```
p = & A_obj ;              // p 指向类型 A 的对象
p = & B_obj ;              // p 指向类型 B 的对象,它是 A 的派生类
```

利用 p,可以通过 B_obj 访问所有从 A_obj 继承的元素,但不能用 p 访问 B_obj 自身特定的元素(除非用了显式类型转换)。

例 4-28:分析以下程序的执行结果。

```
class A_class
{    char name[80];
public:
     void put_name(char *s)
     {    strcpy(name,s); }
     void show_name( )
     {    cout<<name<<"\n"; }
};
class B_class:public A_class
{    char phone_num[80];
public:
     void put_phone(char *num)
     {    strcpy(phone_num,num); }
     void show_phone( )
     {    cout<<phone_num<<"\n"; }
};
main ( )
{    A_class  *p;          //对象指针
     A_class  A_obj;       // 对象
     B_class  * bp;
     B_class  B_obj;
     p=&A_obj;                     //P 指针指向基类对象,调用基类成员函数
     p->put_name("Zhang San");
     p=& B_obj;                    //P 指针指向派生类对象,调用继承基类的成员函数
     p->put_name("Li Si");
     A_obj.show_name( );
     B_obj.show_name( );
     bp=&B_obj;
     bp->put_phone("0731_12345678");
     bp->show_phone( );
     ((B_class *)p)->show_phone( );
                        // 用基类指针访问公有派生类的特定成员,必须进行类型转换
}
```

此程序的运行结果为:

```
Zhang San
Li Si
0731_12345678
0731_12345678
```

注意:可以用一个指向基类的指针指向其公有派生类的对象。但却不能用指向派生类的

指针指向一个基类对象。希望用基类指针访问其公有派生类的特定成员，必须将基类指针用显式类型转换为派生类指针。例如，((B_class *)p)->show_phone()；一个指向基类的指针可用来指向从基类公有派生的任何对象，这一事实非常重要，它是 C++实现运行多态的关键途径。

例 4-29：写出下面的程序的执行结果。

```
#include <iostream.h>
class Student
{
        public:
        Student(int xx)
        {
        x=xx;
        }
        virtual float calcTuition( );
    protected:
        int x;
};
float Student::calcTuition()
{
        return float(x*x);
}
class GraduateStudent:public Student
{
        public:
          GraduateStudent(int xx):Student(xx){ }
           float calcTuition( );
};
float GraduateStudent::calcTuition( )
{
    return float(x*2);
}
void main( )
{
        Student s(20);
     GraduateStudent gs(20);
    cout<<s.calcTuition()<<endl;          //计算学生 s 的学费
            cout<<gs.calcTuition()<<endl;    //计算研究生 gs 的学费
    }
```

输出结果为：

```
400
40
```

例 4-30：写出下面的程序的执行结果。

```
#include <iostream.h>
class Student
```

```
{
    public:
      Student(int xx)
      {
          x=xx;
      }
      float calcTuition( );
    protected:
      int x;
};
float Student::calcTuition()
{
    return float(x*x);
}
class GraduateStudent:public Student
{
      public:
        GraduateStudent(int xx):Student(xx){ }
        float calcTuition( );
};
float GraduateStudent::calcTuition( )
{
      return float(x*2);
}
void fn(Student& x)
{
      cout<<x.calcTuition( )<<endl;
}
void main( )
{
      Student s(20);
      GraduateStudent gs(20);
    fn(s);              //计算学生 s 的学费
    fn(gs);         //计算研究生 gs 的学费
}
```

输出结果为：

```
400
400
```

在这个程序中 x. calcTuition( )两次输出结果都为 400，这说明两次运行都是调用 Student 类的成员函数。原因是程序在编译时系统就已确定了 x..calcTuition( )调用的是 Student 类的成员函数。这种程序在程序编译时就能确定哪个重载函数被调用，称为先期联编。

那么如何才能在计算研究生 gs 的学费时正确调用 GraduateStudent 类的成员函数呢？方法就是必须采用迟后联编，也就是使系统在运行时决定调用哪个类的成员函数。

我们把迟后联编也称为多态性。它是面向对象程序设计的又一大特征。多态性使得发出同样的消息可被不同类型的对象接受而导致出现完全不同的行为。这里所说的消息主要是指对类的成员函数的调用，不同的行为是指不同的实现。利用多态性，用户只需发送一般形式的消息，将所有的实现留给接受消息的对象。对象根据所接受的消息做出相应的动作。

4.1.5 模板

模板是 C++支持参数化多态的工具，使用模板可以使用户为类或者函数声明一种一般模式，使得类中的某些数据成员或者成员函数的参数、返回值取得任意类型。

1．模板的概念

所谓模板是一种使用无类型参数来产生一系列函数或类的机制，是 C++的一个重要特性。它的实现方便了更大规模的软件开发。

若一个程序的功能是对某种特定的数据类型进行处理，则可以将所处理的数据类型说明为参数，以便在其他数据类型的情况下使用，这就是模板的由来。模板是以一种完全通用的方法来设计函数或类而不必预先说明将被使用的每个对象的类型。通过模板可以产生类或函数的集合，使它们操作不同的数据类型，从而避免需要为每一种数据类型产生一个单独的类或函数。

例如，设计一个求两参数最大值的函数，不使用模板时，需要定义 4 个函数：

```
int max(int a,int b){return(a>b)?a,b;}
long max(long a,long b){return(a>b)?a,b;}
double max(double a,double b){return(a>b)?a,b;}
char max(char a,char b){return(a>b)?a,b;}
```

若使用模板，则只定义一个函数：

```
Template<class type>type max(type a,type b)
{return(a>b)?a,b;}
```

C++程序由类和函数组成，模板也分为类模板（class template）和函数模板（function template）。在说明了一个函数模板后，当编译系统发现有一个对应的函数调用时，将根据实参中的类型来确认是否匹配函数模板中对应的形参，然后生成一个重载函数。该重载函数的定义体与函数模板的函数定义体相同，它称之为模板函数（template function）。

同样，在说明了一个类模板之后，可以创建类模板的实例，即生成模板类。

2．函数模板

C++提供的函数模板可以定义一个对任何类型变量进行操作的函数，从而大大增强了函数设计的通用性。这是因为，普通函数只能传递变量参数，函数模板提供了传递类型的机制。使用函数模板的方法是先说明函数模板，然后实例化成相应的模板函数进行调用执行。

（1）函数模板说明

函数模板的一般说明形式如下：

```
template <模板形参表>
    <返回值类型> <函数名>（模板函数形参表）
    {
        //函数定义体
    }
```

其中，<模板形参表>可以包含基本数据类型，也可以包含类类型。类型形参需要加前缀

class。如果类型形参多于一个，则每个类型形参都要使用 class。<模板函数形参表>中的参数必须是唯一的，而且<函数定义体>中至少出现一次。

函数模板定义不是一个实实在在的函数，编译系统不为其产生任何执行代码。该定义只是对函数的描述，表示它每次能单独处理在类型形式参数表中说明的数据类型。

例 4-31：编写一个对具有 n 个元素的数组 a[ ]求最小值的程序，要求将求最小值的函数设计成函数模板。

```
#include <iostream.h>
template <class T>
T min(T a[],int n)
{
    int i;
    T minv=a[0];
    for(i=1;i<n;i++)
        if(minv>a[i])
            minv=a[i];
    return minv;
}
void main()
{
    ina a[]={1,3,0,2,7,6,4,5,2};
    double b[]={1.2, -3.4,6.8,9,8};
    cout<<"a 数组的最小值为: "<<min(a,9)<<endl;
    cout<<"b 数组的最小值为: "<<min(b,4)<<endl;
}
```

此程序的运行结果为：

```
a 数组的最小值为: 0
b 数组的最小值为: -3.4
```

（2）使用函数模板

函数模板只是说明，不能直接执行，需要实例化为模板函数后才能执行。

当编译系统发现有一个函数调用：

```
<函数名>(<实参表>);
```

时，将根据<实参表>中的类型生成一个重载函数即模板函数。该模板函数的定义体与函数模板的函数定义体相同，而<形参表>的类型则以<实参表>的实际类型为依据。

在模板函数被实例化之前，必须在函数的某个地方首先说明它（可能不进行定义），这样，就可以到后面再定义模板。和一般函数一样，如果函数模板的定义在首次调用之前，函数模板的定义就是对它的说明。定义之后的首次调用就是对模板函数的实例化。

对模板函数的说明和定义必须是全局作用域。模板不能被说明为类的成员函数。

模板函数有一个特点，虽然模板参数 T 可以实例化成各种类型，但是采用模板参数 T 的各参数之间必须保持完全一致的类型。模板类型并不具有隐式的类型转换，例如在 int 与 char 之间、float 与 int 之间、float 与 double 之间等的隐式类型转换。这种转换在 C++中是非常普遍的。

例 4-32：利用函数模板方法求两个可比对象的大小，用模板函数返回具体的两个对象的较大者。

```
#include <iostream.h>
#include <complex.h>
class Mycomplex::public complex
{
public:
    MyComplex():complex(0,0){ }
    MyComplex(double r,double i):complex(r,i) { }
    friend int operator>(MyComplex& c1,MyComplex& c2);
};
int operator>(MyComplex& c1,MyComplex& c2)
{
    return abs(c1)>abs(c2);
}
template <class T>
T& Bigger(T& a,T& b)
{
    return (a>b)?a:b;
}
void main()
{
    int i1=10,i2=20,i3;
    double d1=1.1,d2=2.2,d3;
    MyComplex c1(1,2),c2(3,4),c3;
    i3=Bigger(i1,i2);
    d3=Bigger(d1,d2);
    c3=Bigger(c1,c2);
    cout<<"The result is:\n"
       <<"The Bigger of"<<i1<<"and"<<i2<<"is"<<i3<<endl
       <<"The Bigger of"<<d1<<"and"<<d2<<"is"<<d3<<endl
       <<"The Bigger of"<<c1<<"and"<<c2<<"is"<<c3<<endl;
}
```

此程序的运行结果为：

```
The result is:
The Bigger of 10 and 20 is 20
The Bigger of 1.1 and 2.2 is 2.2
The Bigger of (1,2)and (3,4) is (3,4)
```

从上例可以看出，函数模板仅定义了函数的形状，编译器将根据实际的数据类型参量在内部产生一个相应的参数模板，一个模板函数的数据类型参量必须全部使用模板形参。

函数模板方法克服了 C 语言解决上述问题时用大量不同函数名表示相似功能的坏习惯；克服了宏定义不能进行参数类型检查的弊端；克服了 C++函数重载用相同函数名字重写几个函数的繁琐。因而，函数模板是 C++中功能最强的特性之一，具有宏定义和重载的共同优点，是提高软件代码重用率的重要手段。

（3）重载模板函数

模板函数与普通函数一样，也可以重载，请看下面的例子。

例 4-33：给出以下程序的运行结果。

```
#include<iostream.h>
#include<string.h>
template <class type>type max(type a,type b)
{
    return(a>b)?a,b;
};
char* max(char* a,char* b)
{
    return(strcmp(a,b)>0?a:b);
};
void main()
{
    cout<<"max(\"afternoon\",\"night\")is:"
        <<max("afternoon","night")<<endl;
}
```

此程序的运行结果为：

```
max("afternoon","night")is: afternoon
```

函数 char max(char *，char *)中的名字与函数模板的名字相同，但操作不同，函数体中的比较采用了字符串比较函数，这就是模板函数的重载。编译器在处理时，首先匹配重载函数，然后再寻求模板的匹配。

3．类模板

类模板与函数模板类似，它可以为各种不同的数据类型定义一种模板，在引用时使用不同的数据类型实例化该类模板，从而形成一个类的集合。

类模板实际上是函数模板的推广。可以用相同的类模板来组建任何类型的对象集合。在传统 C++中，可能有一个浮点数类或者一个整数类，如果使用类模板，可以定义一个对两者都适用的类 number。

（1）类模板说明

类模板说明的一般形式是：

```
template <类型形参表>
class <类名>
{
    //类说明体
};
template <类型形参表>
<返回类型> <类名> <类型名表>::<成员函数1>（形参表）
{
    //成员函数定义体
}
template <类型形参表>
```

```
<返回类型> <类名> <类型名表>::<成员函数 2>（形参表）
{
    //成员函数定义体
}
…
template  <类型形参表>
<返回类型> <类名> <类型名表>::<成员函数 n>（形参表）
{
    //成员函数定义体
}
```

其中的<类型形参表>与函数模板中的意义一样。后面的成员函数定义中，<类型名表>是类型形参的使用。

这样的一个说明（包括成员函数定义）不是一个实实在在的类，只是对类的描述，称为类模板（class template）。类模板必须用类型参数将其实例化为模板类后，才能用来生成对象。一般地，其表示形式为：

类模板名 <类型实参> 对象名（值实参表）

其中类型实参表表示将类模板实例化为模板类时所用到的类型（包括系统固有的类型和用户已定义类型），值实参表表示将该模板类实例化为对象时其构造函数所用到的变量。一个类模板可以用来实例化多个模板类。

<类型形参表>中的形参要加上 class 关键词，类型形参可以是 C++中的任何基本的或用户定义的类型。对在形参表中定义的每个类型，必须要使用关键词 class。如果类型形参多于一个，则每个形参都要使用关键词 class。

<类型形参表>也可以包含表达式参数，表达式参数经常是数值。对模板类进行实例化时给这些参数所提供的变量必须是常量表达式。类模板参数列表决不能是空的，如果其中有一个以上的参数，则这些参数必须要用逗号分开。如：

```
template <class T1,int exp1,class T2>
class someclass
{
    //
};
```

类模板 someclass 的第二个参数是表达式，第一和第三个参数是占位符。

例如，下面说明一个具有两个参数的模板类。

```
template<class T, class S>
class Node
{   Node<T,S> *previous, *next;
    T  *T_data;
    S  *S_data;
public:
    Node(Node<T,S>*, Node<T,S>*,T*,S*);
    ~Node( );
}
template <class T, class S>
```

```
Node<T,S>::Node(Node<T,S>*p,Node<T,S>*q, T*t, S* s)
{    previous=p; next=q;
     T_data=t; S_data=s;}
     template<class T,class S>
     Node<T,S>::~Node( )
     {    delete T_data; delete S_data;}
```

类模板的成员函数的体外，每个前面都必须用与声明该类模板一样的表示形式加以声明，其他部分同一般的成员函数定义。

例 4-34：下面说明一个模板类。

```
#include <iostream.h>
template <class T>
class Sample
{
    T  n;
public:
    Sample(T I) {n=i;}
    void operator++();
    void disp() {cout<<"n="<<n<<endl;}
};
template <class T>
void Sample<T>::operator++()
{
    n+=1;
}
void main()
{
    Sample<char>  s('a');
    s++;
    s.disp();
}
```

此程序的运行结果为：

```
n=b
```

在本例中，Sample 是一个类模板，由它产生模板类 Sample<char>，通过构造函数给 n 赋值，通过重载++运算符使 n 增 1。

（2）使用类模板

与函数模板一样，类模板不能直接使用，必须先实例化为相应的模板类，定义该模板类的对象后才能使用。

建立类模板后，可用下列方式创建类模板的实例：

```
<类名> <类型实参表> <对象表>;
```

其中，<类型实参表>应与该类模板中的<类型形参表>匹配。<类型实参表>是模板类（template class），<对象>是定义该模板类的一个对象。

使用类模板可以说明和定义任何类型的类。这种类被称为参数化的类。如果说类是对象的推广，那么类模板可以说是类的推广。

例 4-35：给出以下程序的运行结果。

```cpp
#include <iostream.h>
template<class type,int i> class DemoClass          //定义一个类模板
{    type array[i];
public:
    DemoClass();
    ~DemoClass();
    int set(type a,int b);
    void display();
};
template<class type,int i>
DemoClass<type,i>::DemoClass()                       //定义类模板的构造函数
{
    cout<<"DemoClass is created!"<<endl;
}
template <class type,int i> DemoClass<type,i>::~DemoClass()//定义类模板的析构函数
{
    cout<<"DemoClass is deleted!"<<endl;
}
template <class type,int i>
DemoClass<type,i>::set(type a,int b)                 //定义类模板的成员函数
{
    if((b>=0)&&(b<i))
    {
        array[b]=a;                                 //为数组第 b 个元素赋值
        return sizeof(a);
    }
    else
        return -1;
}
template <class type,int i>
void DemoClass<type,i>::display()
{
    for(int j=0;j<i;j++)                            //显示各个数组元素的值
        cout<<j<<"  "<<array[j]<<endl;
}
void main()
{
    DemoClass<int,5>  demo1;                        //实例化一个整数模板类，
元素个数为 5
    for(int j=0;j<5;j++)
            demo1.set(10*j,j);
    demo1.display();
    cout.setf(ios::showpoint);
    DemoClass<double,6>  demo2;                     //实例化一个实数模板类，
元素个数为 6
    for( j=0;j<6;j++)
```

```
            demo2.set(10.10*j,j);
        demo2.display();
    }
```

此程序的运行结果为：

```
DemoClass is created!
0    0
1    10
2    20
3    30
4    40
DemoClass is created!
0    0.000000
1    10.1000
2    20.2000
3    30.3000
4    40.4000
5    50.5000
DemoClass is deleted!
DemoClass is deleted!
```

注意： 类模板与模板类的区别。

例 4-36： 定义一个单向链表的模板类，分别实现增加、删除、查找和打印操作。

```cpp
#include<iostream.h>
#include<string.h>
template<class T> class List    //定义类模板
{
public:
    List();
    void Add(T&);
    void Remove(T&);
    T* Find(T&);
    void PrintList();
    ~List();
protected:
    struct Node
    {
        Node* pNext;
        T* pT;
    };
    Node* pFirst;
};
template<class T>List<T>::List()
{
    pFirst=0;
}
template<class T>void List<T>::Add(T& t)
```

```cpp
{
    Node* temp=new Node;
    temp->pT=&t;
    temp->pNext=pFirst;
    pFirst=temp;
}
template<class T>void List<T>::Remove(T& t)
{
    Node *q=0;
    if(*(pFirst->pT)==t)        //T 类中==须有定义
    {
        q=pFirst;
        pFirst=pFirst->pNext;
    }
    else
    {
        for(Node* p=pFirst;p->pNext;p=p->pNext)
            if(*(p->pNext->pT)==t)
            {
                q=p->pNext;
                p->pNext=q->pNext;
                break;
            }
    }
    if(q)
    {
        delete q->pT;
        delete q;
    }
    else
        cout<<"No surch node!"<<endl;
}
template<class T>T*  List<T>::Find(T& t)
{
    for(Node* p=pFirst;p;p=p->pNext)
    {
        if(*(p->pT)==t)
            return p->pT;
    }
    return 0;
}
template<class T>void List<T>::PrintList()
{
    for(Node* p=pFirst;p;p=p->pNext)
    {
        cout<<*(p->pT)<<" | ";    //须有 T 的友元处理 T 对象输出
    }
    cout<<endl;
```

```
    }
    template<class T> List<T>::~List()
    {
        Node* p=pFirst;
        while (!p)
        {
            pFirst=pFirst->pNext;
            delete p->pT;
            delete p;
            p=pFirst;
        }
    }
    void main()
    {
        List<float>  floatList; //floatList 是模板类 List<float>的对象
        for(int i=1;i<7;i++)
        {
            floatList.Add(*new float(i+0.6));
        }
        floatList.PrintList();
        float b=3.6;
        float* pa=floatList.Find(b);
        if(pa)
            floatList.Remove(*pa);
        floatList.Remove(*new float(3.6));
        floatList.PrintList();
    }
```

此程序的运行结果为：

```
6.6 5.6 4.6 3.6 2.6 1.6
6.6 5.6 4.6 2.6 1.6
```

（3）类模板的友元

① 一般的类模板友元函数。

这种友元函数不包含任何类型的模板参数，定义和作用与在一般类中的情况一样。

例 4-37：利用函数模板方法求两个可比对象的大小，用模板函数返回具体的两个对象的较大者。

```
#include <iostream.h>
#include <complex.h>
class Mycomplex::public complex
{
public:
    MyComplex():complex(0,0){ }
    MyComplex(double r,double i):complex(r,i) { }
    friend int operator>(MyComplex& c1,MyComplex& c2);
};
int operator>(MyComplex& c1,MyComplex& c2)
```

```
{
      return abs(c1)>abs(c2);
}
template <class T)
T& Bigger(T& a,T& b)
{
      return (a>b)?a:b;
}
void main()
{
    int i1=10,i2=20,i3;
    double d1=1.1,d2=2.2,d3;
    MyComplex c1(1,2),c2(3,4),c3;
    i3=Bigger(i1,i2);
    d3=Bigger(d1,d2);
    c3=Bigger(c1,c2);
    cout<<"The result is:\n"
        <<"The Bigger of"<<i1<<"and"<<i2<<"is"<<i3<<endl
        <<"The Bigger of"<<d1<<"and"<<d2<<"is"<<d3<<endl
        <<"The Bigger of"<<c1<<"and"<<c2<<"is"<<c3<<endl;
}
```

此程序的运行结果为：

```
The result is:
The Bigger of 10 and 20 is 20
The Bigger of 1.1 and 2.2 is 2.2
The Bigger of (1,2)and (3,4) is (3,4)
```

② 封闭型的类模板友元函数。

同模板类中的其他成员函数一样，该类的友元函数也包含模板参数。当用类型参数将类模板实例化为某个具体的模板类时，该类模板所包含的友元函数也将随之实例化，同一般的成员函数一样。

例 4-38：类模板的友元函数。

```
#include <iostream.h>
#include <iomanip.h>
template <class TYPE>
class Array{
      TYPE *element;
      int size;
public:
      Array(int n){element=new TYPE[n];size=n;}
      ~Array(){delete element;}
      void operator=(TYPE x);
      TYPE& operator[](int index);
      friend ostream& operator<<(ostream&os,Array<TYPE>&a);
};
template <class TYPE>
```

```
TYPE& Array<TYPE>::operator[](int index)
{
      return *(element+index);
}
template <class TYPE>
void Array<TYPE>::operator=(TYPE x)
{
      for(int i=0;i<size;i++)
            *(element+i)=x;
}
template <class TYPE>
ostream& operator<<(ostream& os,Array<TYPE>&a)
{
      for(int i=0;i<a.size;i++)
            os<<*(a.element+i)<<endl;
      return os;
}
main()
{
      Array<int> i(1);
      Array<double> d(2);
      Array<char> c(3);
      i=123;
      d=1.23;
      c='a';
      cout<<"integer array:\n"<<i;
      cout<<"double array:\n"<<d;
      cout<<"char array:\n"<<c;
      return 0;
}
```

此程序的运行结果为：

```
integer array:
123
double array:
1.23
1.23
char array:
a
a
a
```

在上例中，重载的操作符 operator<<是一个友元函数，如同其他成员函数，它可拥有模板函数 Array<TYPE>。当类模板实例化时，也要产生一个相应的模板友元函数。所以，当程序中用：

```
Array<int> i(1);
Array<double> d(2);
```

```
Array<char> c(3);
```

实例化 3 种类型的 Array<int>、Array<double>和 Array<char>时，将产生 3 个与之匹配的友元函数：

```
friend ostream& operator<<(ostream &os,Array<int>a);        //对应于 int
friend ostream& operator<<(ostream &os,Array<double>a);     //对应于 double
friend ostream& operator<<(ostream &os,Array<char>a);       //对应于 char
```

③ 开放型的类模板友元函数。

还有一种类模板的友元函数，它的参数中包含了自己定义的函数模板的模板参数，相关类模板的参数可以出现，也可以不出现。例如：

```
template <class T1>
class A
{
    template <class T2>
    friend void f(T2 t2);
    …
};
```

f()模板函数的任何一个实例化函数模板均是 A<T1>模板类的任何一个类模板的友元；同时，A<T1>模板类的任何一个类模板均是 f()模板函数的任何一个函数模板的友元。这样在 A<T1>的类模板与 f()的函数模板之间就形成了一个多对多的对应关系。

④ 标准类模板类库。

标准模板类库 STL（standard template library）是一个基于模板的容器库，它包括向量、链表、队列和栈，还包括了一些通用的算法，如排序和搜索等。它已经成为 C++标准。C ++ 的 STL 是一个功能强大的库，它可以满足我们对包容器和算法的巨大需求，而且是一种完全可移植的方式。这意味着程序不仅可以很容易地移植到其他平台上，而且我们的知识本身并不依赖某个特定编译器开发商提供的库。

使用模版库的好处是：可以避免自己在开发模板类库时，不同模板类之间的功能重复；最大限度的类库重用；作为 C++标准，可移植性强是不言而喻的。在面向对象程序设计和面向对象数据库设计中，大量用到容器类库，所以，标准模板类库对 C++的发展来说，影响将是巨大的。

STL 中包含的类见表 4-3。

表 4-3   **STL 中包含的类**

包 容 器	使 用
vector	随机访问循环，在尾部插入/删除运算的时间相同。在中间插入/删除运算将花线性时间，也有用于 bool 型的规范说明
list	双向循环和在任何地方顺序插入/删除运算有一致时间
deque	随机访问循环，在头部、尾部插入/删除运算的时间相同。在中间插入/删除运算将花线性时间
stack	我们可以选择 vector、list 或 deque 作为模板参数来创建它
queue	可以用 list 或 deque 从模板中创建

包 容 器	使 用
Priority_queue	随机访问循环，提供 top ()、push ()和 pop ()运算，可以从 vector 或 deque 模板中产生
multiset	一个允许有相同关键词的集合
map	一个带唯一关键词的一个联合包容器
multimap	一个允许有相同关键词的联合包容器，像一个哈希（hash）表

4.2 虚函数

4.2.1 静态联编与动态联编

联编是指一个计算机程序自身彼此关联的过程。按照联编所进行的阶段不同，可分为两种不同的联编方法：静态联编和动态联编。

1. 静态联编

静态联编是指联编工作出现在编译连接阶段，这种联编又称早期联编，因为这种联编过程是在程序开始运行之前完成的。在编译时，所进行的这种联编又称静态绑定。在编译时，就解决了程序中的操作调用与执行该操作代码间的关系，确定这种关系又称为绑定，在编译时绑定又称静态束定。下面举一个静态联编的例子。

例 4-39：静态联编示例程序。

```cpp
#include <iostream.h>
class Point
{public:
    Point(double i, double j) { x=i; y=j; }
    double Area() const { return 0.0; }
private:
    double x, y;
};
class Rectangle:public Point
{
public:
    Rectangle(double i, double j, double k, double l);
    double Area() const { return w*h; }
private:
    double w, h;
};
Rectangle::Rectangle(double i, double j, double k, double l):Point(i, j)
{
    w=k; h=l;
}
void fun(Point &s)
{
    cout<<s.Area()<<endl;
}
void main()
{
```

```
        Rectangle rec(3.0, 5.2, 15.0, 25.0);
        fun(rec);
    }
```

该程序的运行结果为：

```
        0
```

输出结果表明在 fun()函数中，s 所引用的对象执行的 Area()操作被关联到 Point::Area()的实现代码上。这是因为静态联编的结果。在程序编译阶段，对 s 引用的对象所执行的 Area()操作只能束定到 Point 类的函数上，因此导致程序输出了所不期望的结果。因为我们期望的是，s 引用的对象所执行的 Area()操作应该束定在 Rectangl 类的 Area()函数上，这是静态联编所达不到的。

2．动态联编

从对静态联编的分析中可以知道，编译程序在编译阶段并不能确切知道将要调用的函数，只有在程序执行时才能确定将要调用的函数，为此要确切知道该调用的函数，要求联编工作要在程序运行时进行，这种在程序运行时进行联编工作被称为动态联编，或称动态绑定，又叫晚期联编。

动态联编实际上是进行动态识别。在上例中，前面分析过了静态联编时，fun()函数中 s 所引用的对象被束定到 Point 类上。在运行时进行动态联编将把 s 的对象引用束定到 Rectangle 类上。可见，同一个对象引用 s，在不同阶段被束定的类对象将是不同的。那么，如何来确定是静态联编还是动态联编呢？C++规定动态联编是在虚函数的支持下实现的。

从上述分析可以看出静态联编和动态联编都属于多态性，它们是不同阶段对不同实现进行不同的选择。上例中，实现的是对 fun()函数参数的多态性的选择。该函数的参数是一个类的对象引用，静态联编和动态联编实际上是在选择它的静态类型和动态类型。联编是对这个引用的多态性的选择。

4.2.2　虚函数的概念

虚函数是在基类中冠以关键字 virtual 的成员函数。它是动态联编的基础。虚函数是成员函数，而且是非 static 的成员函数。它提供了一种接口界面，并且可以在一个或多个派生类中被重定义。

说明虚函数的方法如下：

```
        virtual <类型说明符><函数名>(<参数表>)
```

其中，被关键字 virtual 说明的函数称为虚函数。

如果某类中的一个成员函数被说明为虚函数，这就意味着该成员函数在派生类中可能有不同的实现。当使用这个成员函数操作指针或引用所标识对象时，对该成员函数调用采取动态联编方式，即在运行时进行关联或束定。

动态联编只能通过指针或引用标识对象来操作虚函数。如果采用一般类型的标识对象来操作虚函数，则将采用静态联编方式调用虚函数。

例 4-40：分析以下程序的执行结果。

```
class Base
{public:
```

```
        void  who( )
        {     cout<<"base\n"; }
    };
    class  first_d:public  Base
    {public:
        void  who( )
        {     cout<<"First derivation\n"; }
    };
    class  second_d:public  Base
    {public:
        void  who( )
        {     cout<<"Second derivation\n"; }
    };
    main( )
    {    Base base_obj;
        Base * p;
        first_d first_obj;
        second_d   second_obj;
        p=& base_obj;           // 1
        p->who( );              // 2
        p=& first_obj;          // 3
        p->who( );              // 4
        p=& second_obj;         // 5
        p->who( );              // 6
        first_obj.who( );
        second_obj.who( );
    }
```

此程序的运行结果为：

```
base
base
base
First derivation
Second derivation
```

分析：指向基类的指针，不管是指向基类的对象 base_obj，还是指向派生类对象 first_obj 和 second_obj，都是 p->who()调用基类定义的 who()版本。为调用不同版本函数，需显式使用对象：

```
first_obj. who( );
```

和

```
second_obj.who( );
```

通过指针引起的普通函数调用，仅与指针（或引用）的类型有关，而与此刻正指向的对象无关。普通成员函数的调用是在编译时显式使用对象：

```
first_obj.who( );
```

和

```
      second_obj.who( );
```

当 main()函数的语句 1～6 随着指针 p 所指对象不同而调用不同版本的 who()函数时，就实现了运行时的多态，这种机制的实现依赖于在基类中把成员函数 who()说明为虚函数。

例 4-41：分析以下程序的执行结果。

```
class  Base
{ public:virtual void who( )
     { cout<<"base\n"; }
};
class  first_d:public  Base
{ public:void  who( )
     { cout<<"First derivation\n"; }
};
class  second_d:public  Base
{public:void  who( )
     { cout<<"Second derivation\n"; }
};
main ( )
    Base  base_obj;
    {
    Base  *p;
    first_d   first_obj;
    second_d   second_obj;
    p=& base_obj;          // 1
    p->who( );             // 2
    p=& first_obj;         // 3
    p->who ( );            // 4
    p=& second_obj;        // 5
    p->who ( );            // 6
}                          //随着 p 指针移动,动态地实现了"单界面,多实现版本"
```

此程序的运行结果为：

```
base
First derivation
Second derivation
```

例 4-42：分析以下程序的执行结果。

```
#include <iostream.h>
class A
{
public:
    virtual void show()
 {cout<<"class A show() is called."<<endl;}
};
class B:pblic A
{public:
    void show()
```

```
        {cout<<"class B show() is called."<<endl;}
    };
    void main()
    {
        A  demoA,*ptr;
        B  demoB;
        ptr=&demoA;
        ptr->show();
        ptr=&demoB;
        ptr->show();
    }
```

此程序的运行结果为：

```
class A show() is called.
class B show() is called.
```

在 C++语言中，是通过将一个函数定义成虚函数来实现运行时的多态的。如果一个函数被定义为虚函数，那么，即使是使用指向基类对象的指针来调用该成员函数，C++也能保证所调用的是正确的特定于实际对象的成员函数。

如果类 c1，c2，…由基类 base 派生而来，base 有一个用 virtual 修饰的公有或保护函数成员 f()，在 c1，c2，…中的一些类中重新定义了成员函数 f()，且对 f()的调用都是通过其基类的对象或指针进行的，在程序执行时才决定是调用 c1 还是 c2 或其他派生类中定义的 f()，这样的函数 f()称为虚函数。

请看下面的例子：

```
class base {
public:
    virtual void f();
};
class derived : public base {
        //没有重定义 f()
    ...
};
class derived1 : public derived {
public:
    void f();
}
```

下面是调用的例子，注意可用成员名强制实行静态联编。

```
derived1 d1;
derive& d=d1;
d.f();              //调用 derived1::f()
base& b=d1;
b.f();              //调用 derived1::f()
d.derived::f();     //调用 base::f()
b.base::f();        //调用 base::f()
```

派生类中重新定义的虚函数，不论访问权限是什么，都可被动态联编。

例如：

```
class base {
public:
    virtual void f();
}
class derived : public base {
private:
    void f();
}
```

虽然派生类 derived 中函数成员 f() 是私有的，但不影响以下的访问：

```
derived d;
base& b=d;
b.f();                  //调用 derived::f()
```

注意：基类成员可以调用派生类中重新定义的虚函数，但构造函数却只能调用本类中定义的虚函数，而不能调用派生类中重新定义的虚函数，因为当时可能还没有建立派生类的对象。

例 4-43：进一步的例子，先考虑下面的代码。

```
#include <iostream.h>
#include <iomanip.h>
class Creature
{
public:
    char *KindOf()
    {
        return "Creature";
    }
};
class Animal : public Creature
{
public:
    char *KindOf()
    {
        return "Animal";
    }
};
class Fish : public Creature
{
public:
    char *KindOf()
    {
        return "Fish";
    }
};
void main()
{
    Animal animal;
```

```
        Fish fish;
        Creature *pCreature;
        Animal *pAnimal=&animal;
        Fish *pFish=&fish;
        pCreature=pAnimal;
        cout<<"pAnimal->KindOf(): "<<pAnimal->KindOf()<<endl;
        cout<<"pCreature->KindOf(): "<<pCreature->KindOf()<<endl;
        pCreature=pFish;
        cout<<"pFish->KindOf(): "<<pFish->KindOf()<<endl;
        cout<<"pCreature->KindOf(): "<<pCreature->KindOf()<<endl;
    }
```

此程序的运行结果为：

```
    pAnimal->KindOf(): Animal
    pCreature->KindOf(): Creature
    pFish->KindOf(): Fish
    pCreature->KindOf(): Creature
```

从上面的例子可以看出，无论 pCreature 指向的对象的类型是什么，使用表达式 pCreature->KindOf()调用的总是在类 pCreature 中所定义的成员函数 KindOf。在这种情况下，用户更希望当 pCreature 指向类 Animal 的实例对象，该表达式调用的是类 Animal 中定义的成员函数 KindOf；当 pCreature 指向类 Fish 的实例对象时，该表达式调用的是类 Fish 中定义的成员函数 KindOf，这也正是面向对象程序中的多态性的要求。

作为对比，使用虚函数的概念重写上面的程序代码如下。

例 4-44：给出以下程序的运行结果。

```
    #include <iostream.h>
    #include <iomanip.h>
    class Creature
    {
    public:
        virtual char *KindOf()
        {
            return "Creature";
        }
    };
    class Animal : public Creature
    {
    public:
        char *KindOf()
        {
            return "Animal";
        }
    };
    class Fish : public Creature
    {
    public:
```

```
        char *KindOf()
        {
            return "Fish";
        }
};
void main()
{
    Animal animal;
    Fish fish;
    Creature *pCreature;
    Animal *pAnimal=&animal;
    Fish *pFish=&fish;
    pCreature=pAnimal;
    cout<<"pAnimal->KindOf(): "<<pAnimal->KindOf()<<endl;
    cout<<"pCreature->KindOf(): "<<pCreature->KindOf()<<endl;
    pCreature=pFish;
    cout<<"pFish->KindOf(): "<<pFish->KindOf()<<endl;
    cout<<"pCreature->KindOf(): "<<pCreature->KindOf()<<endl;
}
```

此程序的运行结果为：

```
pAnimal->KindOf(): Animal
pCreature->KindOf(): Animal
pFish->KindOf(): Fish
pCreature->KindOf(): Fish
```

一旦一个函数在基类中第一次声明时使用了 virtual 关键字，那么，当派生类重载该成员函数时，无论是否使用了 virtual 关键字，该成员函数都将被看作一个虚函数，也就是说，虚函数的重载函数仍是虚函数。

例 4-45：一个简单应用。

```
# include<iostream.h>
class  figure
{protected:double  x,y;
 public:
    void  set_dim(double i,double j=0 )
    {    x=i;  y=j; }
    virtual  void  show_area( )
    {   cout<<"No area computation defined for this class.\n";  } ;
};
class  triangle:public  figure
{ public:
    void  show_area( )
    {    cout<<"Triangle with high"<<x<<" and base" <<y;
         cout<<" has an area of "<<x*0.5*y<<"\n";
    }
};
class  square:public  figure
```

```
{ public:
    void  show_area( )
        cout<<"Square with dimension "<<x<<"*"<<y;
        {
        cout<<" has an area of "<<x*y<<"\n";
        }
};
class  circle:public  figure
{ public:
    void  show_area( )
    {    cout<<"Circle with radius "<<x;
        cout<<" has an area of "<<3.14*x*x<<"\n";
    }
};
main ( )
{    figure *p;
    triangle t;
    square s;
    circle c;
    p=& t;
    p->set_dim(10.0,5.0);
    p->show_area( );
    p=& s;
    p->set_dim(10.0,5.0);
    p->show_area( );
    p=& c;
    p->set_dim(9.0);
    p->show_area( );
}
```

此程序的类层次关系如图 4-3 所示。

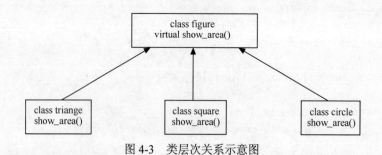

图 4-3　类层次关系示意图

注意：在派生类重定义虚函数时必须有相同的函数原型，包括返回类型、函数名、参数个数、参数类型的顺序必须相同。虚函数必须是类的成员函数，不能为全局函数，也不能为静态函数。不能将友员说明为虚函数，但虚函数可以是另一个类的友员。析构函数可以是虚函数，但构造函数不能为虚函数。

例 4-46：虚函数重载示例程序。

```
class  base
{ public:
    virtual  void  vf1( );
    virtual  void  vf2( );
    virtual  void  vf3( );
    void  f( );
 };
class  derived:public  base
{ public:
    void  vf1( );           // 虚函数
    void  vf2(int);         // 重载,参数不同,虚特性丢失
    char  vf3( );           // error,仅返回类型不同
    void  f( );             // 非虚函数重载
};
void  g( )
{    derived  d;
    base  *bp =&d;          // 基类指针指向派生类对象
    bp->vf1( );            // 调用 deviver :: vf1( )
    bp->vf2( );            // 调用 base :: vf2( )
    bp->f( );             // 调用 base :: f( )
};
```

4.2.3 动态联编与虚函数

下面给出一个动态联编的例子。

例 4-47：动态联编示例程序。

```
#include <iostream.h>
class Point
{
public:
    Point(double i, double j) { x=i; y=j; }
    virtual double Area() const { return 0.0; }
private:
    double x, y;
};
class Rectangle:public Point
{
public:
    Rectangle(double i, double j, double k, double l);
    //double Area() const { return w*h; }
    virtual double Area() const { return w*h; }
private:
    double w, h;
};
Rectangle::Rectangle(double i, double j, double k, double l):Point(i, j)
{
    w=k; h=l;
}
```

```
void fun(Point &s)
{
    cout<<s.Area()<<endl;
}
void main()
{
    Rectangle rec(3.0, 5.2, 15.0, 25.0);
    fun(rec);
}
```

通过这个例子可以看出，派生类中对基类的虚函数进行替换时，要求派生类中说明的虚函数与基类中的被替换的虚函数之间满足如下条件：

（1）与基类的虚函数有相同的参数个数；

（2）其参数的类型与基类的虚函数的对应参数类型相同；

（3）其返回值或者与基类虚函数的相同，或者都返回指针或引用，并且派生类虚函数所返回的指针或引用的基类型是基类中被替换的虚函数所返回的指针或引用的基类型的子类型。

满足上述条件的派生类的成员函数，自然是虚函数，可以不必加 virtaul 说明。

总结动态联编的实现需要如下 3 个条件：

（1）要有说明的虚函数；

（2）调用虚函数操作的是指向对象的指针或对象引用；或是由成员函数调用虚函数；

（3）子类型关系的建立。

上述结果可用以下例程证实。

例 4-48：分析下列程序的运行结果。

```
#include <iostream.h>
class A
{
public:
    virtual void act1();
    void act2()
    {
        act1();
        this->act1();
        A::act1();
    }
};
void A::act1()
{
    cout<<"A::act1() called."<<endl;
}
class B : public A
{
public:
    void act1();
};
```

```
    void B::act1()
    {
        cout<<"B::act1() called."<<endl;
    }
    void main()
    {
        B b;
        b.act2();
    }
```

此程序的运行结果为：

```
B::act1() called.
B::act1() called.
A::act1() called.
```

构造函数中调用虚函数时，采用静态联编即构造函数调用的虚函数是自身类中实现的虚函数，如果自身类中没有实现这个虚函数，则调用基类中的虚函数，而不是任何派生类中实现的虚函数。

下面通过一个例子说明在构造函数中如何调用虚函数。

例 4-49：构造函数中调用虚函数示例。

```
#include <iostream.h>
class A
{public:
    A() {}
    virtual void f() { cout<<"A::f() called.\n"; }
};
class B : public A
{
public:
    B() { f(); }
    void g() { f(); }
};
class C : public B
{
public:
    C() {}
    virtual void f() { cout<<"C::f() called.\n"; }
};
void main()
{
    C c;
    c.g();
}
```

此程序的运行结果为：

```
A::f() called.
C::f() called.
```

与析构函数中调用虚函数同构造函数一样，即析构函数所调用的虚函数是自身类或者基类中实现的虚函数。

一般要求基类中说明了虚函数后，派生类说明的虚函数应该与基类中虚函数的参数个数相等，对应参数的类型相同。如果不相同，则将派生类虚函数的参数类型强制转换为基类中虚函数的参数类型。

4.2.4　虚函数的限制

（1）在类体系中访问一个虚函数时，应使用指向基类类型的指针或对基类类型的引用，以满足运行时多态性的要求。当然也可以像调用普通成员函数那样利用对象名来调用一个函数。

（2）在派生类中重新定义虚函数时，必须保证该函数的值和参数与基类中的说明完全一致，否则就属于重载（参数不同）或是一个错误（返回值不同）。

（3）若在派生类中没有重新定义虚函数，则该类的对象将使用其基类中的虚函数代码。

（4）虚函数必须是类的一个成员函数，不能是友元，但它可以是另一个类的友元。另外，虚函数不得是一个静态成员。

（5）析构函数可以是 virtual 的虚函数，但构造函数则不得是虚函数。一般情况下，若某类中定义有虚函数，则其析构函数也应当说明为虚函数。特别是在析构函数需要完成一些有意义的操作，比如释放内存时，尤其应当如此。

（6）一个类的虚函数仅对派生类中重定义的函数起作用，对其他函数没有影响。在基类中使用虚函数，保证了通过指向基类对象的指针调用基类的一个虚函数时，C++系统对该调用进行动态绑定，而使用普通函数则是静态绑定。

4.2.5　虚函数与重载函数的比较

（1）重载函数要求函数有相同的返回值类型和函数名称，并有不同的参数序列；虚函数则要求这三项（函数名、返回值类型和参数序列）完全相同；

（2）重载函数可以是成员函数或友员函数，虚函数只能是成员函数；

（3）重载函数的调用是以所传递参数序列的差别作为调用不同函数的依据；虚函数是根据对象的不同去调用不同类的虚函数；

（4）虚函数在运行时表现出多态功能，这是 C++的精髓；重载函数则在编译时表现出多态性。

4.3　纯虚函数和抽象类

4.3.1　纯虚函数

在许多情况下，在基类中不能给出有意义的虚函数定义，这时可以把它说明成纯虚函数，把它的定义留给派生类来做。定义纯虚函数的一般形式为：

```
class 类名{
    virtual 返回值类型 函数名(参数表)= 0;
};
```

纯虚函数是一个在基类中说明的虚函数，它在基类中没有定义，要求任何派生类都定义自己的版本。纯虚函数为各派生类提供一个公共界面。由于纯虚函数所在的类中没有它的定义，在该类的构造函数和析构函数中不允许调用纯虚函数，否则会导致程序运行错误。但其他成员函数可以调用纯虚函数。

下面的代码在类 Creature 中将虚函数 KindOf 声明为纯虚函数：

```
class Creature
{
public:
    virtual char *KindOf()=0;
};
char *Creature::KindOf()
{
    return "Creature";
}
```

使用下面的格式也是可以的：

```
class Creature
{
public:
    virtual char *KindOf()=0
    {
        return "Creature";
    }
};
```

例 4-50：分析以下程序的运行结果。

```
#include <iostream.h>
#include <string.h>
class database
{
public:
    int number;
    char goodsname[20];
    float price;
    database(int n,char *s,float p)
    {
        number=n;
        strcpy(goodsname,s);
        price=p;
    }
    virtual void reporter()=0;
};
class reporter1:public database
{
public:
    reporter1(int n,char *s,float p):database(n,s,p)
```

```
        { }
        void reporter()
        {
            cout<<"number  goodsname"<<endl;
            cout<<number<<"    "<<goodsname<<endl;
        }
};
class reporter2:public reporter1
{
public:
        reporter2(int n,char *s,float p):reporter1(n,s,p)
        { }
        void reporter()
        {
            cout<<"number  goodsname  price"<<endl;
            cout<<number<<"    "<<goodsname<<"    "<<price;
        }
};
void main()
{
        reporter1 p1(100,"ink",10.0);
        reporter2 p2(101,"pen",20.0);
        p1.reporter();
        p2.reporter();
}
```

此程序的运行结果为：

```
number    goodsname
100         ink
number    goodsname  price
101         pen          20
```

4.3.2 抽象类

如果一个类中至少有一个纯虚函数，那么这个类被称为抽象类（abstract class）。抽象类中不仅包括纯虚函数，也可包括虚函数。抽象类中的纯虚函数可能是在抽象类中定义的，也可能是从它的抽象基类中继承下来且重定义的。

抽象类有一个重要特点，即抽象类必须用作派生其他类的基类，而不能用于直接创建对象实例。抽象类不能直接创建对象的原因是其中有一个或多个函数没有定义，但仍可使用指向抽象类的指针支持运行时的多态性。

一个抽象类不可以用来创建对象，只能用来为派生类提供了一个接口规范，派生类中必须重载基类中的纯虚函数，否则它仍将被看作一个抽象类。如果要直接调用抽象类中定义的纯虚函数，必须使用完全限定名，如上面的示例，要想直接调用抽象类 Creature 中定义的纯虚函数，应该使用下面的格式：

```
cout<<pCreature->Creature::KindOf()<<endl;
```

　　上面的代码同时还给出了一种绕过虚函数机制的方法，即使用带有作用域限定符的完全限定函数名。

　　抽象类只能用作其他类的基类，抽象类不能建立对象。抽象类不能用作函数参数类型、函数返回值类型或显式转换的类型。可以声明抽象类的指针和引用。而且，如果在抽象类的构造函数中调用了纯虚函数，那么，其结果是不确定的。另外，由于抽象类的析构函数可以被声明为纯虚函数，这时，应该至少提供该析构函数的一个实现。一个很好的实现方式是在抽象类中提供一个默认的析构函数，该析构函数保证至少有析构函数的一个实现存在。如下面的例子所示。

```
class classname
{
                                  // 其他成员

public:
    ~classname()=0
    {
                                  // 在此添加析构函数的代码
    }
};
```

　　由于派生类的析构函数不可能和抽象类的析构函数同名，因此，提供一个默认的析构函数的实现是完全必要的。这也是纯虚析构函数和其他纯虚成员函数的一个最大的不同之处。一般情况下，抽象类的析构函数是在派生类实现对象释放时由派生类的析构函数隐含调用的。

　　抽象类的主要作用是取若干类的共同行为，形成更清晰的概念层次。使用抽象类符合程序设计中的单选原则（single choice principle）。

　　例如：

```
class point{/*……*/};
class shape                       // 抽象类
{    point  center;
     …
public:
    point  where( )
    {    return  center; }
    void  move(point p)
    {    enter=p; draw( ); }
    virtual  void  rotate(int)=0;      // 纯虚函数
    virtual  void  draw( )=0;          // 纯虚函数
};
shape  x;                         // error, 抽象类不能建立对象
shape  *p;                        // ok, 可以声明抽象类的指针
shape  f( );                      // error, 抽象类不能作为返回类型
void  g(shape);                   // error, 抽象类不能作为参数类型
shape  &h(shape &);               // ok, 可以声明抽象类的引用
```

从基类继承来的纯虚函数，在派生类中仍是虚函数。

例如：

```
class  point { /*……*/ } ;
class  shape                          // 抽象类
{    point  center;
     ……
public:
    point  where( )
    {    return  center; }
    void  move(point p)
    {    enter=p; draw( ); }
    virtual  void  rotate(int)=0;  // 纯虚函数
    virtual  void  draw( )=0;       // 纯虚函数
};
class  ab_circle:public  shape

                              //继承的 ab_circle::draw( )也是一个纯虚函数
                              //ab_circle 类仍为抽象类

{    int  radius;
public:
    void  rotate(int) { };
};
```

要使 ab_circle 成为非抽象类，必须作以下说明：

```
class  ab_circle:public  shape
{    int  radius;
public:
    void  rotate(int) { };
    void  draw( );
};
```

并提供 ab_circle::draw()和 ab_circle::rotate(int)的定义

例 4-51：虚函数简单应用。

```
#include<iostream.h>
class  Number
{public:
     Number(int i)
     { val=i; }
    virtual  void  Show( )=0;
 protected:  int   val;
};
class  Hextype:public  Number
{public:
    Hextype(int i):Number(i) { }
    void  Show( )
    { cout<<hex<<val<<endl;}
};
class  Dectype:public  Number
{ public:
    Dectype(int i):Number(i) { }
```

```
        void  Show( )
        { cout<<dec<<val<<endl; }
};
void  fun( Number &n )
{    n.Show( ); }
main ( )
{    Dectype  d(50);
     fun(d);                 // d.Show( );
     Hextype h(16);
     fun(h);                 // h.Show( );
}
```

例 4-52：使用虚函数作出不同的销售报表示例。

```
#include <iostream.h>
#include <string.h>
class database
{
public:
     int number;
     char goodsname[20];
     float price;
     char sale;
     database(int n,char *s,float p,char a)
     {
          number=n;
          strcpy(goodsname,s);
          price=p;
          sale=a;
     }
     float couter()
     {
          float t;
          t=price*number;
          return(t);
     }
     virtual void reporter()=0;
};
class reporter1:public database
{
public:
     reporter1(int n,char *s,float p,char a):database(n,s,p,a)
     { }
     void reporter()
     {
          cout<<number<<"    "<<goodsname<<endl;
     }
};
class reporter2:public reporter1
```

```
    {
    public:
        reporter2(int n,char *s,float p,char a):reporter1(n,s,p,a)
        { }
        void reporter()
        {
            cout<<number<<"    "<<goodsname<<"    "<<price<<"    "<<sale<<endl;
        }
    };
    class reporter3:public reporter2
    { public:
        reporter3(int n,char *s,float p,char a):reporter2(n,s,p,a)
        { }
        void reporter()
        {
            cout<<number<<"    "<<goodsname<<"    "<<couter()<<endl;
        }
    };
    void main()
    {   int k;
        reporter3 p1(200,"pen",9.0,'s');
        reporter3 p2(20,"paper",10.0,'s');
        reporter3 p3(180,"ink",1.0,'s');
        cout<<"input the reporter number you want:"<<endl;
        cout<<"1.simple style"<<endl<<"2.completely style"<<endl<<"3.counting
style"<<endl;
        cin>>k;
        if(k==1)
        {
            reporter1 *p;
            cout<<"number       goodsname"<<endl;
            cout<<"--------------------------"<<endl;
            p=&p1;p->reporter();
        }
        else if(k==2)
        {
            cout<<"number       goodsname    price($)    saleornot"<<endl;
            cout<<"--------------------------"<<endl;
            reporter2 *p;
            p=&p2;p->reporter();
        }
        else if(k==3)
        {
            reporter3 *p;
            cout<<"number       goodsname    totalincoming($)"<<endl;
            cout<<"--------------------------"<<endl;
        p=&p3;p->reporter();
        p=&p2;p->reporter();
```

```
        p=&p1;p->reporter();
    }
}
```

此程序的运行结果为：

```
input the reporter number you want:
simple style
completely style
counting style
3✓
number    goodsname  totalincoming($)
---------------------------------------
200       pen        1800
20        paper      200
180       ink        180
```

4.3.3 虚析构函数

在析构函数前面加上关键字 virtual 进行说明，称该析构函数为虚析构函数。例如：

```
class B
{
    virtual ~B();
    …
};
```

该类中的析构函数就是一个虚析构函数。

如果一个基类的析构函数被说明为虚析构函数，则它的派生类中的析构函数也是虚析构函数，不管它是否使用了关键字 virtual 进行说明。

说明虚析构函数的目的在于，当使用 delete 运算符删除一个对象时，能保证析构函数被正确地执行。因为设置虚析构函数后，可以采用动态联编方式选择析构函数。

下面举一个虚析构函数的例子。

例 4-53：虚析构函数示例程序。

```
#include <iostream.h>
class A
{
public:
    virtual ~A() { cout<<"A::~A() Called.\n"; }
};
class B : public A
{
public:
    B(int i) { buf = new char[i]; }
    virtual ~B()
    {
        delete [] buf;
        cout<<"B::~B() Called.\n";
```

```
    }
private:
    char * buf;
};
void fun(A *a)
{
    delete a;
}
void main()
{
    A *a = new B(15);
    fun(a);
}
```

执行该程序输出如下结果：

```
B::~B() Called.
A::~A() Called.
```

如果类 A 中的析构函数不用虚函数，则输出结果如下：

```
A::~A() Called.
```

当说明基类的析构函数是虚函数时，调用 fun(a)函数，执行下述语句：

```
delete a;
```

由于执行 delete 语句时自动调用析构函数，采用动态联编，调用它基类的析构函数，所以输出上述结果。

当不说明基类的析构函数为虚函数时，delete 隐含着对析构函数的调用，故产生

```
A::~A() Called.
```

的结果。

习　题　一

1. 分析以下程序的执行结果。

（1）

```
#include<iostream.h>
class Sample
{
    int n;
public:
Sample(){}
Sample(int i){n=i;}
friend Sample operator-(Sample &,Sample &);
friend Sample operator+(Sample &,Sample &);
void disp() {cout<<"n="<<n<<endl;}
};
```

```
Sample operator-(Sample &s1,Sample &s2)
{
     int m=s1.n-s2.n;
     return Sample(m);
}
Sample operator + (Sample &s1,Sample &s2)
{
     int m=s1.n+s2.n;
     return Sample(m);
}
void main()
{
     Sample s1(10),s2(20),s3,s4;
     s3=s2-s1;
     s4.disp();
     s3=s1+s2;
     s4.disp();
}
```

（2）

```
#include<iostream.h>
class Sample
{
     int A[10][10];
public:
     int &operator()(int,int);
};
int &Sample::operator()(int x,int y)
{
     return A[x][y];
}
void main()
{
     Sample a;
     int i,j;
     for(i=0;i<10;i++)
          for(j=0;j<10;j++)
               a(i,j)=i+j;
for(i=0;i<10;i++)
     cout<<a(i,1)<<" ";
     cout<<endl;
}
```

（3）

```
#include<iostream.h>
class Sample
{
     int n;
```

```
public:
Sample(int i){n=i;}
operator++(){n++;}          //前缀重载运算符
operator++(int){n+=2;}      //后缀重载运算符
    void disp()
{
    cout<<"n="<<n<<endl;
}
};
void main()
{
    Sample A(2),B(2);
    A++;                    //调用后缀重载运算符
    ++B;                    //调用前缀重载运算符
    A.disp();
    B.disp();
}
```

2．设计一个三角形类 Triangle，包含三角形三条边长的私有数据成员，另有一个重载运算符 "+"，以实现求两个三角形对象的面积之和。

3．设计一个学生类 student，包括姓名和三门课程成绩，利用重载运算符 "+" 将所有学生的成绩相加放在一个对象中，再对该对象求各门课程的平均分。

4．设计一个时间类 Time，包括时、分、秒等私有数据成员。要求实现时间的基本运算，如一时间加上另一时间、一时间减去另一时间等。

说明：在 Time 类中设计如下重载运算符函数：

Time operator+(Time)：返回一时间加上另一时间得到的新时间

Time operator−(Time)：返回一时间减去另一时间得到的新时间

5．编写程序，声明一个三维点 Point 类，重载运算符 "+"、"−" 和 "="，实现三维点的加、减和赋值。

6．编写一个程序，声明一个矩阵类，通过重载 "+"、"−" 和 "*"，实现矩阵的相加、相减和相乘。

7．如果 A 和 B 都是 m 行 n 列的矩阵，且它们对应元素相等，即 $a_{ij}=b_{ij}(i=1, 2, \cdots, m; j=1, 2, \cdots, n)$，则称 A 和 B 相等，记为 A=B。试定义一矩阵类，对 "= =" 运算符重载，实现两矩阵 A 和 B 相等关系的判断。

8．重载运算符 "+" 和 "−"，计算平面上两个矢量的加和减运算，并编写主程序进行调试。

9．设计一个学生类 student，包含姓名和三门课程成绩，利用重载运算符 "+" 将所有学生的成绩相加放在一个对象中，再对该对象求各门课程的平均分。

10．编写一个程序，采用 "<<" 运算符重载函数的设计方法显示一个数组（3*4）中的元素。

习 题 二

1．使用模板函数实现 swap(x, y)，函数的功能是交换 x、y 的值。编写一个程序调用该函数。

2. 设计一个数组类模板 Array<T>，其中包含重载下标运算符函数，并由此产生模板类 Array(int)和 Array(char)，使用一些测试数据进行测试。

3. 一个 Sample 类模板的私有数据成员为 *T*，*n*，在该类模板中设计一个 operator==重载运算符函数，用于比较各对象的 *n* 数据是否相等。

4. 设计一个模板类 Sample，用于对一个有序数组采用二分法查找元素下标。

5. 设计如下两个求面积的函数，然后自行输入数据进行测试：

（1）area(); //求圆的面积，需传递一个参数

（2）area(); //求矩形面积，需传递两个参数

6. 编写一个程序，要求包含分别用于求最大值和最小的函数，参数类型分别为整型、浮点型和双精度型。程序将依据所传递数组的数据类型调用相应的函数。

7. 建立了一个 date 类，它三种方法重载构造函数 date()。第一种方法中，构造函数的参数为字符串类型，它接受以字符串形式表示的日期；第二种方法中，构造函数的参数为三个整数，日期以三个整数的形式被传递；第三种方法中，构造函数没有参数，月、日、年等数据通过键盘直接输入。

8. 下面是函数 find()的原型：

```
int find(int object,int *list,int size)
{
    //…
}
```

要求将 find()改变为模板函数，这个函数用于在数组中搜索一个指定的元素。若找到匹配元素，则返回匹配数组元素的指针，如果找不到匹配元素，就返回-1。参数 size 指定了数组中元素的数量。

9. 写一个实现快速排序算法的函数模板，对参数化数据类型的数组进行排序，其参数包括数组地址和数组元素的个数。建立一个整型数组，从键盘读入数组大小。使用标准 C 语言的 rand()函数，用随机数填充数组，并且按照这种随机顺序显示出来，然后调用 quicksort() 函数模板对数组进行排序。最后，程序按新的顺序显示数组。

10. 建立类模板 input，在调用构造函数时，完成以下工作：

（1）提示用户输入；

（2）让用户输入数据；

（3）如果数据不在预定范围内，重新提示输入。

input 型的对象应当按以下形式定义：

```
input ob("promput message",min_value,max_valude)
```

其中，promput message 是提示输入的信息。可接受的最小值和最大值分别由 min_value 与 max_value 指定。

习 题 三

1. 分析以下程序的运行结果。

```
#include<iostream.h>
class Base
```

```
    {
    public:
        void show()
        {
            cout<<"Parent class.\n";
        }
    };
    class First:public Base
    {
    public:
        void show()
        {
            cout<<"First Derived class.\n";
        }
    };
    class Second:public Base
    {
    public:
        void show()
        {
            cout<<"Second Derived class.\n";
        }
    };
    main()
    {
        Base b1;
        Base *ptr;
        First f1;
        Second s1;
        ptr=&b1;
        ptr->show();
        ptr=&f1;
        ptr->show();
        ptr=&s1;
        ptr->show();
        return 0;
    }
```

2. 声明一个类 English，此类包含英制的英尺（foot）和英寸（inch）两个数据成员，另外又声明一个类 Metric，此类包含公制的米（metre）和厘米（cm）两个数据成员。编写两个类型转换函数，使这两类类型可以相互转换。

3. 编写程序，计算汽车运行的时间，首先建立基类 car，其中含有数据成员 distance 存储两点间的距离。假定距离以英里计算，速度为每小时 80 英里，使用虚函数 travel_time()输出通过这段距离的时间。在派生类 kilometre 中，假定距离以千米为单位计算，速度为每小时120 千米，使用函数 trval_time()输出通过这段距离的时间。

4. 声明一个基类 shapes，其中含有 protected 类型的数据成员 x、y 和 r，它们分别代表矩形的长、宽及圆的半径值。成员函数 insquare()用来设置数据成员 x、y 的初值，成员函数

incircle()用来设置数据成员 r 的初值。定义 show_area()为纯虚函数。

声明类 swuare 及 circle 为 shapes 的派生类，其成员函数 show_area()分别用来计算矩形和圆的面积。

5. 声明一个 Shape 抽象类，在此基础上派生出 Rectangle 和 Circle 类，二者都由 GetArea() 函数计算对象的面积，由 GetPerim()函数计算对象的周长。

6. 采用虚函数的方法计算三角形、矩形和圆的面积。

7. 编写一个程序，计算正方体、球体和圆柱体的表面积和体积。

8. 编写一个程序，设计一个 base 基类，它有两个私有数据成员（x 和 y）以及一个虚函数 add()，由它派生出 two 类和 three 类，后者添加一个私有数据成员 z，在这些派生类中实现 add()成员函数。并用数据进行测试。

9. 编写一个程序实现图书和杂志销售管理。当输入一系列图书和杂志销售记录后，将销售情况差的（图书每月销售低于 100 本，杂志每月低于 500 本）图书和杂志名称显示出来。

10. 设计一评选优秀教师和学生的程序。要求用虚函数实现，输入一系列教师或学生的记录后，将优秀学生及教师的姓名显示出来。

第 5 章 C++流

C 语言中没有提供专门的输入输出语句，同样，C++语言中也没有专门的输入/输出（I/O）语句，C++中的 I/O 操作是通过一组标准 I/O 函数和 I/O 流来实现的。C++的标准 I/O 函数是从 C 语言继承而来的，同时对 C 语言的标准 I/O 函数进行了扩充。C++的 I/O 流不仅拥有标准 I/O 函数的功能，而且比标准 I/O 函数功能更强、更方便、更可靠。本章主要介绍 I/O 流的使用，包括格式化的输入输出、用户自定义类型的输入输出。

5.1 C++流类库

在 C++语言中，数据的输入和输出（简写为 I/O）包括对标准输入设备键盘和标准输出设备显示器、对在外存磁盘上的文件和对内存中指定的字符串存储空间进行输入输出三个方面。对标准输入设备和标准输出设备的输入输出简称为标准 I/O，对在外存磁盘上文件的输入输出简称为文件 I/O，对内存中指定的字符串存储空间的输入输出简称为串 I/O。

C++中把数据之间的传输操作称做流。在 C++中，流既可以表示数据从内存传送到某个载体或设备中，即输出流；也可以表示数据从某个载体或设备传送到内存缓冲区变量中，即输入流。在进行 I/O 操作时，首先打开操作，使流和文件发生联系，建立联系后的文件才允许数据流入或流出，输入或输出结束后，使用关闭操作使文件与流断开联系。

C++中所有流都是相同的，但文件可以不同。使用流以后，程序用流统一对各种计算机设备和文件进行操作，使程序与设备、程序与文件无关，从而提高了程序设计的通用性和灵活性。也就是说，无论与流相联系的实际物理设备差别有多大，流都采用相同的方式运行。这种机制使得流可以跨越物理设备平台，实现流的透明运作，与实际的物理设备无关。例如，往显示器上输出字符和向磁盘文件或打印机输出字符，尽管接受输出的物理设备不同，但具体操作过程是相同的。

5.1.1 预定义流

C++不仅定义有现成的 I/O 类库供用户使用，还为用户进行标准 I/O 操作定义了 4 个类对象，它们分别是 cin、cout、cerr 和 clog。其中，cin 为 istream_withassign 流类的对象，代表标准输入设备键盘，也称为 cin 流或标准输入流，后 3 个为 ostream_withassign 流类的对象，cout 代表标准输出设备显示器，也称为 cout 流或标准输出流，cerr 和 clog 含义相同，均代表错误信息输出设备显示器。当进行键盘输入时使用 cin 流，当进行显示器输出时使用 cout 流，当进行错误信息输出时使用 cerr 或 clog。

C++的流通过重载运算符"<<"和">>"执行输入和输出操作。输出操作是向流中插入一个字符序列，因此，在流操作中，将运算符"<<"称为插入运算符。输出操作是从流中提取一个字符序列，因此，将运算符">>"称为提取运算符。

1．cout

在 ostream 输出流类中定义有对左移操作符<<重载的一组公用成员函数，函数的具体声明格式为：

```
ostream& operator<<（简单类型标识符）；
```

简单类型标识符除了与在 istream 流类中声明右移操作符重载函数给出的所有简单类型标识符相同以外，还增加一个 void* 类型，用于输出任何指针（但不能是字符指针，因为它将被作为字符串处理，即输出所指向存储空间中保存的一个字符串）的值。由于左移操作符重载用于向流中输出表达式的值，所以又称为插入操作符。如当输出流是 cout 时，则把表达式的值插入到显示器上，即输出到显示器显示出来。

当系统执行 cout<<x 操作时，首先根据 x 值的类型调用相应的插入操作符重载函数，把 x 的值按值传送给对应的形参，接着执行函数体，把 x 的值（亦即形参的值）输出到显示器屏幕上，从当前屏幕光标位置起显示出来，然后返回 cout 流，以便继续使用插入操作符输出下一个表达式的值。当使用插入操作符向一个流输出一个值后，再输出下一个值时将被紧接着放在上一个值的后面，所以为了让流中前后两个值分开，可以在输出一个值之后接着输出一个空格，或一个换行符，或其他所需的字符或字符串。

2．cin

在 istream 输入流类中定义有对右移操作符>>重载的一组公用成员函数，函数的具体声明格式为：

```
istream& operator>>（简单类型标识符&）；
```

简单类型标识符可以为 char、signed char、unsigned char、short、unsigned short、int、unsigned int、long、unsigned long、float、double、long double、char*、signed char*、unsigned char*之中的任何一种，对于每一种类型都对应着一个右移操作符重载函数。由于右移操作符重载用于给变量输入数据的操作，所以又称为提取操作符，即从流中提取数据赋给变量。

当系统执行 cin>>x 操作时，将根据实参 x 的类型调用相应的提取操作符重载函数，把 x 引用传送给对应的形参，接着从键盘的输入中读入一个值并赋给 x（因形参是 x 的别名）后，返回 cin 流，以便继续使用提取操作符为下一个变量输入数据。

当从键盘上输入数据时，只有当输入完数据并按下回车键后，系统才把该行数据存入到键盘缓冲区，供 cin 流顺序读取给变量。还有，从键盘上输入的每个数据之间必须用空格或回车符分开，因为 cin 为一个变量读入数据时是以空格或回车符作为其结束标志的。

当 cin>>x 操作中的 x 为字符指针类型时，则要求从键盘的输入中读取一个字符串，并把它赋值给 x 所指向的存储空间中，若 x 没有事先指向一个允许写入信息的存储空间，则无法完成输入操作。另外，从键盘上输入的字符串，其两边不能带有双引号定界符，若带有只作为双引号字符看待。对于输入的字符也是如此，不能带有单引号定界符。

3．cerr

cerr 类似标准错误文件。cerr 与 cout 的差别在于：

（1）cerr 是不能重定向的；

（2）cerr 不能被缓冲，它的输出总是直接传达到标准输出设备上。

错误信息是写到 cerr 的项。即使在各种其他输出语句中，如果使用下列语句，则错误信

息 "Error" 总能保证在显示器上显示出来：

```
cerr << "Error" << "\n";
```

4．clog

clog 是不能重定向的，但是可以被缓冲。在某些系统中，由于缓冲，使用 clog 代替 cerr 可以改进显示速度：

```
.clog << "Error" << "\n";
```

5.1.2 C++中的流类库

C++语言系统为实现数据的输入和输出定义了一个庞大的类库，它包括的类主要有 ios、istream、ostream、iostream、ifstream、ofstream、fstream、istrstream、ostrstream、strstream 等。

其中，ios 为根基类，它直接派生 4 个类：输入流类 istream、输出流类 ostream、文件流基类 fstreambase 和字符串流基类 strstreambase。输入文件流类同时继承了输入流类和文件流基类（当然对于根基类是间接继承），输出文件流类 ofstream 同时继承了输出流类和文件流基类，输入字符串流类 istrstream 同时继承了输入流类和字符串流基类，输出字符串流类 ostrstream 同时继承了输出流类和字符串流基类，输入输出流类 iostream 同时继承了输入流类和输出流类，输入输出文件流类 fstream 同时继承了输入输出流类和文件流基类，输入输出字符串流类 strstream 同时继承了输入输出流类和字符串流基类。

C++系统中的 I/O 类库，其所有类被包含在 iostream.h、fstream.h 和 strstrea.h 这 3 个系统头文件中，各头文件包含的类如下：

iostream.h 包含有 ios、iostream、istream、ostream、iostream_withassign、istream_withassign、ostream_withassign 等。

fstream.h 包含有 fstream、ifstream、ofstream、fstreambase 以及 iostream.h 中的所有类。

strstrea.h 包含有 strstream、istrstream、ostrstream、strstreambase 以及 iostream.h 中的所有类。

在一个程序或一个编译单元（即一个程序文件）中，当需要进行标准 I/O 操作时，则必须包含头文件 iostream.h；当需要进行文件 I/O 操作时，则必须包含头文件 fstream.h。同样，当需要进行串 I/O 操作时，则必须包含头文件 strstrea.h。在一个程序或编译单元中包含一个头文件的命令格式为 "#include<头文件名>"，当然若头文件是用户建立的，则头文件名的两侧不是使用尖括号，而是使用双引号。当系统编译一个 C++文件对#include 命令进行处理时，把该命令中指定的文件中的全部内容嵌入到该命令的位置，然后再编译整个 C++文件生成相应的目标代码文件。

5.2 C++输入/输出流

5.2.1 文件流

1．文件的概念

以前进行的输入输出操作都是在键盘和显示器上进行的，通过键盘向程序输入待处理的数据，通过显示器输出程序运行过程中需要告诉用户的信息。键盘是 C++系统中的标准输入设备，用 cin 流表示，显示器是 C++系统中的标准输出设备，用 cout 流表示。

数据的输入和输出除了可以在键盘和显示器上进行外，还可以在磁盘上进行。磁盘是外部存储器，它能够永久保存信息，并能够被重新读写和携带使用。若用户需要把信息保存起来，以便下次使用，则必须把它存储到外存磁盘上。

在磁盘上保存的信息是按文件的形式组织的，每个文件都对应一个文件名，并且属于某个物理盘或逻辑盘的目录层次结构中一个确定的目录之下。一个文件名由文件主名和扩展名两部分组成，它们之间用圆点（即小数点）分开，扩展名可以省略，当省略时也要省略掉前面的圆点。文件主名是由用户命名的一个有效的 C++标识符，为了同其他软件系统兼容，一般让文件主名为不超过 8 个有效字符的标识符，同时为了便于记忆和使用，最好使文件主名的含义与所存的文件内容相一致。文件扩展名也是由用户命名的、1～3 个字符组成的、有效的 C++标识符，通常用它来区分文件的类型。如在 C++系统中，用扩展名 h 表示头文件，用扩展名 cpp 表示程序文件，用 obj 表示程序文件被编译后生成的目标文件，用 exe 表示连接整个程序中所有目标文件后生成的可执行文件。对于用户建立的用于保存数据的文件，通常用 dat 表示扩展名，若它是由字符构成的文本文件则也用 txt 作为扩展名，若它是由字节构成的、能够进行随机存取的内部格式文件则可用 ran 表示扩展名。

在 C++程序中使用的，保存数据的文件按存储格式分为两种类型：一种为字符格式文件，简称字符文件；另一种为内部格式文件，简称字节文件。字符文件又称 ASCII 码文件或文本文件，字节文件又称二进制文件。在字符文件中，每个字节单元的内容为字符的 ASCII 码，被读出后能够直接送到显示器或打印机上显示或打印出对应的字符，供人们直接阅读。在字节文件中，文件内容是数据的内部表示，是从内存中直接复制过来的。对于字符信息，数据的内部表示就是 ASCII 码表示，所以在字符文件和在字节文件中保存的字符信息没有差别，对于数值信息，数据的内部表示和 ASCII 码表示截然不同，所以在字符文件和在字节文件中保存的数值信息也截然不同。如对于一个短整型数 1069，它的内部表示占有两个字节，对应的十六进制编码为 04 2D，其中 04 为高字节值，2D 为低字节值；若用 ASCII 码表示则为 4 个字节，每个字节依次为 1069 中每个字符的 ASCII 码，对应的十六进制编码为 31 30 36 39。当从内存向字符文件输出数值数据时需要自动转换成它的 ASCII 码表示，相反，当从字符文件向内存输入数值数据时也需要自动将它转换为内部表示，而对于字节文件的输入输出则不需要转换，仅是内外存信息的直接拷贝，显然比字符文件的输入输出要快得多。当建立的文件主要是为了进行数据处理时，则适宜建立成字节文件，若主要是为了输出到显示器或打印机供人们阅读，或者是为了供其他软件使用时，则适宜建立成字符文件。另外，当向字符文件输出一个换行符 '\n' 时，则将被看做为输出了回车 '\r' 和换行 '\n' 两个字符；相反，当从字符文件中读取回车和换行两个连续字符时，也被看作为一个换行符读取。

C++程序文件，利用其他各种语言编写的程序文件、用户建立的各种文本文件、各种软件系统中的帮助文件等，都是 ASCII 码文件，所以都可以在 C++中作为字符文件使用。

C++系统把各种外部设备也看做为相应的文件。如把标准输入设备键盘和标准输出设备显示器看做为标准输入输出文件，其文件名（又称设备名）为 con，当向它输出信息时就是输出到显示器，当从它输入信息时就是从键盘输入。标准输入输出文件 con 对应两个系统预定义的流，即标准输入流 cin 和标准输出流 cout，分别用于键盘输入和显示器输出。由于键盘和显示器都属于字符设备，所以它们都是字符格式文件。以后对字符文件所介绍的访问操作也同样适应于键盘和显示器，而以前介绍的对键盘（cin）和显示器（cout）的访问操作也同样适应于所有字符文件。

无论是字符文件还是字节文件，在访问它之前都要定义一个文件流类的对象，并用该对象打开它，以后对该对象的访问操作就是对被它打开文件的访问操作。对文件操作结束后，再用该对象关闭它。对文件的访问操作包括输入和输出两种操作，输入操作是指从外部文件向内存变量输入数据，实际上是系统先把文件内容读入到该文件的内存缓冲区中，然后再从内存缓冲区中取出数据并赋给相应的内存变量，用于输入操作的文件称为输入文件。对文件的输出操作是指把内存变量或表达式的值写入到外部文件中，实际上是先写入到该文件的内存缓冲区中，待缓冲区被写满后，再由系统一次写入到外部文件中，用于输出操作的文件称为输出文件。

一个文件中保存的内容是按字节从数值 0 开始顺序编址的，文件开始位置的字节地址为 0，文件内容的最后一个字节的地址为 $n-1$（假定文件长度为 n，即文件中所包含的字节数），文件最后存放的文件结束符的地址为 n，它也是该文件的长度值。当一个文件为空时，其开始位置和最后位置（即文件结束符位置）同为 0 地址位置。

对于每个打开的文件，都存在着一个文件指针，初始指向一个隐含的位置，该位置由具体打开方式决定。每次对文件写入或读出信息都是从当前文件指针所指的位置开始的，当写入或读出若干个字节后，文件指针就后移相应多个字节。当文件指针移动到最后，读出的是文件结束符时，则将使流对象调用 eof() 成员函数返回非 0 值（通常为 1），当然读出的是文件内容时将返回 0。文件结束符占有一个字节，其值为-1，在 ios 类中把 EOF 常量定义为-1。若利用字符变量依次读取字符文件中的每个字符，当读取到的字符等于文件结束符 EOF 时则表示文件访问结束。

要在程序中使用文件时，首先要在开始包含#include<fstream.h>命令。由它提供的输入文件流类 ifstream、输出文件流类 ofstream 和输入输出文件流类 fstream 定义用户所需的文件流对象，然后利用该对象调用相应类中的 open 成员函数，按照一定的打开方式打开一个文件。文件被打开后，就可以通过流对象访问它了，访问结束后再通过流对象关闭它。

2．文件的打开与关闭

流可以分为 3 类：输入流、输出流以及输入/输出流，相应地必须将流说明为 ifstream、ofstream 以及 fstream 类的对象。例如：

```
ifstream ifile;     //说明一个输入流
ofstream ofile;     //说明一个输出流
fstream iofile;     //说明一个输入/输出流
```

说明了流对象之后，可使用函数 open() 打开文件。文件的打开即是在流与文件之间建立一个连接。open() 的函数原型为：

```
void open(const char * filename,int mode,int prot=filebuf::openprot);
```

其中，filename 是文件名字，它可包含路径说明。mode 说明文件打开的模式，它对文件的操作影响重大，mode 的取值必须是下列值之一：

```
ios::in          打开文件进行读操作
ios::out         打开文件进行写操作
ios::ate         打开时文件指针定位到文件尾
ios::app         添加模式,所有增加都在文件尾部进行
```

ios::trunc	如果文件已存在则清空原文件
ios::nocreate	如果文件不存在则打开失败
ios::noreplace	如果文件存在则打开失败
ios::binary	二进制文件（非文本文件）

对于 ifstream 流，mode 的默认值为 ios::in；对于 ofstream 流，mode 的默认值为 ios::out。
prot 决定文件的访问方式，取值为：

0　　普通文件

1　　只读文件

2　　隐含文件

4　　系统文件

一般情况下，该访问方式使用默认值。

与其他状态标志一样，mode 的符号常量可以用位或运算"|"组合在一起，如
ios::in|ios::binary 表示以只读方式打开二进制文件。例如：

```
ifstream ifile;
ifile.open("c:\\dd\\dsc.txt",ios::ate)
```

表示以文本文件形式打开 c:\dd 目录下的 dsc.txt 文件，文件指针定位到文件尾，准备进
行读文件操作。而操作：

```
ofstream ofile;
ofile.open("c:\\dd\\dsc.txt",ios::binary)
```

表示以二进制文件形式打开 c:\dd 目录下的 dsc.txt 文件，准备进行写文件操作。

其中，文件名中"\\"的第一个"\"为转义字符。

除了 open()成员函数外，ifstream、ofstream 和 fstream 三类流的构造函数也可以打开文件，
其参数同 open()函数。例如：

```
ifstream ifile("c:\\dd\\dsc.txt");
```

说明一个输入流对象的同时，将这个流与文件"c:\vc\dsc.txt"连接起来，使流 ifile 可以
用文本形式对该文件进行读操作。

注意：打开文件操作并不能保证总是正确的，如文件不存在、磁盘损坏等原因可能造成
打开文件失败。如果打开文件失败后，程序还继续执行文件的读/写操作，将会产生严重错误。
在这种情况下，应使用异常处理以提高程序的可靠性。

如果使用构造函数或 open()打开文件失败，流状态标志字中的 failbit、badbit 或 hardbit
将被置为 1，并且在 ios 类中重载的运算符"!"将返回非 0 值。通常可以利用这一点检测文
件打开操作是否成功，如果不成功则作特殊处理。这种异常处理模式一般为：

```
ifstream ifile("路径和文件名");
    if (! ifile)
    {
        //警告打开文件失败并退出程序
    }
    继续正常的文件操作
```

下面对文件的打开方式作几点说明。

（1）文件的打开方式可以为上述的一个枚举常量，也可以为多个枚举常量构成的按位或表达式。如：

```
ios::in | ios::nocreate    //规定打开的文件是输入文件,若文件不存在则返回打开失败信息
ios::in | ios::out         //规定打开的文件同时用于输入和输出
ios::app | ios::nocreate   //规定只向打开的文件尾追加数据,若文件不存在则返回打开失败信息
ios::out | ios::noreplace  //规定打开的文件是输出文件,若文件存在则返回打开失败信息
ios::in | ios::out | ios::binary//规定打开的文件是二进制文件,并可同时用于输入和输出
```

（2）使用 open 成员函数打开一个文件时，若由字符指针参数所指定的文件不存在，则建立该文件。当然建立的新文件是一个长度为 0 的空文件，但若打开方式参数中含有 ios::nocreate 选项，则不建立新文件，并且返回打开失败信息。

（3）当打开方式中不含有 ios::ate 或 ios::app 选项时，则文件指针被自动移到文件的开始位置，即字节地址为 0 的位置。当打开方式中含有 ios::out 选项，但不含有 ios::in、os::ate 或 ios::app 选项时，若打开的文件存在，则原有内容被清除，使之变为一个空文件。

（4）当用输入文件流对象调用 open 成员函数打开一个文件时，打开方式参数可以省略，默认按 ios::in 方式打开，若打开方式参数中不含有 ios::in 选项时，则会自动被加上。当用输出文件流对象调用 open 成员函数打开一个文件时，打开方式参数也可以省略，默认按 ios::out 方式打开，若打开方式参数中不含有 ios::out 选项时，则也会自动被加上。

下面给出定义文件流对象和打开文件的一些例子：

```
（1）ofstream fout;
     fout.open("a:\\aaa.dat");        //字符串中的双反斜线表示一个反斜线
（2）ifstream fin;
     fin.open("a:\\bbb.dat", ios::in | ios::nocreate);
（3）ofstream ofs;
     ofs.open("a:\\ccc.dat", ios::app);
（4）fstream fio;
     fio.open("a:\\ddd.ran", ios::in | ios::out | ios::binary);
```

例子（1）首先定义了一个输出文件流对象 fout，使系统为其分配一个文件缓冲区，然后调用 open 成员函数打开 a 盘上的 aaa.dat 文件，由于调用的成员函数省略了打开方式参数，所以采用默认的 ios::out 方式。执行这个调用时，若 a:\aaa.dat 文件存在，则清除该文件内容，使之成为一个空文件，若该文件不存在，则就在 a 盘上建立名为 xxk.dat 的空文件。通过 fout 流打开 a:\aaa.dat 文件后，以后对 fout 流的输出操作就是对 a:\aaa.dat 文件的输出操作。

例子（2）首先定义了一个输入文件流对象 fin，并使其在内存中得到一个文件缓冲区，然后打开 a 盘上的 bbb.dat 文件，并规定以输入方式进行访问，若该文件不存在则不建立新文件，使打开该文件的操作失败，此时由 fin 带回 0 值，由（!fin）是否为真判断打开是否失败。

例子（3）首先定义了一个输出文件流对象 ofs，同样在内存中得到一个文件缓冲区，然后打开 a 盘上已存在的 ccc.dat 文件，并规定以追加数据的方式访问，即不破坏原有文件中的内容，只允许向尾部写入新的数据。

例子（4）首先定义了一个输入输出文件流对象 fio，同样在内存中得到一个文件缓冲区，然后按输入和输出方式打开 a 盘上的 ddd.ran 二进制文件。此后既可以按字节向该文件写入信息，又可以从该文件读出信息。

在每一种文件流类中，既定义了无参构造函数，又定义了带参构造函数，并且所带参数与 open 成员函数所带参数完全相同。当定义一个带有实参表的文件流对象时，将自动调用相应的带参构造函数，打开第一个实参所指向的文件，并规定按第二个实参所给的打开方式进行操作。所以它同先定义不带参数的文件流对象，后通过流对象调用 open 成员函数打开文件的功能完全相同。对于上述给出的 4 个例子，依次与下面的文件流定义语句功能相同。

```
（1）ofstream fout("a:\\aaa.dat");
（2）ifstream fin("a:\\bbb.dat", ios::in | ios::nocreate);
（3）ofstream ofs("a:\\ccc.dat", ios::app);
（4）fstream ofs(a:\ddd.ran", ios::in | ios::out | ios::binary);
```

每个文件流类中都提供有一个关闭文件的成员函数 close()，当打开的文件操作结束后，就需要关闭它，使文件流与对应的物理文件断开联系，并能够保证最后输出到文件缓冲区中的内容，无论是否已满，都将立即写入到对应的物理文件中。文件流对应的文件被关闭后，还可以利用该文件流调用 open 成员函数打开其他的文件。

关闭任何一个流对象所对应的文件，就是用这个流对象调用 close()成员函数即可。如要关闭 fout 流所对应的 a:\aaa.dat 文件，则关闭语句为：

```
fout.close();
```

3．文件的读写

（1）文件读写方法

① 使用流运算符直接读写

文件的读/写操作可以直接使用流的插入运算符"<<"和提取运算符">>"，这些运算符将完成文件的字符转换工作。

② 使用流成员函数

常用的输出流成员函数如下。

● put 函数。该函数把一个字符写到输出流中。下面两个语句默认是相同的，但第二个受该流格式化参数的影响：

```
cout.put('A');        //精确地输出一个字符
cout << 'A';          //输出一个字符,但此前设置的宽度和填充方式在此起作用
```

● write 函数。该函数把内存中的一块内容写到一个输出文件流中，长度参数指出写的字节数。write 函数当遇到空字符时并不停止，因此能够写入完整的类结构，该函数带两个参数：一个 char 指针（指向内存数据的起始地址）和一个所写的字节数。注意，在该结构对象的地址之前需要 char 做强制类型转换。常用的输入流成员函数如下。

● get 函数。该函数的功能与提取运算符（>>）很相似，主要的不同点是 get 函数在读取数据时包括空白字符，而提取运算符在默认情况下拒绝接受空白字符。

● getline 函数。该函数的功能是允许从输入流中读取多个字符，并且允许指定输入终止字符（默认值是换行字符），在读取完成后，从读取的内容中删除该终止字符。

● read 函数。该函数从一个文件读字节到一个指定的存储器区域，由长度参数确定要读的字节数。虽然给出长度参数，但当遇到文件结束或者在文本模式文件中遇到文件结束标记字符时读就结束。

下面对文件的打开方式作几点说明。

① 向字符文件输出数据有两种方法，一种是调用从 ostream 流类中继承来的插入操作符重载函数；另一种是调用从 ostream 流类中继承来的 put 成员函数。采用第一种方法时，插入操作符左边是文件流对象，右边是要输出到该文件流（即对应的文件）中的数据项。当系统执行这种插入操作时，首先计算出插入操作符右边数据项（即表达式）的值，接着根据该值的类型调用相应的插入操作符重载函数，把这个值插入（即输出）到插入操作符左边的文件流中，然后返回这个流，以便在一条输出语句中继续输出其他数据。

若要向字符文件插入一个用户定义类型的数据，除了可以将每个域的值依次插入外，还可以进行整体插入。对于后者，要预先定义有对该类型数据进行插入操作符重载的函数。

采用第二种方法时，文件流对象通过点操作符、文件流指针通过箭头操作符调用成员函数 put。当执行这种调用操作时，首先向文件流输出一个字符，即实参的值，然后返回这个文件流。

② 从打开的字符文件中输入数据到内存变量有 3 种方法。一种是调用提取操作符重载成员函数，每次从文件流中提取用空白符隔开（当然最后一个数据以文件结束符为结束标志）的一个数据，这与使用提取操作符从 cin 流中读取数据的过程和规定完全相同，在读取一个数据前文件指针自动跳过空白字符，向后移到非空白字符时读取一个数据。第二种是调用 get() 成员函数，每次从文件流中提取一个字符（不跳过任何字符，当然回车和换行两个字符被作为一个换行字符看待）并作为返回值返回，或者调用 get(char&) 成员函数，每次从文件流中提取一个字符到引用变量中，同样不跳过任何字符。第三种是调用 getline(char* buffer, int len, char='\n') 成员函数，每次从文件流中提取以换行符隔开（当然最后一行数据以文件结束符为结束标志）的一行字符到字符指针 buffer 所指向的存储空间中，若碰到换行符之前所提取字符的个数大于等于参数 len 的值，则本次只提取 len-1 个字符，被提取的一行字符是作为字符串写入到 buffer 所指向的存储空间中的，也就是说在一行字符的最后位置必须写入 '\0' 字符。文件流调用的上述各种成员函数都是在 istream 流类中定义的，它们都被每一种文件流类继承了下来，所以文件流类的对象可以直接调用它们。由于 cin 和 cout 流对象所属的流类也分别是 istream 流类和 ostream 流类的派生类，所以 cin 和 cout 也可以直接调用相应流类中的成员函数。

③ 当使用流对象调用 get() 成员函数时，通过判断返回值是否等于文件结束符 EOF 可知文件中的数据是否被输入完毕。当使用流对象调用其他 3 个成员函数时，若提取成功则返回非 0 值，若提取失败（即已经读到文件结束符，未读到文件内容）则返回 0 值。

在通常情况下，若一个文件是使用插入操作符输出数据而建立的，则当作输入文件打开后，应使用提取操作符输入数据；若一个文件是使用 put 成员函数输出字符而建立的，则当作输入文件打开后，应使用 get() 或 get(char&) 成员函数输入字符数据；若每次需要从一个输入文件中读入一行字符时，则需要使用 getline 成员函数。

（2）文本文件的读写

文本文件只适用于那些解释为 ASCII 码的文件。处理文本文件时将自动作一些字符转换，如输出换行字符 0x0A 时将转换为回车 0x0D 与换行 0x0A 两个字符存入文本文件，读入时也会将回车与换行两个字符合并为一个换行字符，这样内存中的字符与写入文件中的字符之间就不再是一一对应关系。文本文件的结束以 ASCII 码的控制字符 0x1A 表示。

下面给出几个进行字符文件操作的例子。

例 5-1：向 a 盘上的 write1.dat 文件输出 0~10 的整数，含 0 和 10 在内。

```
#include<iostream.h>
#include<stdlib.h>
#include<fstream.h>
void main(void)
{
    ofstream f1("a:write1.dat");  //定义输出文件流,并打开相应文件,若打开失败则 f1 带回 0 值
    if (!f1)
    {                                 //当 f1 打开失败时进行错误处理
        cerr<<"a:write1.dat file not open!"<<endl;
        exit(1);
    }
    for(int i=0;i<21;i++)
        f1<<i<<" ";                   //向 f1 文件流输出 i 值
    f1.close();                       //关闭 f1 所对应的文件
}
```

例 5-2：把从键盘上输入的若干行文本字符原原本本地存入到 a 盘上 write2.dat 文件中，直到从键盘上按下 **Ctrl+z** 组合键为止。此组合键代表文件结束符 EOF。

```
#include<iostream.h>
#include<stdlib.h>
#include<fstream.h>
void main(void)
{
    char ch;
    ofstream f2("a:write2.dat");
    if (!file2)
    {                                 //当 file1 打开失败时进行错误处理
        cerr<<"File of a:write2.dat not open!"<<endl;
        exit(1);
    }
    ch=cin.get();                     //从 cin 流中提取一个字符到 ch 中
    while(ch!=EOF)
    {
        file2.put(ch);                //把 ch 字符写入到 file2 流中,此语句也可用 file2<<ch 代替
        ch=cin.get();                 //从 cin 流中提取下一个字符到 ch 中
    }
    file2.close();                    //关闭 file2 所对应的文件
}
```

例 5-3：假定一个结构数组 a 中的元素类型 pupil 包含有表示姓名的字符指针域 name 和表示成绩的整数域 grade，试编写一个函数把该数组中的 n 个元素输出到字符文件 "a:write3.dat" 中。

```
#include<stdlib.h>
#include<fstream.h>
void ArrayOut(pupil a[], int n)
{
    ofstream f3("a:write3.dat");
```

```
            if (!file3)
            {                     //当 file3 打开失败时进行错误处理
                cerr<<"File of a:write3.dat not open!"<<endl;
                exit(1);
            }
            for(int i=0; i<n; i++)
                file3<<a[i].name<<endl<<a[i].grade<<endl;
            file3.close();
        }
```

若已经为输出 pupil 类型的数据定义了如下插入操作符重载函数：

```
        ostream& operator<<(ostream& ostr, pupil& x)
        {
                ostr<<x.name<<endl<<x.grade<<endl;
                return ostr;
        }
```

则可将上述函数中 for 循环体语句修改为 "file3<<a[i];"。

例 5-4： 从例 5-1 所建立的 a:write1.dat 文件中输入全部数据并依次显示到屏幕上。

```
        #include<iostream.h>
        #include<stdlib.h>
        #include<fstream.h>
        void main(void)
        {
            ifstream f1("a:write1.dat", ios::in | ios::nocreate);
                            //定义输入文件流,并打开相应文件,若打开失败则 file1 带回 0 值
            if (!file1)
            {                     //当 file1 打开失败时进行错误处理
                cerr<<"a:write1.dat file not open!"<<endl;
                exit(1);
            }
            int x;
            while(file1>>x)     //依次从文件中输入整数到 x,当读到的是文件结束符时条件表达式的值为 0
                cout<<x<<' ';
            cout<<endl;
            file1.close();         //关闭 file1 所对应的文件
        }
```

该程序运行结果如下：

```
        0 1 2 3 4 5 6 7 8 9 10
```

例 5-5： 从例 5-2 所建立的 a:write2.dat 文件中按字符输入全部数据，把它们依次显示到屏幕上，并且统计出文件内容中的行数。

```
        #include<iostream.h>
        #include<stdlib.h>
        #include<fstream.h>
        void main(void)
```

```
    {
        ifstream f2("a:write2.dat", ios::in | ios::nocreate);
        if (!file2)
        {
            cerr<<"a:write2.dat file not open!"<<endl;
            exit(1);
        }
        char ch;                //用 ch 读入字符
        int i=0;                //用 i 统计行数
        while(file2.get(ch))    //依次从文件中输入字符到 ch,当读到的是文件结束符时
                                //条件表达式的值为 0
        {
            cout<<ch;
            if(ch=='\n') i++;
        }
        cout<<endl<<"lines: "<<i<<endl;
        file2.close();          //关闭 file1 所对应的文件
    }
```

若把 while 语句中的条件表达式（file2.get(ch)）换为（(ch=file2.get())!=EOF），运行结果完全相同。该程序运行后的显示结果如下：

```
1234567
abcdefg  hijk
lmnopqrstuvwxyz

lines: 3
```

其中前 3 行字符就是建立文件时从键盘上输入的文本，在此被原原本本地显示出来。

（3）二进制文件的读写

二进制文件不同于文本文件，它可用于任何类型的文件（包括文本文件），读写二进制文件的字符不作任何转换，读写的字符与文件之间是完全一致的。

一般地，对二进制文件的读写可采用两种方法：一种是使用 get()和 put()；另一种是使用 read()和 write()。

例 5-6： 二进制文件读写的示例程序。

```
#include<fstream.h>
struct Date
{
    int month,day,year;
};
void main()
{
    Date dt={02,07,1975};
    Ofstream ofile("dsc.dat",ios:binary);
    Ofile.write(char *)&dt,sizeof dt;
}
```

（4）文件的随机读写

每一个文件都有两个指针：一个是读指针，说明输入操作当前在文件中的位置；另一个是写指针，说明下次写操作的当前位置。每次执行输入或输出时，相应的读/写指针将自动向后移动。C++语言的文件流不仅可以按这种顺序方式进行读/写，而且还可以随机地移动文件的读/写指针。有一些外部设备（如磁带、行式打印机等）关联的流只能作顺序访问，但在许多情况下使用随机方式访问文件更加方便灵活。

① 输出流随机访问函数

输出流随机访问函数有 seekp 和 tellp。

一个输出文件流保存一个内部指针以指出下一次写数据的位置。seekp 成员函数设置这个指针，因此可以以随机方式向磁盘文件输出。tellp 成员函数返回该文件位置指针值。这两个成员函数的原型如下：

```
ostream & ostream::seekp(<流中的位置>);
ostream & ostream::seekp(<偏移量>,<参照位置>);
streampos ostream::tellp();
```

其中，streampos 被定义为 long 型，并以字节数为单位。<参照位置>具有如下含义：

```
cur=1      相对于当前写指针所指定的位置
beg=0      相对于流的开始位置
end=2      相对于流的结尾处
```

② 输入流随机访问函数

输入流随机访问函数有 seekg 和 tellg。

在输入文件流中，保留着一个指向文件中下一个将要读数据的位置的内部指针，可以用 seekg 函数来设置这个指针。使用 seekg 可以实现面向记录的数据管理系统，用固定长度的记录大小乘以记录号便得到相对于文件末尾的字节位置，然后使用 get 读这个记录。

tellg 成员函数返回当前文件读指针的位置，这个值是 streampos 类型，该 typedef 结构定义在 iostream.h 中。

这两个成员函数的原型如下：

```
istream & istream::seekg(<流中的位置>);
istream & istream::seekg(<偏移量>,<参照位置>);
streampos istream::tellg( );
```

其中，streampos 被定义为 long 型，并以字节数为单位。<参照位置>具有如下含义：

```
cur=1      相对于当前读指针所指定的位置
beg=0      相对于流的开始位置
end=2      相对于流的结尾处
```

例 5-7：编写一个程序，随机读写指定位置上的字符。

```
#include <iostream.h>
#include <fstream.h>
int main()
{
    ifstream ifile;
```

```
        char fn[20];
        cout<<"Please input filename:";
        cin>>fn;
        ifile.open(fn);
        if(!ifile)
        {
            cout<<fn<<"Cannot open this file"<<endl;
            return 0;
        }
        ifile.seekg(0,ios::end);
        int maxpos=ifile.tellg();
        int pos;
        cout<<"Position:";
        cin>>pos;
        if(pos>maxpos)
        {
            cout<<"The position of file is'n right"<<endl;
        }
        else
        {
            char ch;
            ifile.seekg(pos);
            ifile.get(ch);
            cout<<ch<<endl;
        }
        ifile.close();
        return 1;
    }
```

如果需要读取多个字节的数据，则可将

```
    ifile.get(ch);
```

改为：

```
    ifile.read((char *)&ch,sizeof(char));
```

5.2.2 字符串流

1. 字符串流概述

字符串流类包括输入字符串流类 istrstream、输出字符串流类 ostrstream 和输入输出字符串流类 strstream 三种。它们都被定义在系统头文件 strstrea.h 中。只要在程序中带有该头文件，就可以使用任一种字符串流类定义字符串流对象。每个字符串流对象简称为字符串流。

字符串流对应的访问空间是内存中由用户定义的字符数组，文件流对应的访问空间是外存上由文件名确定的文件存储空间。由于字符串流和文件流都是输入流类 istream 和输出流类 ostream 的继承类，所以对它们的操作方法基本相同。但仍有一点区别：就是每个文件都有文件结束符标志，利用它可以判断读取数据是否到达文件尾，而字符串流所对应的字符数组中没有相应的结束符标志，这只能靠用户规定一个特殊字符作为其结束符使用，在向字符串流对应的字符数组写入正常数据后，再写入它表示结束。

每一种字符串流类都不带有 open 成员函数，所以只有在定义字符串流的同时给出必要的参数，通过自动调用相应的构造函数来使之与一个字符数组发生联系，以后对字符串流的操作实质上就是在该数组上进行的，就像对文件流的操作实质上就是在对应文件上进行的情况一样。三种字符串流类的构造函数声明格式分别如下：

```
istrstream(const char* buffer);
ostrstream(char* buffer, int n);
strstream(char* buffer, int n, int mode);
```

调用第一种构造函数建立的是输入字符串流，对应的字符数组空间由 buffer 指针所指向。调用第二种构造函数建立的是输出字符串流，对应的字符数组空间同样由 buffer 指针所指向，该空间的大小（即字节数）由参数表中第二个参数给出。调用第三种构造函数建立的是输入输出字符串流，其中第一个参数指定对应字符数组的存储空间，第二个参数指定空间的大小，第三个参数指定打开方式。一个字符串流被定义后就可以调用相应的成员函数进行数据的输入、输出操作，就如同使用文件流调用相应的成员函数进行有关操作一样。下面给出定义相应字符串流的例子。

（1）ostrstream sout(a1,50);
（2）istrstream sin(a2);
（3）strstream sio(a3,sizeof(a3),ios::in | ios::out);

第（1）条语句定义了一个输出字符串流 sout，使用的字符数组为 a1，大小为 50 个字节，以后对 sout 的输出都将被写入到字符数组 a1 中。第（2）条语句定义了一个输入字符串流 sin，使用的字符数组为 a2，以后从 sin 中读取的输入数据都将来自字符数组 a2 中。第（3）条语句定义了一个输入输出字符串流 sio，使用的字符数组为 a3，大小为 a3 数组的长度，打开方式规定为既能够用于输入又能够用于输出，当然进行输入的数据来自数组 a3，进行输出的数据写入数组 a3。

对字符串流的操作方法通常与对字符文件流的操作方法相同。

2．istrstream 类的构造函数

istrstream 类的构造函数的原型分别是：

```
istrstream::istrstream(char *s);
istrstream::istrstream(char *s,int n);
```

这两个构造函数的第一个参数 s 是一个字符指针或字符数组，使用该串来初始化要创建的流对象。第一个构造函数是使用所指定的串的全部内容来构造流对象，而第二个构造函数使用串中前 n 个字符来构造串对象。

下面举例说明上述构造函数的用法。

例 5-8：从一个字符串流中输入用逗号分开的每一个整数，并显示出来。

```
#include<strstrea.h>
void main()
{
    char a[]="12,34,56,78,90,87,65,43@";
    cout<<a<<endl;          //输出 a 字符串
    istrstream sin(a);      //定义一个输入字符串流 sin,使用的字符数组为 a
```

```
        char ch=' ';
        int x;
        while(ch!='@')
        {   //使用'@'字符作为字符串流结束标志
            sin>>ws>>x>>ws;        //从流中读入一个整数,并使用操作符ws读取
                                   //一个整数前后的空白字符
            cout<<x<<' ';          //输出 x 的值并后跟一个空格
            sin.get(ch);           //从 sin 流中读入一个字符,实际读取的是','或'@'字符
        }
        cout<<endl;
    }
```

此程序的运行结果为:

```
12,34 ,56,78,90,87,65,43@
12 34 56 78 90 87 65 43
```

例 5-9:分析下列程序的运行结果。

```
#include <iostream.h>
#include <strstrea.h>
void main()
{
    char buf[]="1234567";
    int i,j;
    istrstream s1(buf);
    s1>>i;
    istrstream s2(buf,3);
    s2>>j;
    cout<<i+j<<endl;
}
```

此程序的运行结果为:

```
1234690
```

3. ostrstream 类的构造函数

ostrstream 类的构造函数的原型分别是:

```
ostrstream::ostrstream();
ostrstream::ostrstream(char *s,int n,int mode=ios::out);
```

其中,第一个构造函数是缺省构造函数,它用来建立存储所插入的数据的数组对象,第二个构造函数带有 3 个参数,其中 s 是字符指针或字符数组,插入的字符数据被存放在这里。参数 n 是用来指定这个数组最多能存放的字符个数。mode 参数给出流的方式,缺省为 out 方式,也可选用 ate 和 app 方式。

ostrstream 类还提供了如下成员函数:

```
int ostrstream::pcount();
char *ostrstream::str();
```

前一个成员函数的功能是返回流中当前已插入的字符的个数,后一个成员函数的功能是

返回标志存储串的数组对象的指针值。

例 5-10：从一个字符串中得到每一个整数，并把它们依次存入到一个字符串流中，最后向屏幕输出这个字符串流。

分析：假定待处理的一个字符串是从键盘上输入得到的，把它存入到字符数组 a 中，并且要把 a 定义为一个输入字符串流 sin，还需要定义一个输出字符串流 sout，假定对应的字符数组为 b，用它保存依次从输入流中得到的整数。该程序的处理过程需要使用一个 while 循环，每次从 sin 流中得到一个整数，并把它输出到 sout 流中。然后要向 sout 流输出一个作为字符串流结束符使用的特殊字符（假定为 '@'）和字符串结束符 '\0'。最后向屏幕输出 sout 流所对应的字符串。整个程序如下：

```
#include<strstrea.h>
void main()
{
    char a[50];
    char b[50];
    istrstream sin(a);
        //定义一个输入字符串流 sin,使用的字符数组为 a
    ostrstream sout(b,sizeof(b));
        //定义一个输出字符串流 sout,使用的字符数组为 b
    cin.getline(a,sizeof(a));
        //假定从键盘上输入的字符串为" ab12+34,56*78-90/cd123,ABC45DE:fg{67;89}@"
    char ch=' ';
    int x;
    while(ch!='@')
    {                           //使用'@'字符作为字符串流结束标志
        if(ch>=48 && ch<=57)
        {
            sin.putback(ch);  //把刚读入的一个数字压回流中
            sin>>x;           //从流中读入一个整数,当碰到非数字字符时
                              //则就认为一个整数结束
            sout<<x<<' ';     //将 x 输出到字符串流 sout 中
        }
        sin.get(ch);          //从 sin 流中读入下一个字符
    }
    sout<<'@'<<ends;          //向 sout 流输出作为结束符的'@'字符和一个字符串结束符'\0'
    cout<<b;                  //输出字符串流 sout 对应的字符串
    cout<<endl;
}
```

该程序的运行结果如下：

```
ab12+34,56*78-90/cd123,ABC45DE:fg{67;89}@
12 34 56 78 90 123 45 67 89 @
```

5.3 C++IO 流格式控制

5.3.1 ios 类中的枚举常量

在根基类 ios 中定义有 3 个用户需要使用的枚举类型，由于它们是在公用成员部分定义

的，所以其中的每个枚举类型常量在加上 ios::前缀后都可以为本类成员函数和所有外部函数访问。

在 3 个枚举类型中有一个无名枚举类型，其中定义的每个枚举常量都是用于设置控制输入输出格式的标志使用的。该枚举类型定义如下：

```
enum { skipws,left,right,internal,dec,oct,hex,showbase,showpoint,
       uppercase,showpos,scientific,fixed,unitbuf,stdio
     };
```

各枚举常量的含义如下。

（1）skipws

利用它设置对应标志后，从流中输入数据时跳过当前位置及后面的所有连续的空白字符，从第一个非空白字符起读数，否则不跳过空白字符。空格、制表符'\t'、回车符'\r'和换行符'\n'统称为空白符。默认为设置。

（2）left、right、internal

left 在指定的域宽内按左对齐输出，right 按右对齐输出，而 internal 使数值的符号按左对齐、数值本身按右对齐输出。域宽内剩余的字符位置用填充符填充。默认为 right 设置。在任一时刻只有一种有效。

（3）dec、oct、hex

设置 dec 对应标志后，使以后的数值按十进制输出，设置 oct 后按八进制输出，而设置hex 后则按十六进制输出。默认为 dec 设置。

（4）showbase

设置对应标志后使数值输出的前面加上"基指示符"，八进制数的基指示符为数字 0，十六进制数的基指示符为 0x，十进制数没有基指示符。默认为不设置，即在数值输出的前面不加基指示符。

（5）showpoint

强制输出的浮点数中带有小数点和小数尾部的无效数字 0。默认为不设置。

（6）uppercase

使输出的十六进制数和浮点数中使用的字母为大写。默认为不设置。即输出的十六进制数和浮点数中使用的字母为小写。

（7）showpos

使输出的正数前带有正号"+"。默认为不设置。即输出的正数前不带任何符号。

（8）scientific、fixed

进行 scientific 设置后使浮点数按科学表示法输出，进行 fixed 设置后使浮点数按定点表示法输出。只能任设其一。缺省时由系统根据输出的数值选用合适的表示输出。

（9）unitbuf、stdio

这两个常量很少使用，所以不予介绍。

在 ios 中定义的第二个枚举类型为：

```
enum open_mode {in, out, ate, app, trunc, nocreate, noreplace, binany};
```

其中的每个枚举常量规定一种文件打开的方式，在定义文件流对象和打开文件时使用。

在 ios 中定义的第三个枚举类型为：

```
enum seek_dir {beg, cur, end};
```

其中的每个枚举常量用于对文件指针的定位操作。

5.3.2　使用 ios 成员函数

ios 类提供成员函数对流的状态进行检测和输入输出格式控制等操作,每个成员函数的声明格式和简要说明如下。

```
int bad();               //操作出错时返回非 0 值
int eo();                //读取到流中最后的文件结束符时返回非 0 值
int fail();              //操作失败时返回非 0 值
void clear();            //清除 bad,eof 和 fail 所对应的标志状态,使之恢复为正常状态
                         //值 0,使 good 标志状态恢复为 1
char fill();             //返回当前使用的填充字符
char fill(char c);       //重新设置流中用于输出数据的填充字符为 c 的值,返回
                         //此前的填充字符。系统预设置填充字符为空格
long flags();            //返回当前用于 I/O 控制的格式状态字
long flags(long f);      //重新设置格式状态字为 f 的值,返回此前的格式状态字
int good();              //操作正常时返回非 0 值,当操作出错、失败和读到文件
                         //结束符时均为不正常,则返回 0
int precision();         //返回浮点数输出精度,即输出的有效数字的位数
int precision(int n);    //设置浮点数的输出精度为 n,返回此前的输出精度。系统预设
                         //置的输出精度为 6,即输出的浮点数最多具有 6 位为有效数字
int rdstate();           //操作正常时返回 0,否则返回非 0 值,它与 good()正好相反
long setf(ong f);        //根据参数 f 设置相应的格式化标志,返回此前的设置。该参数
                         // f 所对应的实参为无名枚举类型中的枚举常量(又称格式化
                         //常量),可以同时使用一个或多个常量,每两个常量之间要用
                         //按位或操作符连接。如需要左对齐输出,并使数值中的字母
                         //大写时,则调用该函数的实参为 ios::left | ios::uppercase
long unsetf(long f);     //根据参数 f 清除相应的格式化标志,返回此前的设置。如要
                         //清除此前的左对齐输出设置,恢复默认的右对齐输出设置,
                         //则调用该函数的实参为 ios::left
int width();             //返回当前的输出域宽。若返回数值 0 则表明没为刚才输出的数
                         //值设置输出域宽。输出域宽是指输出的值在流中所占有的字节数
int width(int w);        //设置下一个数据值的输出域宽为 w,返回为输出上一个数据值
                         //所规定的域宽,若无规定则返回 0。注意:此设置不是一直有
                         //效,而只是对下一个输出数据有效
```

因为所有 I/O 流类都是 ios 的派生类,所以它们的对象都可以调用 ios 类中的成员函数和使用 ios 类中的格式化常量进行输入输出格式控制。下面以标准输出流对象 **cout** 为例说明输出的格式化控制。

　　例 5-11:给出以下程序的运行结果。

```
#include<iostream.h>
void main()
{
    int x=12, y=345, z=6789;
    cout<<x<<' '<<y<<' '<<z<<endl;  //按十进制输出
```

```
cout.setf(ios::oct);                      //设置为八进制输出
cout<<x<<' '<<y<<' '<<z<<endl;            //按八进制输出
cout.unsetf(ios::oct);                     //取消八进制输出设置,恢复按十进制输出
cout.setf(ios::hex);                       //设置为十六进制输出
cout<<x<<' '<<y<<' '<<z<<endl;            //按十六进制输出
cout.setf(ios::showbase | ios::uppercase);
                                           //设置基指示符输出和数值中的字母大写输出
cout<<x<<' '<<y<<' '<<z<<endl;
cout.unsetf(ios::showbase | ios::uppercase);
                                           //取消基指示符输出和数值中的字母大写输出
cout<<x<<' '<<y<<' '<<z<<endl;
cout.unsetf(ios::hex);                     //取消十六进制输出设置,恢复按十进制输出
cout<<x<<' '<<y<<' '<<z<<endl;
}
```

此程序的运行结果如下:

```
12 345 6789
14 531 15205
c 159 1a85
0XC 0X159 0X1A85
c 159 1a85
12 345 6789
```

例 5-12: 给出以下程序的运行结果。

```
#include<iostream.h>
void main()
{
    int x=123;
    double y=-3.456789;
    cout<<"x=";
    cout.width(10);                //设置输出下一个数据的域宽为10
    cout<<x;                       //按默认的右对齐输出,剩余位置填充空格字符
    cout<<"y=";
    cout.width(10);                //设置输出下一个数据的域宽为10
    cout<<y<<endl;
    cout.setf(ios::left);          //设置按左对齐输出
    cout<<"x=";
    cout.width(10);
    cout<<x;
    cout<<"y=";
    cout.width(10);
    cout<<y<<endl;
    cout.fill('*');                //设置填充字符为'*'
    cout.precision(3);             //设置浮点数输出精度为3
    cout.setf(ios::showpos);       //设置正数的正号输出
    cout<<"x=";
    cout.width(10);
    cout<<x;
```

```
    cout<<"y=";
    cout.width(10);
    cout<<y<<endl;
}
```

此程序运行结果如下：

```
x=        123y=  -3.45679
x=123        y=-3.45679
x=+123******y=-3.46*****
```

例 5-13：给出以下程序的运行结果。

```
#include<iostream.h>
void main()
{
    float x=12, y=-3.456;
    cout<<x<<' '<<y<<endl;
    cout.setf(ios::showpoint);          //强制显示小数点和无效 0
    cout<<x<<' '<<y<<endl;
    cout.unsetf(ios::showpoint);        //恢复默认输出
    cout.setf(ios::scientific);         //设置按科学表示法输出
    cout<<x<<' '<<y<<endl;
    cout.setf(ios::fixed);              //设置按定点表示法输出
    cout<<x<<' '<<y<<endl;
}
```

程序运行结果如下：

```
12 -3.456
12.0000 -3.45600
1.200000e+001 -3.456000e+000
12 -3.456
```

5.3.3　使用 I/O 操作符

数据输入输出的格式控制还有更简便的形式，就是使用系统头文件 **iomanip.h** 中提供的操纵符。使用这些操纵符不需要调用成员函数，只要把它们作为插入操作符<<（个别作为提取操作符>>）的输出对象即可。这些操纵符及功能如下：

```
dec                  //转换为按十进制输出整数,它也是系统预置的进制
oct                  //转换为按八进制输出整数
hex                  //转换为按十六进制输出整数
ws                   //从输入流中读取空白字符
endl                 //输出换行符'\n'并刷新流。刷新流是指把流缓冲区的内容立即写入到
                     //对应的物理设备上
ends                 //输出一个空字符'\0'
flush                //只刷新一个输出流
setiosflags(long f)  //设置 f 所对应的格式化标志,功能与 setf(long f)成员函数
                     //相同,当然输出该操纵符后返回的是一个输出流。如采用
                     //标准输出流 cout 输出它时,则返回 cout。对于输出每个
```

```
                         //操纵符后也都是如此,即返回输出它的流,以便向流中
                         //继续插入下一个数据
resetiosflags(long f)    //清除 f 所对应的格式化标志,功能与 unsetf(long f)成员
                         //函数相同。当然输出后返回一个流
setfill(int c)           //设置填充字符为 ASCII 码为 c 的字符
setprecision(int n)      //设置浮点数的输出精度为 n
setw(int w)              //设置下一个数据的输出域宽为 w
```

在上面的操纵符中，dec、oce、hex、endl、ends、flush 和 ws 除了在 iomanip.h 中有定义外，在 iostream.h 中也有定义。当程序或编译单元中只需要使用这些不带参数的操纵符时，可以只包含 iostream.h 文件，而不需要包含 iomanip.h 文件。

下面以标准输出流对象 cout 为例，说明使用操作符进行的输出格式化控制。

例 5-14：给出以下程序的运行结果。

```
#include<iostream.h>    //因 iomanip.h 中包含有 iostream.h,所以该命令可省略
#include<iomanip.h>
void main()
{
    int x=12, y=345, z=6789;
    cout<<x<<' '<<y<<' '<<z<<endl;                  //按十进制输出
    cout<<oct<<x<<' '<<y<<' '<<z<<endl;             //按八进制输出
    cout<<hex<<x<<' '<<y<<' '<<z<<endl;             //按十六进制输出
    cout<<setiosflags(ios::showbase | ios::uppercase);
                                                    //设置基指示符和数值中的字母大写输出
    cout<<x<<' '<<y<<' '<<z<<endl;                  //仍按十六进制输出
    cout<<resetiosflags(ios::showbase | ios::uppercase);
                                                    //取消基指示符和数值中的字母大写输出
    cout<<x<<' '<<y<<' '<<z<<endl;                  //仍按十六进制输出
    cout<<dec<<x<<' '<<y<<' '<<z<<endl;             //按十进制输出
}
```

此程序的功能和运行结果都与例 5-11 完全相同。

例 5-15：给出以下程序的运行结果。

```
#include<iostream.h>
#include<iomanip.h>
void main()
{
    int x=123;
    double y=-3.456789;
    cout<<"x="<<setw(10)<<x;
    cout<<"y="<<setw(10)<<y<<endl;
    cout<<setiosflags(ios::left);        //设置按左对齐输出
    cout<<"x="<<setw(10)<<x;
    cout<<"y="<<setw(10)<<y<<endl;
    cout<<setfill('*');                  //设置填充字符为'*'
    cout<<setprecision(3);               //设置浮点数输出精度为 3
    cout<<setiosflags(ios::showpos);     //设置正数的正号输出
```

```
cout<<"x="<<setw(10)<<x;
cout<<"y="<<setw(10)<<y<<endl;
cout<<resetiosflags(ios::left | ios::showpos);
cout<<setfill(' ');
}
```

此程序的功能和运行结果完全与例 5-12 相同。

例 5-16：给出以下程序的运行结果。

```
#include<iomanip.h>
void main()
{
    float x=12, y=-3.456;
    cout<<x<<' '<<y<<endl;
    cout<<setiosflags(ios::showpoint);
    cout<<x<<' '<<y<<endl;
    cout<<resetiosflags(ios::showpoint);
    cout<<setiosflags(ios::scientific);
    cout<<x<<' '<<y<<endl;
    cout<<setiosflags(ios::fixed);
    cout<<x<<' '<<y<<endl;
}
```

此程序的功能和运行结果也完全与例 5-13 相同。

5.3.4 检测流操作的错误

在 I/O 流的操作过程中可能出现各种错误，每一个流都有一个状态标志字，以指示是否发生了错误以及出现了哪种类型的错误，这种处理技术与格式控制标志字是相同的。ios 类定义了以下枚举类型：

```
enum io_state
{
    goodbit =0x00,        //不设置任何位,一切正常
    eofbit  =0x01,        //输入流已经结束,无字符可读入
    failbit =0x02,        //上次读/写操作失败,但流仍可使用
    badbit  =0x04,        //试图作无效的读/写操作,流不再可用
    hardfail =0x80        //不可恢复的严重错误
};
```

对应于这个标志字各状态位，ios 类还提供了以下成员函数来检测或设置流的状态：

```
int rdstate();            //返回流的当前状态标志字
int eof();                //返回非 0 值表示到达文件尾
int fail();               //返回非 0 值表示操作失败
int bad();                //返回非 0 值表示出现错误
int good();               //返回非 0 值表示流操作正常
int clear(int flag=0);    //将流的状态设置为 flag
```

为提高程序的可靠性，应在程序中检测 I/O 流的操作是否正常。当检测到流操作出现错误时，可以通过异常处理来解决问题。

<h1 style="text-align:center">习　题</h1>

1. 分析以下程序的运行结果。

```cpp
#include<iostream.h>
ostream & setthex(ostream & stream)
{
    stream.setf(ios::hex|ios::uppercase|ios::showbase);
    return stream;
}
ostream & reset(ostream & stream)
{
    stream.unsetf(ios::hex|ios::uppercase|ios::showbase);
    return stream;
}
main()
{
    cout<<setthex<<200<<'\n';
    cout<<reset<<200<<'\n';
    return 0;
}
```

2. 输入 n 值，当 n 为正整数时计算 $n!$ 的值，n 为负数时用 cerr 显示错误信息。

3. 建立一个用户自定义的输入操作函数 skipchar()，读入并忽略来自输入流连续个字符。

4. 在键盘上建立一个包含几条记录的小书库文件。然后，采用随机读写的方法，使用户可以通过指定记录号显示有关货物信息。

5. 已知类 pwr，建立该类的用户自定义的输出操作函数与输入操作函数，用于求 base 的 exponent 次幂的值。

6. 建立一个用户自定义的输入操作函数和一个用户自定义的输出操作函数，用于输入和显示时间，要求在输入时进行输入检测。

7. 编写一个简单的日期类，由用户输入日期，并且打印出来。程序用格式 dd，mm 和 yy 向用户提示输入，其中 dd 代表日（1—31），mm 代表月份（1—12），yy 则代表年份（1900—2100）。在输入程序中加入检错代码。用户自定义的输出操作函数中，将日期完整打印出来。

8. 定义 in 为 fstream 的对象，与输入文件 file1.txt 建立联系，文件的内容如下：

```
C>type file1.txt
XXYYZZ
```

定义 out 为 fstream 的对象，与输出文件 file2.txt 建立联系。当文件打开成功后将 file1.txt 文件的内容附加到 file2.txt 文件尾部。

运行前 file2.txt 文件的内容如下：

```
C>type file2.txt
ABCDEF
GHIJKLMN
```

运行后，再看文件 file2.txt 的内容。

9. 编写一个程序，将下面的信息表写入文件 phone 中：

```
chen xiao dong 010-66742088
zhang fan xing 021-66442635
jiang hai dai 025-88247722
```

10. 编写一个程序，将 dsc.txt 文件的所有行加上行号后写到 dd.txt 文件中。

11. 编写一个程序，使之能通过重载"<<"运算符将 Std 类的对象数据存放在文件 std.dat 中，并在屏幕上显示这些数据。

12. 编写一个程序，实现在二进制文件 data.dat 中写入 3 条记录，显示其内容，然后删除第 2 条记录，显示删除以后的文件内容。

13. 编写一个程序，用于学生情况登记表（姓名、学号、性别、成绩）的数据输入和数据显示。

14. 编写一个程序，从一个由英文字母、数字、符号等字符组成的文件中读出数据，将其中的大写字母改写成小写字母，小写字母改写成大写字母，并将结果写入另一文件中。

15. 编写一个程序，实现以下功能。

（1）输入一系列的数据（学号、姓名、成绩）存放在文件 stud.dat 中。

（2）从该文件中读出这些数据并显示出来。

第6章 线　性　表

线性表是最简单、最基本，也是最常用的一种线性结构。它有两种存储方法：顺序存储和链式存储，它的主要基本操作是插入、删除和检索等。

6.1　线性表的逻辑结构

6.1.1　线性表的定义

线性表是一种线性结构。线性结构的特点是数据元素之间是一种线性关系，数据元素"一个接一个地排列"。在一个线性表中数据元素的类型是相同的，或者说线性表是由同一类型的数据元素构成的线性结构。在实际问题中线性表的例子是很多的，如学生情况信息表是一个线性表：表中数据元素的类型为学生类型；一个字符串也是一个线性表：表中数据元素的类型为字符型；等等。

综上所述，线性表定义如下：

线性表是具有相同数据类型的 $n(n>=0)$ 个数据元素的有限序列，通常记为：

$$(a_1,\ a_2,\ \cdots,\ a_{i-1},\ a_i,\ a_{i+1},\ \cdots,\ a_n)$$

其中 n 为表长，$n=0$ 时称为空表。

表中相邻元素之间存在顺序关系。将 a_{i-1} 称为 a_i 的直接前趋，a_{i+1} 称为 a_i 的直接后继。就是说：对于 a_i，当 $i=2$，$\cdots$，n 时，有且仅有一个直接前趋 a_{i-1}，当 $i=1$，2，$\cdots$，$n-1$ 时，有且仅有一个直接后继 a_{i+1}，而 a_1 是表中第一个元素，它没有前趋，a_n 是最后一个元素无后继。

需要说明的是：a_i 为序号为 i 的数据元素（$i=1,2,\cdots,n$），通常我们将它的数据类型抽象为 datatype，datatype 根据具体问题而定，如在学生情况信息表中，它是用户自定义的学生类型；在字符串中，它是字符型；等等。

6.1.2　线性表的基本操作

数据结构的运算是定义在逻辑结构层次上的，运算的具体实现是建立在存储结构上的，因此下面定义的线性表的基本运算作为逻辑结构的一部分，每一个操作的具体实现只有在确定了线性表的存储结构之后才能完成。

线性表上的基本操作有：

（1）线性表初始化：Init_List(L)

初始条件：表 L 不存在

操作结果：构造一个空的线性表

（2）求线性表的长度：Length_List(L)

初始条件：表 L 存在

操作结果：返回线性表中的所含元素的个数

（3）取表元：Get_List(L,*i*)

初始条件：表 L 存在且 $1<=i<=$Length_List(L)

操作结果：返回线性表 L 中的第 *i* 个元素的值或地址

（4）按值查找：Locate_List(L,*x*)，*x* 是给定的一个数据元素。

初始条件：线性表 L 存在

操作结果：在表 L 中查找值为 *x* 的数据元素，其结果返回在 L 中首次出现的值为 *x* 的那个元素的序号或地址，称为查找成功；否则，在 L 中未找到值为 *x* 的数据元素，返回一特殊值表示查找失败。

（5）插入操作：Insert_List(L,*i*,*x*)

初始条件：线性表 L 存在，插入位置正确（$1<=i<=n+1$，*n* 为插入前的表长）。

操作结果：在线性表 L 的第 *i* 个位置上插入一个值为 *x* 的新元素，这样使原序号为 *i*，$i+1, \cdots, n$ 的数据元素的序号变为$i+1,i+2, \cdots, n+1$，插入后表长=原表长+1。

（6）删除操作：Delete_List(L,*i*)

初始条件：线性表 L 存在，$1<=i<=n$。

操作结果：在线性表 L 中删除序号为 *i* 的数据元素，删除后使序号为 $i+1, i+2, \cdots, n$ 的元素变为序号为 $i, i+1, \cdots, n-1$，新表长＝原表长－1。

需要说明的是：

（1）某数据结构上的基本运算，不是它的全部运算，而是一些常用的基本运算，每一个基本运算在实现时也可能根据不同的存储结构派生出一系列相关的运算来。比如线性表的查找在链式存储结构中还会按序号查找；再如插入运算，也可能是将新元素 *x* 插入到适当的位置等，不可能也没有必要全部定义出它的运算集，读者掌握了某一数据结构上的基本运算后，其他的运算可以通过基本运算来实现，也可以直接去实现。

（2）在上面各操作中定义的线性表 L 仅仅是一个抽象在逻辑结构层次的线性表，尚未涉及它的存储结构，因此每个操作在逻辑结构层次上尚不能用具体的某种程序语言写出具体的算法，算法的实现只有在存储结构确立之后。

6.2 线性表的顺序存储及运算实现

6.2.1 顺序表

线性表的顺序存储是指在内存中用地址连续的一块存储空间顺序存放线性表的各元素，用这种存储形式存储的线性表称其为顺序表。因为内存中的地址空间是线性的，因此，用物理上的相邻实现数据元素之间的逻辑相邻关系是既简单，又自然。如图 6-1 所示。设 a_1 的存储地址为 Loc(a_1)，每个数据元素占 d 个存储地址，则第 *i* 个数据元素的地址为：

$$Loc(a_i)=Loc(a_1)+(i-1)*d \qquad 1<=i<=n$$

这就是说，只要知道顺序表首地址和每个数据元素所占地址单元的个数就可求出第 *i* 个数据元素的地址，这也是顺序表具有按数据元素的序号随机存取的特点。

在程序设计语言中，一维数组在内存中占用的存储空间就是一组连续的存储区域，因此，用一维数组来表示顺序表的数据存储区域是再合适不过的。考虑到线性表的运算有插入、删除等运算，即表长是可变的，因此，数组的容量需设计得足够大，设用：data[MAXSIZE]来表示，其中 MAXSIZE 是一个根据实际问题定义的足够大的整数，线性表中的数据从 data[0] 开始依次顺序存放，但当前线性表中的实际元素个数可能未达到 MAXSIZE 多个，因此需用一个变量 last 记录当前线性表中最后一个元素在数组中的位置，即 last 起一个指针的作用，始终指向线性表中最后一个元素，因此，表空时 last=-1。这种存储思想的具体描述可以是多样的。如可以是：

```
datatype data[MAXSIZE];
    int last;
```

这样表示的顺序表如图 6-1 所示。表长为 last+1，数据元素分别存放在 data[0]到 data[last] 中。这样简单方便，但有时不便管理。

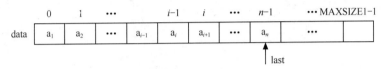

图 6-1   线性表的顺序存储示意

从结构性考虑，通常将 data 和 last 封装成一个结构作为顺序表的类型：

```
typedef struct
        { datatype data[MAXSIZE];
    int last;
} SeqList;
```

定义一个顺序表：SeqList   L ；

这样表示的线性表如图 6-2（a）所示。表长＝L.last+1，线性表中的数据元素 a_1 至 a_n 分别存放在 L.data[0]至 L.data[L.last]中。

由于后面的算法用 C 语言描述，根据 C 语言中的一些规则，有时定义一个指向 SeqList 类型的指针更为方便：

```
SeqList *L ;
```

L 是一个指针变量，线性表的存储空间通过 L=malloc(sizeof(SeqList)) 操作来获得。

L 中存放的是顺序表的地址，这样表示的线性表如图 6-2（b）所示。表长表示为(*L).last 或 L->last+1，线性表的存储区域为 L->data ，线性表中数据元素的存储空间为：

```
L->data[0] ~ L->data[L->last]。
```

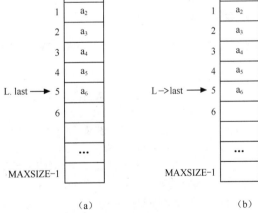

图 6-2   线性表的顺序存储示意

在以后的算法中多用这种方法表示，读者在读算法时注意相关数据结构的类型说明。

6.2.2   顺序表上基本运算的实现

1. 顺序表的初始化

顺序表的初始化即构造一个空表，这对表是一个加工型的运算，因此，将 L 设为指针参数，首先动态分配存储空间，然后将表中 last 指针置为－1，表示表中没有数据元素。算法 6-1 如下：

```
SeqList *init_SeqList( )
   { SeqList *L;
L=malloc(sizeof(SeqList));
   L->last=-1;  return L;
   }
```

设调用函数为主函数，主函数对初始化函数的调用如下：

```
main()
{SeqList *L;
L=Init_SeqList();
...

}
```

2．插入运算

线性表的插入是指在表的第 i 个位置插入一个值为 x 的新元素，插入后使原表长为 n 的表：

$$(a_1,\ a_2,\ \cdots,\ a_{i-1},\ a_i,\ a_{i+1},\ \cdots,\ a_n)$$

成为表长为 $n+1$ 的表：

$$(a_1,\ a_2,\ \cdots,\ a_{i-1},\ x,\ a_i,\ a_{i+1},\ \cdots,\ a_n)\ 。$$

i 的取值范围为 $1<=i<=n+1$ 。

顺序表的插入如图 6-3 所示。

顺序表要完成这一运算则通过以下步骤进行：

（1）将 $a_i\sim a_n$ 顺序向下移动，为新元素让出位置；

（2）将 x 置入空出的第 i 个位置；

（3）修改 last 指针（相当于修改表长），使之仍指向最后一个元素。

算法 6-2 如下：

```
int Insert_SeqList(SeqList *L,int I,datatype x)
 { int j;
   if (L->last==MAXSIZE-1)
      { cout<<"表满"; return(-1); }    /*表空间已满,不能插入*/
   if (i<1 || i>L->last+2)             /*检查插入位置的正确性*/
     { cout<<"位置错";return(0); }
   for(j=L->last;j>=i-1;j--)
      L->data[j+1]=L->data[j];          /* 节点移动 */
   L->data[i-1]=x;                     /*新元素插入*/
   L->last++;                          /*last 仍指向最后元素*/
   return (1);                         /*插入成功,返回*/
   }
```

本算法应注意以下问题。

（1）顺序表中数据区域有 MAXSIZE 个存储单元，所以在向顺序表中做插入时先检查表空间是否满了，在表满的情况下不能再做插入，否则产生溢出错误。

（2）要检验插入位置的有效性，这里 i 的有效范围是 $1<=i<=n+1$，其中 n 为原表长。

（3）注意数据的移动方向。

插入算法的时间性能分析：

顺序表上的插入运算，时间主要消耗在数据的移动，在第 i 个位置上插入 x ，从 a_i 到 a_n 都要向下移动一个位置，共需要移动 $n-i+1$ 个元素，而 i 的取值范围为 ：

$1 <= i <= n+1$，即有 $n+1$ 个位置可以插入。设在第 i 个位置上作插入的概率为 P_i，则平均移动数据元素的次数：

$$E_{in} = \sum_{i=1}^{n+1} p_i(n-i+1)$$

设 $P_i = 1/(n+1)$ ，即为等概率情况，则：

$$E_{in} = \sum_{i=1}^{n+1} p_i(n-i+1) = \frac{1}{n+1} \sum_{i=1}^{n+1}(n-i+1) = \frac{n}{2}$$

这说明：在顺序表上做插入操作需移动表中一半的数据元素。显然时间复杂度为 $O(n)$。

3．删除运算 DeleteList（L,i）

线性表的删除运算是指将表中第 i 个元素从线性表中去掉，删除后使原表长为 n 的线性表：

$$(a_1, a_2, \cdots, a_{i-1}, a_i, a_{i+1}, \cdots, a_n)$$

成为表长为 $n-1$ 的线性表：

$$(a_1, a_2, \cdots, a_{i-1}, \quad a_{i+1}, \cdots, a_n)。$$

i 的取值范围为：$1 <= i <= n$ 。

顺序表的删除如图 6-4 所示。

顺序表上完成这一运算的步骤如下：

（1）将 $a_{i+1} \sim a_n$ 顺序向上移动；

（2）修改 last 指针（相当于修改表长）使之仍指向最后一个元素。

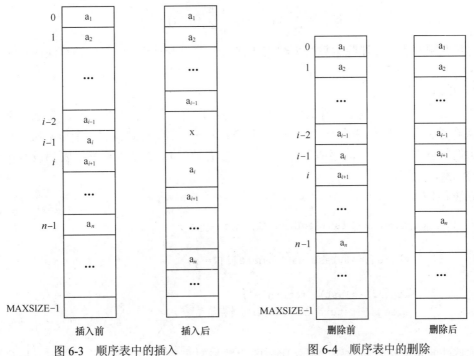

图 6-3　顺序表中的插入　　　　图 6-4　顺序表中的删除

算法 6-3 如下：

```
    int Delete_SeqList(SeqList *L;int i)
{ int  j;
      if(i<1 || i>L->last+1)              /*检查空表及删除位置的合法性*/
          { cout<<"不存在第i个元素"; return(0); }
      for(j=i;j<=L->last;j++)
          L->data[j-1]=L->data[j];        /*向上移动*/
  L->last--;
  return(1);                              /*删除成功*/
      }
```

本算法应注意以下问题：

（1）删除第 i 个元素，i 的取值为 $1<=i<=n$，否则第 i 个元素不存在，因此，要检查删除位置的有效性；

（2）当表空时不能做删除，因表空时 L->last 的值为−1，条件（$i<1 \| i>$L->last+1）也包括了对表空的检查；

（3）删除 a_i 之后，该数据已不存在，如果需要，先取出 a_i，再做删除。

删除算法的时间性能分析：

与插入运算相同，其时间主要消耗在移动表的元素上，删除第 i 个元素时，其后面的元素 $a_{i+1} \sim a_n$ 都要向上移动一个位置，共移动了 $n-i$ 个元素，所以平均移动数据元素的次数：

$$E_{de} = \sum_{i=1}^{n} p_i(n-i)$$

在等概率情况下，$p_i = 1/n$，则：

$$E_{de} == \sum_{i=1}^{n} p_i(n-i) = \frac{1}{n}\sum_{i=1}^{n+1}(n-i) = \frac{n-1}{2}$$

这说明顺序表上作删除运算时大约需要移动表中一半的元素，显然该算法的时间复杂度为 $O(n)$。

4．按值查找

线性表中的按值查找是指在线性表中查找与给定值 x 相等的数据元素。在顺序表中完成该运算最简单的方法是：从第一个元素 a_1 起依次和 x 比较，直到找到一个与 x 相等的数据元素，则返回它在顺序表中的存储下标或序号（二者差一）；或者查遍整个表都没有找到与 x 相等的元素，返回−1。

算法 6-4 如下：

```
  int Location_SeqList(SeqList *L, datatype x)
{ int i=0;
      while(i<=L.last && L->data[i]!= x)
        i++;
      if (i>L->last) return -1;
      else    return i;  /*返回的是存储位置*/
    }
```

本算法的主要运算是比较。显然比较的次数与 x 在表中的位置有关，也与表长有关。当

$a_1=x$ 时，比较一次成功。当 $a_n=x$ 时比较 n 次成功。平均比较次数为 $(n+1)/2$，时间性能为 $O(n)$。

6.2.3　顺序表应用举例

例 6-1：将顺序表（a_1, a_2, $\cdots$, a_n）重新排列为以 a_1 为界的两部分：a_1 前面的值均比 a_1 小，a_1 后面的值都比 a_1 大（这里假设数据元素的类型具有可比性，不妨设为整型），操作前后如图 6-5 所示。这一操作称为划分，a_1 也称为基准。

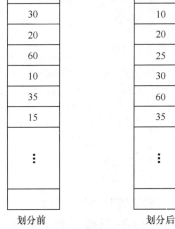

图 6-5　顺序表的划分

划分的方法有多种，下面介绍的划分算法其思路简单，性能较差。

基本思路：从第二个元素开始到最后一个元素，逐一向后扫描。

（1）当前数据元素 a_1 比 a_1 大时，表明它已经在 a_1 的后面，不必改变它与 a_1 之间的位置，继续比较下一个。

（2）当前节点若比 a_1 小，说明它应该在 a_1 的前面，此时将它上面的元素都依次向下移动一个位置，然后将它置入最上方。

算法 6-5 如下：

```
void part(SeqList *L)
{ int i,j;
    datatype x,y;
  x=L->data[0];                       /* 将基准置入 x 中*/
      for(i=1;i<=L->last;i++)
        if(L->data[i]<x)            /*当前元素小于基准*/
        { y = L->data[i];
          for(j=i-1;j>=0;j--)   /*移动*/
            L->data[j+1]=L->data[j];
          L->data[0]=y;
        }
}
```

本算法中，有两重循环，外循环执行 n-1 次，内循环中移动元素的次数与当前数据的大小有关，当第 i 个元素小于 a_1 时，要移动它上面的 $i-1$ 个元素，再加上当前节点的保存及置入，所以移动 $i-1+2$ 次，在最坏情况下，a_1 后面的节点都小于 a_1，故总的移动次数为：

$$\sum_{i=2}^{n}(i-1+2)=\sum_{i=2}^{n}(i+1)=\frac{n\times(n+3)}{2}$$

即最坏情况下移动数据时间性能为 $O(n^2)$。

这个算法简单但效率低，在第 7 章的快速排序中我们将介绍另一种划分算法，它的性能为 $O(n)$。

例 6-2：有顺序表 A 和 B，其元素均按从小到大的升序排列，编写一个算法将它们合并成一个顺序表 C，要求 C 的元素也是从小到大的升序排列。

算法思路：依次扫描通过 A 和 B 的元素，比较当前元素的值，将较小值的元素赋给 C，如此直到一个线性表扫描完毕，然后将未完的那个顺序表中余下部分赋予 C 即可。C 的容量要能够容纳 A、B 两个线性表相加的长度。

算法 6-6 如下：

```
void merge(SeqList  A, SeqList  B,  SeqList *C)
{ int  i,j,k;
   i=0;j=0;k=0;
  while ( i<=A.last && j<=B.last )
    if (A.date[i]<B.date[j])
       C->data[k++]=A.data[i++];
    else  C->data[k++]=B.data[j++];
while (i<=A.last )
   C->data[k++]= A.data[i++];
while (j<=B.last )
   C->data[k++]=B.data[j++];
C->last=k-1;
}
```

算法的时间性能是 O($m+n$)，其中 m 是 A 的表长，n 是 B 的表长。

例 6-3：比较两个线性表的大小。两个线性表的比较依据下列方法：设 A、B 是两个线性表，均用向量表示，表长分别为 m 和 n。 A′ 和 B′ 分别为 A 和 B 中除去最大共同前缀后的子表。

例如 A=(x,y,y,z,x,z)，B=(x,y,y,z,y,x,x,z)，两表最大共同前缀为 (x,y,y,z)。

则　　A′ =（x,z），　　　　　　B′ =（y,x,x,z），

若 A′ =B′ = 空表，则 A=B；

若 A′ =空表且 B′ ≠空表，或两者均不空且 A′ 首元素小于 B′ 首元素，则 A<B；

否则，A>B。

算法思路：首先找出 A、B 的最大共同前缀；然后求出 A′ 和 B′，之后再按比较规则进行比较，A>B 函数返回 1；A=B 返回 0；A<B 返回-1。

算法 6-7 如下：

```
int compare( A,B,m,n)
int A[],B[];
int m,n;
{ int i=0,j,AS[],BS[],ms=0,ns=0;  /*AS,BS 作为 A′ ,B′ */
  while (A[i]==B[i]) i++;          /*找最大共同前缀*/
  for (j=i;j<m;j++)
    { AS[j-i]=A[j];ms++; }         /*求 A′ ,ms 为 A′ 的长度*/
  for (j=i;j<n;j++)
    { BS[j-i]=B[j];ns++; }         /*求 B′ ,ms 为 B′ 的长度*/
  if (ms==ns&&ms==0) return 0;
  else if (ms==0&&ns>0 || ms>0 && ns>0 && AS[0]<BS[0]) return -1;
    else return 1;
}
```

算法的时间性能是 O($m+n$)。

6.3 线性表的链式存储和运算实现

由于顺序表的存储特点是用物理上的相邻实现逻辑上的相邻，它要求用连续的存储单元顺序存储线性表中的各元素，因此，对顺序表插入、删除时需要通过移动数据元素来实现，影响了运行效率。本节介绍线性表的链式存储结构，它不需要用地址连续的存储单元来实现，因为它不要求逻辑上相邻的两个数据元素物理上也相邻，它是通过"链"建立起数据元素之间的逻辑关系，因此对线性表的插入、删除不需要移动数据元素。

6.3.1 单链表

链表是通过一组任意的存储单元来存储线性表中的数据元素的，那么怎样表示出数据元素之间的线性关系呢？为建立起数据元素之间的线性关系，对每个数据元素 a_i，除了存放数据元素的自身信息 a_i 外，还需要和 a_i 一起存放其后继 a_{i+1} 所在的存储单元的地址，这两部分信息组成一个"节点"，节点的结构如图 6-6 所示，每个元素都如此。存放数据元素信息的称为数据域，存放其后继地址的称为指针域。因此 n 个元素的线性表通过每个节点的指针域拉成了一个"链子"，称之为链表。因为每个节点中只有一个指向后继的指针，所以称其为单链表。

图 6-6 单链表节点结构

链表是由一个个节点构成的，节点定义如下：

```
typedef struct node
{ datatype data;
struct node *next;
} Lnode,*LinkList;
```

定义头指针变量：

```
LinkList H;
```

图 6-7 所示是线性表（$a_1,a_2,a_3,a_4,a_5,a_6,a_7,a_8$）对应的链式存储结构示意。

当然必须将第一个节点的地址 160 放到一个指针变量如 H 中，最后一个节点没有后继，其指针域必需置空，表明此表到此结束，这样就可以从第一个节点的地址开始"顺藤摸瓜"，找到每个节点。

作为线性表的一种存储结构，我们关心的是节点间的逻辑结构，对每个节点的实际地址并不关心，所以通常的单链表用图 6-8 的形式而不用图 6-7 的形式表示。

通常我们用"头指针"来标识一个单链表，如单链表 L、单链表 H 等，是指某链表的第一个节点的地址放在了指针变量 L、H 中，头指针为"NULL"则表示一个空表。

需要进一步指出的是：上面定义的 LNode 是节点的类型，LinkList 是指向 LNode 类型节点的指针类型。为了增强程序的可读性，通常将标识一个链表的头指针说明为 LinkList 类型的变量，如 LinkList L；当

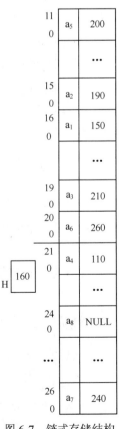

图 6-7 链式存储结构

L 有定义时，值要么为 NULL，则表示一个空表；要么为第一个节点的地址，即链表的头指针；将操作中用到指向某节点的指针变量说明为 LNode ＊类型，如 LNode *p；则语句：

```
p=malloc(sizeof(LNode));
```

则完成了申请一块 LNode 类型的存储单元的操作，并将其地址赋值给变量 p。如图 6-9 所示。P 所指的节点为*p,*p 的类型为 LNode 型,所以该节点的数据域为 (*p).data 或 p->data，指针域为 (*p).next 或 p->next。free(p)则表示释放 p 所指的节点。

图 6-8　链表示意　　　　　　　　　　图 6-9　申请一个节点

6.3.2　单链表上基本运算的实现

1. 建立单链表

（1）在链表的头部插入节点建立单链表

链表与顺序表不同，它是一种动态管理的存储结构，链表中的每个节点占用的存储空间不是预先分配，而是运行时系统根据需求而生成的，因此建立单链表从空表开始，每读入一个数据元素则申请一个节点，然后插在链表的头部，如图 6-10 展现了线性表：（25,45,18,76,29）之链表的建立过程，因为是在链表的头部插入，读入数据的顺序和线性表中的逻辑顺序是相反的。

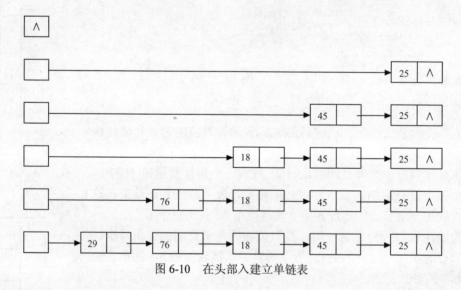

图 6-10　在头部入建立单链表

算法 6-8 如下：

```
LinkList  Creat_LinkList1( )
{   LinkList L=NULL;   /*空表*/
Lnode *s;
    int x;            /*设数据元素的类型为int*/
scanf("%d",&x);
```

```
while (x!=flag)
  { s=malloc(sizeof(LNode));
   s->data=x;
   s->next=L;  L=s;
      Scanf ("%d",&x);
    }
    return L;
 }
```

（2）在单链表的尾部插入节点建立单链表

头插入建立单链表简单，但读入的数据元素的顺序与生成链表中元素的顺序是相反的，若希望次序一致，则用尾插入的方法。因为每次是将新节点插入到链表的尾部，所以需加入一个指针 r 用来始终指向链表中的尾节点，以便能够将新节点插入到链表的尾部，如图 6-11 展现了在链表的尾部插入节点建立链表的过程。

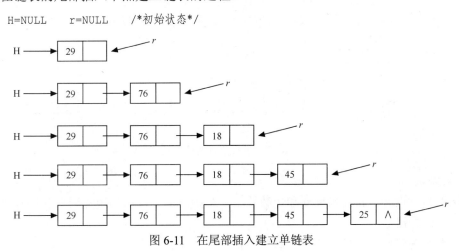

图 6-11　在尾部插入建立单链表

算法思路：

初始状态：头指针 H=NULL，尾指针 r=NULL；按线性表中元素的顺序依次读入数据元素，不是结束标志时，申请节点，将新节点插入到 r 所指节点的后面，然后 r 指向新节点（但第一个节点有所不同，读者注意下面算法中的有关部分）。

算法 6-9 如下：

```
LinkList  Creat_LinkList2( )
  { LinkList L=NULL;
Lnode *s,*r=NULL;
   int x;                       /*设数据元素的类型为int*/
scanf("%d",&x);
while (x!=flag)
  { s=malloc(sizeof(LNode));        s->data=x;
   if (L==NULL) L=s;            /*第一个节点的处理*/
   else  r->next=s;            /*其他节点的处理*/
   r=s;                      /*r 指向新的尾节点*/
      scanf("%d",&x);
    }
   if ( r!=NULL) r->next=NULL;    /*对于非空表,最后节点的指针域放空指针*/
```

```
    return L;
}
```

在上面的算法中，第一个节点的处理和其他节点是不同的，原因是第一个节点加入时链表为空，它没有直接前驱节点，它的地址就是整个链表的指针，需要放在链表的头指针变量中；而其他节点有直接前驱节点，其地址放入直接前驱节点的指针域。"第一个节点"的问题在很多操作中都会遇到，如在链表中插入节点时，将节点插在第一个位置和其他位置是不同的，在链表中删除节点时，删除第一个节点和其他节点的处理也是不同的。为了方便操作，有时在链表的头部加入一个"头节点"，头节点的类型与数据节点一致，标识链表的头指针变量 L 中存放该节点的地址，这样即使是空表，头指针变量 L 也不为空了。头节点的加入使得"第一个节点"的问题不再存在，也使得"空表"和"非空表"的处理成为一致。

头节点的加入完全是为了运算方便，它的数据域无定义，指针域中存放的是第一个数据节点的地址，空表时为空。

图 6-12 （a）、（b）分别是带头节点的单链表空表和非空表的示意。

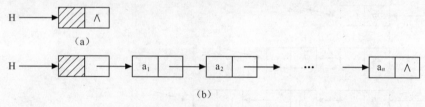

图 6-12 带头节点的单链表

2．求表长

算法思路：设一个移动指针 p 和计数器 j，初始化后，p 所指节点后面若还有节点，p 向后移动，计数器加 1。

（1）设 L 是带头节点的单链表（线性表的长度不包括头节点）

算法 6-10（a）如下：

```
int  Length_LinkList1 (LinkList L)
{ Lnode * p=L;          /* p 指向头节点*/
   int  j=0;
   while (p->next)
   { p=p->next; j++ } /* p 所指的是第 j 个节点*/
   return  j;
}
```

（2）设 L 是不带头节点的单链表

算法 6-10（b）如下：

```
int  Length_LinkList2 (LinkList L)
{ Lnode * p=L;
   int  j;
   if (p==NULL) return  0; /*空表的情况*/
   j=1;                    /*在非空表的情况下,p 所指的是第一个节点*/;
while (p->next )
   { p=p->next;  j++ }
```

```
    return j;
  }
```

从上面两个算法中看到，不带头节点的单链表空表情况要单独处理，而带上头节点之后则不用了。在以后的算法中不加说明则认为单链表是带头节点的。算法 6-10（a）、（b）的时间复杂度均为 O(n)。

3. 查找操作

（1）按序号查找 Get_Linklist(L,i)

算法思路：从链表的第一个元素节点起，判断当前节点是否是第 i 个，若是，则返回该节点的指针，否则继续后一个，表结束为止。没有第 i 个节点时返回空。

算法 6-11（a）如下：

```
Lnode * Get_LinkList(LinkList  L, Int  i);
/*在单链表 L 中查找第 i 个元素节点,找到返回其指针,否则返回空*/
{ Lnode * p=L;
    int  j=0;
while (p->next !=NULL && j<i )
    { p=p->next; j++; }
    if (j==i) return p;
    else  return NULL;
  }
```

（2）按值查找即定位 Locate_LinkList(L,x)

算法思路：从链表的第一个元素节点起，判断当前节点其值是否等于 x，若是，返回该节点的指针，否则继续后一个，表结束为止。找不到时返回空。

算法 6-11（b）如下：

```
Lnode * Locate_LinkList( LinkList  L, datatype  x)
   /*在单链表 L 中查找值为 x 的节点,找到后返回其指针,否则返回空*/
  { Lnode * p=L->next;
    while ( p!=NULL && p->data != x)
      p=p->next;
    return p;
  }
```

算法 6-11（a）、6-11（b）的时间复杂度均为 O(n)。

4. 插入

（1）后插节点

设 p 指向单链表中某节点，s 指向待插入的值为 x 的新节点，将*s 插入到*p 的后面，插入示意如图 6-13 所示。

操作如下：

① s->next=p->next;

② p->next=s;

注意：两个指针的操作顺序不能交换。

（2）前插节点

设 p 指向链表中某节点，s 指向待插入的值为 x 的新节点，将*s 插入到*p 的前面，插入

示意如图 6-14 所示。与后插不同的是：首先要找到*p 的前驱*q，然后再完成在*q 之后插入
*s，设单链表头指针为 L，操作如下：

```
q=L;
while (q->next!=p)
  q=q->next;        /*找*p 的直接前驱*/
s->next=q->next;
q->next=s;
```

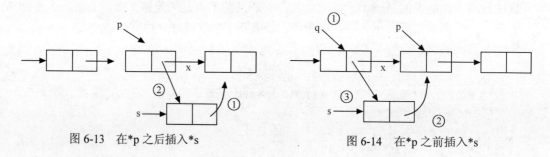

图 6-13　在*p 之后插入*s　　　　　图 6-14　在*p 之前插入*s

后插操作的时间复杂性为 O(1)，前插操作因为要找 *p 的前驱，时间性能为 O(n)；其实
我们更关心的是数据元素之间的逻辑关系，所以仍然可以将 *s 插入到 *p 的后面，然后将
p –>data 与 s–>data 交换即可，这样即满足了逻辑关系，也能使时间复杂性为 O(1)。

（3）插入运算　Insert_LinkList(L,i,x)

算法思路：

① 找到第 i–1 个节点，若存在继续 2，否则结束；

② 申请、填装新节点；

③ 将新节点插入，结束。

算法 6-12 如下：

```
int  Insert_LinkList( LinkList  L, int i, datatype  x)
/*在单链表 L 的第 i 个位置上插入值为 x 的元素*/
{ Lnode  * p,*s;
    p=Get_LinkList(L,i-1);            /*查找第 i-1 个节点*/
    if (p==NULL)
       { cout<< "参数 i 错" ;return 0; } /*第 i-1 个不存在不能插入*/
    else {
        s=malloc(sizeof(LNode));       /*申请、填装节点*/
        s->data=x;
        s->next=p->next;               /*新节点插入在第 i-1 个节点的后面*/
        p->next=s
        return 1;
    }
}
```

算法 6-12 的时间复杂度为 O(n)。

5．删除

（1）删除节点

设 p 指向单链表中某节点，删除*p。操作示意如图 6-15 所示。通过示意图可知，要实现

对节点*p的删除，首先要找到*p的前驱节点*q，然后完成指针的操作即可。指针的操作由下列语句实现：

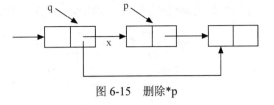

图 6-15　删除*p

```
q->next=p->next;
free(p);
```

找*p前驱的时间复杂性为 O(n)。

若要删除*p的后继节点（假设存在），则可以直接完成：

```
s=p->next;
p->next=s->next;
free(s);
```

该操作的时间复杂性为 O(1) 。

（2）删除运算

```
Del_LinkList(L,i)
```

算法思路：① 找到第 i-1 个节点，若存在继续 2，否则结束；

② 若存在第 i 个节点则继续 3，否则结束；

③ 删除第 i 个节点，结束。

算法 6-13 如下：

```
int  Del_LinkList(LinkList  L,int i)
   /*删除单链表 L 上的第 i 个数据节点*/
 { LinkList  p,s;
   p=Get_LinkList(L,i-1);        /*查找第 i-1 个节点*/
   if (p==NULL)
      { cout<<"第 i-1 个节点不存在";return -1; }
   else {  if (p->next==NULL)
           { cout<<"第 i 个节点不存在";return 0; }
         else
{ s=p->next; /*s 指向第 i 个节点*/
           p->next=s->next;  /*从链表中删除*/
           free(s);          /*释放*s */
           return 1;
   }
```

算法 6-13 的时间复杂度为 O(n)。

通过上面的基本操作我们得知：

（1）在单链表上插入、删除一个节点，必须知道其前驱节点；

（2）单链表不具有按序号随机访问的特点，只能从头指针开始一个个接顺序进行。

6.3.3　循环链表

对于单链表而言，最后一个节点的指针域是空指针，如果将该链表头指针置入该指针域，则使得链表头尾节点相连，就构成了单循环链表。如图 6-16 所示。

在单循环链表上的操作基本上与非循环链表相同，只是将原来判断指针是否为 NULL 变为是否是头指针而已，没有其他较大的变化。

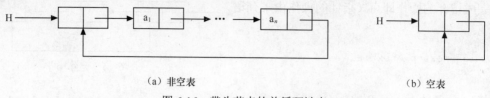

（a）非空表 　　　　　（b）空表

图 6-16　带头节点的单循环链表

对于单链表只能从头节点开始遍历整个链表，对于单循环链表则可以从表中任意节点开始遍历整个链表，不仅如此，有时对链表常做的操作是在表尾、表头进行，此时可以改变一下链表的标识方法，不用头指针而用一个指向尾节点的指针 R 来标识，可以使操作效率得以提高。

例如，对两个单循环链表 H1 、H2 的连接操作，是将 H2 的第一个数据节点接到 H1 的尾节点，如用头指针标识，则需要找到第一个链表的尾节点，其时间复杂性为 $O(n)$，而链表若用尾指针 R1、R2 来标识，则时间性能为 $O(1)$。操作如下：

```
p= R1 ->next;        /*保存 R1 的头节点指针*/
R1->next=R2->next->next;  /*头尾连接*/
free(R2->next);      /*释放第二个表的头节点*/
R2->next=p;          /*组成循环链表*/
```

这一过程如图 6-17 所示。

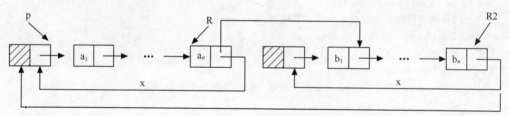

图 6-17　两个用尾指针标识的单循环链表的连接

6.3.4　双向链表

以上讨论的单链表的节点中只有一个指向其后继节点的指针域 next，因此若已知某节点的指针为 p，其后继节点的指针则为 p->next ，找其前驱则只能从该链表的头指针开始，顺着各节点的 next 域进行，也就是说找后继的时间性能是 $O(1)$，找前驱的时间性能是 $O(n)$，如果也希望找前驱的时间性能达到 $O(1)$，则只能付出空间的代价：每个节点再加一个指向前驱的指针域，节点的结构如图 6-18 所示，用这种节点组成的链表称为双向链表。

双向链表节点的定义如下：

图 6-18　双向链表

```
typedef struct dlnode
{ datatype data;
    struct dlnode *prior,*next;
    }DLNode,*DLinkList;
```

和单链表类似，双向链表通常也是用头指针标识，也可以带头节点和做成循环结构，图 6-19 是带头节点的双向循环链表示意图。显然通过某节点的指针 p 即可以直接得到它的后继节点的指针 p->next，也可以直接得到它的前驱节点的指针 p->prior。这样在有些操作中需要找前驱时，则无需再用循环。从下面的插入删除运算可以看出这一点。

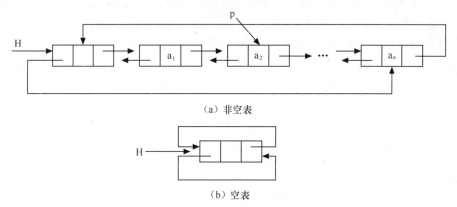

（a）非空表

（b）空表

图 6-19   带头节点的双循环链表

设 p 指向双向循环链表中的某一节点，即 p 是该节点的指针，则 p->prior->next 表示的是*p 节点之前驱节点的后继节点的指针，即与 p 相等；类似 p->next->prior 表示的是*p 节点之后继节点的前驱节点的指针，也与 p 相等，所以有以下等式：

    p->prior->next=p=p->next->prior

双向链表中节点的插入：设 p 指向双向链表中某节点，s 指向待插入的值为 x 的新节点，将*s 插入到*p 的前面，插入示意如图 6-20 所示。

操作如下：

① s->prior=p->prior;
② p->prior->next=s;
③ s->next=p;
④ p->prior=s;

指针操作的顺序不是唯一的，但也不是任意的，操作①必须要放到操作④的前面完成，否则*p 的前驱节点的指针就丢掉了。读者把每条指针操作的涵义搞清楚，就不难理解了。双向链表中节点的删除：设 p 指向双向链表中某节点，删除*p。操作示意如图 6-21 所示。

操作如下：

① p->prior->next=p->next;
② p->next->prior=p->prior;
    free(p);

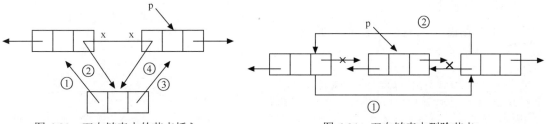

图 6-20   双向链表中的节点插入   图 6-21   双向链表中删除节点

6.3.5 静态链表

下面先看图 6-22。在图 6-22 中，规模较大的结构数组 sd[MAXSIZE] 中有两个链表：其中链表 SL 是一个带头节点的单链表，表示线性表(a_1, a_2, a_3, a_4, a_5)，另一个单链表 AV 是将当前 sd 中的空节点组成链表。

数组 sd 的定义如下：

```
#define  MAXSIZE  .../*足够大的数*/
typedef  struct
     {datatype  data;
      int      next;
     }SNode;      /*节点类型*/
SNode  sd[MAXSIZE];
int SL,AV;         /*两个头指针变量*/
```

这种链表的节点中有数据域 data 和指针域 next，与前面所讲的链表中的指针不同的是，这里的指针是节点的相对地址（数组的下标），称之为静态指针，这种链表称之为静态链表，空指针用 -1 表示，因为上面定义的数组中没有下标为 -1 的单元。

	data	next
0		4
1	a_4	5
2	a_2	3
3	a_3	1
4	a_1	2
5	a_5	-1
6		7
7		8
8		9
9		10
10		11
11		-1

SL=0 （0 行）
AV=6 （6 行）

图 6-22 静态链表

在图 6-21 中，SL 是用户的线性表，AV 模拟的是系统存储池中空闲节点组成的链表，当用户需要节点时，例如向线性表中插入一个元素，需自己向 AV 申请，而不能用系统函数 malloc 来申请，相关的语句为：

```
if(AV!=-1)
    { t=AV;
     AV=sd[AV].next;
    }
```

所得到的节点地址（下标）存入了 t 中；不难看出当 AV 表非空时，摘下了第一个节点给用户。当用户不再需要某个节点时，需通过该节点的相对地址 t 将它还给 AV，相关语句为：

```
sd[t].next=AV;
AV=t;
```

而不能调用系统的 free 函数。交给 AV 表的节点链在了 AV 的头部。

下面通过线性表插入这个例子看静态链表操作。

例 6-4：在带头节点的静态链表 SL 的第 i 个节点之前插入一个值为 x 的新节点。设静态链表的存储区域 sd 为全局变量。

算法 6-14 如下：

```
int Insert_SList( int SL, datatype x, int i)
{ int p,j;
  p=SL; j=0;
  while(sd[p].next!=-1 && j<i-1)
     {p=sd[p].next;j++;}        /*找第 i-1 个节点*/
  if(j==i-1)
```

```
{ if(AV!=-1)                        /*若 AV 表还有节点可用*/
  {t=AV;
  AV=sd[AV].next;                   /*申请、填装新节点*/
  sd[t].data=x;
  sd[t].next=sd[p].next;   /*插入*/
  sd[p].next=t;
  return 1;                         /*正常插入成功返回*/
  }
  else{cout<<"存储池无节点";return 0;}
                                    /*未申请到节点,插入失败*/
  else{cout<<"插入的位置错误";return -1;}
                                    /*插入位置不正确,插入失败*/
}
```

读者可将该算法和算法 6-12 相比较,除了一些描述方法有些区别外,算法思路是相同的。有关基于静态链表上的其他线性表的操作基本与动态链表相同,这里不再赘述。

6.3.6 单链表应用举例

例 **6-5**:已知单链表 H,写一算法将其倒置。即实现如图 6-23 所示的操作。(a) 为倒置前,(b) 为倒置后。

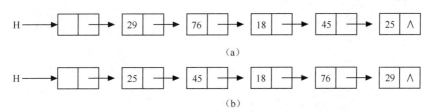

图 6-23 单链表的倒置

算法思路:依次取原链表中的每个节点,将其作为第一个节点插入到新链表中去,指针 p 用来指向当前节点,p 为空时结束。

算法 6-15 如下:

```
void  reverse (Linklist H)
  { LNode *p;
  p=H->next;                 /*p 指向第一个数据节点*/
  H->next=NULL;              /*将原链表置为空表 H*/
  while (p)
    { q=p;   p=p->next;
    q->next=H->next;         /*将当前节点插到头节点的后面*/
    H->next=q;
    }
  }
```

该算法只对链表中的顺序扫描一遍即完成了倒置,所以时间性能为 O(*n*)。

例 **6-6**:已知单链表 L,写一算法,删除其重复节点,即实现如图 6-24 的操作,(a) 为删除前,(b) 为删除后。

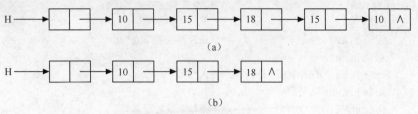

(a)

(b)

图 6-24　删除重复节点

算法思路：用指针 p 指向第一个数据节点，从它的后继节点开始到表的结束，找与其值相同的节点并删除；p 指向下一个；依此类推，p 指向最后节点时算法结束。

算法 6-16 如下：

```
void pur_LinkList(LinkList H)
{ LNode *p,*q,*r;
 p=H->next;          /*p 指向第一个节点*/
 if(p==NULL) return;
 while (p->next)
  { q=p;
while (q->next)   /* 从*p 的后继开始找重复节点*/
 { if (q->next->data==p->data)
   { r=q->next;    /*找到重复节点,用 r 指向,删除*r */
    q->next=r->next;
    free(r);
    } /*if*/
  else q=q->next;
 } /*while(q->next)*/
   p=p->next;      /*p 指向下一个,继续*/
  }  /*while(p->next)*/
}
```

该算法的时间性能为 $O(n^2)$。

例 6-7：设有两个单链表 A、B，其中元素递增有序，编写算法将 A、B 归并成一个按元素值递减（允许有相同值）有序的链表 C，要求用 A、B 中的原节点形成，不能重新申请节点。

算法思路：利用 A、B 两表有序的特点，依次进行比较，将当前值较小者摘下，插入到 C 表的头部，得到的 C 表则为递减有序的。

算法 6-17 如下：

```
LinkList merge(LinkList A,LinkList B)
    /*设 A、B 均为带头节点的单链表*/
{ LinkList C; LNode *p,*q;
   p=A->next;q=B->next;
   C=A;    /*C 表的头节点*/
   C->next=NULL;
free(B);
while (p&&q)
 { if (p->data<q->data)
```

```
  { s=p;p=p->next; }
  else
    {s=q;q=q->next;}    /*从原 AB 表上摘下较小者*/
s->next=C->next;        /*插入到 C 表的头部*/
  C->next=s;
  }  /*while */
if (p==NULL) p=q;
while (p)               /* 将剩余的节点一个个摘下,插入到 C 表的头部*/
  { s=p;p=p->next;
s->next=C->next;
  C->next=s;
  }
}
```

该算法的时间性能为 O(*m*+*n*)。

6.4　顺序表和链表的比较

在本章介绍了线性表的逻辑结构及它的两种存储结构：顺序表和链表。通过对它们的讨论可知它们各自的优缺点，顺序存储有 3 个优点：

（1）方法简单，各种高级语言中都有数组，容易实现；

（2）不用为表示节点间的逻辑关系增加额外的存储开销；

（3）顺序表具有按元素序号随机访问的特点。

但它也有两个缺点：

（1）在顺序表中做插入删除操作时，平均移动大约表中一半的元素，因此对 *n* 较大的顺序表效率低。

（2）需要预先分配足够大的存储空间，估计过大，可能会导致顺序表后部大量闲置；预先分配过小，又会造成溢出。

链表的优缺点恰好与顺序表相反。在实际中怎样选取存储结构呢？通常有以下几点考虑。

1．基于存储的考虑

顺序表的存储空间是静态分配的，在程序执行之前必须明确规定它的存储规模，也就是说事先对"MAXSIZE"要有合适的设定，过大造成浪费，过小造成溢出。可见对线性表的长度或存储规模难以估计时，不宜采用顺序表；链表不用事先估计存储规模，但链表的存储密度较低，存储密度是指一个节点中数据元素所占的存储单元和整个节点所占的存储单元之比。显然链式存储结构的存储密度是小于 1 的。

2．基于运算的考虑

在顺序表中按序号访问 a_i 的时间性能时 O(1)，链表中按序号访问时间性能 O(*n*)，所以如果经常做的运算是按序号访问数据元素，显然顺序表优于链表；在顺序表中做插入、删除时平均移动表中一半的元素，当数据元素的信息量较大且表较长时，这一点是不应忽视的；在链表中作插入、删除，虽然也要找插入位置，但操作主要是比较操作，从这个角度考虑显然后者优于前者。

3．基于环境的考虑

顺序表容易实现，任何高级语言中都有数组类型，链表的操作是基于指针的，相对来讲前者简单些，也是用户考虑的一个因素。

总之，两种存储结构各有长短，选择哪一种由实际问题中的主要因素决定。通常"较稳定"的线性表选择顺序存储，而频繁做插入删除的即动态性较强的线性表宜选择链式存储。

习　题

1．试设计一个程序，实现顺序表（$a_1, a_2, a_3, \cdots, a_n$）的就地逆置，所谓就地逆置就是以最少的辅助存储空间来实现。

2．写出一个程序，将两个升序排列的单链表合并成一个降序排列的单链表。

3．已知单链表的 data 域为字符型，且该单链表中含有 3 类字符（数字、字母、其他），要求设计一个程序，将该单链表分解成 3 个循环链表，使每个循环表中都只含有同一类字符（3 个循环链表的头节点可以另外申请）。

4．修改双向链表的插入算法，使 S 插入到 P 之前。

5．假设有一个循环链表的长度大于 1，且表中既无头节点也无头指针，已知 S 为指向链表中某节点的指针，试设计算法，在链表中删除指针 S 所指节点的前趋节点。

6．设计一个算法，删除顺序表中值相同的节点。

7．设计一个算法，删除链表中值相同的节点。

8．用循环链表形式解决约瑟夫问题。

9．写一个算法，求出循环链表中节点个数（不包括头节点）。

10．将两个升序排列的顺序表合并成一个有序的顺序表（升序和降序各写成一个算法）。

11．用整数代替指针，描述建立链表的算法（静态链表）。

12．写出建立循环双向链表算法（不带头节点）。

13．在双向链表中，查找值为 x 的节点，要求用从前面往后面和从后面往前面两种方法来实现，若找不到，给出错误提示。

14．对于顺序表，写出下面的每一个算法。

（1）从表中删除具有最小值的元素并由函数返回，空出的位置由最后一个元素填补，若表为空则显示错误信息并退出运行。

（2）删除表中值为 x 的节点并由函数返回。

（3）向表中第 i 个元素之后插入一个值为 x 的元素。

（4）从表中删除值在 x 到 y 之间的所有元素。

（5）将表中元素排成一个有序序列。

（6）从有序表中删除值在 x 到 y 之间的所有元素。

15．对于单链表，写出下面的算法。

（1）根据一维数组 a[n]建立一个单链表，使单链表中元素的顺序与数组 a[n]的次序相同，要求该算法的时间复杂度为 O(n)。

（2）统计单链表中值在 x 到 y 之间的节点有多少个。

（3）将该单链表分解为两个单链表，使一个单链表中仅含有奇数，另一个中仅含有偶数。

（4）删除单链表中从第 k 个节点开始，连续 j 个节点。

（5）将另外一个已经存在的单链表插入到该链表的第 k 个节点之后。

（6）将单链表中的元素排成一个有序序列。

16．用 C++写出一个完整的程序，实现顺序表上的初始化、插入、删除、查找、更新、输出、取某一元素等操作，要求每一种操作设定为一个函数，然后用主函数调用。

17．假设带头节点单链表的表头指针用 head 表示，类型为 link，试写出将其所有节点按从小到大的次序排列的算法。

18．假设有一个带表头节点的链表，头指针为 head，每个节点有 3 个域：一个数据域 data、两个指针域 next 和 prior。设所有节点已经由 next 域连接成一个单链表形式，试写一个算法，利用 prior 域（初始值为 NULL）将该链表按其值从小到大连接起来（next 域不变）。

19．试设计一个算法，将单循环链表进行逆置。

20．试设计一个算法，将双向循环链表进行逆置。

21．假设有两个单循环链表 $a=(a_1,a_2,\cdots,a_n)$ 和 $b=(b_1,b_2,\cdots,b_m)$，头指针分别为 ha 和 hb，试设计一个算法，将这两个单循环表合并成一个单循环链表 c。若 $n \geqslant m$，则有 $c=(a_1,b_1,a_2,b_2,a_3,b_3,\cdots,a_m,b_m,a_{m+1},a_{m+2},\cdots,a_{n-1},a_n)$，若 $n<m$，则有

$$c=(a_1,b_1,a_2,b_2,a_3,b_3,\cdots,a_n,b_n,b_{n+1},b_{n+2},\cdots,b_{m-1},b_m)。$$

22．试设计一个实现下述要求的 Locate 运算的算法。

有一个双向链表，每个节点有 4 个域：前驱指针域 prior、后继指针域 next、数据域 data、访问频度域 freq（开始为 0）。当进行一次 Locate(head, x)运算时，值为 x 的元素的 freq 域值加 1。要求将链表中节点按 freq 域从大到小排列，使频繁访问的节点总是靠近表头，并返回找到值为 x 的位置。

23．试分别在一个双向循环链表中的第 x 个节点之前、之后插入值为 y 的节点，分别写出算法。

24．假设有一个单循环链表，每个节点有 3 个域：数据域 data、后继指针域 next、指针域 prior（都为 NULL），试设计算法，将 prior 域变成前驱指针域，使单链表变成双向链表。

第7章 查 找

在英汉字典中查找某个英文单词的中文解释；在新华字典中查找某个汉字的读音、含义；在对数表、平方根表中查找某个数的对数、平方根；邮递员送信件要按收件人的地址确定位置，等等。可以说查找是为了得到某个信息而常常进行的工作。

计算机、计算机网络使信息查询更快捷、方便、准确。要从计算机、计算机网络中查找特定的信息，就需要在计算机中存储包含该特定信息的表。如要从计算机中查找英文单词的中文解释，就需要存储类似英汉字典这样的信息表以及对该表进行的查找操作。本章将讨论的问题是"信息的存储和查找"。

查找是许多程序中最消耗时间的一部分。一个好的查找方法会大大提高运行速度。另外，由于计算机的特性，如对数、平方根等是通过函数求解，无需存储相应的信息表。

7.1 基本概念与术语

以学校招生录取登记表（见表 7-1）为例，来讨论计算机中表的概念。

表 7-1　　　　　　　　　　　　学校招生录取登记表

学　号	姓　名	性　别	出 生 日 期			来　源	总　分	录取专业
			年	月	日			
⋮	⋮	⋮	⋮	⋮	⋮		⋮	⋮
20080101	张三	男	1989	01	04	长沙一中	600	计算机
20080102	李四	男	1989	02	05	长沙二中	601	计算机
20080103	王五	女	1989	03	06	长沙三中	602	计算机
⋮	⋮	⋮	⋮	⋮	⋮			⋮

1. 数据项（也称项或字段）

项是具有独立含义的标识单位，是数据不可分割的最小单位。如表中"学号"、"姓名"、"年"等。项有名和值之分，项名是一个项的标识，用变量定义，而项值是它的一个可能取值，表中"20010983"是项"学号"的一个取值。项具有一定的类型，依项的取值类型而定。

2. 组合项

由若干项、组合项构成，表中"出生日期"就是组合项，它由"年"、"月"、"日"三项组成。

3. 数据元素（记录）

数据元素是由若干项、组合项构成的数据单位，是在某一问题中作为整体进行考虑和处理的基本单位。数据元素有型和值之分，表中项名的集合，即表头部分就是数据元素的类型；一个学生对应的一行数据就是一个数据元素的值，表中全体学生即为数据元素的集合。

4．关键码

关键码是数据元素（记录）中某个项或组合项的值，用它可以标识一个数据元素（记录）。能唯一确定一个数据元素（记录）的关键码，称为主关键码；不能唯一确定一个数据元素（记录）的关键码，称为次关键码。表中"学号"即可看成主关键码，"姓名"则应视为次关键码，因为可能有同名同姓的学生。

5．查找表

查找表是由具有同一类型（属性）的数据元素（记录）组成的集合。分为静态查找表和动态查找表两类。

静态查找表：仅对查找表进行查找操作，不能改变的表。

动态查找表：对查找表进行查找操作外，可能还要向表中插入数据元素、或删除数据元素的表。

6．查找

按给定的某个值 kx，在查找表中查找关键码为给定值 kx 的数据元素（记录）。

关键码是主关键码时：由于主关键码唯一，所以查找结果也是唯一的，一旦找到，查找成功，结束查找过程，并给出找到的数据元素（记录）的信息，或指示该数据元素（记录）的位置。要是整个表检测完，还没有找到，则查找失败，此时，查找结果应给出一个"空"记录或"空"指针。

关键码是次关键码时：需要查遍表中所有数据元素（记录），或在可以肯定查找失败时，才能结束查找过程。

7．数据元素类型说明

在手工绘制表格时，总是根据有多少数据项，每个数据项应留多大宽度来确定表的结构，即表头的定义。然后，再根据需要的行数，画出表来。在计算机中存储的表与手工绘制的类似，需要定义表的结构，并根据表的大小为表分配存储单元。以图7-1为例，用C语言的结构类型描述。

```
/* 出生日期类型定义 */
typedef  struct  {
    char      year[5];       /*  年：用字符型表示,宽度为4个字符 */
    char      month[3];      /* 月：字符型,宽度为2 */
    char      date[3];       /* 日：字符型,宽度为2 */
    }BirthDate;
/* 数据元素类型定义 */
typedef  struct  {
    char      number[7];     /* 学号：字符型,宽度为6  */
    char      name[9];       /* 姓名：字符型,宽度为8  */
    char      sex[3];        /* 性别：字符型,宽度为2  */
    BirthDate birthdate;     /* 出生日期：构造类型,由该类型的宽度确定 */
    char      comefrom[21];  /* 来源：字符型,宽度为20  */
    int       results;       /*成绩:整型,宽度由"程序设计C语言工具软件"决定  */
    } ElemType;
```

以上定义的数据元素类型，相当于手工绘制的表头。要存储学生的信息，还需要分配一定的存储单元,即给出表长度。可以用数组分配,即顺序存储结构;也可以用链式存储结构实现动态分配。

```
/* 顺序分配 1 000 个存储单元用来存放最多 1 000 个学生的信息 */
    ElemType    elem[1000];
    本章以后讨论中,涉及的关键码类型和数据元素类型统一说明如下:
typedef   struct {
    KeyType     key;                /* 关键码字段,可以是整型、字符串型、构造类型等*/
    …                               /* 其他字段 */
    } ElemType;
```

7.2 静态查找表

7.2.1 静态查找表结构

静态查找表是数据元素的线性表,可以是基于数组的顺序存储或以线性链表存储。

```
/* 顺序存储结构 */
        typedef  struct{
            ElemType *elem;         /* 数组基址 */
            int      length;        /* 表长度 */
            }S_TBL;
/* 链式存储结构节点类型 */
        typedef  struct  NODE{
            ElemType elem;          /* 节点的值域 */
            struct NODE  *next;     /* 下一个节点指针域 */
            }NodeType;
```

7.2.2 顺序查找

顺序查找又称线性查找,是最基本的查找方法之一。其查找方法为:从表的一端开始,向另一端逐个按给定值 *kx* 与关键码进行比较,若找到,查找成功,并给出数据元素在表中的位置;若整个表检测完,仍未找到与 *kx* 相同的关键码,则查找失败,给出失败信息。

算法 7-1 如下:以顺序存储为例,数据元素从下标为 1 的数组单元开始存放,0 号单元留空。

```
int   s_search(S_TBL  tbl,KeyType  kx)
{   /*在表tbl中查找关键码为kx的数据元素,若找到返回该元素在数组中的下标,否则返回0*/
    tbl.elem[0].key = kx;/*存放监测,这样在从后向前查找失败时,不必判表是否检测完,*/
                        /* 从而达到算法统一*/
    for( i = tbl.length ; tbl.elem[i].key < > kx ;i-- ); /* 从标尾端向前找 */
    return  I;
}
```

性能分析:

分析查找算法的效率，通常用平均查找长度 ASL 来衡量。

定义：在查找成功时，平均查找长度 ASL 是指为确定数据元素在表中的位置所进行的关键码比较次数的期望值。

对一个含 n 个数据元素的表，查找成功时 $ASL = \sum_{i=1}^{n} P_i C_i$

其中：P_i 为表中第 i 个数据元素的查找概率，$\sum_{i=1}^{n} P_i = 1$

C_i 为表中第 i 个数据元素的关键码与给定值 kx 相等时，按算法定位关键码的比较次数。显然，不同的查找方法，C_i 可以不同。

就上述算法而言，对于 n 个数据元素的表，给定值 kx 与表中第 i 个元素关键码相等，即定位第 i 个记录时，需进行 $n-i+1$ 次关键码比较，即 $C_i=n-i+1$。查找成功时，顺序查找的平均查找长度为：$ASL = \sum_{i=1}^{n} P_i(n-i+1)$

设每个数据元素的查找概率相等，即 $P_i = \dfrac{1}{n}$，则在等概率情况下有

$$ASL = \sum_{i=1}^{n} \frac{1}{n}(n-i+1) = \frac{n+1}{2}$$

查找不成功时，关键码的比较次数总是 $n+1$ 次。

算法中的基本工作是关键码的比较，因此，查找长度的量级就是查找算法的时间复杂度，其为 O(n)。

许多情况下，查找表中数据元素的查找概率是不相等的。为了提高查找效率，查找表需依据查找概率越高，比较次数越少；查找概率越低，比较次数就较多的原则来存储数据元素。

顺序查找的缺点是当 n 很大时，平均查找长度较大，效率低；优点是对表中数据元素的存储没有要求。另外，对于线性链表，只能进行顺序查找。

7.2.3　有序表的折半查找

有序表即是表中数据元素按关键码升序或降序排列。

折半查找的思想为：在有序表中，取中间元素作为比较对象，若给定值与中间元素的关键码相等，则查找成功；若给定值小于中间元素的关键码，则在中间元素的左半区继续查找；若给定值大于中间元素的关键码，则在中间元素的右半区继续查找。不断重复上述查找过程，直到查找成功，或所查找的区域无数据元素，查找失败。

步骤：

```
① low=1;high=length;                              // 设置初始区间
② 当 low>high 时，返回查找失败信息                 // 表空,查找失败
③ low≤high,mid=(low+high)/2;                       // 取中点
   a. 若 kx<tbl.elem[mid].key,high=mid-1;转②      // 查找在左半区进行
   b. 若 kx>tbl.elem[mid].key,low=mid+1;转②       // 查找在右半区进行
   c. 若 kx=tbl.elem[mid].key,返回数据元素在表中位置 // 查找成功
```

例 7-1：有序表按关键码排列如下：

7，14，18，21，23，29，31，35，38，42，46，49，52

在表中查找关键码为 14 和 22 的数据元素。

（1）查找关键码为 14 的过程如图 7-1 所示。

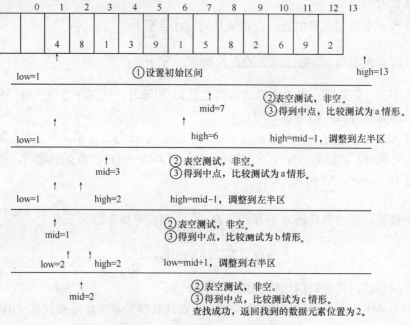

图 7-1　查找关键码为 14 的过程

（2）查找关键码为 22 的过程如图 7-2 所示。

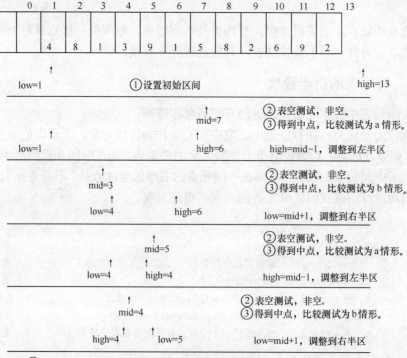

②表空测试，为空；查找失败，返回查找失败信息为 0。

图 7-2　查找关键码为 22 的过程

算法 7-2 如下：

```
int  Binary_Search(S_TBL tbl, KEY kx)
{  /* 在表 tbl 中查找关键码为 kx 的数据元素,若找到返回该元素在表中的位置,否则,返回 0  */
    int  mid,flag=0;
low=1;high=length;                          /* ①设置初始区间 */
while(low<=high)                            /* ②表空测试 */
{  /* 非空,进行比较测试 */
mid=(low+high)/2;                          /* ③得到中点 */
if(kx<tbl.elem[mid].key)   high=mid-1;     /* 调整到左半区 */
else if(kx>tbl.elem[mid].key)  low=mid+1;  /* 调整到右半区 */
else  { flag=mid;break;}                   /* 查找成功,元素位置设置到 flag 中 */
}
return  flag;
}
```

性能分析：

从折半查找过程看，以表的中点为比较对象，并以中点将表分割为两个子表，对定位到的子表继续这种操作。所以，对表中每个数据元素的查找过程，可用二叉树来描述，称这个描述查找过程的二叉树为判定树。例 7-1 描述折半查找过程的判定树如图 7-3 所示。

可以看到，查找表中任一元素的过程，即是判定树中从根到该元素节点路径上各节点关键码的比较次数，也即该元素节点在树中的层次数。对于 n 个节点的判定树，树高为 k，则有 $2^{k-1}-1<n\leq2^k-1$，

图 7-3　例 7-1 描述折半查找过程的判定树

即 $k-1<\log_2(n+1)\leq k$，所以 $\lceil\log_2(n+1)\rceil$。因此，折半查找在查找成功时，所进行的关键码比较次数至多为 $\lceil\log_2(n+1)\rceil$。

接下来讨论折半查找的平均查找长度。为便于讨论，以树高为 k 的满二叉树（$n=2^k-1$）为例。假设表中每个元素的查找是等概率的，即 $P_i=\dfrac{1}{n}$，则树的第 i 层有 2^{i-1} 个节点，因此，折半查找的平均查找长度为：
$$ASL=\sum_{i=1}^{n}P_iC_i$$
$$=\frac{1}{n}[1\times2^0+2\times2^1+\cdots+k\times2^{k-1}]$$
$$=\frac{n+1}{n}\log_2(n+1)-1\approx\log_2(n+1)-1$$

所以，折半查找的时间效率为 $O(\log_2 n)$。

7.2.4　有序表的插值查找和斐波那契查找

1. 插值查找

插值查找通过下列公式

$$mid=low+\frac{kx-tbl.elem[low].key}{tbl.elem[high].key-tbl.elem[low].key}(high-low)$$

求取中点，其中 low 和 high 分别为表的两个端点下标，kx 为给定值。

若 $kx<tbl.elem[mid].key$，则 high=mid−1，继续左半区查找；

若 kx>tbl.elem[mid].key，则 low=mid+1，继续右半区查找；

若 kx=tbl.elem[mid].key，查找成功。

插值查找是平均性能最好的查找方法，但只适合于关键码均匀分布的表，其时间效率依然是 $O(\log_2 n)$。

2. 斐波那契查找

斐波那契查找通过斐波那契数列对有序表进行分割，查找区间的两个端点和中点都与斐波那契数有关。斐波那契数列定义如下：

$$F(n)= \quad F(n)=\begin{cases} n & n=1或n=2 \\ F(n-1)+F(n-2) & n \geq 2 \end{cases}$$

设 n 个数据元素的有序表，且 n 正好是某个斐波那契数-1，即 $n=F(k)-1$ 时，可用此查找方法。

斐波那契查找分割的思想为：对于表长为 $F(i)-1$ 的有序表，以相对 low 偏移量 $F(i-1)-1$ 取中点，即 mid=low+$F(i-1)-1$，对表进行分割，则左子表表长为 $F(i-1)-1$，右子表表长为 $F(i)-1-[F(i-1)-1]-1=F(i-2)-1$。可见，两个子表表长也都是某个斐波那契数-1，因而，可以对子表继续分割。

算法 7-3 如下：

```
① low=1;high=F(k)-1;              // 设置初始区间
   F=F(k)-1;f=F(k-1)-1;           // F 为表长，f 为取中点的相对偏移量
② 当 low>high 时，返回查找失败信息   // 表空，查找失败
③ low≤high, mid=low+f;           // 取中点
   a. 若 kx<tbl.elem[mid].key,则
      p=f; f=F-f-1;              // 计算取中点的相对偏移量
      F=p;                       // 调整表长 F
      high=mid-1; 转②            // 查找在左半区进行
   b. 若 kx>tbl.elem[mid].key, 则
      F=F-f-1;                   // 调整表长 F
      f=f-F-1;                   // 计算取中点的相对偏移量
      low=mid+1;转②              // 查找在右半区进行
   c. 若 kx=tbl.elem[mid].key, 返回数据元素在表中的位置      // 查找成功
```

当 n 很大时，该查找方法称为黄金分割法，其平均性能比折半查找好，但其时间效率仍为 $O(\log_2 n)$，而且，在最坏情况下比折半查找差，优点是计算中点仅作加、减运算。

7.2.5 分块查找

分块查找又称索引顺序查找，是对顺序查找的一种改进。分块查找要求将查找表分成若干个子表，并对子表建立索引表，查找表的每一个子表由索引表中的索引项确定。索引项包括两个字段：关键码字段（存放对应子表中的最大关键码值）；指针字段（存放指向对应子表的指针），并且要求索引项按关键码字段有序。查找时，先用给定值 kx 在索引表中检测索引项，以确定所要进行的查找在查找表中的查找分块（由于索引项按关键码字段有序，可用顺序查找或折半查找），然后，再对该分块进行顺序查找。

例 7-2：关键码集合为：

88，43，14，31，78，8，62，49，35，71，22，83，18，52

按关键码值 31、62、88 分为三块建立的查找表及其索引表如图 7-4 所示。

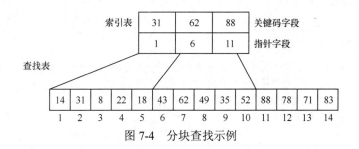

图 7-4 分块查找示例

性能分析：

分块查找由索引表查找和子表查找两步完成。设 n 个数据元素的查找表分为 m 个子表，且每个子表均为 t 个元素，则 $t = \dfrac{n}{m}$。这样，分块查找的平均查找长度为：

$$\text{ASL} = \text{ASL}_{\text{索引表}} + \text{ASL}_{\text{子表}} = \frac{1}{2}(m+1) + \frac{1}{2}\left(\frac{n}{m}+1\right) = \frac{1}{2}\left(m+\frac{n}{m}\right)+1$$

可见，平均查找长度不仅和表的总长度 n 有关，而且和所分的子表个数 m 有关。对于表长 n 确定的情况下，m 取 $\sqrt{n}$ 时，$\text{ASL} = \sqrt{n} + 1$ 达到最小值。

7.3　动态查找表

7.3.1　二叉排序树

1．二叉排序树定义

二叉排序树（binary sort tree）或者是一棵空树；或者是具有下列性质的二叉树。

（1）若左子树不空，则左子树上所有节点的值均小于根节点的值；若右子树不空，则右子树上所有节点的值均大于根节点的值。

（2）左右子树也都是二叉排序树。

从图 7-5 可以看出，对二叉排序树进行中序遍历，便可得到一个按关键码有序的序列，因此，一个无序序列，可通过构一棵二叉排序树而成为有序序列。

图 7-5　一棵二叉排序树示例

2．二叉排序树查找过程

从其定义可见，二叉排序树的查找过程为：

① 若查找树为空，查找失败；

② 查找树非空，将给定值 kx 与查找树的根节点关键码比较；

③ 若相等，查找成功，结束查找过程，否则，

　　a. 当 kx 小于根节点关键码，查找将在以左子女为根的子树上继续进行，转①

　　b. 当 kx 大于根节点关键码，查找将在以右子女为根的子树上继续进行，转①

以二叉链表作为二叉排序树的存储结构，则查找过程算法程序描述如下：

```
typedef  struct  NODE
{  ElemType    elem;              /*数据元素字段*/
```

```
struct NODE   *lc,*rc;                    /*左、右指针字段*/
}NodeType;                                /*二叉树节点类型*/
```

算法 7-4 如下：

```
int SearchElem(NodeType *t,NodeType **p,NodeType **q,KeyType kx)
{   /*在二叉排序树t上查找关键码为kx的元素,若找到,返回1,且q指向该节点,p指向其父节点;*/
/*否则,返回0,且p指向查找失败的最后一个节点*/
int  flag=0; *q=t;
while(*q)                                 /*从根节点开始查找*/
{   if(kx>(*q)->elem.key)                 /*kx大于当前节点*q的元素关键码*/
        {   *p=*q;   *q=(*q)->rc; }       /*将当前节点*q的右子女置为新根*/
        else
        {   if(kx<(*q)->elem.key)         /*kx小于当前节点*q的元素关键码*/
            {   *p=*q;   *q=(*q)->lc;}    /*将当前节点*q的左子女置为新根*/
            else     {flag=1;break;}      /*查找成功,返回*/
        }
}/*while*/
return flag;
}
```

3. 二叉排序树插入操作和构造一棵二叉排序树

先讨论向二叉排序树中插入一个节点的过程：设待插入节点的关键码为 kx，为将其插入，先要在二叉排序树中进行查找；若查找成功，按二叉排序树定义，待插入节点已存在，不用插入；查找不成功时，则插入。因此，新插入节点一定是作为叶子节点添加上去的。

构造一棵二叉排序树则是逐个插入节点的过程。

例 7-3：记录的关键码序列为 63、90、70、55、67、42、98、83、10、45、58，则构造一棵二叉排序树的过程如图 7-6 所示。

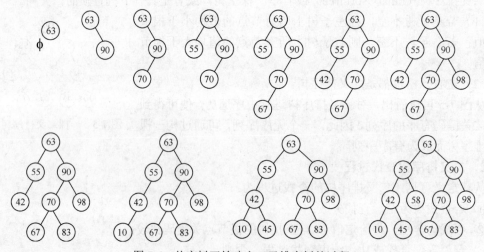

图 7-6 从空树开始建立二叉排序树的过程

算法 7-5 如下：

```
int InsertNode (NodeType **t,KeyType kx)
{   /*在二叉排序树*t上插入关键码为kx的节点*/
NodeType *p=t,*q,*s; int flag=0;
    if(!SearchElem(*t,&p,&q,kx)); /*在*t为根的子树上查找*/
```

```
{    s=(NodeType *)malloc(sizeof(NodeType));      /*申请节点,并赋值*/
     s->elem.key=kx;s->lc=NULL;s->rc=NULL;
     flag=1;                                       /*设置插入成功标志*/
  if(!p) t=s;                                       /*向空树中插入时*/
     else
  {    if(kx>p->elem.key)    p->rc=s;              /*插入节点为 p 的右子女*/
       else        p->lc=s;                        /*插入节点为 p 的左子女*/
  }
}
return flag;
}
```

4．二叉排序树删除操作

从二叉排序树中删除一个节点之后，使其仍能保持二叉排序树的特性即可。

设待删节点为*p（p 为指向待删节点的指针），其双亲节点为*f，以下分 3 种情况进行讨论。

（1）*p 节点为叶节点，由于删去叶节点后不影响整棵树的特性，所以，只需将被删节点的双亲节点的相应指针域改为空指针，如图 7-7 所示。

（2）*p 节点只有右子树 pr 或只有左子树 pl，此时，只需将 pr 或 pl 替换*f 节点的*p 子树即可，如图 7-8 所示。

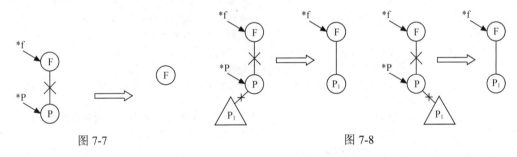

图 7-7   图 7-8

（3）*p 节点既有左子树 Pl 又有右子树 Pr，可按中序遍历保持有序地进行调整。

设删除*p 节点前，中序遍历序列为：

① P 为 F 的左子女时有：…，Pl 子树，P，Pj，S 子树，Pk，Sk 子树，…，P2，S2 子树，P1，S1 子树，F，…

② P 为 F 的右子女时有：…，F，Pl 子树，P，Pj，S 子树，Pk，Sk 子树，…，P2，S2 子树，P1，S1 子树，…

则删除*p 节点后，中序遍历序列应为：

① P 为 F 的左子女时有：…，Pl 子树，Pj，S 子树，Pk，Sk 子树，…，P2，S2 子树，P1，S1 子树，F，…

② P 为 F 的右子女时有：…，F，Pl 子树，Pj，S 子树，Pk，Sk 子树，…，P2，S2 子树，P1，S1 子树，…

有两种调整方法：

① 直接令 pl 为*f 相应的子树，以 pr 为 pl 中序遍历的最后一个节点 pk 的右子树；

② 令*p 节点的直接前驱 Pr 或直接后继（对 Pl 子树中序遍历的最后一个节点 Pk）替换*p 节点，再按（2）的方法删去 Pr 或 Pk。图 7-9 就是以*p 节点的直接前驱 Pr 替换*p 的示意。

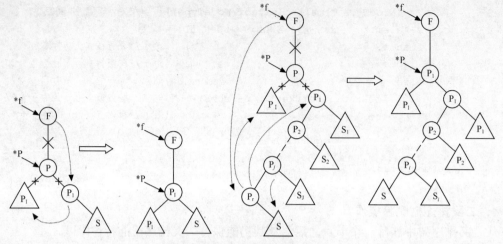

图 7-9　按方法②进行调整的示意

算法 7-6 如下：

```
int DeleteNode(NodeType **t,KeyType kx)
{    NodeType *p=*t,*q,*s,**f;
int flag=0;
    if(SearchElem(*t,&p,&q,kx));
    {    flag=1;                    /*查找成功,置删除成功标志*/
        if(p= =q)  f=&(*t);        /*待删节点为根节点时*/
        else                       /*待删节点非根节点时*/
    {   f=&(p->lc); if(kx>p->elem.key)    f=&(p->rc);
    }       /*f指向待删节点的父节点的相应指针域*/
        if(!q->rc)   *f=q->lc;   /*若待删节点无右子树,以左子树替换待删节点*/
        else
        {   if(!q->lc)  *f=q->rc;/*若待删节点无左子树,以右子树替换待删节点*/
            else                 /*既有左子树又有右子树*/
            {   p=q->rc;s=p;
                while(p->lc)  {s=p;p=p->lc;} /*在右子树上搜索待删节点的前驱p*/
                *f=p;p->lc=q->lc;           /*替换待删节点q,重接左子树*/
                if(s!=p)
                {   s->lc=p->rc;/*待删节点的右子女有左子树时,还要重接右子树*/
                    p->rc=q->rc;
                }
            }
        }
    free(q);
    }
    return flag;
}
```

对给定序列建立二叉排序树，若左右子树均匀分布，则其查找过程类似于有序表的折半查找。若给定序列原本有序，则建立的二叉排序树就蜕化为单链表，其查找效率同顺序查找一样。因此，对均匀的二叉排序树进行插入或删除节点后，应对其调整，使其依然保持均匀。

7.3.2　平衡二叉树（AVL 树）

平衡二叉树或者是一棵空树，或者是具有下列性质的二叉排序树：它的左子树和右子树都是平衡二叉树，且左子树和右子树高度之差的绝对值不超过 1。

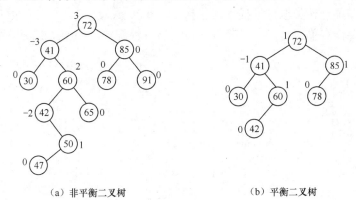

（a）非平衡二叉树　　　　　　　　　（b）平衡二叉树

图 7-10　非平衡和平衡二叉树

图 7-9 给出了两棵二叉排序树，每个节点旁边所注数字是以该节点为根的树中，左子树与右子树高度之差，这个数字称为节点的平衡因子。由平衡二叉树定义，所有节点的平衡因子只能取 -1、0、1 三个值之一。若二叉排序树中存在这样的节点，其平衡因子的绝对值大于 1，这棵树就不是平衡二叉树。如图 7-10（a）所示的二叉排序树。

在平衡二叉树上插入或删除节点后，可能使树失去平衡，因此，需要对失去平衡的树进行平衡化调整。设 a 节点为失去平衡的最小子树根节点，对该子树进行平衡化调整归纳起来有以下 4 种情况。

1．左单旋转

图 7-11（a）为插入前的子树。其中，B 为节点 a 的左子树，D、E 分别为节点 c 的左右子树，B、D、E 三棵子树的高均为 h。图 7-11（a）所示的子树是平衡二叉树。

在图 7-11（a）所示的树上插入节点 x，如图 7-11（b）所示。节点 x 插入在节点 c 的右子树 E 上，导致节点 a 的平衡因子绝对值大于 1，以节点 a 为根的子树失去平衡。

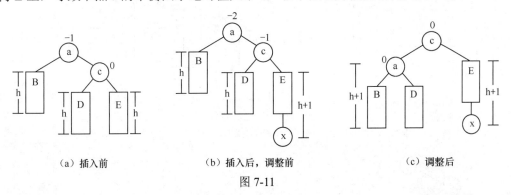

（a）插入前　　　　　　　　（b）插入后，调整前　　　　　　　　（c）调整后

图 7-11

调整策略：

调整后的子树除了各节点的平衡因子绝对值不超过 1，还必须是二叉排序树。由于节点 c 的左子树 D 可作为节点 a 的右子树，将节点 a 为根的子树调整为左子树是 B，右子树是 D，再将节点 a 为根的子树调整为节点 c 的左子树，节点 c 为新的根节点，如图 7-11（c）所示。

平衡化调整操作判定：

沿插入路径检查 3 个点 a、c、E，若它们处于"\"直线上的同一个方向，则要作左单旋转，即以节点 c 为轴逆时针旋转。

2. 右单旋转

右单旋转与左单旋转类似，沿插入路径检查 3 个点 a、c、E，若它们处于"／"直线上的同一个方向，则要作右单旋转，即以节点 c 为轴顺时针旋转，如图 7-12 所示。

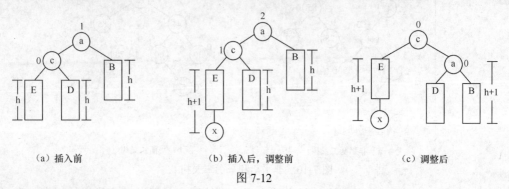

（a）插入前 　　　　　　　（b）插入后，调整前 　　　　　　　（c）调整后

图 7-12

3. 先左后右双向旋转

图 7-13 所示为插入前的子树，根节点 a 的左子树比右子树高 1，待插入节点 x 将插入到节点 b 的右子树上，并使节点 b 的右子树高度增 1，从而使节点 a 的平衡因子的绝对值大于 1，导致节点 a 为根的子树平衡被破坏，如图 7-14（a）、7-14（d）所示。

沿插入路径检查 3 个点 a、b、c，若它们呈"＜"字形，需要进行先左后右双向旋转。

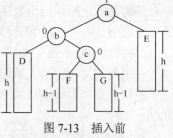

图 7-13　插入前

① 首先，对节点 b 为根的子树，以节点 c 为轴，向左逆时针旋转，节点 c 成为该子树的新根，如图 7-14（b）、7-14（e）；

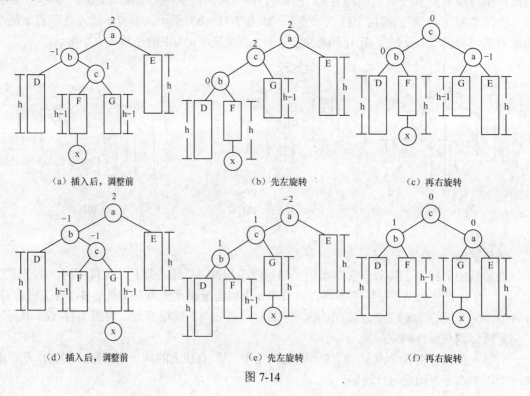

（a）插入后，调整前 　　　　　　　（b）先左旋转 　　　　　　　（c）再右旋转

（d）插入后，调整前 　　　　　　　（e）先左旋转 　　　　　　　（f）再右旋转

图 7-14

② 由于旋转后，待插入节点 x 相当于插入到节点 b 为根的子树上，这样 a、c、b 三点处于"/"直线上的同一个方向，则要作右单旋转，即以节点 c 为轴顺时针旋转，如图 7-14 (c)、7-14 (f)。

4．先右后左双向旋转

先右后左双向旋转和先左后右双向旋转对称，请读者自行补充整理。

在平衡的二叉排序树 T 上插入一个关键码为 kx 的新元素，递归算法可描述如下。

（1）若 T 为空树，则插入一个数据元素为 kx 的新节点作为 T 的根节点，树的深度增 1。

（2）若 kx 和 T 的根节点关键码相等，则不进行插入。

（3）若 kx 小于 T 的根节点关键码，而且在 T 的左子树中不存在与 kx 有相同关键码的节点，则将新元素插入在 T 的左子树上，并且当插入之后的左子树深度增加 1 时，分别就下列情况进行处理：

① T 的根节点平衡因子为–1（右子树的深度大于左子树的深度），则将根节点的平衡因子更改为 0，T 的深度不变；

② T 的根节点平衡因子为 0（左、右子树的深度相等），则将根节点的平衡因子更改为 1，T 的深度增加 1；

③ T 的根节点平衡因子为 1（左子树的深度大于右子树的深度），若 T 的左子树根节点的平衡因子为 1，需进行单向右旋平衡处理，并且在右旋处理之后，将根节点和其右子树根节点的平衡因子更改为 0，树的深度不变；若 T 的左子树根节点平衡因子为–1，需进行先左后右双向旋转平衡处理，并且在旋转处理之后，修改根节点和其左、右子树根节点的平衡因子，树的深度不变。

（4）若 kx 大于 T 的根节点关键码，而且在 T 的右子树中不存在与 kx 有相同关键码的节点，则将新元素插入在 T 的右子树上，并且当插入之后的右子树深度增加 1 时，分别视不同情况处理。其处理操作和（3）中所述相对称，读者可自行补充整理。

算法 7-7 如下：

```
typedef struct NODE{
    ElemType  elem;          /*数据元素*/
    int       bf;            /*平衡因子*/
     struct  NODE  *lc,*rc;  /*左右子女指针*/
}NodeType;                   /*节点类型*/

void R_Rotate(NodeType **p)
{/*对以*p指向的节点为根的子树,作右单旋转处理,处理之后,*p指向的节点为子树的新根*/
    lp=(*p)->lc;             /*lp指向*p左子树根节点*/
    (*p)->lc=lp->rc;         /*lp的右子树挂接*p的左子树*/
    lp->rc=*p; *p=lp;        /* *p指向新的根节点*/
}

void L_Rotate(NodeType **p)
{/*对以*p指向的节点为根的子树,作左单旋转处理,处理之后,*p指向的节点为子树的新根*/
    lp=(*p)->rc;             /*lp指向*p右子树根节点*/
    (*p)->rc=lp->lc;         /*lp的左子树挂接*p的右子树*/
    lp->lc=*p; *p=lp;        /* *p指向新的根节点*/
}
```

```
#define  LH  1  /* 左高 */
#define  EH  0  /* 等高 */
#define  RH  1  /* 右高 */

void LeftBalance((NodeType **p)
{    /*对以*p 指向的节点为根的子树,作左平衡旋转处理,处理之后,*p 指向的节点为子树的新根
*/
    lp=(*p)->lc;            /*lp 指向*p 左子树根节点*/
    switch((*p)->bf)       /*检查*p 平衡度,并作相应处理*/
    {case  LH:             /*新节点插在*p 左子女的左子树上,需作单右旋转处理*/
        (*p)->bf=lp->bf=EH;R_Rotate(p);break;
    case  EH:             /*原本左、右子树等高,因左子树增高使树增高*/
        (*p)->bf=LH; *paller=TRUE;break;
    case  RH:             /*新节点插在*p 左子女的右子树上,需作先左后右双旋处理*/
        rd=lp->rc;         /*rd 指向*p 左子女的右子树根节点*/
        switch(rd->bf)     /*修正*p 及其左子女的平衡因子*/
        { case    LH:(*p)->bf=RH;lp->bf=EH;break;
         case    EH:(*p)->bf=lp->bf=EH;break;
         case    RH:(*p)->bf=EH;lp->bf=LH;break;
        }/*switch(rd->bf)*/
        rd->bf=EH;          L_Rotate(&((*p)->lc));   /*对*p 的左子树作左旋转处理*/
        R_Rotate(p);        /*对*t 作右旋转处理*/
    }/*switch((*p)->bf)*/
}/*LeftBalance*/

int  InsertAVL(NodeType **t,ElemType e,Boolean *taller)
{     /*若在平衡的二叉排序树 t 中不存在和 e 有相同关键码的节点,则插入一个数据元素为 e 的*/
/*新节点,并反回 1,否则反回 0。若因插入而使二叉排序树失去平衡,则作平衡旋转处理,*/
/*布尔型变量 taller 反映 t 长高与否*/
    if(!(*t))  /*插入新节点,树"长高",置 taller 为 TURE*/
    {    *t=(NodeType *)malloc(sizeof(NodeType)); (*T)->elem=e;
        (*t)->lc=(*t)->rc=NULL; (*t)->bf=EH;*taller=TRUE;
    }/*if*/
    else
    {    if(e.key==(*t)->elem.key)    /*树中存在和 e 有相同关键码的节点,不插入*/
        {    taller=FALSE; return 0;}
        if(e.key<(*t)->elem.key)
        {    /*应继续在*t 的左子树上进行*/
            if(!InsertAVL(&((*t)->lc)),e,&taller)) return 0; /*未插入*/
            if(*taller)              /*已插入到(*t)的左子树中,且左子树增高*/
                switch((*t)->bf)     /*检查*t 平衡度*/
                {case  LH:            /*原本左子树高,需作左平衡处理*/
                    LeftBalance(t);  *taller=FALSE;break;
                case  EH:             /*原本左、右子树等高,因左子树增高使树增高*/
                    (*t)->bf=LH; *taller=TRUE;break;
                case  RH:             /*原本右子树高,使左、右子树等高*/
                    (*t)->bf=EH; *taller=FALSE;break;
```

```
                  }
          }/*if*/
          else                        /*应继续在*t 的右子树上进行*/
          {   if(!InsertAVL(&((*t)->rc)),e,&taller)}   return 0;  /*未插入*/
              if(*taller)              /*已插入到(*t)的左子树中,且左子树增高*/
                  switch((*t)->bf)     /*检查*t 平衡度*/
                  {case  LH:           /*原本左子树高,使左、右子树等高*/
                      (*t)->bf=EH;  *taller=FALSE;break;
                   case  EH:           /*原本左、右子树等高,因右子树增高使树增高*/
                      (*t)->bf=RH;  *taller=TRUE;break;
                   case  RH:           /*原本右子树高,需作右平衡处理*/
                      RightBalance(t); *taller=FALSE;break;
                  }
          }/*else*/
      }/*else*/
      return 1;
  }/*InsertAVL*/
```

平衡树的查找分析:

在平衡树上进行查找的过程和二叉排序树相同,因此,在查找过程中和给定值进行比较的关键码个数不超过树的深度。那么,含有 n 个关键码的平衡树的最大深度是多少呢?为解答这个问题,我们先分析深度为 h 的平衡树所具有的最少节点数。

假设以 N_h 表示深度为 h 的平衡树中含有的最少节点数。显然,$N_0=0$,$N_1=1$,$N_2=2$,并且 $N_h=N_h-1+N_h-2+1$。这个关系和斐波那契序列极为相似。利用归纳法容易证明:当 $h \geq 0$ 时 $N_h = F_{h+2} - 1$,而 F_k 约等于 $\phi^h / \sqrt{5}$ (其中 $\phi = \dfrac{1+\sqrt{5}}{2}$) 则 N_h 约等于 $\phi^{h+2}/\sqrt{5} - 1$。反之,含有 n 个节点的平衡树的最大深度为 $\log_\phi(\sqrt{5}(n+1)) - 2$。因此,在平衡树上进行查找的时间复杂度为 $O(\log n)$。

上述对二叉排序树和二叉平衡树的查找性能的讨论都是在等概率的提前下进行的。

7.3.3 B-树和 B+树

1. B-树及其查找

B-树是一种平衡的多路查找树,它在文件系统中很有用。

定义:一棵 m 阶的 B-树,或者为空树,或者为满足下列特性的 m 叉树:

(1) 树中每个节点至多有 m 棵子树;

(2) 若根节点不是叶子节点,则至少有两棵子树;

(3) 除根节点之外的所有非终端节点至少有 $\lceil m/2 \rceil$ 棵子树;

(4) 所有的非终端节点包含以下信息数据:$(n, A_0, K_1, A_1, K_2, \cdots, K_n, A_n)$

其中:K_i($i=1,2,\cdots,n$)为关键码,且 $K_i < K_{i+1}$,A_i 为指向子树根节点的指针($i=0,1,\cdots,n$),且指针 A_{i-1} 所指子树中所有节点的关键码均小于 K_i($i=1,2,\cdots,n$),A_n 所指子树中所有节点的关键码均大于 K_n,$\lceil m/2 \rceil - 1 \leq n \leq m-1$,$n$ 为关键码的个数。

(5) 所有的叶子节点都出现在同一层次上,并且不带信息(可以看作是外部节点或查找失败的节点,实际上这些节点不存在,指向这些节点的指针为空)。

例7-4:图 7-15 所示为一棵 5 阶的 B-树,其深度为 4。

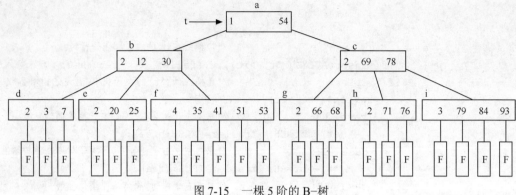

图 7-15　一棵 5 阶的 B-树

B-树的查找类似二叉排序树的查找，所不同的是 B-树每个节点是多关键码的有序表，在到达某个节点时，先在有序表中查找，若找到，则查找成功；否则，按照对应的指针信息指向的子树中去查找，当到达叶子节点时，则说明树中没有对应的关键码，查找失败。即在 B-树上的查找过程是一个顺指针查找节点和在节点中查找关键码交叉进行的过程。比如，在图 7-12 中查找关键码为 93 的元素。首先，从 t 指向的根节点（a）开始，节点（a）中只有一个关键码，且 93 大于它，因此，按（a）节点指针域 A_1 到节点（c）去查找，节点（c）有两个关键码，而 93 也都大于它们，应按（c）节点指针域 A_2 到节点（i）去查找，在节点（i）中顺序比较关键码，找到关键码 K_3。

算法 7-8 如下：

```
        #define    m    5              /*B 树的阶,暂设为 5*/
typedef   struct NODE{
    int    keynum;                     /*节点中关键码的个数,即节点的大小*/
    struct  NODE  *parent;             /*指向双亲节点*/
    KeyType key[m+1];                  /*关键码向量,0 号单元未用*/
    struct  NODE  *ptr[m+1];           /*子树指针向量*/
    record   *recptr[m+1];             /*记录指针向量*/
    }NodeType;                         /*B 树节点类型*/

typedef   struct{
    NodeType  *pt;                     /*指向找到的节点*/
    int    i;                          /*在节点中的关键码序号,节点序号区间[1···m]*/
    int    tag;                        /* 1:查找成功,0:查找失败*/
    }Result;                           /*B 树的查找结果类型*/

Result  SearchBTree(NodeType *t,KeyType kx)
{    /*在 m 阶 B 树 t 上查找关键码 kx,反回(pt,i,tag)。若查找成功,则特征值 tag=1,*/
/*指针 pt 所指节点中第 i 个关键码等于 kx;否则,特征值 tag=0,等于 kx 的关键码记录*/
/*应插入在指针 pt 所指节点中第 i 个和第 i+1 个关键码之间*/
    p=t;q=NULL;found=FALSE;i=0;        /*初始化,p 指向待查节点,q 指向 p 的双亲*/
    while(p&&!found)
    {    n=p->keynum;i=Search(p,kx);           /*在 p-->key[1···keynum]中查找*/
        if(i>0&&p->key[i]= =kx) found=TRUE;    /*找到*/
        else {q=p;p=p->ptr[i];}
    }
    if(found) return (p,i,1);         /*查找成功*/
    else return (q,i,0);              /*查找不成功,反回 kx 的插入位置信息*/
```

　　　　}

查找分析：

B-树的查找是由两个基本操作交叉进行的过程，即：

（1）在 B-树上找节点；

（2）在节点中找关键码。

由于，通常 B-树是存储在外存上的，操作（1）就是通过指针在磁盘相对定位，将节点信息读入内存，之后，再对节点中的关键码有序表进行顺序查找或折半查找。因为，在磁盘上读取节点信息比在内存中进行关键码查找耗时多，所以，在磁盘上读取节点信息的次数，即 B-树的层次树是决定 B-树查找效率的首要因素。

那么，对含有 n 个关键码的 m 阶 B-树，最坏情况下达到多深呢？可按二叉平衡树进行类似分析。首先，讨论 m 阶 B-数各层上的最少节点数。

由 B-树定义：第一层至少有 1 个节点；第二层至少有 2 个节点；由于除根节点外的每个非终端节点至少有 $\left\lceil \dfrac{m}{2} \right\rceil$ 棵子树，则第三层至少有 2（$\left\lceil \dfrac{m}{2} \right\rceil$）个节点……，依此类推，第 $k+1$ 层至少有 2（$\left\lceil \dfrac{m}{2} \right\rceil$）$^{k-1}$ 个节点。而 $k+1$ 层的节点为叶子节点。若 m 阶 B-树有 n 个关键码，则叶子节点即查找不成功的节点为 $n+1$，由此有：

$$n+1 \geqslant 2*(\lceil m/2 \rceil)^{k-1}$$

即 $k \leqslant \log_{\lceil m/2 \rceil}(\dfrac{n+1}{2})+1$

这就是说，在含有 n 个关键码的 B-树上进行查找时，从根节点到关键码所在节点的路径上涉及的节点数不超过 $\log_{\lceil m/2 \rceil}(\dfrac{n+1}{2})+1$。

2．B-树的插入和删除

（1）插入

在 B-树上插入关键码与在二叉排序树上插入节点不同,关键码的插入不是在叶节点上进行的,而是在最底层的某个非终端节点中添加一个关键码,若该节点上关键码个数不超过 $m-1$ 个，则可直接插入到该节点上；否则，该节点上关键码个数至少达到 m 个，因而使该节点的子树超过了 m 棵，这与 B-树定义不符。所以要进行调整，即节点的"分裂"。方法为：关键码加入节点后，将节点中的关键码分成三部分，使得前后两部分的关键码个数均大于等于（$\left\lceil \dfrac{m}{2} \right\rceil - 1$），而中间部分只有一个节点。前后两部分成为两个节点，中间的一个节点将其插入到父节点中。若插入父节点而使父节点中关键码个数超过 $m-1$，则父节点继续分裂，直到插入某个父节点，其关键码个数小于 m。可见，B-树是从底向上生长的。

例 7-5：就下列关键码序，建立 5 阶 B-树，如图 7-16 所示。

算法 7-9 如下：

```
int InserBTree(NodeType **t,KeyType kx,NodeType *q,int i)
{      /*在 m 阶 B 树*t 上节点*q 的 key[i],key[i+1]之间插入关键码 kx*/
    /*若引起节点过大,则沿双亲链进行必要的节点分裂调整,使*t 仍为 m 阶 B 树*/
x=kx;ap=NULL;finished=FALSE;
while(q&&!finished)
```

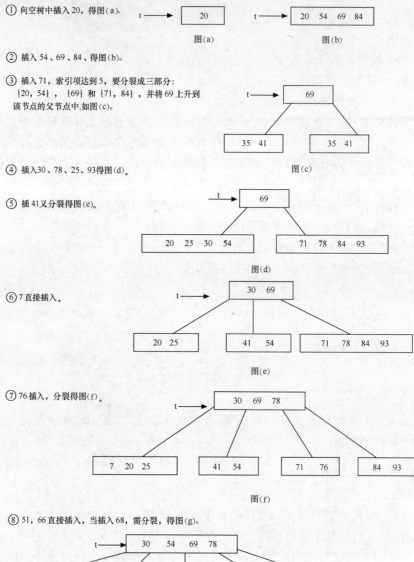

① 向空树中插入 20，得图(a)。

② 插入 54、69、84、得图(b)。

③ 插入 71，索引项达到 5，要分裂成三部分：
{20，54}，{69} 和 {71，84}，并将 69 上升到
该节点的父节点中，如图(c)。

④ 插入30、78、25、93得图(d)。

⑤ 插 41又分裂得图(e)。

⑥ 7直接插入。

⑦ 76插入，分裂得图(f)。

⑧ 51，66直接插入，当插入68，需分裂，得图(g)。

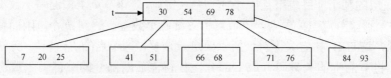

⑨ 53、3、79、35直接插入，12插入时，需分裂，但中间关键码12插入父节点时，又需要
分裂，则54上升为新根。15、65直接插入得图(h)。

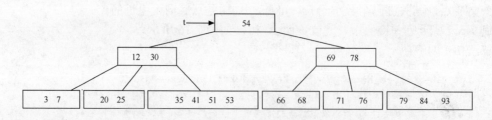

图(h)

图 7-16　建立 B-树的过程

```
{     Insert(q,i,x,ap);              /*将x和ap分别插入到q->key[i+1]和q->ptr[i+1]*/
   if(q->keynum<m)  finished=TRUE;   /*插入完成*/
   else
   {     /*分裂节点*p*/
       s=m/2;split(q,ap);x=q->key[s];
     /*将q->key[s+1…m],q->ptr[s…m]和q->recptr[s+1…m]移入新节点*ap*/
       q=q->parent;
       if(q)i=Search(q,kx);  /*在双亲节点*q中查找kx的插入位置*/

   }/*else*/
}/*while*/
if(!finished)  /*(*t)是空树或根节点已分裂为*q*和ap*/
     NewRoot(t,q,x,ap);  /*生成含信息(t,x,ap)的新的根节点*t,原*t和ap为子树指针*/
}
```

（2）删除

分两种情况：

① 删除最底层节点中的关键码

若节点中关键码个数大于 $\left\lceil \dfrac{m}{2} \right\rceil -1$，直接删去。否则，除余项与左兄弟（无左兄弟，则找左兄弟）项数之和大于等于 $2(\left\lceil \dfrac{m}{2} \right\rceil -1)$ 就与它们父节点中的有关项一起重新分配。如删去图 7-16（h）中的 76 得图 7-17。

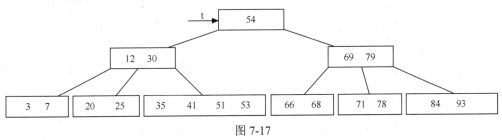

图 7-17

若删除后，余项与左兄弟或右兄弟之和均小于 $2(\left\lceil \dfrac{m}{2} \right\rceil -1)$，就将余项与左兄弟（无左兄弟时，与右兄弟）合并。由于两个节点合并后，父节点中相关项不能保持，把相关项也并入合并项。若此时父节点被破坏，则继续调整，直到根。如删去图 7-16（h）中 7，得图 7-18。

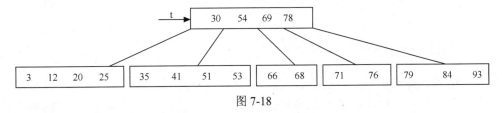

图 7-18

② 删除为非底层节点中的关键码

若所删除关键码为非底层节点中的 K_i，则可以指针 A_i 所指子树中的最小关键码 X 替代 K_i。然后，再删除关键码 X，直到这个 X 在最底层节点上，即转为（1）的情形。

删除程序，请读者自己完成。

3．B+树

B+树是应文件系统所需而产生的一种 B–树的变形树。一棵 m 阶的 B+树和 m 阶的 B–树的差异在于：

（1）有 n 棵子树的节点中含有 n 个关键码；

（2）所有的叶子节点中包含了全部关键码的信息，及指向含有这些关键码记录的指针，且叶子节点本身依关键码的大小自小而大的顺序链接；

（3）所有的非终端节点可以看成是索引部分，节点中仅含有其子树根节点中最大（或最小）关键码。

例如图 7-19 所示为一棵五阶的 B+树，通常在 B+树上有两个头指针，一个指向根节点，另一个指向关键码最小的叶子节点。因此，可以对 B+树进行两种查找运算：一种是从最小关键码起顺序查找；另一种是根节点开始，进行随机查找。

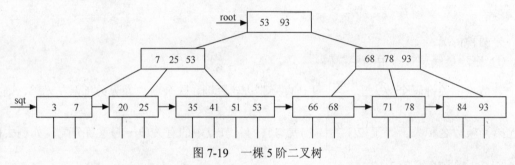

图 7-19　一棵 5 阶二叉树

在 B+树上进行随机查找、插入和删除的过程基本上与 B–树类似。只是在查找时，若非终端节点上的关键码等于给定值，并不终止，而是继续向下直到叶子节点。因此，在 B+树，不管查找成功与否，每次查找都是走了一条从根到叶子节点的路径。B+树查找的分析类似于 B–树。B+树的插入仅在叶子节点上进行，当节点中的关键码个数大于 m 时要分裂成两个节点，他们所含关键码的个数均为 $\left\lceil \dfrac{m+1}{2} \right\rceil$。并且，它们的双亲节点中应同时包含这两个节点中的最大关键码。B+树的删除也仅在叶子节点进行，当叶子节点中的最大关键码被删除时，其在非终端节点中的值可以作为一个"分界关键码"存在。若因删除而使节点中关键码的个数少于 $\left\lceil \dfrac{m}{2} \right\rceil$ 时，其和兄弟节点的合并过程亦和 B–树类似。

7.4　哈希表查找（杂凑法）

7.4.1　哈希表与哈希方法

以上讨论的查找方法，由于数据元素的存储位置与关键码之间不存在确定的关系，因此，查找时，需要进行一系列对关键码的查找比较，即"查找算法"是建立在比较的基础上的，查找效率由比较一次缩小的查找范围决定。理想的情况是依据关键码直接得到其对应的数据元素位置，即要求关键码与数据元素间存在一一对应关系，通过这个关系，能很快地由关键码得到对应的数据元素位置。

例 7-6： 11 个元素的关键码分别为 18，27，1，20，22，6，10，13，41，15，25。选取关键

码与元素位置间的函数为 f(key)=key mod 11

0	1	2	3	4	5	6	7	8	9	10
22	1	13	25	15	27	6	18	41	20	10

图 7-20

（1）通过这个函数对 11 个元素建立查找表，如图 7-20 所示。

（2）查找时，对给定值 kx 依然通过这个函数计算出地址，再将 kx 与该地址单元中元素的关键码比较，若相等，查找成功。

哈希表与哈希方法：选取某个函数，依该函数按关键码计算元素的存储位置，并按此存放；查找时，由同一个函数对给定值 kx 计算地址，将 kx 与地址单元中的元素关键码进行比较，确定查找是否成功，这就是哈希方法（杂凑法）；哈希方法中使用的转换函数称为哈希函数（杂凑函数）；按这个思想构造的表称为哈希表（杂凑表）。

对于 n 个数据元素的集合，总能找到关键码与存放地址一一对应的函数。若最大关键为 m，可以分配 m 个数据元素存放单元，选取函数 f(key)=key 即可，但这样会造成存储空间的很大浪费，甚至不可能分配这么大的存储空间。通常关键码的集合比哈希地址集合大得多，因而经过哈希函数变换后，可能将不同的关键码映射到同一个哈希地址上，这种现象称为冲突（collision），映射到同一哈希地址上的关键码称为同义词。可以说，冲突不可能避免，只能尽可能减少。所以，哈希方法需要解决以下两个问题。

（1）构造好的哈希函数。

①所选函数尽可能简单，以便提高转换速度。

②所选函数对关键码计算出的地址，应在哈希地址集中大致均匀分布，以减少空间浪费。

（2）制定解决冲突的方案。

7.4.2 常用的哈希函数

1. 直接定址法

$$Hash(key)=akey+b \qquad （a、b 为常数）$$

即取关键码的某个线性函数值为哈希地址，这类函数是一一对应函数，不会产生冲突，但要求地址集合与关键码集合大小相同，因此，对于较大的关键码集合不适用。

例 7-7：关键码集合为 {100，300，500，700，800，900}，选取哈希函数为

Hash（key）=key/100，其存放如图 7-21 所示。

0	1	2	3	4	5	6	7	8	9
	100		300		500		700	800	900

图 7-21

2. 除留余数法

$$Hash（key）=key \ mod \ p \qquad （p 是一个整数）$$

即取关键码除以 p 的余数作为哈希地址。使用除留余数法，选取合适的 p 很重要，若哈希表表长为 m，则要求 p≤m，且接近 m 或等于 m。p 一般选取质数，也可以是不包含小于 20 质因子的合数。

3. 乘余取整法

$$Hash（key）=\lfloor B*(A*key \ mod \ 1)\rfloor \qquad （A、B 均为常数，且 0<A<1，B 为整数）$$

以关键码 key 乘以 A，取其小数部分（A*key mod 1 就是取 A*key 的小数部分），之后再用整数 B 乘以这个值，取结果的整数部分作为哈希地址。

该方法 B 取什么值并不关键，但 A 的选择却很重要，最佳的选择依赖于关键码集合的特

征。一般取 $A = (\frac{1}{2}\sqrt{5} - 1) = 0.6180339 \cdots\cdots$ 较为理想。

4. 数字分析法

设关键码集合中，每个关键码均由 m 位组成，每位上可能有 r 种不同的符号。

例 7-8：若关键码是 4 位十进制数，则每位上可能有十个不同的数符 0～9，所以 $r=10$。

例 7-9：若关键码是仅由英文字母组成的字符串，不考虑大小写，则每位上可能有 26 种不同的字母，所以 $r=26$。

数字分析法根据 r 种不同的符号，在各位上的分布情况，选取某几位，组合成哈希地址。所选的位应是各种符号在该位上出现的频率大致相同。

例 7-10：有一组关键码如下：

3 4 7 0 5 2 4	第 1、2 位均是"3 和 4"，第 3 位也只有
3 4 9 1 4 8 7	"7、8、9"，因此，这几位不能用，余
3 4 8 2 6 9 6	下 4 位分布较均匀，可作为哈希地址选用。
3 4 8 5 2 7 0	若哈希地址是两位，则可取这 4 位中的任
3 4 8 6 3 0 5	意两位组合成哈希地址，也可以取其中两
3 4 9 8 0 5 8	位与其他两位叠加求和后，取低两位作哈
3 4 7 9 6 7 1	希地址。
3 4 7 3 9 1 9	

① ② ③ ④ ⑤ ⑥ ⑦

5. 平方取中法

对关键码平方后，按哈希表大小，取中间的若干位作为哈希地址。

6. 折叠法（folding）

此方法将关键码自左到右分成位数相等的几部分，最后一部分位数可以短些，然后将这几部分叠加求和，并按哈希表表长，取后几位作为哈希地址。这种方法称为折叠法。

有两种叠加方法，如图 7-22 所示。

（1）移位法——将各部分的最后一位对齐相加；

（2）间界叠加法——从一端向另一端沿各部分分界来回折叠后，最后一位对齐相加。

例 7-11：关键码为 key=05326248725，设哈希表长为三位数，则可对关键码每三位一部分来分割。

关键码分割为如下 4 组：

<u>253</u>　　<u>463</u>　　<u>587</u>　　<u>05</u>

用上述方法计算哈希地址。

对于位数很多的关键码，且每一位上符号分布较均匀时，可采用此方法求得哈希地址。

```
    253              253  ⌐
    463          ⌐   364
    587              587  ⌐
 +   05          ⌐    50
 ─────           ─────
   1308             1254
Hash(key)=308     Hash(key)=254
   移位法          间界叠加法
```

图 7-22

7.4.3 处理冲突的方法

1. 开放定址法

所谓开放定址法，即是由关键码得到的哈希地址一旦产生了冲突，也就是说，该地址已经存放了数据元素，就去寻找下一个空的哈希地址，只要哈希表足够大，空的哈希地址总能找到，并将数据元素存入。

找空哈希地址方法很多，下面介绍 3 种。

（1）线性探测法

$$H_i=(Hash(key)+d_i) \bmod m \qquad (1 \leq i < m)$$

其中：

Hash(key)为哈希函数

m 为哈希表长度

d_i 为增量序列 1，2，……，$m-1$，且 $d_i=i$

例 7-12：关键码集为 {47，7，29，11，16，92，22，8，3}，哈希表表长为 11，Hash(key)=key mod 11，用线性探测法处理冲突，建如下所示的表。

0	1	2	3	4	5	6	7	8	9	10
11	22		47	92	16	3	7	29	8	
	△					▲		△	△	

47、7、11、16、92 均是由哈希函数得到的没有冲突的哈希地址而直接存入的；

Hash(29)=7，哈希地址上冲突，需寻找下一个空的哈希地址：

由 $H_1=(Hash(29)+1) \bmod 11=8$，哈希地址 8 为空，将 29 存入。另外，22、8 同样在哈希地址上有冲突，也是由 H_1 找到空的哈希地址的；

而 Hash(3)=3，哈希地址上冲突，由

$$H_1=(Hash(3)+1) \bmod 11=4 \qquad 仍然冲突；$$

$$H_2=(Hash(3)+2) \bmod 11=5 \qquad 仍然冲突；$$

$$H_3=(Hash(3)+3) \bmod 11=6 \qquad 找到空的哈希地址，存入。$$

线性探测法可能使第 i 个哈希地址的同义词存入第 $i+1$ 个哈希地址，这样本应存入第 $i+1$ 个哈希地址的元素变成了第 $i+2$ 个哈希地址的同义词……，因此，可能出现很多元素在相邻的哈希地址上"堆积"起来，大大降低了查找效率。为此，可采用二次探测法，或双哈希函数探测法，以改善"堆积"问题。

（2）二次探测法

$$H_i=(Hash(key) \pm d_i) \bmod m$$

其中：

Hash(key)为哈希函数

m 为哈希表长度，m 要求是某个 $4k+3$ 的质数（k 是整数）

d_i 为增量序列 1^2，-1^2，2^2，-2^2，…，q^2，$-q^2$ 且 $q \leq (m-1)$

仍以上例用二次探测法处理冲突，建如下表：

0	1	2	3	4	5	6	7	8	9	10
11	22	3	47	92	16		7	29	8	
	△	▲						△	△	

对关键码寻找空的哈希地址只有 3 这个关键码与上例不同，

Hash(3)=3，哈希地址上冲突，由

$$H_1=(Hash(3)+1^2) \bmod 11=4 \qquad 仍然冲突；$$

$$H_2=(Hash(3)-1^2) \bmod 11=2 \qquad 找到空的哈希地址，存入。$$

（3）双哈希函数探测法

$$H_i=(Hash(key)+i*ReHash(key)) \bmod m \qquad （i=1，2，\cdots，m-1）$$

其中：

Hash（key），ReHash（key）是两个哈希函数

m 为哈希表长度

双哈希函数探测法，先用第一个函数 Hash（key）对关键码计算哈希地址，一旦产生地址冲突，再用第二个函数 ReHash（key）确定移动的步长因子，最后，通过步长因子序列由探测函数寻找空的哈希地址。

比如，Hash（key）=a 时产生地址冲突，就计算 ReHash（key）=b，则探测的地址序列为

$$H_1=(a+b) \bmod m，H_2=(a+2b) \bmod m，\cdots，H_{m-1}=(a+(m-1)b) \bmod m$$

2．拉链法

设哈希函数得到的哈希地址域在区间[0，m 1]上，以每个哈希地址作为一个指针，指向一个链，即分配指针数组

ElemType　*eptr[m];

建立 m 个空链表，由哈希函数对关键码转换后，映射到同一哈希地址 i 的同义词均加入到*eptr[i]指向的链表中。

例 7-13：关键码序列为 47、7、29、11、16、92、22、8、3、50、37、89、94、21，哈希函数为

Hash(key)=key mod 11

用拉链法处理冲突，如图 7-23 所示。

3．建立一个公共溢出区

设哈希函数产生的哈希地址集为[0，$m-1$]，则分配两个表：

一个基本表 ElemType base_tbl[m]；每个单元只能存放一个元素；

一个溢出表 ElemType over_tbl[k]；只要关键码对应的哈希地址在基本表上产生冲突，则所有这样的元素一律存入该表中。查找时，对给定值 kx 通过哈希函数计算出哈希地址 i，先与基本表的 base_tbl[i]单元比较，若相等，查找成功；否则，再到溢出表中进行查找。

7.4.4　哈希表的查找分析

哈希表的查找过程基本上和造表过程相同。一些关键码可通过哈希函数转换的地址直接找到；另一些关键

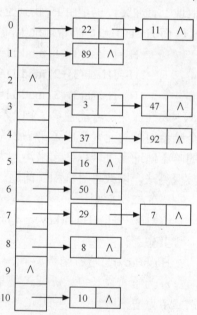

图 7-23　拉链法处理冲突时的哈希表
（向链表中插入元素均在表头进行）

码在哈希函数得到的地址上产生了冲突，需要按处理冲突的方法进行查找。在介绍的 3 种处理冲突的方法中，产生冲突后的查找仍然是给定值与关键码进行比较的过程。所以，对哈希表查找效率的量度，依然用平均查找长度来衡量。

查找过程中，关键码的比较次数，取决于产生冲突的多少，产生的冲突少，查找效率就高，产生的冲突多，查找效率就低。因此，影响产生冲突多少的因素，也就是影响查找效率的因素。影响产生冲突多少有以下 3 个因素：

（1）哈希函数是否均匀； （2）处理冲突的方法； （3）哈希表的装填因子。

分析这 3 个因素，尽管哈希函数的"好坏"直接影响冲突产生的频度，但一般情况下，我们总认为所选的哈希函数是"均匀的"，因此，可不考虑哈希函数对平均查找长度的影响。就线性探测法和二次探测法处理冲突的例子看，相同的关键码集合、同样的哈希函数，在数据元素查找等概率情况下，它们的平均查找长度却不同：

线性探测法的平均查找长度 $ASL=(5\times1+3\times2+1\times4)/9=5/3$

二次探测法的平均查找长度 $ASL=(5\times1+3\times2+1\times2)/9=13/9$

哈希表的装填因子定义为：$\alpha = \dfrac{填入表中的元素个数}{哈希表的长度}$

α 是哈希表装满程度的标志因子。由于表长是定值，α 与"填入表中的元素个数"成正比，所以，α 越大，填入表中的元素越多，产生冲突的可能性就越大；α 越小，填入表中的元素越少，产生冲突的可能性就越小。

实际上，哈希表的平均查找长度是装填因子 α 的函数，只是不同处理冲突的方法有不同的函数。以下给出几种不同处理冲突方法的平均查找长度，如图 7-24 所示。

处理冲突的方法	平均查找长度	
	查找成功时	查找不成功时
线性控测法	$S_{nl}\approx\dfrac{1}{2}(1+\dfrac{1}{1-\alpha})$	$U_{nl}\approx\dfrac{1}{2}(1+\dfrac{1}{(1-\alpha)^2})$
二次探测法与双哈希法	$S_{nr}\approx-\dfrac{1}{\alpha}\ln(1-\alpha)$	$U_{nr}\approx\dfrac{1}{1-\alpha}$
拉链法	$S_{nc}\approx1+\dfrac{\alpha}{2}$	$U_{nc}\approx\alpha+e^{-\alpha}$

图 7-24 几种不同处理冲突方法的平均查找长度

哈希方法存取速度快，也较节省空间，静态查找、动态查找均适用，但由于存取是随机的，因此，不便于顺序查找。

习 题

1．试分别画出在线性表（a，b，c，d，e，f，g）中进行二分查找，以查关键字等于 a、b 和 c 的过程。

2．画出对长度为 10 的有序表进行二分查找的判定树，并求其等概率时的成功查找的平均查找长度。

3．给定关键字序列 10、20、30、40，试画出它的所有二叉排序树。

4．给定关键字序列 40、30、20、50、60、35、25、28、80、70，试按此顺序建立二叉排序树和平衡二叉排，并求其在等概率时的成功的平均查找长度。

5．设有关键字序列，表示为一个线性表（32,75,29,63,48,94,25,46,18,70），散列地址为 HT[0]～HT[12]，散列函数 H(k)=k%13，试用线性探查法和拉链法解决冲突，实现散列存储，画出每种形式的散列表，并求出每种查找的成功平均查找长度。

6. 给定关键字序列 22、41、53、46、30、13、1、67，散列函数 H(k)=3k%11，解决冲突时，d_0=H(k)，d_i= i×((7k)%10+1) (i=1,2,3,…)，试构造出散列表，并求等概率时的成功的平均查找长度。

7. 假定有一个 100*100 的稀疏矩阵，其中 1% 的元素为非零元素，现要求对其非零元素进行散列存储，使之能够按照元素的行、列值存取矩阵元素（即元素的行、列值联合为元素的关键字），试采用除留余数法构造散列函数和线性探查法处理冲突，分别写出建立散列表和散列查找算法。

8. 对于有 25 个元素的有序表，求出分块查找（分成 5 块，每块 5 个元素）的成功的平均查找长度。

9. 顺序查找的时间复杂度为 $0(n)$，二分查找的时间复杂度为 $O(\log_2 n)$，散列查找的时间复杂度为 $O(1)$，为什么有高效率的检索方法而低效率的方法不被放弃？

10. 在有 n 个关键字的线性表中进行顺序查找，若查找的概率不相等，即每个关键字的查找概率不相等，分别为 p_1=1/2，p_2=1/4，…，p_n=$1/2^n$，求查找成功的平均查找长度。

11. 将建立二叉排序树的算法改成非递归算法。

12. 设有一组关键字（19，1，23，14，55，20，84，27，68，11，10，77），散列函数为：H(key)=key%13。若采用开放地址法中线性探查法解决冲突，试在 0~18 的散列地址空间中对该关键字序列构造散列表（要求给出计算过程），并求出等概率时查找成功的平均查找长度。

13. 写出一个算法，利用二分查找，在有序表中插入一个元素 x，并使插入后的表仍然有序。

14. 假设按如下所述在有序的线性表中查找元素 x：先将 x 与表中的第 $4j(j$=1,2,…)项进行比较，若相等，则查找成功；否则由该次比较求得比 x 大的一项 $4k$ 之后续而和 $4k-2$，然后和 $4k-3$ 或 $4k-1$ 项进行比较，直到查找成功。

（1）给出实现上述功能的算法。

（2）试画出当表长 n=16 时的判定树。

15. 已知一个含有 100 个元素的表，关键字为中国姓氏的拼音，若采用散列方式存储此表，请给出一种散列表的设计方案，要求它在等概率下查找成功的平均查找长度不超过 3。

16. 已知一个长度为 12 的表（Jan,Feb,Mar,Apr,May,June,July,Aug,Sep,Oct,Nov,Dec），代表一年的 12 个月份。

（1）试按表中元素的次序建立一棵二叉排序树（不写算法），并求等概率下查找成功的平均查找长度。

（2）表中的元素先排序，试画出二分查找的判定树，并求等概率下查找成功的平均查找长度。

17. 线性表中各元素的查找概率不相等，则可以用如下策略提高顺序查找的效率。若找到指顶定元素，将它与前面的（若存在）交换，使得经常被查找的元素尽量位于表的前端。试设计在线性表的顺序存储和链式存储上实现上述策略的查找算法。

第8章 排　序

8.1　基本概念

排序（sorting）是计算机程序设计中的一种重要操作，其功能是将一个数据元素集合或序列重新排列成一个按数据元素某个项值有序的序列。作为排序依据的数据项称为"排序码"，也即数据元素的关键码。为了便于查找，通常希望计算机中的数据表是按关键码有序地排列。如有序表的折半查找，查找效率较高。还有，二叉排序树、B−树和 B+树的构造过程就是一个排序过程。若关键码是主关键码，则对于任意待排序序列，经排序后得到的结果是唯一的；若关键码是次关键码，排序结果可能不唯一，这是因为具有相同关键码的数据元素，这些元素在排序结果中，它们之间的位置关系与排序前不能保持。

若对任意的数据元素序列，使用某个排序方法，对它按关键码进行排序：若相同关键码元素间的位置关系，排序前与排序后保持一致，称此排序方法是稳定的；不能保持一致的排序方法则称为不稳定的。

排序分为两类：内排序和外排序。

内排序是指待排序列完全存放在内存中所进行的排序过程，适合不太大的元素序列。

外排序是指排序过程中还需访问外存储器，足够大的元素序列不能完全放入内存，只能使用外排序。

8.2　插入排序

8.2.1　直接插入排序

设有 n 个记录，存放在数组 r 中，重新安排记录在数组中的存放顺序，使得按关键码有序。即

$r[1].key \leqslant r[2].key \leqslant \cdots \cdots \leqslant r[n].key$

先来看看向有序表中插入一个记录的方法：

设 $1 < j \leqslant n$，$r[1].key \leqslant r[2].key \leqslant \cdots \cdots \leqslant r[j-1].key$，将 $r[j]$插入，重新安排存放顺序，使得 $r[1].key \leqslant r[2].key \leqslant \cdots \cdots \leqslant r[j].key$，得到新的有序表，记录数增 1。

算法 8-1 如下：

① r[0]=r[j];　　　　　　　　//r[j]送 r[0]中,使 r[j]为待插入记录空位
  i=j-1;　　　　　　　　　 //从第 i 个记录向前测试插入位置,用 r[0]为辅
　　　　　　　　　　　　　　　助单元, 可免去测试 i<1
② 若 r[0].key≥r[i].key, 转④　//插入位置确定
③ 若 r[0],key < r[i].key 时,

```
    r[i+1]=r[i];i=i-1;转②              //调整待插入位置
④ r[i+1]=r[0];结束                      //存放待插入记录
```

例 8-1：向有序表中插入一个记录的过程如下：

| | r[1] | r[2] | r[3] | r[4] | r[5] | 存储单元 |

```
                r[1]  r[2]  r[3]  r[4]    r[5]    存储单元
                 2    10    18    25      9       将 r[5]插入 4 个记录的有序表中,j=5
r[0]=r[j];i=j-1;                                  初始化,设置待插入位置
                 2    10    18    25      □       r[i+1]为待插入位置
i=4, r[0] < r[i], r[i+1]=r[i]; I--;               调整待插入位置
                 2    10    18    □      25        调整待插入位置
i=3, r[0] < r[i], r[i+1]=r[i]; i--;               调整待插入位置
                 2    10    □    18      25        调整待插入位置
i=2, r[0] < r[i], r[i+1]=r[i]; i--;               调整待插入位置
                 2    □    10    18      25        插入位置确定,向空位填入插入记录
i=1, r[0] ≥r[i], r[i+1]-r[0];                     插入位置确定,向空位填入插入记录
                 2    9     10    18     25       向有序表中插入一个记录的过程结束
```

直接插入排序方法：仅有一个记录的表总是有序的，因此，对 n 个记录的表，可从第二个记录开始直到第 n 个记录，逐个向有序表中进行插入操作，从而得到 n 个记录按关键码的有序表。

算法 8-2 如下：

```
void   InsertSort(S_TBL &p)
{    for(i=2; i<=p->length; i++)
        if(p->elem[i].key < p->elem[i-1].key)  /*小于时,需将 elem[i]插入有序表*/
        {    p->elem[0].key=p->elem[i].key;     /*为统一算法设置监测*/
            for(j=i-1; p->elem[0].key < p->elem[j].key; j--)
                p->elem[j+1].key=p->elem[j].key;        /*记录后移*/
            p->elem[j+1].key=p->elem[0].key;            /*插入到正确位置*/
        }
}
```

效率分析：

① 空间效率，仅用了一个辅助单元；

② 时间效率，向有序表中逐个插入记录的操作，进行了 $n-1$ 趟，每趟操作分为比较关键码和移动记录，比较的次数和移动记录的次数取决于待排序列按关键码的初始排列。

最好情况下：即待排序列已按关键码有序，每趟操作只需 1 次比较 2 次移动。

总比较次数=$n-1$ 次

总移动次数=$2(n-1)$次

最坏情况下：即第 j 趟操作，插入记录需要同前面的 j 个记录进行 j 次关键码比较，移动记录的次数为 $j+2$ 次。

$$总移动次数 = \sum_{j=1}^{n-1}(j+2) = \frac{1}{2}n(n-1) + 2n$$

$$总比较次数 = \sum_{j=1}^{n-1}j = \frac{1}{2}n(n-1)$$

平均情况下：即第 j 趟操作，插入记录大约同前面的 $j/2$ 个记录进行关键码比较，移动记录的次数为 $j/2+2$ 次。

$$总比较次数 = \sum_{j=1}^{n-1}\frac{j}{2} = \frac{1}{4}n(n-1) \approx \frac{1}{4}n^2$$

$$总移动次数 = \sum_{j=1}^{n-1}(\frac{j}{2}+2) = \frac{1}{4}n(n-1)+2n \approx \frac{1}{4}n^2$$

由此，直接插入排序的时间复杂度为 $O(n^2)$，是一个稳定的排序方法。

8.2.2 折半插入排序

直接插入排序的基本操作是向有序表中插入一个记录，插入位置的确定通过对有序表中的记录按关键码逐个比较得到的。平均情况下总比较次数约为 $n^2/4$。既然是在有序表中确定插入位置，可以不断二分有序表来确定插入位置，即一次比较，通过待插入记录与有序表居中的记录按关键码比较，将有序表一分为二，下次比较在其中一个有序子表中进行，将子表又一分为二。这样继续下去，直到要比较的子表中只有一个记录时，比较一次便确定了插入位置。

二分判定有序表插入位置方法：

① low=1;high=j-1;r[0]=r[j];   // 有序表长度为 j-1,第 j 个记录为待插入记录

                                           //设置有序表区间,待插入记录送辅助单元

② 若 low>high，得到插入位置，转⑤

③ low≤high, m=(low+high)/2;   // 取表的中点,并将表一分为二,确定待插入区间*/

④ 若 r[0].key≤r[m].key, high=m-1; //插入位置在低半区

    否则,low=m+1;   // 插入位置在高半区

    转②

⑤ high+1 即为待插入位置,从 j-1 到 high+1 的记录,逐个后移,r[high+1]=r[0];放置待插入记录

算法 8-3 如下：

```
void   InsertSort(S_TBL *s)
{      /* 对顺序表 s 作折半插入排序       */
for(i=2;i<=s->length;i++)
{     s->elem[0]=s->elem[i];            /* 保存待插入元素 */
low=I;high=i-1;                          /* 设置初始区间 */
while(low<=high)                         /* 该循环语句完成确定插入位置 */
{     mid=(low+high)/2;
if(s->elem[0].key>s->elem[mid].key)
low=mid+1;                               /* 插入位置在高半区中 */
else  high=mid-1;                        /* 插入位置在低半区中 */
}/* while */
for(j=i-1;j>=high+1;j--)                 /* high+1 为插入位置 */
s->elem[j+1]=s->elem[j];                 /* 后移元素,留出插入空位 */
s->elem[high+1]=s->elem[0];              /* 将元素插入 */
}/* for */
}/* InsertSort */
```

时间效率：

确定插入位置所进行的折半查找，关键码的比较次数至多为 $\lceil \log_2(n+1) \rceil$ 次，移动记录的次数和直接插入排序相同，故时间复杂度仍为 $O(n^2)$，是一个稳定的排序方法。

8.2.3 表插入排序

直接插入排序、折半插入排序均要大量移动记录，时间开销大。若不移动记录完成排序，需要改变存储结构，进行表插入排序。所谓表插入排序，就是通过链接指针，按关键码的大小，实现从小到大的链接过程，为此需增设一个指针项。操作方法与直接插入排序类似，所

不同的是直接插入排序要移动记录，而表插入排序是修改链接指针。用静态链表来说明。

```
#define SIZE 200
typedef struct{
        ElemType elem;              /*元素类型*/
        int      next;              /*指针项*/
        }NodeType;                  /*表节点类型*/
typedef   struct{
        NodeType  r[SIZE];          /*静态链表*/
        int      length;            /*表长度*/
        }L_TBL;                     /*静态链表类型*/
```

假设数据元素已存储在链表中，且 0 号单元作为头节点，不移动记录而只是改变链指针域，将记录按关键码建为一个有序链表。首先，设置空的循环链表，即头节点指针域置 0，并在头节点数据域中存放比所有记录关键码都大的整数。接下来，逐个将节点向链表中插入即可。

例 8-2：表插入排序示例如图 8-1 所示。

初始状态

	0	1	2	3	4	5	6	7	8	
	MAXINT	49	38	65	97	76	13	27	49	key 域
	0	-	-	-	-	-	-	-	-	next 域

i=1

	MAXINT	49	38	65	97	76	13	27	49
	1	0	-	-	-	-	-	-	-

i=2

	MAXINT	49	38	65	97	76	13	27	49
	2	0	1	-	-	-	-	-	-

i=3

	MAXINT	49	38	65	97	76	13	27	49
	2	3	1	0	-	-	-	-	-

i=4

	MAXINT	49	38	65	97	76	13	27	49
	2	3	1	4	0	-	-	-	-

i=5

	MAXINT	49	38	65	97	76	13	27	49
	2	3	1	5	0	4	-	-	-

i=6

	MAXINT	49	38	65	97	76	13	27	49
	6	3	1	5	0	4	2	-	-

i=7

	MAXINT	49	38	65	97	76	13	27	49
	6	3	1	5	0	4	7	2	-

i=8

	MAXINT	49	38	65	97	76	13	27	49
	6	8	1	5	0	4	7	2	3

图 8-1 表插入排序示例

表插入排序得到一个有序的链表，查找只能进行顺序查找，不能进行随机查找，如折半查找。为此，还需要对记录进行重排。

重排记录方法：按链表顺序扫描各节点，将第 i 个节点中的数据元素调整到数组的第 i 个分量数据域。因为第 i 个节点可能是数组的第 j 个分量，数据元素调整仅需将两个数组分量中的数据元素交换即可，但为了能对所有数据元素进行正常调整，指针域也需处理。

算法 8-4 如下：

```
1. j=l->r[0].next; i=1;                      //指向第一个记录位置,从第一个记录开始调整
2. 若 i=l->length 时, 调整结束;否则,
a. 若 i=j,j=l->r[j].next;i++;转(2)          //数据元素应在这分量中,不用调整,处理下一个节点
b. 若 j>I,l->r[i].elem<-->l->r[j].elem; //交换数据元素
      p=l->r[j].next;                        // 保存下一个节点地址
      l->r[j].next=l->[i].next;l->[i].next=j;   // 保持后续链表不被中断
      j=p;i++;转(2)                               // 指向下一个处理的节点
c. 若 j<I,while(j<i) j=l->r[j].next;         //j 分量中原记录已移走,沿 j 的指针域
找寻原记录的位置转到(a)
```

例 8-3：对表插入排序结果进行重排示例如图 8-2 所示。

		0	1	2	3	4	5	6	7	8	
初始状态		MAXINT	49	38	65	97	76	13	27	49	key 域
		6	8	1	5	0	4	7	2	3	next 域
i=1		MAXINT	13	38	65	97	76	49	27	49	
j=6		6	(6)	1	5	0	4	8	2	3	
i=2		MAXINT	13	27	65	97	76	49	38	49	
j=7		6	(6)	(7)	5	0	4	8	1	3	
i=3		MAXINT	13	27	38	97	76	49	65	49	
j=(2), 7		6	(6)	(7)	(7)	0	4	8	5	3	
i=4		MAXINT	13	27	38	49	76	97	65	49	
j=(1), 6		6	(6)	(7)	(7)	(6)	4	0	5	3	
i=5		MAXINT	13	27	38	49	49	97	65	76	
j=8		6	(6)	(7)	(7)	(6)	(8)	0	5	4	
i=6		MAXINT	13	27	38	49	49	65	97	76	
j=(3), 7		6	(6)	(7)	(7)	(6)	(8)	(7)	0	4	
i=7		MAXINT	13	27	38	49	49	65	76	97	
j=(5), 8		6	(6)	(7)	(7)	(6)	(8)	(7)	(8)	0	

图 8-2　对表插入排序结果进行重排示例

时效分析：

表插入排序的基本操作是将一个记录插入到已排好序的有序链表中，设有序表长度为 i，则需要比较至多 $i+1$ 次，修改指针两次。因此，总比较次数与直接插入排序相同，修改指针总次数为 $2n$ 次。所以，时间复杂度仍为 $O(n^2)$。

8.2.4 希尔排序（Shell's Sort）

希尔排序又称缩小增量排序，是 1959 年由 D.L.Shell 提出来的，较前述几种插入排序方法有较大的改进。

直接插入排序算法简单，在 n 值较小时，效率比较高，在 n 值较大时，若序列按关键码基本有序，效率依然较高，其时间效率可提高到 $O(n)$。希尔排序即是从这两点出发，给出插入排序的改进方法。

希尔排序方法：

① 选择一个步长序列 t_1、t_2、…、t_k，其中 $t_i > t_j$，$t_k = 1$；

② 按步长序列个数 k，对序列进行 k 趟排序；

③ 每趟排序，根据对应的步长 t_i，将待排序列分割成若干长度为 m 的子序列，分别对各子表进行直接插入排序。仅步长因子为 1 时，整个序列作为一个表来处理，表长度即为整个序列的长度。

例 8-4： 待排序列为 39，80，76，41，13，29，50，78，30，11，100，7，<u>41</u>，86。

步长因子分别取 5、3、1，则排序过程如图 8-3 所示。

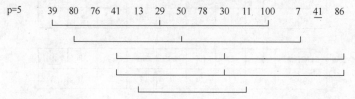

子序列分别为 {39, 29, 100}，{80, 50, 7}，{76, 78, 41}，{41, 30, 86}，{13, 11}。

第一趟排序结果：

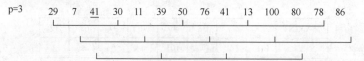

子序列分别为 {29, 30, 50, 13, 78}，{7, 11, 76, 100, 86}，{<u>41</u>, 39, 41, 80}。

第二趟排序结果：

p=1　　　13　7　39　29　11　<u>41</u>　30　76　41　50　86　80　78　100

　　　此时，序列基本"有序"，对其进行直接插入排序，得到最终结果：

7　11　13　29　30　39　<u>41</u>　41　50　76　78　80　86　100

图 8-3

算法 8-5 如下：

```
void   ShellInsert(S_TBL &p,int dk)
{    /*一趟增量为 dk 的插入排序,dk 为步长因子*/
    for(i=dk+1;i<=p->length;i++)
        if(p->elem[i].key < p->elem[i-dk].key)   /*小于时,需 elem[i]将插入有序表*/
```

```
        {       p->elem[0]=p->elem[i];                   /*为统一算法设置监测*/
                for(j=i-dk;j>0&&p->elem[0].key < p->elem[j].key;j=j-dk)
                    p->elem[j+dk]=p->elem[j];            /*记录后移*/
                p->elem[j+dk]=p->elem[0];                /*插入到正确位置*/
        }
}

void    ShellSort(S_TBL *p,int dlta[],int t)
{       /*按增量序列 dlta[0,1,…,t-1]对顺序表*p 作希尔排序*/
    for(k=0;k<t;t++)
        ShellSort(p,dlta[k]); /*一趟增量为 dlta[k]的插入排序*/
}
```

时效分析：

希尔排序时效分析很难，关键码的比较次数与记录移动次数依赖于步长因子序列的选取，特定情况下可以准确估算出关键码的比较次数和记录的移动次数。目前还没有人给出选取最好的步长因子序列的方法。步长因子序列可以有各种取法，有取奇数的，也有取质数的，但需要注意：步长因子中除 1 外没有公因子，且最后一个步长因子必须为 1。希尔排序方法是一个不稳定的排序方法。

8.3 交换排序

交换排序主要是通过两两比较待排记录的关键码，若发生与排序要求相逆，则交换之。

8.3.1 冒泡排序（Bubble Sort）

先来看看待排序列一趟冒泡的过程：设 $1<j\leqslant n$，$r[1]$、$r[2]$、…、$r[j]$ 为待排序列，通过两两比较、交换，重新安排存放顺序，使得 $r[j]$ 是序列中关键码最大的记录。一趟冒泡方法为：

① $i=1$;   //设置从第一个记录开始进行两两比较
② 若 $i\geqslant j$，一趟冒泡结束。
③ 比较 $r[i]$.key 与 $r[i+1]$.key,若 $r[i]$.key$\leqslant r[i+1]$.key,不交换,转⑤;
④ 当 $r[i]$.key$>r[i+1]$.key 时,$r[0]=r[i]$;$r[i]=r[i+1]$;$r[i+1]=r[0]$;将 $r[i]$ 与 $r[i+1]$交换;
⑤ $i=i+1$;调整对下两个记录进行两两比较,转②。

冒泡排序方法：对 n 个记录的表，第一趟冒泡得到一个关键码最大的记录 $r[n]$，第二趟冒泡对 n-1 个记录的表，再得到一个关键码最大的记录 $r[n$-1$]$，如此重复，直到 n 个记录按关键码有序的表。

算法 8-6 如下：

① j=n;   //从 n 记录的表开始
② 若 j<2,排序结束;
③ i=1;   //一趟冒泡,设置从第一个记录开始进行两两比较,
④ 若 i≥j,一趟冒泡结束,j=j-1;冒泡表的记录数-1,转②;
⑤ 比较 r[i].key 与 r[i+1].key,若 r[i].key≤r[i+1].key,不交换,转⑤;
⑥ 当 r[i].key>r[i+1].key 时, r[i]<-->r[i+1]; 将 r[i] 与 r[i+1]交换;
⑦ i=i+1;调整对下两个记录进行两两比较,转④。

效率分析:

① 空间效率,仅用了一个辅助单元。

② 时间效率,总共要进行 n-1 趟冒泡,对 j 个记录的表进行一趟冒泡需要 j-1 次关键码比较。

$$总比较次数 = \sum_{j=2}^{n}(j-1) = \frac{1}{2}n(n-1)$$

③ 移动次数;最好情况下,待排序列已有序,不需移动;

最坏情况下,每次比较后均要进行3次移动,移动次数 $= \sum_{j=2}^{n}3(j-1) = \frac{3}{2}n(n-1)$

8.3.2 快速排序

快速排序是通过比较关键码、交换记录,以某个记录为界(该记录称为支点),将待排序列分成两部分。其中,一部分所有记录的关键码大于等于支点记录的关键码,另一部分所有记录的关键码小于支点记录的关键码。我们将待排序列按关键码以支点记录分成两部分的过程,称为一次划分。对各部分不断划分,直到整个序列按关键码有序。

一次划分方法:

```
        设 1≤p<q≤n,r[p],r[p+1],…,r[q]为待排序列
    ① low=p;high=q;          //设置两个搜索指针,low是向后搜索指针,high是向前搜索指针
       r[0]=r[low];          //取第一个记录为支点记录,low 位置暂设为支点空位
    ② 若 low=high, 支点空位确定,即为 low
       r[low]=r[0];                        //填入支点记录,一次划分结束
       否则,low<high,搜索需要交换的记录,并交换之
    ③ 若 low<high 且 r[high].key≥r[0].key //从 high 所指位置向前搜索,至多到 low+1 位置
       high=high-1;转③               //寻找 r[high].key<r[0].key
       r[low]=r[high];      //找到 r[high].key<r[0].key,设置 high 为新支点位置,
                            //小于支点记录关键码的记录前移
    ④ 若 low<high 且 r[low].key<r[0].key //从 low 所指位置向后搜索,至多到 high-1 位置
       low=low+1;转④        //寻找 r[low].key≥r[0].key
       r[high]=r[low];      //找到 r[low].key≥r[0].key,设置 low 为新支点位置,
                            //大于等于支点记录关键码的记录后移
       转②                 //继续寻找支点空位
```

算法 8-7 如下:

```
int Partition(S_TBL *tbl,int low,int high) /*一趟快排序*/
{  /*交换顺序表 tbl 中子表 tbl->[low…high]的记录,使支点记录到位,并反回其所在位置*/
   /*此时,在它之前(后)的记录均不大(小)于它*/
   tbl->r[0]=tbl->r[low];                  /*以子表的第一个记录作为支点记录*/
   pivotkey=tbl->r[low].key;               /*取支点记录关键码*/
   while(low<higu)                         /*从表的两端交替地向中间扫描*/
   {   while(low<high&&tbl->r[high].key>=pivotkey)  high--;
       tbl->r[low]=tbl->r[high];           /*将比支点记录小的交换到低端*/
       while(low<high&&tbl-g>r[high].key<=pivotkey)  low++;
       tbl->r[low]=tbl->r[high];           /*将比支点记录大的交换到低端*/
   }
```

```
        tbl->r[low]=tbl->r[0];              /*支点记录到位*/
        return low;                         /*反回支点记录所在位置*/
    }
```

例 8-5: 一趟快排序过程示例。

```
      r[1]  r[2]  r[3]  r[4]  r[5]  r[6]  r[7]  r[8]  r[9]  r[10]   存储单元
       49    14    38    74    96    65     8    49    55    27     记录中关键码
low=1;high=10; 设置两个搜索指针,r[0]=r[low];支点记录送辅助单元,
       □     14    38    74    96    65     8    49    55    27
       ↑                                              ↑
      low                                           high
```

第一次搜索交换

从 high 向前搜索小于 r[0].key 的记录,得到结果

```
       27    14    38    74    96    65     8    49    55    □
       ↑                                              ↑
      low                                           high
```

从 low 向后搜索大于 r[0].key 的记录,得到结果

```
       27    14    38    □     96    65     8    49    55    74
                         ↑                             ↑
                        low                          high
```

第二次搜索交换

从 high 向前搜索小于 r[0].key 的记录,得到结果

```
       27    14    38     8    96    65     □    49    55    74
                          ↑                ↑
                         low              high
```

从 low 向后搜索大于 r[0].key 的记录,得到结果

```
       27    14    38     8    □    65    96    49    55    74
                               ↑         ↑
                              low       high
```

第三次搜索交换

从 high 向前搜索小于 r[0].key 的记录,得到结果

```
       27    14    38     8    □    65    96    49    55    74
                              ↑↑
                             low high
```

从 low 向后搜索大于 r[0].key 的记录,得到结果

```
       27    14    38     8    □    65    96    49    55    74
                              ↑↑
                             low high
```

low=high,划分结束,填入支点记录

```
       27    14    38     8    49    65    96    49    55    74
```

算法 8-8 如下:

```
void QSort(S_TBL *tbl,int low,int high)    /*递归形式的快排序*/
{    /*对顺序表 tbl 中的子序列 tbl->[low…high]作快排序*/
    if(low<high)
    {    pivotloc=partition(tbl,low,high); /*将表一分为二*/
        QSort(tbl,low,pivotloc-1);         /*对低子表递归排序*/
        QSort(tbl,pivotloc+1,high);        /*对高子表递归排序*/
    }
}
```

快速排序的递归过程可用生成一棵二叉树形象地给出。

图 8-4 为例 8-5 中待排序列对应递归调用过程的二叉树。

效率分析：

（1）空间效率：快速排序是递归的，每层递归调用时的指针和参数均要用栈来存放，递归调用层次数与上述二叉树的深度一致。因而，存储开销在理想情况下为 $O(\log_2 n)$，即树的高度；在最坏情况下，即二叉树是一个单链，为 $O(n)$。

（2）时间效率：在 n 个记录的待排序列中，一次划分需要约 n 次关键码比较，时效为 $O(n)$，若设 $T(n)$ 为对 n 个记录的待排序列进行快速排序所需时间。

理想情况下：每次划分，正好将分成两个等长的子序列，则

$$T(n) \leq cn + 2T(n/2) \qquad\qquad c\text{ 是一个常数}$$
$$\leq cn + 2(cn/2 + 2T(n/4)) = 2cn + 4T(n/4)$$
$$\leq 2cn + 4(cn/4 + T(n/8)) = 3cn + 8T(n/8)$$
$$\cdots\cdots$$
$$\leq cn\log_2 n + nT(1) = O(n\log_2 n)$$

最坏情况下：即每次划分，只得到一个子序列，时效为 $O(n^2)$。

快速排序是通常被认为在同数量级（$O(n\log_2 n)$）的排序方法中平均性能最好的。若初始序列按关键码有序或基本有序时，快排序反而蜕化为冒泡排序。为改进之，通常以"三者取中法"来选取支点记录，即将排序区间的两个端点与中点三个记录关键码居中的调整为支点记录。快速排序是一个不稳定的排序方法。

8.4 选择排序

选择排序主要是每一趟从待排序列中选取一个关键码最小的记录，也即第一趟从 n 个记录中选取关键码最小的记录，第二趟从剩下的 $n-1$ 个记录中选取关键码最小的记录，直到整个序列的记录选完。这样，由选取记录的顺序，便得到按关键码有序的序列。

8.4.1 简单选择排序

操作方法：第一趟，从 n 记录中找出关键码最小的记录与第一个记录交换；第二趟，从第二个记录开始的 $n-1$ 个记录中再选出关键码最小的记录与第二个记录交换；如此，第 i 趟，则从第 i 个记录开始的 $n-i+1$ 个记录中选出关键码最小的记录与第 i 个记录交换，直到整个序列按关键码有序。

算法 8-9 如下：

```
void SelectSort(S_TBL *s)
{   for(i=1;i<s->length;i++)
{   /* 作 length-1 趟选取 */
    for(j=i+1,t=i;j<=s->length;j++)
    {   /* 在 i 开始的 length-n+1 个记录中选关键码最小的记录 */
        if(s->elem[t].key>s->elem[j].key)
            t=j;                    /* t 中存放关键码最小记录的下标 */
    }
    s->elem[t]<-->s->elem[i];       /* 关键码最小的记录与第 i 个记录交换 */
```

图 8-4　例 8-5 中待排序列对应递归调用过程的二叉树

　　　　　　}

　　}

从程序中可看出，简单选择排序移动记录的次数较少，但关键码的比较次数依然是 $1/2*n(n+1)$，所以时间复杂度仍为 $O(n^2)$。

8.4.2 树形选择排序

按照锦标赛的思想进行，将 n 个参赛的选手看成完全二叉树的叶节点，则该完全二叉树有 $2n-2$ 或 $2n-1$ 个节点。首先，两两进行比赛（在树中是兄弟的进行，否则轮空，直接进入下一轮），胜出的兄弟间再两两进行比较，直到产生第一名；接下来，将作为第一名的节点看成最差的，并从该节点开始，沿该节点到根路径上，依次进行各分枝节点子女间的比较，胜出的就是第二名。因为和他比赛的均是刚刚输给第一名的选手。如此，继续进行下去，直到所有选手的名次排定。

例 8-6：16 个选手的比赛（$n=2^4$）

图 8-5 中，从叶节点开始的兄弟间两两比赛，胜者上升到父节点；胜者兄弟间再两两比赛，直到根节点，产生第一名 91。比较次数为 $2^3+2^2+2^1+2^0=2^4-1=n-1$。

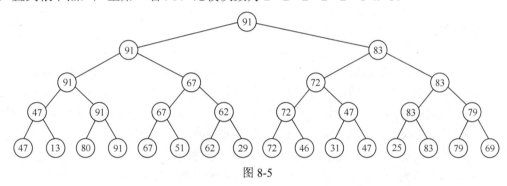

图 8-5

图 8-6 中，将第一名的节点置为最差的，与其兄弟比赛，胜者上升到父节点，胜者兄弟间再比赛，直到根节点，产生第二名 83。比较次数为 4，即 $\log_2 n$ 次。其后各节点的名次均是这样产生的，所以，对于 n 个参赛选手来说，即对 n 个记录进行树形选择排序，总的关键码比较次数至多为 $(n-1)\log_2 n+n-1$，故时间复杂度为 $O(n\log_2 n)$。该方法占用空间较多，除需输出排序结果的 n 个单元外，尚需 $n-1$ 个辅助单元。

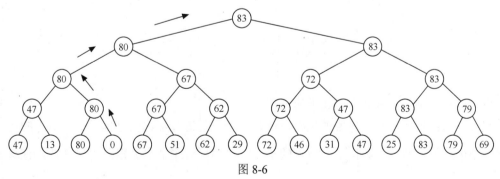

图 8-6

8.4.3 堆排序（Heap Sort）

设有 n 个元素的序列 k_1、k_2、$\cdots$、k_n，当且仅当满足下述关系之一时，称之为堆，如图 8-7 所示。

若以一维数组存储一个堆，则堆对应一棵完全二叉树，且所有非叶节点的值均不大于（或不小于）其子女的值，根节点的值是最小（或最大）的。

设有 n 个元素，将其按关键码排序。首先将这 n 个元素按关键码建成堆，将堆顶元素输出，得到 n 个元素中关键码最小（或最大）的元素。然后，再对剩下的 $n-1$ 个元素建成堆，输出堆顶元素，得到 n 个元素中关键码次小（或次大）的元素。如此反复，便得到一个按关键码有序的序列，称这个过程为堆排序。

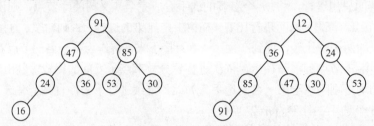

图 8-7 两个堆示例

因此，实现堆排序需解决两个问题：

① 如何将 n 个元素的序列按关键码建成堆；

② 输出堆顶元素后，怎样调整剩余 $n-1$ 个元素，使其按关键码成为一个新堆。

首先，讨论输出堆顶元素后，对剩余元素重新建成堆的调整过程，如图 8-8 所示。

调整方法：设有 m 个元素的堆，输出堆顶元素后，剩下 $m-1$ 个元素。将堆底元素送入堆顶，堆被破坏，其原因仅是根节点不满足堆的性质。将根节点与左、右子女中较小（或较大）的进行交换。若与左子女交换，则左子树堆被破坏，且仅左子树的根节点不满足堆的性质；若与右子女交换，则右子树堆被破坏，且仅右子树的根节点不满足堆的性质。继续对不满足堆性质的子树进行上述交换操作，直到叶子节点，堆被建成，称这个自根节点到叶子节点的调整过程为筛选。

例 8-7：

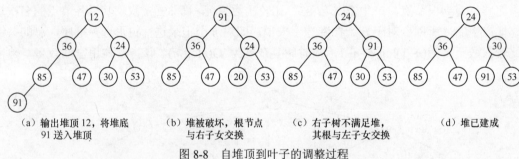

（a）输出堆顶 12，将堆底　　（b）堆被破坏，根节点　　（c）右子树不满足堆，　　（d）堆已建成
　　　91 送入堆顶　　　　　　　与右子女交换　　　　　　其根与左子女交换

图 8-8 自堆顶到叶子的调整过程

再讨论对 n 个元素进行初始建堆的过程。

建堆方法：对初始序列建堆的过程，就是一个反复进行筛选的过程。n 个节点的完全二叉树，则最后一个节点是第 $\left\lfloor \dfrac{n}{2} \right\rfloor$ 个节点的子女。对第 $\left\lfloor \dfrac{n}{2} \right\rfloor$ 个节点为根的子树筛选，使该子树成为堆，之后向前依次对各节点为根的子树进行筛选，使之成为堆，直到根节点。

例 8-8：

堆排序：对 n 个元素的序列进行堆排序，先将其建成堆如图 8-9 所示，以根节点与第 n 个节点交换；调整前 $n-1$ 个节点成为堆，再以根节点与第 $n-1$ 个节点交换；重复上述操作，直到整个序列有序。

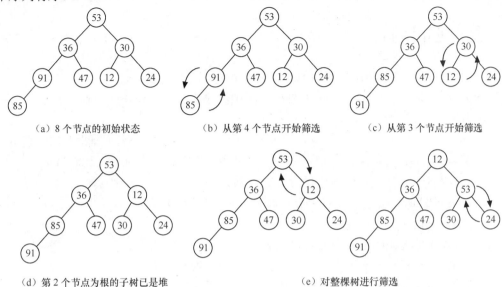

（a）8 个节点的初始状态　　　（b）从第 4 个节点开始筛选　　　（c）从第 3 个节点开始筛选

（d）第 2 个节点为根的子树已是堆　　　（e）对整棵树进行筛选

图 8-9　建堆示例

算法 8-10 如下：

```
void HeapAdjust(S_TBL *h,int s,int m)
{/*r[s…m]中的记录关键码除 r[s]外均满足堆的定义,本函数将对第 s 个节点为根的子树筛选,使其
成为大顶堆*/
    rc=h->r[s];
    for(j=2*s;j<=m;j=j*2)                /* 沿关键码较大的子女节点向下筛选 */
    {    if(j<m&&h->r[j].key<h->r[j+1].key)
            j=j+1; /* 为关键码较大的元素下标*/
        if(rc.key<h->r[j].key)  break;   /* rc 应插入在位置 s 上*/
        h->r[s]=h->r[j]; s=j;            /* 使 s 节点满足堆定义 */
    }
    h->r[s]=rc;                          /* 插入 */
}

void HeapSort(S_TBL *h)
{    for(i=h->length/2;i>0;i--)          /* 将 r[1..length]建成堆 */
        HeapAdjust(h,I,h->length);
    for(i=h->length;i>1;i--)
    {    h->r[1]<-->h->r[i];             /* 堆顶与堆低元素交换 */
        HeapAdjust(h,1,i-1);            /*将 r[1..i-1]重新调整为堆*/
    }
}
```

效率分析：

设树高为 k，$k = \lfloor \log_2 n \rfloor + 1$。从根到叶的筛选，关键码比较次数至多 $2(k-1)$ 次，交换记录至多 k 次。所以，在建好堆后，排序过程中的筛选次数不超过下式：

$$2(\lfloor \log_2(n-1) \rfloor + \lfloor \log_2(n-2) \rfloor + \cdots + \log_2 2 \rfloor) < 2n\log_2 n$$

而建堆时的比较次数不超过 $4n$ 次，因此在堆排序最坏情况下，时间复杂度也为 $O(n\log_2 n)$。

8.5 二路归并排序

二路归并排序的基本操作是将两个有序表合并为一个有序表。

设 $r[u\cdots t]$ 由两个有序子表 $r[u\cdots v-1]$ 和 $r[v\cdots t]$ 组成，两个子表长度分别为 $v-u$、$t-v+1$。合并方法为：

(1) $i=u$；$j=v$；$k=u$；　　　　　　　　　　//置两个子表的起始下标及辅助数组的起始下标

(2) 若 $i>v$ 或 $j>t$，转 (4)　　　　　　　//其中一个子表已合并完，比较选取结束

(3) //选取 $r[i]$ 和 $r[j]$ 关键码较小的存入辅助数组 rf

　　如果 $r[i].key<r[j].key$，$rf[k]=r[i]$；$i++$；$k++$；转 (2)

　　否则，$rf[k]=r[j]$；$j++$；$k++$；转 (2)

(4) //将尚未处理完的子表中元素存入 rf

　　如果 $i<v$，将 $r[i\cdots v-1]$ 存入 $rf[k\cdots t]$　　//前一子表非空

　　如果 $j<=t$，将 $r[i\cdots v]$ 存入 $rf[k\cdots t]$　　//后一子表非空

(5) 合并结束。

算法 8-11 如下：

```
void    Merge(ElemType *r,ElemType *rf,int u,int v,int t)
{
    for(i=u,j=v,k=u;i<v&&j<=t;k++)
    {   if(r[i].key<r[j].key)
        {    rf[k]=r[i];i++;}
        else
        {    rf[k]=r[j];j++;}
    }
    if(i<v) rf[k…t]=r[i…v-1];
    if(j<=t) rf[k…t]=r[j…t];
}
```

1. 两路归并的迭代算法

1 个元素的表总是有序的。所以对 n 个元素的待排序列，每个元素可看成 1 个有序子表。对子表两两合并生成 $\left\lceil \dfrac{n}{2} \right\rceil$ 个子表，所得子表除最后一个子表长度可能为 1 外，其余子表长度均为 2。再进行两两合并，直到生成 n 个元素按关键码有序的表。

算法 8-12 如下：

```
void MergeSort(S_TBL *p,ElemType *rf)
{   /*对*p表归并排序,*rf为与*p表等长的辅助数组*/
ElemType *q1,*q2;
    q1=rf;q2=p->elem;
    for(len=1;len<p->length;len=2*len)           /*从q2归并到q1*/
    {   for(i=1;i+2*len-1<=p->length;i=i+2*len)
            Merge(q2,q1,I,i+len,i+2*len-1);       /*对等长的两个子表合并*/
        if(i+len-1<p->length)
```

```
                Merge(q2,q1,I,i+len,p->length);/*对不等长的两个子表合并*/
        else      if(i<=p->length)
                    while(i<=p->length)         /*若还剩下一个子表,则直接传入*/
                        q1[i]=q2[i];
        q1<-->q2;          /*交换,以保证下一趟归并时,仍从 q2 归并到 q1*/
        if(q1!=p->elem)  /*若最终结果不在*p 表中,则传入之*/
            for(i=1;i<=p->length;i++)
                p->elem[i]=q1[i];
    }
}
```

2. 两路归并的递归算法

算法 8-13 如下:

```
void MSort(ElemType *p,ElemType *p1,int s,int t)
{    /*将 p[s…t]归并排序为 p1[s…t]*/
    if(s==t) p1[s]=p[s]
    else
    {    m=(s+t)/2;                  /*平分*p 表*/
        MSort(p,p2,s,m);            /*递归地将 p[s…m]归并为有序的 p2[s…m]*/
        MSort(p,p2,m+1,t);          /*递归地将 p[m+1…t]归并为有序的 p2[m+1…t]*/
        Merge(p2,p1,s,m+1,t);       /*将 p2[s…m]和 p2[m+1…t]归并到 p1[s…t]*/
    }
}

void MergeSort(S_TBL *p)
{    /*对顺序表*p 作归并排序*/
    MSort(p->elem,p->elem,1,p->length);
}
```

效率分析:

需要一个与表等长的辅助元素数组空间，所以空间复杂度为 $O(n)$。

对 n 个元素的表，将这 n 个元素看作叶节点，若将两两归并生成的子表看作它们的父节点，则归并过程对应由叶向根生成一棵二叉树的过程。所以归并趟数约等于二叉树的高度-1，即 $\log_2 n$，每趟归并需移动记录 n 次，故时间复杂度为 $O(n\log_2 n)$。

8.6　基数排序

基数排序是一种借助于多关键码排序的思想，是将单关键码按基数分成"多关键码"进行排序的方法。

8.6.1　多关键码排序

扑克牌中 52 张牌，可按花色和面值分成两个字段，其大小关系为:

花色:　　梅花 < 方块 < 红心 < 黑心

面值:　　2 < 3 < 4 < 5 < 6 < 7 < 8 < 9 < i0 < J < Q < K < A

若对扑克牌按花色、面值进行升序排序，得到如下序列:

梅花 2、3、…、A，方块 2、3、…、A，红心 2、3、…、A，黑心 2、3、…、A 即两张牌，若花色不同，不论面值怎样，花色低的那张牌小于花色高的，只有在同花色情况下，大小关系才由面值的大小确定。这就是多关键码排序。

为得到排序结果，我们讨论两种排序方法。

方法 1：先对花色排序，将其分为 4 个组，即梅花组、方块组、红心组、黑心组。再对每个组分别按面值进行排序，最后，将 4 个组连接起来即可。

方法 2：先按 13 个面值给出 13 个编号组（2 号，3 号，…，A 号），将牌按面值依次放入对应的编号组，分成 13 堆。再按花色给出 4 个编号组（梅花、方块、红心、黑心），将 2 号组中牌取出分别放入对应花色组，再将 3 号组中牌取出分别放入对应花色组……，这样，4 个花色组中均按面值有序，然后，将 4 个花色组依次连接起来即可。

设 n 个元素的待排序列包含 d 个关键码 $\{k^1, k^2, \cdots, k^d\}$，则称序列对关键码 $\{k^1, k^2, \cdots, k^d\}$ 有序是指：对于序列中任两个记录 $r[i]$ 和 $r[j]$ $(1 \leqslant i \leqslant j \leqslant n)$ 都满足下列有序关系：

$$(k_i^1, k_i^2, \quad k_i^d) < (k_j^1, k_j^2, \quad k_j^d)$$

其中 k^1 称为最主位关键码，k^d 称为最次位关键码。

多关键码排序按照从最主位关键码到最次位关键码或从最次位到最主位关键码的顺序逐次排序，分两种方法：

① 最高位优先（most significant digit first）法，简称 MSD 法：先按 k^1 排序分组，同一组记录中，关键码 k^1 相等，再对各组按 k^2 排序分成子组，之后，对后面的关键码继续这样的排序分组，直到按最次位关键码 k^d 对各子组排序后。再将各组连接起来，便得到一个有序序列。扑克牌按花色、面值排序中介绍的方法一即是 MSD 法。

② 最低位优先（least significant digit first）法，简称 LSD 法：先从 k^d 开始排序，再对 k^{d-1} 进行排序，依次重复，直到对 k^1 排序后便得到一个有序序列。扑克牌按花色、面值排序中介绍的方法二即是 LSD 法。

8.6.2 链式基数排序

将关键码拆分为若干项，每项作为一个"关键码"，则对单关键码的排序可按多关键码排序方法进行。比如，关键码为 4 位的整数，可以每位对应一项，拆分成 4 项；又如，关键码由 5 个字符组成的字符串，可以每个字符作为一个关键码。由于这样拆分后，每个关键码都在相同的范围内（对数字是 0～9，字符是'a'～'z'），称这样的关键码可能出现的符号个数为"基"，记作 RADIX。上述取数字为关键码的"基"为 10；取字符为关键码的"基"为 26。基于这一特性，用 LSD 法排序较为方便。

基数排序：从最低位关键码起，按关键码的不同值将序列中的记录"分配"到 RADIX 个队列中，然后再"收集"之。如此重复 d 次即可。链式基数排序是用 RADIX 个链队列作为分配队列，关键码相同的记录存入同一个链队列中，收集则是将各链队列按关键码大小顺序链接起来。

例 8-9：以静态链表存储待排记录，头节点指向第一个记录。链式基数排序过程如图 8-10 所示。图（a）：初始记录的静态链表。

算法 8-14 如下：

```
#define   MAX_KEY_NUM   8          /*关键码项数最大值*/
#define   RADIX      10            /*关键码基数,此时为十进制整数的基数*/
#define   MAX_SPACE   1000         /*分配的最大可利用存储空间*/
```

```
typedef   struct{
    KeyType       keys[MAX_KEY_NUM];      /*关键码字段*/
    InfoType  otheritems;                 /*其他字段*/
    int       next;                       /*指针字段*/
    }NodeType;                            /*表节点类型*/
typedef   struct{
    NodeType  r[MAX_SPACE];               /*静态链表,r[0]为头节点*/
    int   keynum;                         /*关键码个数*/
```

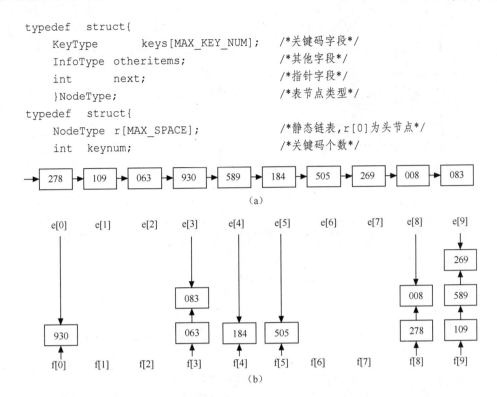

图(b)：第一趟按个位数分配，修改节点指针域，将链表中的记录分配到相应链队列中。

图(c)：第一趟收集：将各队列链接起来，形成单链表。

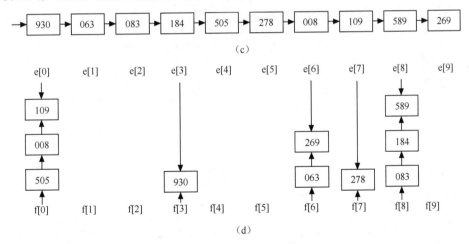

图(d)：第二趟按十位数分配，修改节点指针域，将链表中的记录分配到相应链队列中。

图(e)：第二趟收集：将各队列链接起来，形成单链表。

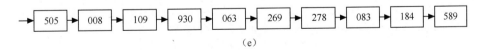

图(f)：第三趟按百位数分配，修改节点指针域，将链表中的记录分配到相应链队列中。

图(g)：第三趟收集：将各队列链接起来，形成单链表。此时，序列已有序。

图 8-10 链式基数排序过程

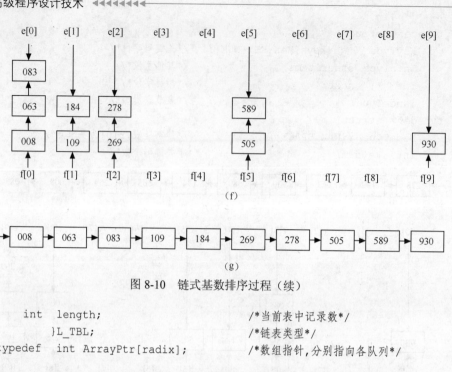

图 8-10　链式基数排序过程（续）

```
    int   length;                      /*当前表中记录数*/
        }L_TBL;                        /*链表类型*/
typedef   int ArrayPtr[radix];         /*数组指针,分别指向各队列*/

void  Distribute(NodeType *s,int i,ArrayPtr *f,ArrayPtr *e)
{      /*静态链表 ltbl 的 r 域中记录已按(kye[0],keys[1],…,keys[i-1])有序}*/
/*本算法按第 i 个关键码 keys[i]建立 RADIX 个子表,使同一子表中的记录的 keys[i]相同*/
/*f[0…RADIX-1]和 e[0…RADIX-1]分别指向各子表的第一个和最后一个记录*/
    for(j=0;j<RADIX;j++)  f[j]=0;       /* 各子表初始化为空表*/
    for(p=r[0].next;p;p=r[p].next)
    {    j=ord(r[p].keys[i]);           /*ord 将记录中第 i 个关键码映射到[0…RADIX-1]*/
        if(!f[j])  f[j]=p;
    else  r[e[j]].next=p;
        e[j]=p;                        /* 将 p 所指的节点插入到第 j 个子表中*/
    }
}


void  Collect(NodeType *r,int i,ArrayPtr f,ArrayPtr e)
{/*本算法按 keys[i]自小到大地将 f[0…RADIX-1]所指各子表依次链接成一个链表*e[0…
RADIX-1]为各子表的尾指针*/
    for(j=0;!f[j];j=succ(j));           /*找第一个非空子表,succ 为求后继函数*/
    r[0].next=f[j];t=e[j];             /*r[0].next 指向第一个非空子表中第一个节点*/
    while(j<RADIX)
    {    for(j=succ(j);j<RADIX-1&&!f[j];j=succ(j)); /*找下一个非空子表*/
        if(f[j])  {r[t].next=f[j];t=e[j];}  /*链接两个非空子表*/
    }
    r[t].next=0;  /*t 指向最后一个非空子表中的最后一个节点*/
}
void  RadixSort(L_TBL *ltbl)
{    /*对 ltbl 作基数排序,使其成为按关键码升序的静态链表,ltbl->r[0]为头节点*/
    for(i=0;i<ltbl->length;i++)  ltbl->r[i].next=i+1;
    ltbl->r[ltbl->length].next=0;       /*将 ltbl 改为静态链表*/
```

```
for(i=0;i<ltbl->keynum;i++)          /*按最低位优先依次对各关键码进行分配和收集*/
{       Distribute(ltbl->r,i,f,e);    /*第 i 趟分配*/
        Collect(ltbl->r,i,f,e);       /*第 i 趟收集*/
}
}
```

效率分析：

时间效率：设待排序列为 n 个记录，d 个关键码，关键码的取值范围为 radix，则进行链式基数排序的时间复杂度为 O($d(n$+radix))，其中，一趟分配时间复杂度为 O(n)，一趟收集时间复杂度为 O(radix)，共进行 d 趟分配和收集。

空间效率：需要 2*radix 个指向队列的辅助空间，以及用于静态链表的 n 个指针。

8.7　外排序

8.7.1　外部排序的方法

外部排序基本上由两个相互独立的阶段组成。首先，按可用内存大小，将外存上含 n 个记录的文件分成若干长度为 k 的子文件或段（segment），依次读入内存并利用有效的内部排序方法对它们进行排序，并将排序后得到的有序子文件重新写入外存。通常称这些有序子文件为归并段或顺串；然后，对这些归并段进行逐趟归并，使归并段（有序子文件）逐渐由小到大，直至得到整个有序文件为止。

显然，第一阶段的工作已经讨论过。以下主要讨论第二阶段即归并的过程。先从一个例子来看外排序中的归并是如何进行的？

假设有一个含 10 000 个记录的文件，首先通过 10 次内部排序得到 10 个初始归并段 $R_1 \sim R_{10}$，其中每一段都含 1 000 个记录。然后对它们作如图 8-11 所示的两两归并，直至得到一个有序文件为止。

从图 8-11 可见，由 10 个初始归并段到一个有序文件，共进行了 4 趟归并，每一趟从 m 个归并段得到 $\left\lceil \dfrac{m}{2} \right\rceil$ 个归并段。这种方法称为 2-路平衡归并。

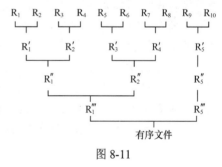

图 8-11

将两个有序段归并成一个有序段的过程，若在内存中进行，则很简单，前面讨论的 2-路归并排序中的 Merge 函数便可实现此归并。但是，在外部排序中实现两两归并时，不仅要调用 Merge 函数，而且要进行外存的读/写，这是由于我们不可能将两个有序段及归并结果同时放在内存中的缘故。对外存上信息的读/写是以"物理块"为单位。假设在上例中每个物理块可以容纳 200 个记录，则每一趟归并需进行 50 次"读"和 50 次"写"，4 趟归并加上内部排序时所需进行的读/写，使得在外排序中总共需进行 500 次的读/写。

一般情况下，外部排序所需总时间=

内部排序（产生初始归并段）所需时间　　　$m*t_{is}$+

外存信息读写的时间　　　　　　　　　　　$d*t_{io}$+

内部归并排序所需时间　　　　　　　　　　$s*ut_{mg}$

其中：t_{is} 是为得到一个初始归并段进行的内部排序所需时间的均值；t_{io} 是进行一次外存读/写时间的均值；ut_{mg} 是对 u 个记录进行内部归并所需时间；m 为经过内部排序之后得到的初始归并段的个数；s 为归并的趟数；d 为总的读/写次数。由此，上例 10 000 个记录利用 2-路归并进行排序所需总的时间为：

$$10*t_{is}+500*t_{io}+4*10\ 000t_{mg}$$

其中 t_{io} 取决于所用的外存设备，显然，t_{io} 较 t_{mg} 要大得多。因此，提高排序效率应主要着眼于减少外存信息读写的次数 d。

下面来分析 d 和"归并过程"的关系。若对上例中所得的 10 个初始归并段进行 5-平衡归并（即每一趟将 5 个或 5 个以下的有序子文件归并成一个有序子文件），则从图 8-12 可知，仅需进行二趟归并，外部排序时总的读/写次数便减少至 $2×100+100=300$，比 2-路归并减少了 200 次的读/写。

可见，对同一文件而言，进行外部排序时所需读/写外存的次数和归并的趟数 s 成正比。在一般情况下，对 m 个初始归并段进行 k-路平衡归并时，归并的趟数 $s=\lfloor \log_k m \rfloor$。

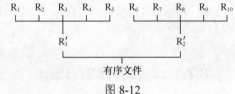

图 8-12

可见，若增加 k 或减少 m 便能减少 s。下面分别就这两个方面讨论之。

8.7.2　多路平衡归并的实现

从上式可见，增加 k 可以减少 s，从而减少外存读/写的次数。但是，从下面的讨论中又可发现，单纯增加 k 将导致增加内部归并的时间 ut_{mg}。那么，如何解决这个矛盾呢？

先看 2-路归并。令 u 个记录分布在两个归并段上，按 Merge 函数进行归并。每得到归并后的含 u 个记录的归并段需进行 $u-1$ 次比较。

再看 k-路归并。令 u 个记录分布在 k 个归并段上，显然，归并后的第一个记录应是 k 个归并段中关键码最小的记录，即应从每个归并段的第一个记录的相互比较中选出最小者，这需要进行 $k-1$ 次比较。同理，每得到归并后的有序段中的一个记录，都要进行 $k-1$ 次比较。显然，为得到含 u 个记录的归并段需进行 $(u-1)(k-1)$ 次比较。由此，对 n 个记录的文件进行外部排序时，在内部归并过程中进行的总的比较次数为 $s(k-1)(n-1)$。假设所得初始归并段为 m 个，则可得内部归并过程中进行比较的总的次数为

$$\lceil \log_k m \rceil (k-1)(n-1)t_{mg} = \left\lceil \frac{\log_2 m}{\log_2 k} \right\rceil (k-1)(n-1)t_{mg}$$

由于 $\dfrac{k-1}{\log_2 k}$ 随 k 的增加而增长，则内部归并时间亦随 k 的增加而增长。这将抵消由于增大 k 而减少外存信息读写时间所得效益，这是我们所不希望的。然而，若在进行 k-路归并时利用"败者树"（tree of loser），则可使在 k 个记录中选出关键码最小的记录时仅需进 $\lfloor \log_2 k \rfloor$ 次比较，从而使总的归并时间变为 $\lfloor \log_2 k \rfloor (n-1)t_{mg}$，显然，这个式子和 k 无关，它不再随 k 的增长而增长。

何谓"败者树"？它是树形选择排序的一种变型。相对地，我们可称图 8-5 和图 8-6 中的二叉树为"胜者树"，因为每个非终端节点均表示其左、右子女节点中"胜者"。反之，若在双亲节点中记下刚进行完的这场比赛中的败者，而让胜者去参加更高一层的比赛，便可得

到一棵"败者树"。

例 8-10:

图 8-13 (a) 即为一棵实现 5-路归并的败者树 ls[0…4],图中方形节点表示叶子节点(也可看成是外节点),分别为 5 个归并段中当前参加归并的待选择记录的关键码;败者树中根节点 ls[1]的双亲节点 ls[0]为"冠军",在此指示各归并段中的最小关键码记录为第三段中的记录;节点 ls[3]指示 b1 和 b2 两个叶子节点中的败者即是 b2,而胜者 b1 和 b3(b3 是叶子节点 b3、b4 和 b0 经过两场比赛后选出的获胜者)进行比较,节点 ls[1]则指示它们中的败者为 b1。在选得最小关键码的记录之后,只要修改叶子节点 b3 中的值,使其为同一归并段中的下一个记录的关键码,然后从该节点向上和双亲节点所指的关键码进行比较,败者留在该双亲,胜者继续向上直至树根的双亲。如图 8-13 (b) 所示。当第 3 个归并段中第 2 个记录参加归并时,选得最小关键码记录为第一个归并段中的记录。为了防止在归并过程中某个归并段变为空,可以在每个归并段中附加一个关键码为最大的记录。当选出的"冠军"记录的关键码为最大值时,表明此次归并已完成。由于实现 k-路归并的败者树的深度为 $\lceil \log_2 k \rceil + 1$,则在 k 个记录中选择最小关键码仅需进行 $\lceil \log_2 k \rceil$ 次比较。败者树的初始化也容易实现,只要先令所有的非终端节点指向一个含最小关键码的叶子节点,然后从各叶子节点出发调整非终端节点为新的败者即可。

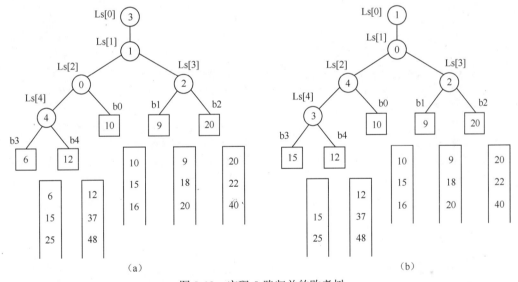

(a)　　　　　　　　　　　(b)

图 8-13　实现 5-路归并的败者树

下面程序中简单描述了利用败者树进行 k-路归并的过程,为了突出如何利用败者树进行归并,避开了外存信息存取的细节,可以认为归并段已存在。

算法 8-15 如下:

```
typedef  int  LoserTree[k];       /*败者树是完全二叉树且不含叶子,可采用顺序存储结构*/
typedef  struct{
    KeyType  key;
    }ExNode,External[k];                     /*外节点,只存放待归并记录的关键码*/
void  K_Merge(LoserTree *ls,External *b)   /*k-路归并处理程序*/
{    /*利用败者树 ls 将编号从 0 到 k-1 的 k 个输入归并段中的记录归并到输出归并段*/
```

```
/*b[0]到b[k-1]为败者树上的k个叶子节点,分别存放k个输入归并段中当前记录的关键码*/
for(i=0;i<k;i++)  input(b[i].key);         /*分别从 k 个输入归并段读入该段当前第一个记
                                             录的*/
                                           /*关键码到外节点*/
      CreateLoserTree(ls);                 /*建败者树 ls,选得最小关键码为 b[0].key*/
      while(b[ls[0]].key!=MAXKEY)
      {    q=ls[0];                         /*q指示当前最小关键码所在归并段*/
           output(q);      /*将编号为 q 的归并段中当前(关键码为 b[q].key 的记录写至输出归并段)*/
           input(b[q].key);         /*从编号为 q 的输入归并段中读入下一个记录的关键码*/
           Adjust(ls,q);            /*调整败者树,选择新的最小关键码*/
      }
      output(ls[0]);                        /*将含最大关键码 MAXKEY 的记录写至输出归并段*/
}
void  Adjust(LoserTree *ls,int s)          /*选得最小关键码记录后,从叶到根调整败者树,
                                            选下一个最小关键码*/
{    /*沿从叶子节点 b[s]到根节点 ls[0]的路径调整败者树*/
     t=(s+k)/2;    /*ls[t]是 b[s]的双亲节点*/
     while(t>0)
     {    if(b[s].key>b[ls[t]].key)   s<-->ls[t];   /*s 指示新的胜者*/
          t=t/2;
     }
     ls[0]=s;
}

void  CreateLoserTree(LoserTree *ls)    /*建立败者树*/
{/*已知 b[0]到 b[k-1]为完全二叉树 ls 的叶子节点存有 k 个关键码,沿从叶子到根的 k 条路径*/
 /*将 ls 调整为败者树*/
     b[k].key=MINKEY;                   /*设 MINKEY 为关键码可能的最小值*/
     for(i=0;i<k;i++)   ls[i]=k;        /*设置 ls 中"败者"的初值*/
     for(i=k-1;k>0;i--)  Adjust(ls,i);  /*依次从 b[k-1],b[k-2],…,b[0]出发调整败者*/
}
```

最后要提及一点，k 值的选择并非越大越好，如何选择合适的 k 是一个需要综合考虑的问题。

习　题

1．给定一组排序码（45，89，23，17，7，5，309，267），试写出直接插入排序、二分插入排序、希尔排序的每一趟排序结果。

2．试给出含有 7 个排序码的最好的快速排序情形，并写出它的每一趟排序结果。

3．试给出含有 7 个排序码的最坏的快速排序情形，并写出它的每一趟排序结果。

4．给定排序码为（100，86，48，73，35，39，42，57，66，21），利用堆排序进行排序，写出堆排序的每一趟排序结果。

5．给定排序码为（503，87，512，61，908，170，897，275，653，426），试写出基数排序每一趟的分配和收集结果。

6．给定排序码为（503，87，512，61，908，170，897，275，653，426），试写出归并

排序的每一趟排序结果。

7. 为下列每种情形选择合适的排序方法：

（1）n=30，要求最坏情形速度最快；

（2）n=30，要求既要快，又要排序稳定；

（3）n=1 000，要求平均情形速度最快；

（4）n=1 000，要求最坏情形速度最快且稳定；

（5）n=1 000，要求既快又节省内存。

8. 产生 5 000 个随机数，试分别上机运行，分析出快速、堆、归并、冒泡、直选等排序方法的执行时间。

9. 已知关键字序列（503，87，512，61，908，170，897，275，653，462），请给出快速排序的每一趟排序结果。

10. 有 n 个不同的英文单词，它们的长度相同，均为 m，若 $n \gg 50$，$m<5$，试问采用什么排序方法时，时间复杂度最佳？为什么？

11. 如果只想得到一个关键字序列中第 k 个最小元素之前的排序序列，最好采用什么排序方法？为什么？如有这样的一个序列（57，40，38，11，13，34，48，75，25，6，19，9，7），得到第 4 个最小元素之前的部分序列（6，7，9，11），使用所选择的算法实现时，要执行多少次比较？

12. 已知下列各种初始状态（长度为 n）的元素，试问当利用直接插入排序方法进行排序时，至少需要进行多少次比较（排序后从小到大）？

（1）关键字从小到大（key1<key2<key3<…<key$n$）

（2）关键字从大到小（key1>key2>key3>…>key$n$）

（3）奇数关键字顺序有序，偶数关键字顺序有序（key1<key3<…<key2<key4<…）

（4）前端一半元素从小到大，后端一半元素从大到小（中点为 m）

13. 设计一个算法，修改冒泡排序过程，以实现双向冒泡排序（小元素从后往前移动，大元素从前往后移动）。

14. 写出归并排序的递归算法。

15. 写出快速排序的非递归算法。

16. 如果在 10^5 个元素中找出两个最小的元素，一般采用什么排序方法会使所需关键字比较次数最少？

17. 设排序的文件用单链表作存储结构，头指针为 head，写出选择排序算法。

参 考 文 献

[1] 钱能主编.C++程序设计教程. 北京：清华大学出版社，1999

[2] 李代平编著.C++程序设计教程. 北京：地震出版社，2002

[3] H.M.Deitel，P.J.Deitel 著，薛万鹏等译.C++程序设计教程. 北京：机械工业出版社，2000

[4] 李春葆编著.C++程序设计导学. 北京：清华大学出版社，2002

[5] 李春葆编著.C++语言程序设计题典. 北京：清华大学出版社，2002

[6] 李春葆编著.C++语言——习题与解析. 北京：清华大学出版社，2001

[7] 郑莉等编著.C++程序设计教程. 北京：机械工业出版社，2001

[8] 郑炜主编.C++学习之旅——面向对象的程序设计速成. 北京：冶金工业出版社，2000

[9] 张基温编著.C++程序设计基础例题与习题. 北京：高等教育出版社，1997

[10] 王燕编著. 面向对象理论与 C++实践. 北京：清华大学出版社，1997

[11] 吕风翥著.C++语言基础教程. 北京：清华大学出版社，1999

[12] 钱能主编.C++程序设计习题及解答. 北京：清华大学出版社，1999

[13] 网冠科技编著.C++时尚编程百例. 北京：机械工业出版社，2002

[14] 章理编著.C++程序设计语言. 北京：机械工业出版社，1993

[15] Charles Wright 著，邓劲生等译. Visual C++程序员实用大全. 北京：中国水利水电出版社，2002

[16] Kris Jamsa 著，张春晖等译.C/C++/C#程序员实用大全——C/C++/C#最佳编程指南. 北京：中国水利水电出版社，2002

[17] 李海文，吴乃陵著.C++程序设计实践教程. 北京：高等教育出版社，2003

[18] 陈维兴，陈昕编著. C++面向对象程序设计习题解析与上机指导. 北京：清华大学出版社，2003

[19] 马锐，胡思康编著.C++语言程序设计习题集. 北京：人民邮电出版社，2003

[20] John R，Hubbard 著.C++习题与解答. 北京：机械工业出版社，2002

[21] 李龙澍主编.C++程序设计实训. 北京：清华大学出版社，2003

[22] 蔡立军，杜四春，银红霞编著.C++程序设计教程. 北京：中国水利水电出版社，2003

[23] 蔡立军，杜四春，银红霞编著.C++程序设计实验指导与实训. 北京：中国水利水电出版社，2004

[24] 蔡立军，杜四春，银红霞编著. C++程序设计. 北京：中国清华大学出版社，北京交通大学出版社，2004

[25] 杜四春，银红霞，蔡立军编著.C++程序设计. 北京：中国水利水电出版社，2005

[26] 杜四春，银红霞，蔡立军编著.C#程序设计. 北京：中国水利水电出版社，2006

［27］李宁编著. C++语言程序设计. 北京：中央广播电视大学出版社，2000

［28］徐孝凯编著. C++语言程序设计. 北京：清华大学出版社，2003

［29］丁芝芳等主编. 数据结构（C++语言描述）. 北京：北方交通大学出版社，2004

［30］王红梅，胡明，王涛编著. 数据结构（C++版）. 北京：清华大学出版社，2005

［31］徐士良，葛兵编著. 实用数据结构（C++描述）（第二版）. 北京：清华大学出版社，2006

［32］王艳华，戴小鹏主编. 数据结构（C++版）. 武汉：武汉大学出版社，2007

［33］王晓东编著. 数据结构（C++语言版）. 北京：科学出版社，2008

［34］吴灿铭编著. 数据结构（C++版）. 北京：清华大学出版社，2008

［35］李根强主编. 数据结构（C++版）（第二版）. 北京：水利水电出版社，2009

［36］杨秀金主编. 数据结构（C++版）. 北京：人民邮电出版社，2009

［37］叶核亚编著. 数据结构（C++版）（第2版）. 北京：电子工业出版社，2009